KB269247

테이블
위의
고양이

CAT ON THE TABLE

테이블 위의 고양이

신경진 장편소설

문이당

작가의 말

    지난밤에 낯선 고양이가 계속해서 내 앞으로 달려오는 꿈을
꾸었다. 길몽일까? 털은 곤두서 있고 눈은 날카로우며 발걸음
은 재빠르다. 고양이는 참 근사한 동물이다.

2009년 4월

신경진

초인종이 울렸을 때, 나는 베란다 화단에 핀 봄꽃들에게 물을 주고 있었다. 이전에 살던 사람이 마치 큰 선심이라도 쓰듯 생색을 내며 두고 간 화단이었다. 며칠 동안 주인이 바뀐 식물들을 물도 주지 않은 채 내버려 두었다. 그렇게 방치해 두면 모든 것이 해결될 것 같았다. 하지만 흙 속에 뿌리를 내린 생명들은 내가 깊이 잠든 시간에도 사라지지 않았다. 부다페스트의 아파트에서 한 달 동안 함께 산 고양이가 어느 날 열린 문을 지나 계단을 넘어서 어둠 속으로 가버린 후 돌아오지 않은 것과는 전혀 다른 상황이었다. 나는 꽃과는 아무런 상관이 없는 사람이다. 의문을 갖게 되었지만 충분한 설명은 어디에도 없었다. 시간이 경과되어도 상황은 나아지지 않았다. 결국 먼지 앉은 물뿌리개에 한가득 물을 받아 푸석푸석해진 화단의 흙에다 뿌렸다. 그로써 일상에 한 가지 일이 추가되었다. 책 읽는 시간을 늘리거나 산책 코스를 확장하는 것보다는 재미없지만, 쇼핑을 하거나 세금을 내러 은행에 가는 것보다는 유익한 시간이었다. 보상도 있었다. 얼마간 시간을 들이자 꽃망울을 터뜨린 식물을 볼 수 있었다. 애교 없고 남자 친구만 원하는 고양이에게 딱딱하고 마른 사료를 주는 일에 비하면 즐거운 일이라는 생각이 들기도 했다.

초인종 벨 소리는 슈베르트의 《겨울 나그네》 중 〈보리수〉였다. 시끄러운 벨 소리가 마음에 들지 않아 관리 사무소에 연락했더니 작업복을 입은 관리인이 와서 벽에 설치된 모니터와 스피커를 통째로 들어내 새로운 프로그램으로 바꿔 주었다. 피아노 소리를 들으며 모니터 속의 두 남녀를 관찰했다. 느리고 감상적인 음악이 그들의 표정을 제대로 읽어 내는 데 방해되었다. 나를 찾아오는 사람들은 아무도 없었다. 누구도 초인종을 누르지 않았고, 그래서 괜히 관리소 직원을 귀찮게 했다는 후회를 했다. 아주 가끔 외판원이나 교회에서 나온 전도자들이 벨을 눌렀다. 그럴 때마다 나는 음악을 들으며 그들이 모니터에서 사라질 때까지 기다렸다. 그들은 별로 실망한 기색 없이 자리를 떴다.

화면 속 두 남녀는 내가 모니터를 보고 있음을 확신하고 있었다. 무표정이었지만 눈빛만으로도 그 정도는 알아낼 수 있었다. 통화를 해볼까도 생각했지만 그만두고 열림 버튼을 눌렀다. 앞에 선 여자는 거 봐라는 식으로 눈썹을 한 번 치켜뜬 다음 모니터에서 사라졌다. 남자가 그 뒤를 따랐다. 말굽처럼 생긴 현관문 고정 받침대를 내려놓고 그들이 엘리베이터를 타고 17층까지 올라오기를 기다렸다.

엘리베이터 문이 열리고 그들이 모습을 드러내자 천장의 등이 켜졌다. 여자는 내가 문에 기대 서 있는 것을 확인하고는 지갑에서 신분증을 꺼내 보였다. 눈을 가늘게 뜨고서 재빠르게 글씨를 읽었다. 그녀의 이름과 직책, 마지막으로 그녀가 소속된 단체의 이름. 여자 뒤에는 덩치 큰 사내가 병풍처럼 버티고 서 있었다. 검은 양복에 짙은 단색 타이를 하고 있었고 입술을 굳게 다물고 있었다. 짧게 깎은 머리와 훤한 앞이마가 볕이 들지 않는 그늘 속에서도 두드러져 보였다. 그에게 시선을 빼앗기지 않으려고 노력하면서 여자의 얼굴에 집중했다.
「우리가 당신을 찾아온 이유를 알고 있나요?」
긴 겨울잠에서 깨어난 곰이 몸에 묻은 잔풀들을 쓸어내릴 때처럼 여자는 느릿느릿 말했다.
「제이슨 리가 맞으시죠? 충분한 조사를 하고 왔으니까 발뺌하려 들지 말아요.」
말의 속도에 미묘한 변화가 일었다.
「내가 제이슨이 맞긴 하지만 당신들이 나를 찾아온 이유는 모르겠군요.」
「강지수라는 인물을 알죠? 그에 관해서 물을 것이 있어서 왔어요.」
그녀의 뺨에 어정쩡한 미소의 굴곡이 그어졌다.

「국가 정보원에게 제공할 만한 정보가 있다고는 생각지 않는데…… 오히려 그 사람의 주변 인물들을 찾아가는 것이 나을 뻔했군요.」

「그런 것은 당신이 생각하지 않아도 좋아요. 질문에 성실하게 대답만 해주면 됩니다.」

「협조하지 않는다면?」

「괜히 김태우 씨를 데려온 것은 아니에요.」

그녀는 고개를 돌려 뒤에 선 사내를 보았고 사내는 두 눈을 가늘게 뜨고서 가벼운 목례를 했다.

「당신들에게 강제로 끌려갈 만큼 대단한 일을 저지른 적은 없습니다.」

「외국에서 수백만 불의 도박 행위를 했더군요. 조사 받을 근거는 얼마든지 있어요. 국세청에서도 관심을 보이겠죠.」

「나는 엄연한 캐나다 국민입니다.」

「그렇다면 우린 캐나다 대사관에 협조 요청을 하게 될 거예요. 틀림없이 긍정적인 답을 받겠죠. 번거로운 서류를 작성하고 시간이 걸리긴 하겠지만 우리가 의도했던 바가 어긋나지는 않을 겁니다. 이런 절차를 좋아하는 쪽인가요?」

「……담배 가진 것 있나요?」

그녀가 김태우를 향해 고개를 돌렸다. 사내는 고개를 좌우로 흔들었다.

「얼마 전부터 금연을 하고 있어서 집에 남은 담배가 없어요. 커피를 끓이는 동안 담배를 사올 테니 안으로 들어오시죠.」

커플은 서로의 얼굴을 쳐다보았다.

「좋아요. 담배는 김태우 씨가 사러 갈 거예요. 그동안 당신은 커피를 끓이세요.」

상황 판단이 빠른 여자였다. 사내의 이마에 언뜻 불쾌한 주름이 잡혔다 사라졌다. 그가 정보국에 입사했을 때에는 담배 심부름을 하게 되리라고는 생각해 본 적 없었던 것 같았다.

「화단에 물을 주려던 참이었습니다. 당신이 대신해서 이 일을 해줬으면 하는데, 어때요?」

나는 여자에게 물뿌리개를 가리켰다.

「이제 그만두고 이리로 와요. 커피가 식습니다.」

탁자에 머그컵을 올려놓고 베란다의 여자에게 고갯짓을 했다. 그녀는 물뿌리개를 내려놓고 거실로 들어와 소파에 앉았다. 창문 너머 국제공항으로 향하는 일직선 4차선 도로가 길게 뻗어 있었고 봄 햇살을 받은 오창평야의 들판이 큰 키의 게으른 사내처럼 누워 있었다. 여자는 커피를 받고서 가만히 나를 보며 앉아 있었다. 스커트 밑으로 드러난 양 무릎은 작지만 단단했다.

「당신 동료가 돌아오기까지 꽤 시간이 걸릴 겁니다. 이 근처에는 담배 파는 곳이 없거든요. 미리 알려 줬어야 했는데, 기다리지 말고 시작하죠.」

「아니에요. 아직 시간은 많아요. 커피를 마시는 동안에는 돌아오겠죠.」

그녀는 고개를 들어 밖을 보았다. 여자의 검은 머리카락과 입술이 미묘하게 흔들렸다.

「지금 내가 무슨 생각을 하는지 맞혀 볼래요?」

「내기를 하자는 건가요?」

「원한다면.」

「사양하겠어요. 겜블러와 내기를 하긴 싫거든요.」

「……나는 게임을 그만뒀소.」

「우린 용의자를 다른 이름으로 부르지 않아요. 비록 그가 혐의에서 벗어났다고 해도 마찬가지죠.」

「몇 살이죠?」

「정말 궁금한 게 그건가요? 원한다면 답해 드리죠.」

「스물아홉. 신분증에서 확인했어요.」

「눈썰미는 좋을지 모르겠지만 여자를 기분 좋게 만드는 능력은 없으시군요.」

「이번 일이 당신의 첫 현장 임무인가요? 나는 직업상 한 번에 여러 가지를 보는 것에 익숙한 사람이죠.」

그녀는 대답 없이 나를 바라봤다. 우리는 말없이 커피를 마시며 담배를 사러 간 남자가 돌아오기를 기다렸다.

널찍한 다용도 테이블 위로 그녀가 몇 장의 사진들을 펼쳤다. 나는 천천히 담배를 피우며 시간을 끈 다음 냉장고에서 물을 꺼내 사내에게 주었다. 어정쩡하게 서 있던 그가 가볍게 목례를 했다. 첫 번째 사진 속에는 피투성이가 된 사내의 얼굴이 있었다. 바닥에 누운 사람을 서서 찍은 사진으로 포커스가 조금 흔들려서 눈동자가 흐릿하게 보였다. 칼날이 직접 얼굴을 그은 것 같지는 않았다. 나머지 사진은 그의 상체와 전신을 찍은 것이었다. 감색 슈트에 흰색 와이셔츠 차림이었고 타이는 하지 않았다. 복부에 검붉은 피가 집중되어 있었다.

「시신은 토막 난 다음 바다에 뿌려졌어요. 아쉽지만 토막을 낸 사진은 입수하지 못했어요. 그들로서는 그것까지는 필요 없다고 생각했는지도 모르죠.」

「그들이라면?」

그녀는 대답 대신 김태우를 돌아봤다. 그가 고개를 끄덕이자 다시 입을 열었다. 이상한 관계였다.

「필리핀에 거점을 둔 중국인 갱단이에요. 아직 수사 중이라 그 이상은 몰라요.」

「사진은 어떻게 입수했죠?」

「홍콩 지부의 동남아 총책에게 우편으로 전달되었어요. 당신에게 알려 줄 정보는 여기까지가 전부예요. 질문 있나요? 그렇지 않으면 이제 우리가 묻는 질문에 답을 해주셨으면 해요.」

「……이 사진이 중요하다면 왜 내게 보여 준 거죠?」

「당신이 이 사진을 보아도 좋다는 결정을 내렸어요.」

「내 의사와는 상관없이?」

「당신에겐 그런 권리가 없어요.」

이상한 일이지만 그녀가 이런 방식으로 말하는 것이 마음에 들었다.

「술을 한잔해도 괜찮을까요? 비위가 약한 편이라.」

「좋아요. 하지만 우리는 사양하겠어요.」

진열된 술병을 고르는 동안 숨을 고르며 사진 속 그의 눈을 떠올렸다. 죽은 자의 동공에는 죽기 전의 고통이 추상화된 메시지의 형태로 저장된다는 말을 들은 적이 있었다. 인간의 눈으로 그 정보를 해독하는 것은 불가능하지만 막연한 형태로의 감정 전달은 노력 여하에 따라 가능하다고 했다.

「이제 시작해 보죠. 강지수를 처음 만난 게 언제였죠?」

「……나는 사무적인 일 처리에 적응이 빠른 사람이 아닙니다.」

「생각했던 것과는 좀 다른 분이시네요.」

우리는 말없이 서로를 바라보았다. 김태우는 조금 떨어진 주방의 식탁 의자에 앉아 있었다.

「신지혜라는 이름은 왠지 당신이 가진 직업과 맞아 떨어지지 않아요. 이런 일을 하려면 좀더 강하고 선명한 이미지를 가진 이름이 어울리지 않을까요? 예를 들면 신지혁이나 신진태 같은.」

「모두 남자 이름이군요?」

그녀는 어이없다는 표정으로 웃었다. 처음으로 김태우의 굳어 있던 표정이 조금 풀렸다. 나는 그것을 좋은 징조로 받아들였다.

「여자라고 깔보는 것은 아니겠죠?」

「그런 일은 한 번도 없었습니다. 만약 김태우 씨만 왔다면 이 게임은 전적으로 내게 유리했을 겁니다.」

「우리가 지금 당신과 게임을 하고 있다고 생각하시나요?」

그녀는 정색을 하며 말했다.

「단지 습관이죠. 꽤 오랫동안 이런 사고방식에 익숙했기 때문에요.」

「도박사라는 사실이 자랑스러운가요?」

나는 대답하지 않고 위스키로 목을 적셨다. 최근에 대낮부터 술을 마신 적은 없었다. 타인과 이렇게 장시간 마주 보고 앉은 것도 없던 일이었다.

「나는 파산 직전입니다. 당신이 속을 긁어 놓지 않아도 충분히 엉망인 상태죠.」

그렇게 말하고 두 번째 담배를 꺼내어 물었다.

「우리가 만난 것은 홍콩의 한 호텔이었습니다. 정확히 말하면 샤틴경마장에서 처음 만났지만. ……그때 우리는 우연히 옆자리에 앉았습니다. 경마장에서 그는 상당히 취해 있었기 때문에 그가 한국인이라는 사실을 알고도 관심을 두지 않았죠. 술에 취한 노름꾼은 상대할 가치가 없으니까요. 그런데 다음 날 호텔 식당에서 다시 마주쳤습니다. 그가 테이블을 옮겨 내 앞에 앉았죠. 같은 한국인을 만나 반갑다는 인사를 했고, ……일상적인 수준의 만남이었습니다. 그다음은 길게 이야기할 것이 없습니다. 그는 경마장에서 딴 돈을 자랑했고 괜찮다면 함께 저녁을 보내자고 했죠. 그래서 저녁에 다시 만나 술을 먹었습니다. 짐작하겠지만 화제는 대체로 게임에 집중되었죠. 대화는 즐거웠습니다. 홍콩에서 그는 혼자였고 나도 외로운 상태였죠.」

그녀는 테이블 위에 수첩을 올려놓았지만 아무것도 기록하지 않고 잠자코 이야기를 들었다.

「그럼 마카오에서 처음 만난 것이 아니군요?」

대답하지 않고 눈빛으로 긍정의 신호를 보냈다. 그들이 알고 있는 그와 나의 관계가 어디까지인지 종잡을 수 없었다.

「마카오에서 다시 만났습니다. 바카라 테이블에서 옆자리에 앉았는데, 기억으로는…… 윈카지노였습니다. 그날 내가 조금 이겼기 때문에 술값은 내가 냈죠.」

「강지수는 혼자였나요?」

「그는 언제나 혼자였습니다. 그런 점에서 우린 비슷했어요. 가끔 여자들이 끼어들기는 했지만…… 그런 이야기를 듣고 싶은 것은 아니겠죠?」

「아뇨, 듣고 싶어요. 우린 강지수와 관련된 정보라면 사소한 것일지라도 모두 끌어모을 필요가 있어요. 추악한 스캔들일지라도 때로는 그것이 단서가 되는 법이죠.」

「우린 여자를 심각하게 생각하지 않았어요. 가끔 침대에서 필요했을 뿐이죠. 그는 대개의 경우 여자들에게 가명을 사용했어요. 대부분 비슷한 얼굴에 비슷한 체형이었고 심지어 이름이 겹칠 때도 있었어요. 여자 구하기가 수월치 않으면 마사지 클럽에 갔습니다. 궁금하면 거기에 가서 직접 확인해보시죠.」

「……한국인은 없었나요?」

「한국인 여자?」

「…….」

「아뇨, 없었습니다.」

신지혜는 나를 가만히 보았다.

「당신의 눈빛에서는 진실된 것이라고는 찾아볼 수 없군요. 포커페이스가 어떤 것인지 과시하고 싶나요?」

「…….」

「좋아요. 그럼 마지막으로 강지수를 만난 것은 언제였죠?」

「인도네시아의 발리에서 만났습니다. 그 만남도 우연이었습니다. 그때 나는 프랑스인 친구의 가이드 역할을 하고 있었고 그는 사업차 발리에 왔다고 말했습니다. '사업차'라는 말에는 자세히 묻지 말아 달라는 전제가 달려 있다는 것을 알기 때문에 그가 무슨 일을 하는지 궁금해하지 않았습니다. 반대로 내가 그 말을 먼저 했다면 그도 알아들었을 것입니다.」

「정말 궁금하지 않았나요?」

「내가 모르는 곳에서 심각하게 게임을 하고 있다는 정도는 알고 있었습니다. 그는 숨기고 싶은 것이 많은 사람이었고 그렇게 본다면 나도 마찬가지였습니다. 우린 서로를 모른 척 해 주었던 겁니다.」

「당신이 제이슨 리라는 것을 몰랐나요?」

얼음을 타긴 했지만 빈속에 먹은 위스키는 빠르게 반응했다.

「…….」

「당신 말대로 강지수가 도박에 빠져 있었다면 당신의 정체를 눈치채지 못하지는 않았을 거예요. 이럴 경우 강지수가 당신에게 의도적으로 접근했을 가능성이 높다고 보는 것이 현명한 판단이죠.」

「만약 지수가 그런 별볼일 없는 사내들 중의 한 명이라면 내가 몰랐을 리 없죠. 모두가 서로를 속이고 있었지만 그는 믿을 수 있는 유일한 인물이었습니다. 지수 쪽에서는 어떻게 생각했는지 모르지만 나는 그를 만나는 동안에는 전적으로 신뢰했습니다.」

「하지만 당신은 강지수가 어떤 인물인지 모르죠? 그가 과거에 어떤 일을 했으며 어떤 배경 속에서 살아온 사람인지 알지 못한다는 이야기죠.」

「…….」

「당신은 친구의 죽은 사진을 보고서도 이렇다 할 감정을 드러내지 않았어요. 당신이 그를 진심으로 이해했다면 이렇게 태연한 표정으로 나와 상대하지는 않을 거예요. 입으로는 신뢰를 들먹이지만 실은 아무런 상관없는 인물인 거죠.」

나는 술잔에 술을 따랐다. 얼음을 가지러 일어나는 것이 귀찮아 그대로 앉아 있었다.

「좋아요. 그 정도로 해두죠. 당신과 강지수가 만날 때 제3의 인물은 없었나요?」

「술에 취했을 때 누군가 옆자리에 앉았을지도 모르죠. 하지만 기억을 못하는 걸로 봐서 인상적인 일은 아닐 겁니다.」

「해외에서 그가 접촉한 인물은 극히 제한되어 있어요. 두 달의 수사를 벌인 끝에 마카오의 한 호텔에서 당신의 신용카드로 결제된 방에 그가 투숙했다는 사실을 알아냈죠. 그리고 당신을 추적하는 데 또 한 달이 걸렸어요. 당신은 그를 친구라고 하지만 그와는 단지 술과 여자를 나누는 정도였다고 우리에게 말하고 있어요. 우린 제이슨 리라는 사람의 뒷조사를 하면서 상당히 놀랐습니다. 과연 강지수가 접근할 만큼의 거물이라는 생각에 필요 이상의 흥분을 했었죠. 당신에게 실망하고 있다는 말입니다. 이번 사건이 너무 싱겁게 되어 버린 거죠.」

「…….」

「강지수는 도박으로 인해 막대한 빚을 지게 되었고 그 빚을 갚지 못해 중국인 갱에게 무참히 살해당했다, 그렇게 생각하나요?」

「불행하게도 그런 결말에 대해서 아주 잘 알고 있습니다. 하지만 그 끝이 싱거운 것이라고는 생각하지 않았습니다.」

「좋아요. 이제 정확한 사실 기록을 하도록 하죠. 가능한 모든 기억을 되살려 주길 바랍니다. 우리가 지금 당장 당신에게 요구하는 것은 이 정도가 전부예요.」

그녀는 펜을 들고 본격적으로 쓰기 시작했다. 나는 홍콩과 마카오에 있는 대부분의 특급 호텔과 식당, 바, 클럽들의 이름을 나열했다. 그중에서도 카지노가 제일 쉬웠고 정확한 날짜를 기억하는 것이 가장 어려웠다. 나는 무척이나 더운 날, 또는 더

위로 쓰러질 것 같았던 날, 푹푹 찌던 날이었다는 식으로 말해
그녀를 조금 화나게 만들었다.

「우리는 현재 당신이 강지수의 죽음과 직접적인 관련이 없다
는 판단을 내렸어요. 그렇지 않았다면 우리는 아마 다른 장
소에서 만났겠죠.」
신지혜는 수첩을 닫고 그 위에 볼펜을 올려 두었다. 흐트러
짐 없는 간결한 동작이었지만 그녀의 머릿속은 복잡해 보였다.
그녀가 왜 불안해하는지 궁금했다.
「……왜 나를 찾아온 거죠? 당신들이 움직여야 할 만큼 이
사건이 특별한 의미를 지녔나요?」
신지혜는 나를 바라보며 시간을 끌었다.
「정말 강지수에 대해 모르고 있군요.」
「…….」
「강지수는 우리와 함께 일하던 사람입니다. 우리는 그의 불
명예스러운 죽음에 당황하고 있어요.」
김태우는 얼굴을 잔뜩 찌푸렸다. 둘의 관계는 내가 생각하는
것 이상으로 복잡해 보였다. 어떻게 보면 둘은 서로를 견제하
기 위해 존재하는 것 같았다.
「변명하고 싶지 않지만 강지수와 나는 서로에 대해 알려고
하지 않았습니다. 이건 단순한 성향의 문제입니다. 뭔가 숨
기고 싶어서 그랬던 것이 아니라는 말이죠. 물론 그가 의도
적으로 그런 사실을 숨겼을지도 모르지만 나는 그가 과거에

무슨 일을 했느냐는 관심 밖이었습니다. 지금으로서는 조금 후회가 되긴 하지만 그런 사실을 알았다고 해서 뭐가 달라지는 것도 아니잖아요?」
「자신을 변명하는 데 서툰 사람이군요.」
그녀의 말이 정확히 무엇을 의미하는지 알지 못했다.
「무엇이 진실인지는 곧 드러나겠지만 그가 불행한 죽음을 맞았다는 사실은 바뀌지 않아요.」
그들이 돌아가고 나서 한동안 소파에 길게 드러누워 있었다. 딱히 할 일도 없었고 마음의 동요가 인 것도 아니었다. 그저 누워서 시간을 보내고 싶었다. 사진 속의 장면을 지우려고 시도하지 않아도 이미 나는 모든 것을 잊고 있었다. 속이 불편하지도 머리가 어지럽지도 않았다. 죽음은 자연스러운 것이다. 그렇게 생각하자 눈이 감겼다.

　지하철역에서 대학의 도서관 건물까지는 정확히 5분이 소요되었다. 문자 메시지를 보낸 다음 도서관 앞의 나무 벤치에 걸터앉았다. 여자는 담배를 구둣발로 짓이길 때쯤 나타났다. 그녀는 나를 확인한 다음 재빠르게 주위를 돌아보았다. 무릎까지 오는 베이지색 치마에 스타킹과 검은 구두, 흰색 블라우스에 군청색 카디건, 단정히 빗은 머리. 영락없는 도서관 사서였다. 1년 전 홍콩의 호텔에서 알몸으로 누워 있던 여자의 모습은 어디에도 보이지 않았다.

　「정말 당신이 찾아오리라고는 생각하지 못했어요.」

　그녀의 첫마디였다.

　「필립이 죽었다고요?」

　「수사관들이 그렇게 말했어.」

점심시간이 지나서인지 식당은 한가했다. 그녀가 마음을 진정시킬 수 있도록 시간을 줄 작정이었다. 내 앞에는 식은 커피가 놓여 있었고 그녀 앞에는 한 입 베어 먹은 마카롱이 놓여 있었다.

「이상하게 들리겠지만 꼭 이런 일이 일어날 것만 같았어요.」

「…….」

「날 찾아온 이유는 뭐죠?」

잠에서 깨어난 사람처럼 다른 얼굴을 하고 그녀가 내게 물었다.

「……단정할 순 없지만, 뭔가 내가 해야 할 일이 있는 것 같아서. 가능하면 도와줬으면 해.」

「내가 뭘 할 수 있죠?」

「기억을 되살리기만 하면 돼.」

최연희는 아랫입술을 지그시 깨물었다.

「필립을 어떻게 만나게 되었는지 궁금한 건가요?」

「……그런 이야기도 하나가 될 수 있겠지.」

그녀를 바라보는 대신 창밖으로 시선을 던졌다.

「홍콩에 도착했을 때 나를 에워싸고 있던 구속이 사라졌어요. 어떻게 그런 일이 가능한지는 직접 경험해 보지 않으면 알 수 없어요.」

처음 연희를 보았던 날을 기억해 내며 머리를 끄덕였다. 윈카지노호텔 로비였는데 그녀는 상당히 흥분해 있었다.

「홍콩에서 우린 스위트룸에서 묵었고 최고급 식당에서 식사를 했어요. 정민이와 내게 추억이 될 거라며 귀걸이를 선물해 주기도 했지요. '너무 많은 돈을 쓰는 것이 아닐까?' 하는 걱정이 들었을 때 경마장에 갔어요. 각자 좋아하는 숫자를 말해 보라고 했죠. 세 번째 경주에서 정민이와 내가 뽑았던 말이 순서대로 들어왔어요. 우리는 뭐가 뭔지도 모르며 기뻐했죠. 호텔로 돌아가는 차 속에서 얼마를 땄냐고 물었더니 필립은 아무렇지도 않게 '천만 원 정도'라고 말했어요. 정민이와 나는 기가 막혀 한동안 아무 말도 하지 못했어요.」
「필립에게 그런 행운이 있었어?」
「알아요. 순전히 운이었어요. 나도 도박으로 세상을 살 수 있다고 믿을 만큼 순진하지는 않아요. 마카오에서 당신을 만나기 전까지는 모든 것이 분명했지요. 내가 잘못 알고 있는 것인지도 모르지만 필립은 도박과는 거리가 먼 사람처럼 보였어요. 우리를 카지노에 데려가지 않은 탓도 있겠지만 느낌만으로도 그 정도는 알 수 있어요.」
「……」
「게임하는 모습을 보고 싶다고 조르자 당신은 흔쾌히 받아들였어요. 기억하나요?」
「그런 일이 있었지.」
나는 거짓말을 했다.
「당신은 내게 지폐 뭉치를 주면서 슬롯머신을 돌리며 시간을 보내라고 했어요. 돈을 잃기는 했지만 금방 익숙해져서 재미

있었죠. 한 시간이 조금 지났을 때 가보니 당신이 앉은 테이
블에 칩이 가득 쌓여 있었어요. '저 사람 제법 솜씨가 좋구나'
라고 생각하며 가볍게 흘렸죠. 하지만 또 한 시간이 지난 후
당신이 게임을 끝내야겠다고 일어섰을 땐 다리가 풀려 제대
로 서 있을 수가 없었어요. 당신이 그날 얼마를 땄는지 생각
나요?」

「아니, 그렇게 머리가 좋은 편은 아니라서.」

「그렇겠죠. 당신에게 그것은 일상이니까. 당신이 그날 딴 돈
은 모두 삼천만 원이 넘어요.」

「게임을 꽤 진지하게 한 날이군.」

「그래요? 그럼 당신은 왜 아무 표정도 짓지 않았죠? 웃지도
않았고 기뻐하지도 않았어요.」

「다음 날이면 다시 잃을 돈이었어.」

「아니, 그렇지 않았어요. 우리가 마카오에 머물렀던 오 일 동
안 당신은 한 번도 지지 않았어요.」

「가끔 그렇게 운 좋은 날이 있기도 해.」

「그건 운이 아니었어요. 단순히 섹스 파트너이긴 했지만 당
신이 생각하는 것만큼 바보는 아니에요. 당신이 그날 내게
뭘 선물했는지 기억해요?」

「선물?」

「……당신을 기다리며 상점 입구에서 진열된 시계들을 보고
있자 당신이 다가와 '마음에 들어?'라며 한마디를 던졌죠. 내
가 고개를 끄덕이는 순간 당신은 이미 가게 안으로 들어가

돈을 내고 있었어요.」

「꽤 후했군.」

「네, 얼떨결에 시계를 받았지만 기쁘지는 않았어요. 값비싼 창녀가 된 것인지 아니면 동화 속의 신데렐라가 되어 버린 것인지 구분이 되지 않았죠.」

나는 당시에 비교적 큰 게임을 하고 있었다. 해결해야 할 문제가 있었고 그것 때문에 서두르고 있었다. 나를 따라다니는 괴소문 탓에 심적으로 상당히 지쳐 있었고 더불어 돈 문제도 악화되고 있었다. 매일매일의 긴장감이 나를 옥죄어 왔고 종국에는 파멸하게 될 것이라는 불길한 예감 탓에 이러지도 저러지도 못하는 상황이었다. 그런 상황에서 베팅 액수는 점점 올라갔고 자제력을 잃고 휘청거렸다. 술에 취한 상태로 테이블에 앉았고 가끔은 카드를 보지도 않고 베팅을 했다.

커피를 마시고 담배를 피우며 시간을 흘려보냈다. 그녀에게서 무엇인가 정보를 알아낼 수 있지 않을까 하는 기대를 한 것 자체가 어리석었다. 정민의 휴대폰 전화번호를 적은 메모를 곱게 접어 지갑 사이에 넣은 다음 느릿느릿 일어났다.

「정말 신데렐라가 될 수 있다고 생각한 거야?」

「……」

그녀는 내 말에 고개를 들고서 피식 웃음을 터트렸다. 그러고는 다시 멍한 표정이 되어 창밖으로 시선을 돌렸다.

　정민과 만나기로 약속한 곳은 명동에서도 가장 붐비는 곳이었다. 소음으로 인해 매장 안은 어수선했고 빈 테이블을 찾기가 어려울 정도로 복잡했다. 정민을 이곳에서 만나기로 한 이유는 그녀가 강지수를 만난 첫날의 기억을 되살려 내는 데 도움을 주기 위해서였다.

　어렵게 찾아낸 빈자리에 앉아 기다린 지 30여 분 만에 정민이 나타났다. 미니스커트에 무릎까지 올라오는 흰색 스타킹을 신었다. 록 밴드의 리드 싱어를 연상시키는 헤어스타일이라서 어딘지 모르게 부자연스럽게 보였다. 흰색과 핑크색이 주조인 티셔츠 앞가슴에는 죽은 지 오래된 여배우가 윙크하며 하트를 뿌려 대는 캐리커처가 그려져 있었다. 홍콩에서 보았던 때와 달라 보이지는 않았지만 하이힐을 신어서인지 키가 자란 것처럼 보였다.

「오빠, 정말 너무너무 반가워요. 이게 정말 얼마만이야?」

주변에서 우리를 바라보는 시선을 의식하며 조용히 눈인사로 응대했다.

「홍콩에서 돌아와 곧바로 직장을 구했어요. 돈을 벌어야겠다고 마음먹었죠. 히, 철이 든 거죠. 문제는 일만 열심히 하면 다행인데 남자를 만났어요. 오빠도 알지만 내가 한미모 하잖아요. 남자들이 내버려 두지 않더라고요. 세 명을 만났는데 모두 별루였어요. 돈도 없고 잘생기지도 않았고 한결같이 멍청하고 세상에 겁은 또 얼마나 많은지 카지노에 놀러 가자고 하니까 벌벌 떨더라고요.」

「성실한 인간을 비난할 필요가 있을까?」

「그럴지도 모르죠. 하지만 그렇게 좀스럽게 살아 봐야 달라지는 것은 없어요. 인생 한방! 남자라면 그런 용기도 있어야죠.」

「부작용이 심각한데.」

「몰라요. 내가 미친년인지도 모르죠.」

그녀는 눈을 찡긋한 다음 시럽 넣은 커피를 들이켰다. 나는 묵묵부답으로 정민을 바라보기만 했다. 커피를 내려놓은 후 그녀는 자신이 사귀었다던 세 남자에 대해서 차례차례 이야기했다. 화제를 바꾸고 싶었지만 이야기를 들어 주는 것이 도움이 될 것 같아 그대로 두었다. 지루하고 산만한 이야기는 귀를 통과해서 곧바로 보이지 않는 구멍 속으로 사라졌다. 형체도 없고 깊이도 가늠할 수 없는 구멍 속으로 빨려 들어가면 모든 것

이 소멸되었다. 정상적인 인간은 몸에 그런 구멍이 없다. 나는
하품을 참으며 그대로 앉아 있었다.

「필립이 사라졌어.」
정민은 내 말을 알아듣지 못했다는 듯 어깨를 으쓱해 보였다.
「뭐라고 했어요, 오빠?」
「연락이 끊어졌어. 일종의 행방불명 상태가 된 거야. 정민이
가 혹시 필립에 관한 소식을 알고 있나 해서.」
「전 그날 이후로 필립 오빠를 본 적이 없어요. 필립 오빠는
그런 사람이 아니라는 것을 오빠도 잘 알잖아요.」
「그렇지.」
「두 사람, 친구인 건 맞아요?」
「아니라고 할 이유도 없어.」
「피, 둘 다 아주 이상한 사람들이야.」
「현재 필립에 관한 정보를 모으는 중이야. 그가 어디에서 살
았고 과거에 어떤 일을 했는지 궁금해졌거든.」
「나도 아는 건 거의 없어요. 오빠가 그 정도면 뭐 말할 것도
없죠. 그냥 밥도 사주고 옷도 사주는 친절한 사람이었어요.
대신 질문하는 걸 끔찍이 싫어했어요. 화를 낼 때도 있었죠.
어차피 나는 오빠가 주는 돈이 목적이었으니까 궁금해도 꾹
참고 있었죠. 오빠는 매일 도박만 했고, 밥 먹을 때나 침대에
서 겨우 얼굴을 봤으니까 이야기할 틈도 없었어요.」
「그래도 뭔가 기억할 만한 게 있지 않을까?」

「……아, 있긴 있다. 하지만 이건 오빠도 알고 있을 텐데.」

「뭐지?」

「오빠의 본명을 알고 있어요. 그냥 우연히 필립 오빠의 여권을 봤어요. 아무리 그래도 그 정도는 아는 사이죠?」

나는 고개를 끄덕였다. 호텔 방에서 정민이 강지수의 여행 가방을 뒤적이는 장면이 그려졌다.

「장호석, 되게 촌스럽죠. 혼자서 얼마나 웃었다고요. 사실 필립 오빠나 제이슨 오빠나 보통 사람들과는 달라서 좀 무서웠거든요. 그런데 이름을 보니까 꼭 옆집에 사는 아저씨 같았어요. 오빠는 본명이 뭐예요?」

「제이슨이 본명이야. 그런데 정말 여권이었어?」

「네. 아니면 내가 어떻게 알아요. 오빠, 그러지 말고 진짜 이름 가르쳐 줘요.」

강지수가 위조된 여권을 사용했다는 것은 모르는 일이었다. 생각보다 일이 더 복잡하게 얽혀 있었다.

「하긴, 알려 주지 않아도 돼요. 괜히 실망만 할 것 같아.」

「난 캐나다인이야. 이치훈이라는 이름이 있었는데 이제 제이슨이 훨씬 편해.」

「그래요? 그럼 오빠는 외국인이에요?」

정민은 신기한 동물을 바라보는 듯 눈을 크게 떴다.

「뭔가 특별한 일은 없었어? 뭘 숨기고 있다거나 누군가에게 쫓기는 듯한 느낌이 들지는 않았어?」

「필립 오빠가 어떤 사람인지는 오빠가 더 잘 알지 않아요? 난 그냥 섹스 파트너였어요. 침대에 누워서 오빠가 돌아오기를 기다리는 것 말고는 할 일이 없었죠.」

「함께 사원에도 가고 쇼핑도 하지 않았나?」

「좀더 기분 좋게 섹스를 하려고 했나 보죠. 필립 오빠는 여자에게는 이런 식으로 대해야 한다는 공식을 가진 사람처럼 행동했어요. 어차피 나는 그런 건 별 상관없었는데.」

「……」

「필립 오빠가 오빠 말고 다른 사람들과 어울리는 모습을 본 적이 없어요. 오빠도 거의 그렇지 않았어요?」

「……」

「아, 어디였더라? 리스보아였나? 아무튼 거기에서 오빠가 어떤 사람과 이야기 나누는 걸 봤어요.」

「어떤 사람?」

「몰라요. 기억나지 않아요. 아무튼 지금 생각나는 건 그 사람이 한국 사람이라는 느낌을 받은 것 정도예요. 멀리 떨어져 있었고 내가 다가가자 금방 헤어졌거든요.」

「한국 사람이라는 건 어떻게 알았지?」

「오빠, 내가 해외여행은 처음 갔지만 중국인과 한국인 정도는 구별한다고요. 누굴 바보로 알아.」

「그게 전부야?」

「네, 어쩌면 우연히 돈을 잃은 한국 관광객을 만났는지도 모르죠.」

「…….」

「히, 그렇진 않은 것 같아요. 몰래 카지노에 가서 필립 오빠를 찾았는데 같은 자리에서 게임을 하고 있는 걸 봤거든요. 느낌이 안 좋아서 그냥 방으로 올라왔어요. 눈치는 빠른 편이거든요.」

겉보기에 정민은 변한 것이 없어 보였다. 굳이 달라진 점을 찾는다면 흔히 말하는 긍정적이며 바람직한 인생의 항로로 진로를 바꾼 듯한 느낌이 난다는 정도다. 마카오 여행 이후 그녀는 정신적인 면에서 더 성숙해진 것 같았다.

「오빠 어디서 묵고 있어요?」

「호텔.」

「잘 됐네요. 그럼 오늘 밤 우리 집으로 가요. 그래도 괜찮죠? 오빠에 대해서 알고 싶어요.」

「…….」

「사실은 내가 어떤 사람인지 알려 주고 싶어요. 여긴 홍콩이 아니잖아요.」

그녀는 강지수가 실종되었다는 사실은 완전히 잊은 듯했다. 어쩌면 내 거짓말을 눈치채고 있는지도 몰랐다.

그녀의 집은 도시 변두리에서 흔히 볼 수 있는 연립 주택이었다. 건물 외벽에 묻은 시커먼 먼지 자국들과 복도에 어질러진 살림살이들이 건물에 들어 사는 사람들의 형편을 말해 주었다. 좁고 가파른 계단을 올라 5층 꼭대기에 이르자 그녀는 핸드백에서 미키 마우스가 달려 있는 키홀더를 꺼내어 현관문 열쇠를 꽂았다. 젊은 여자가 혼자 사는 공간이라고 하기에는 어딘지 처연한 느낌이 드는 장소였다. 문이 열리고 퀴퀴한 냄새가 훅하고 밀려오자 짐작은 확신이 되었다. 어디에도 여자의 냄새는 없었다. 내가 그런 생각을 하는 동안 정민은 망설이지 않고 신발을 벗어 때에 찌든 장판 위로 올라섰다.

「할머니, 저 왔어요. 주무시나?」

그녀는 내게 생긋 미소를 지어 보이고는 몇 발짝을 옮겨 안방으로 보이는 문을 열었다.

「누고?」

어둠 속에서 낮지만 걸걸한 목소리가 나왔다. 필요 이상의 힘을 내었는지 짧은 단어임에도 불구하고 호흡이 거칠었다.

「나야 정민이. 할머니 잘 있었어?」

「응, 우리 민이 왔나? 우짠 일이고, 올라멘 낮에 오지 와 이리 밤늦게 왔노?」

흐릿하지만 바닥에서 무엇인가 움직였고 방 안에 불이 켜지면서 허리를 숙인 백발의 노파가 정민의 팔을 잡고 있는 것이 분명히 보였다. 곧 노파는 내가 현관에 우두커니 서 있는 것을 알아채고는 실눈을 뜨고서 나를 노려봤다.

「저 사람은 누고? 죽은 영식이가?」

잠깐이지만 등에 찬물을 끼얹었을 때처럼 소름이 돋았다.

「할머니가 경상도 분이라서 무슨 말을 하는지 알아듣기 어려울 거예요.」

아닌 게 아니라 나는 노인과 대화를 이어 갈 수가 없었다. 내가 말을 하면 노파는 가는귀가 먹었는지 인상을 찡그리기만 했고 할머니가 말을 하면 내가 도통 알아들을 수가 없었다. 그래서 결국엔 각자 자신의 말을 내뱉기만 했다.

「할머니, 연세가 어떻게 되세요?」

「뭐라노? 나는 밥 묵었다. 니는 묵었나? 쩡민이하고 결혼은 언제 했노?」

「네? 아, 그런 게 아니라 저는 정민이와 조금 아는 사이입니다.」

「그래? 영식이하고 친구라꼬? 그라믄 됐다. ……선상님은 밥 묵었소?」

이런 식이었다. 노파는 말을 하는 도중 가려운지 손가락으로 머리를 북북 문질렀다. 열 손가락 모두에는 흰색 천으로 된 반창고가 마치 배구 선수들이 테이핑을 한 것처럼 말려있었다.

「시계가 몇 시고?」

벽을 둘러봤지만 시계는 없었다. 핸드폰을 찾으려는 나를 제지하며 정민이 말했다.

「주무시고 일어나서 심해지신 것 같아요. 조금 있으면 좋아져요. 할머니, 저녁 차릴게요. 조금만 기다리세요.」

「야는, 벌써 밥 묵으다 카이.」

신기하게 손녀의 말은 잘도 알아차렸다.

「나가요, 오빠. 여기서 조금만 내려가면 시장이 있어요.」

처음에 올라왔던 언덕 고갯길을 다시 내려갔다. 올라올 때는 마을버스를 탔는데 시장이 그만큼 멀지는 않은가 보았다. 캐나다로 떠나기 전, 나의 가족도 이런 동네에서 살았다. 좁고 가파른 골목이 산의 정상을 향해 실핏줄처럼 뻗어 있고, 피로에 지치고 생기를 잃은 사람들이 여기저기서 소음을 만들어 내는 곳이었다. 가난은 초원의 들풀처럼 단조롭고 길게 펼쳐져 있었다. 일단 그 동네에 들어오면 벗어나기는 불가능했다. 멀리 도시를 알리는 화려한 불빛을 바라보며 위로를 얻는 사람들도 있었지만 그것은 순수한 의미의 희망 사항일 뿐이었다. 캐나다로 이민을 가지 않았다면 우리 가족 역시 가난의 순환에 적응하며 살았을 것이다.

정민은 떡과 고기와 여러 가지 밑반찬을 샀다. 다음엔 약국에 들러 연고와 반창고, 파스, 좌약을 샀다. 그렇게 시장을 빙글빙글 도는 동안 정민은 전과 다르게 의젓하고 바른 걸음을 걸었다. 어디로 가야 하는지 잘 알고 있었고 그런 확신이 그녀에게 여유를 가져다 준 것처럼 보였다.

「할머니가 변비가 있거든요.」

한 뭉치의 좌약이 든 비닐봉지를 건네주며 그녀는 말했다. 변명을 하거나 과장을 하려고 시도하지도 않았다. 그녀의 말이 너무 자연스러워서 나도 한 번쯤은 좌약을 사용해 보는 것이 좋겠다는 생각이 들 정도였다.

어렵게 알아낸 할머니의 나이는 구십이었다. 아흔 살이라는 나이는 내가 이제껏 경험해 온 인간의 나이와는 많은 격차가 있었기 때문에 마음속으로 '구십'이라는 말을 반복해서 중얼거리며 그 단어가 가지는 이미지에 적응하기 위해 노력했다. 정민과 대화할 때는 그저 정신이 멀쩡한 노인에 불과했지만 나와 이야기할 때는 뭔가 다른 세계에 살고 있는 사람처럼 행동했다. 그것이 할머니만이 가진 타인을 대하는 전략의 일환인지 아니면 아흔이 넘은 사람들에게서 일어나는 보편적인 현상인지 쉽게 구분되지 않았다. "정민아, 이 아저씨는 누고?"라며 물을 때마다 나는 긴장했다.

집은 구조라고 할 것도 없이 그저 좁은 사각의 공간에 벽을 세워 놓은 정도에 불과했다. 싱크대 앞에서 정민이 육개장을 끓이기 위해 야채를 다듬고 불 조절을 하며 바쁘게 움직이는 동안, 노파와 나는 거실 겸 주방으로 쓰이는 공간에 마주 보고 앉아 있었다. 집 안에 별다른 살림살이가 없었으므로 좁지는 않았다. 천장에는 빨랫줄이 쳐져 있었고 수건이 두 장 사이좋게 나란히 걸려 있었다. 할머니는 말하는 도중 손수건으로 눈과 코밑을 훔쳤고 옆에 둔 걸레로 바닥을 문지르기도 했다. 그것이 싫증나면 머리를 벅벅 긁었다. 그리고 갑자기 생각이 났다는 듯 내게 말을 걸었다.

「마은 놈의 손들이 지랄을 해싸서 몬 살겠다. 와 이 지랄을 해쌌노?」

말하며 손가락으로 천장을 가리켰다.

「밤만 되면 와갖고 술 쳐묵고 떠들고 소리를 질러 쌌고, 아이고 마 시끄러봐서 몬 살겠다. 우야믄 좋노?」

할머니가 이런 말을 거듭해서 중얼거렸기 때문에, 실제로 이 집에 여러 이웃 사람들이 오나 생각했다. 정민이 뒤돌아 고개를 저으며 웃기 전까지는 그랬다.

「할머니, 사람들이 언제 오는데요?」

「아무 때나 온다.」

「문을 걸어 두시면 되죠.」

「장그면 뭐하노, 저기 벽을 타고 막 내려 안 오나. 소용이 없다 카이.」

「어떤 사람들인데요?」

「아도 있고 어른도 있다. 얼매나 빠른지 모른다. 미버 싸서 뚜드러 패도 안 간다. 마 미친 개이들이라.」

그렇게 말하고는 할머니는 정말 그들이 미워서 못 살겠다는 표정을 지었다. 진심으로 한 인간을 저주할 때 나오는 얼굴이었다. 나는 한 무리의 환영들이 할머니의 허락도 없이 들어와 술을 먹고 저희들 마음대로 떠들며 널브러지는 장면을 마음속으로 그려 보았다. 곡두들은 염치가 없으며 할머니를 괴롭히기만 한다. 할머니는 욕을 해대며 그들을 막아 보기도 하고 그들이 어지른 바닥을 치우기도 하며 신세 한탄을 한다.

"할머니, 무서우세요?"라고 물으니 "뭐라?" 답하며 짐짓 딴청을 부렸다. 혼자 사는 아흔 된 노파의 심리 상태는 복잡했다. 내가 아흔 살이 되어 손가락이 갈라지고 좌약을 넣지 않으면 대변을 보지 못하는 신세가 되면 환영의 존재를 믿게 될지도 모르겠다.

정민이 차린 밥상은 단출했지만 식구들이 둘러앉아 저녁을 먹는 평화로운 그림을 떠올리기에 부족함이 없었다. 오랫동안 혼자서 식사하는 것에 익숙했기 때문에 앉은뱅이 상에 둘러앉아 숟갈을 드는 것이 어색했다. 밥상 중앙에는 두부김치찌개가 놓여 있었고 메인 요리로 불고기가 놓였다. 김치와 김, 콩나물 무침이 반찬이었고 국은 육개장이었다.

「꾹 참고 드세요.」

「제법인걸.」

빈말은 아니었다. 윈카지노호텔 레스토랑에서 샥스핀 수프를 먹으며 요란을 떨던 여자아이를 보았을 때에는 그녀가 누군가를 위해 소박하고 정갈한 음식을 만들어 낼 것이라는 기대 따위는 하지 않았다. 할머니는 저녁을 먹었다고 말했지만 막상 밥상 앞에 앉자 게걸스럽게 음식을 먹어 치웠다. 음식을 삼키면서 내는 소리가 귀에 거슬리긴 했지만 비위가 상할 정도는 아니었다. 할머니는 불고기를 제대로 씹지 못하고 오물거렸다. 그러고는 얼마 남아 있지 않은 치아를 입을 벌리고 내게 보여 주었다.

「이 바라, 문디같이 이빨이 다 빠지 가지고 묵지도 몬한다.」

이는 시커멓게 변색되어 있었고 그나마도 잇몸에 겨우 붙어 있는 상태였다. 할머니가 손가락으로 누르자 흔들리며 뒤로 밀려 가는 것이 보였다.

「할머니, 밥 먹을 때 그렇게 하지 말라고 했잖아!」

정민이 그렇게 말해도 노인은 물러나지 않았다.

「도둑놈의 손들이 전부 다 훔치 가서 안 그렇나.」

　도둑이 뭘 훔쳐 간 것인지 몰랐지만 나는 그저 고개를 끄덕이기만 했다. 할머니에게 말을 붙여 봐야 나만 더 피곤해진다는 것을 파악했기 때문이다. 아무런 반응이 없자 노인은 트림을 하기도 했고 방귀를 뀌기도 했다. 그때마다 정민이 눈살을 찌푸리며 역정을 부렸지만 할머니는 못 들은 척하며 숟가락을 들었다. 정민이 설거지를 시작하자 담배를 피우기 위해 일어섰다. 그때 할머니가 나를 붙잡았다.

「어디 가노?」

「나가서 담배 좀 피우고 올게요.」

「여서 피라.」

　나는 정민을 바라봤고, 정민이 서랍에서 깨어진 그릇을 내왔다.

「할머니도 피우실래요?」

　내가 물었지만 노인은 고개를 내저었다.

「나는 옛날에 끊었다. 몸에 해롭다 아이가. 마 여서 피라.」

　내가 담배를 피우는 동안 할머니는 정민이 제과점에서 사온 크림빵과 팥빵의 봉지를 뜯었다.

「할머니 한꺼번에 많이 먹으면 탈 난다.」

　정민이 말했지만 이번에도 할머니는 못 들은 척했다.

　정민의 말에 따르면 노인의 몸은 정상적인 곳이 한 군데도 없었다. 그렇게 말하는 정민의 표정에는 아흔 살의 육체에 대한 체념이 묻어 있었다. 가장 심각한 것은 눈이었다. 오래전부터 백내장이 진행되어 현재는 거의 실명 단계에 접어들었다고

했다. 수술을 해보려고 했지만 당뇨가 심하다는 진단을 받았고
합병증이 우려된다는 이유로 포기했다. 그리고 할머니가 이렇
게 오래 사실 줄 몰랐다는 말도 했다. 그런 정민의 이야기를 노
인은 곁에서 딸기를 먹으며 들었다. 마치 다른 사람의 이야기
를 듣는 것처럼 표정이 없었다. 나는 처음부터 할머니가 이렇
게 혼자서 방치되어 있는 이유를 묻지 않기로 했다. 노인이 나
와 정민의 관계를 따져 묻지 않는 것처럼 사람들 사이에는 때
로는 적당한 무관심이 필요했다.

「민아, 여서 자고 가라.」

「안 돼, 할머니.」

「와? 캄캄한데 어디 나갈라꼬 그라노? 마 여서 자라. 아저씨
도 여서 자고.」

「……그렇게 하자. 내 걱정은 하지 않아도 돼.」

정민은 곤란한 표정을 지었고 백발의 노인을 보며 짧은 한숨
을 내쉬었다. 정민은 할머니와 함께 잠자리에 들었고 나는 바
로 옆방에다 요를 깔았다. 이불이 들썩일 때마다 노인에게서
나는 특유의 냄새가 코를 찔렀다. 텔레비전을 낮게 켜 놓고 바
닥에 드러누워 천장을 바라보다 잠이 들었다.

「저놈 잡아라.」

아마 내가 들은 것은 그런 내용이었을 것이다. 제대로 알아
들을 수 없는 괴성이 요동치는 파도처럼 낮았다가 높아지는 고
저 운동을 반복했다. 처음에는 무슨 일이 일어났는지 짐작이

가지 않았지만 시간이 흐르면서 그것이 침입자를 필사적으로 막으려는 인간의 몸부림이라는 것을 알게 되었다. 잠꼬대라고 하기에는 소리가 너무 컸다. 정민이 할머니를 흔들어 깨우는 소리가 들렸다.

「할머니 자꾸 잠꼬대하면 나 집에 가버린다.」

정민의 목소리가 벽을 타고 들렸다. 낮은 신음 소리가 나고 주위가 다시 조용해졌다. 커튼이 없는 창문 사이로 옅은 가로 등 불빛이 새어 들어와 어둠은 변질되어 있었다. 머리맡에 놓 인 휴대폰을 보니 겨우 자정이 넘은 시각이었다.

죽은 아버지도 잠꼬대를 한 적이 있었다. 캐나다에 정착하고 가게도 어느 정도 자리를 잡아 갈 때였다. 새벽에 무슨 소리가 들려 일어나 아버지의 방문을 열어 보니 아버지는 왼쪽 가슴에 한 손을 대고 애국가를 부르고 있었다. 눈도 뜨지 않고 아버지 는 빳빳이 선 채로 노래를 불렀다. 나는 애국가 1절을 마친 아 버지가 2절을 부르려고 할 때에야 정신을 차리고 아버지를 침 대에 눕혔다. 눈을 뜬 아버지는 "훈아, 네가 왜 여기 있냐?"라 며 다정히 물었다. 다음 날 아침 일찍 가게에 내려간 아버지는 간밤에 있었던 소동에 대해서는 기억하지 못했다.

옆방에서 코 고는 소리가 들려왔다. 단조롭지만 편안한 기분 이 들게 하는 소리였다. 얼마나 지났을까? 방문이 열리고 온기 를 담은 물체가 사뿐히 미끄러져 들어왔다. 정민이었다. 이불을 들치고 내 가슴에 얼굴을 파묻었다. 반사적으로 그녀를 안았다.

「놀랬죠, 오빠?」

「잠깐 잠이 깼을 뿐이야.」

정민은 뭐가 우스운지 한참을 키득거렸다. 그러고는 팬티에 손을 집어넣고 내 물건을 잡았다. 물컹물컹한 감각이 그녀의 손을 타고 뇌까지 전달되었다. 그녀는 브래지어와 팬티 차림이었다. 그녀가 젖꼭지를 빨았고 손을 움직이기 시작했다.

「오빠, 백내장이 어떤 병인지 잘 모르죠?」

정민이 갑자기 고개를 들어 말했다.

「글쎄…… 아직 주변에 그런 병을 앓은 사람이 없어서.」

「사실은 나도 잘 몰라요. 할머니가 정말 그 병에 걸린 건지도 확실치 않아요. 내버려 두면 실명한다는 것이 전부예요. 나도 어떻게 해야 될지 모르겠어요.」

「병원에 모시고 가보지.」

「……그게 그렇게 쉬운 일이 아니에요. 핑계이긴 하지만 살다 보면 피하고 싶은 일이 생기거든요. 솔직히 말하면 그냥 내버려 두는 거지만.」

「…….」

「지난번에 어떤 의사한테서 들은 이야긴데 저런 병을 앓으면 헛것이 실제로 보인대요.」

「헛것?」

「왜, 할머니가 계속 이상한 이야기를 하잖아요? 사람들이 벽을 타고 들어온다고 하고, 내쫓아도 도망도 안 간다고 그러고, 그게 처음에는 할머니가 나이가 많아서 노망이 들었다고 생각했거든요. 근데 그게 아니래요. 할머니 눈에는 실제로 그 사람들이 보인다는 거예요. 눈에 이상한 이물질들이 마구 끼어서 아무것도 보이지 않게 되니까 뇌가 기억에 넣어 두었던 사물을 끄집어 내어 억지로 보는 거래요. 그래서 할머니 눈에는 그 사람들이 정말 살아 움직이는 것처럼 보이는 거죠.」

「…….」

「무섭죠?」

"아니"라고 말했지만 나는 완전히 식어 버렸다.

「미안해요, 이상한 이야기를 해서.」

그녀는 다시 내게 몸을 밀착시키고 입술을 부딪쳐 왔다. 그녀의 입술을 받아들이며 할머니가 매일 본다는 환영에 대해 생각했다. 그들은 할머니가 원치 않는데도 나타나 북을 치고 술을 먹고 난리법석을 떤다. 그들을 쫓아내기 위해 노인은 혼자인 방에서 빗자루를 휘두르기도 하고 저주의 언어를 퍼붓기도 한다.

「아주 지랄이라.」

할머니의 말처럼 견디기 힘든 일이다. 그들은 주인의 감정 상태는 아랑곳 않고 벽이나 창문을 통해 으스스한 모습을 드러낸다. 노인은 그들을 두려워한다. "아주 못된 손들이라"고 말할 때 나는 할머니가 겁을 먹고 있음을 알았다.

「오빠, 집중 좀 해요.」

정민은 브래지어와 팬티를 벗고 몸 위로 올라왔다. 상념에 빠져 있는 동안 나의 중심은 그녀의 입속에 들어가서도 흐느적거렸다. 그녀가 몸을 기울여 가슴을 내게 물렸다. 나는 그녀의 젖꼭지를 빨면서 손을 뻗어 그녀를 만졌다. 내 것과는 다르게 충분히 젖어 있었다. 정민은 살아 있었고, 주위에 우리를 지켜보는 환영 따위는 없었다. 자세를 바꾸어 정민을 올라타고 내려다보니 그녀가 고개를 옆으로 천천히 돌렸다. 내가 몸속으로 들어가자 정민은 옆방으로 소리가 새어 나가지 않도록 입을 막으며 신음을 참았다. 나는 벽 너머 할머니의 코 고는 소리와 정민의 호흡을 번갈아 확인하며 몸을 움직였다. 그녀의 작은 가슴이 어둠 속에서 흔들렸다. 등 뒤에서 누군가 나를 지켜보고 있는 듯한 착각이 들었다.

눈을 뜨니 정민은 옆에 없었다. 내가 잠든 사이 건넌방으로 옮겨 갔나 보았다. 엎드린 채 졸린 눈을 부비며 담배를 피우는 사이, 정민이 일어나 덜그럭거리며 아침밥을 준비하는 소리가 들려왔다. 불투명 창문 유리로 들어오는 빛의 강도가 점점 세졌고 더불어 시야도 넓어졌다. 간밤에 있었던 일이 현실감을 잃고 있었다. 문을 열고 나가니 욕실에서 정민이 노인의 얼굴을 닦아 주는 것이 보였다. 정민이 팬티 차림이어서 조금 당황했지만 아무것도 보지 못했다는 얼굴로 다시 방으로 들어와 텔레비전을 켰다. 아침 뉴스에는 벌써 출근 차량들이 꼬리에 꼬리를 물고 있는 장면이 나왔다. 정신을 차린 후, 맨발에 구두를 신고서 슈퍼에 가 칫솔과 면도기를 샀다. 샤워를 하지 않은 탓에 아랫도리가 눅눅했지만 참을 수 없을 정도는 아니었다.
할머니는 아침에도 왕성한 식욕을 보여 주었다. 대신 말수는 현저히 줄었다. 다행이라는 생각을 하며 묵묵히 수저를 들었다.

정민이 노인과 이별을 하는 동안 나는 정민에게 내가 해줄 수 있는 것이 무엇일까 생각해 보았다. 돈밖에 떠오르는 것이 없었지만 타이밍이 좋지 않았다.

「민아 또 온나. 할매가 니를 얼매나 보고 싶어 하는지 알재?」

굽은 등허리는 지난밤보다 더 내려가 있었다.

「아저씨, 우리 민이 좀 잘 살펴 주소. 아가 어릴 때부터 혼자 되서 너무 불쌍타 아이가. 영식이 손이라도 살아 있으면 안 이랄 낀데.」

노인은 기어이 눈물을 찍어 냈다.

비좁고 더러운 골목길을 내려오면서 정민은 내 팔을 꼭 붙잡고 있었다. 정장 차림의 남자와 미니스커트를 입은 젊은 여자가 아침부터 팔짱을 끼고 내려오는 장면은 그 동네에서 흔하지는 않은가 보았다. 출근길에 나선 사람들이 종종걸음을 하면서도 우리를 곁눈질했다. 끝내 영식의 존재에 대해서 정민에게 묻지 않았다. 왜 제대로 거동도 못하는 반봉사의 노인을 5층 연립 주택의 공간에 내버려 두어야만 하는지도 묻지 않았다.

정민을 택시에 태우기 전, 어렵게 내 의사를 전달했다.

「여기 내 전화번호야. 할머니가 계실 장소를 알아보도록 해. 노인들이 공동으로 생활하는 곳이 분명히 있을 거야. 가능하면 병원이 딸린 곳으로 알아봐.」

정민은 눈을 내리깔고 고개를 끄덕이기만 했다. 택시에 올라 탄 그녀는 잠깐 나를 쳐다보았다. 택시가 서둘러 출발해 버렸기 때문에 그녀가 울고 있는 것인지는 확인하지 못했다. 정민

이 마카오에서처럼 눈을 동그랗게 뜨고 뛰어다니려면 시간이
꽤 걸릴 것이다. 아니 어쩌면 나는 그곳에서 환영을 본 것인지
도 모른다. 나의 뇌는 내가 원하는 장면만을 반복해서 보여 주
는 데 익숙해진 것이 아닐까 하는 의심이 들었다. 바지 주머니
에 손을 찔러 넣고 한참을 서 있었다. 누나의 장례식 이후에 묻
어 두었던 감정의 찌꺼기들이 되살아날 기색이 보였다.

오창의 아파트로 내려온 다음 다시 일상으로 돌아갔다. 특별한 경우가 아니면 아침 7시에 일어나 하루 일과를 시작했다. 신문을 펼치고 커피를 마시며 토스트에 달걀 프라이를 먹었다. 간단히 샤워를 마친 다음에는 노라 존슨이나 잉거 마리의 감상적인 목소리를 들으며 소파에 기대어 책을 읽었다. 프랑스 소설과 미국 소설을 번갈아 가며 읽었다. 어느 쪽이 더 마음에 드는가는 기분에 따라 달랐다. 탁자 왼쪽에는 프랑스 소설을 두었고 오른쪽에는 미국 소설을 올렸다. 일주일에 거의 6권 정도를 읽는 속도여서 책은 빠르게 불어났다. 하지만 완전히 정독하는 경우는 2,3권 정도였다. 소설만 집중적으로 읽는 것은 처음 있는 일이었다. 그동안 게임에만 몰두했던 탓에 픽션이 보여 주는 조금은 허술해 보이는 세계에 무관심했던 것이다. '이제 그만' 하고 마음먹자 소설을 읽어야겠다는 생각이 들었다.

왜 그런지는 모른다.

소설 읽기에 싫증이 나면 산책을 나섰다. 멀지 않은 곳에 인공 호수로 만든 산책길이 있었고, 좀더 오래 걷고 싶을 때는 목령산으로 향하는 등산로를 탔다. 아는 사람이 아무도 없었기 때문에 길을 걷다 누군가와 인사하는 일은 한 번도 일어나지 않았다. 시간을 재지도 않았고 속도를 낼 필요도 없었다. 그저 느긋하게 걷기만 했다. 집으로 돌아와서는 청소를 하고 냉장고 안을 들여다보며 생활의 엄숙함에 대해 생각했다. 무료해지면 시내로 차를 몰고 나갔다. 3일에 한 번꼴이었다. 아직 완성된 타운이 아니었기 때문에 이런저런 볼일을 보기에는 시내로 나가는 것이 편리했다. 저녁을 먹거나 영화를 볼 때도 있었지만 대부분은 대형 마트에 들러 세탁물을 맡기거나 쇼핑을 했다. 그리고 다시 오창으로 돌아와 지하 주차장에 차를 세운 다음, 낮에 읽다 만 책을 펼치고 같은 음악을 반복해서 들었다. 간혹은 뉴스나 다큐멘터리를 보았다. 그러고는 스탠드의 불을 끄고 잠자리에 들었다. 파산 위기에 처한 노름꾼의 일상치고는 너무 단조롭고 평화로웠다.

은행에 전화를 걸어 달러 계좌를 확인했다. 석 달 전과 마찬가지로 미화 1백만 달러가 남아 있었다. 전화를 끊고서 이제 어떻게 할 것인가를 생각했다. 그 돈은 강지수가 내게 맡긴 돈이었다. 은행에 그렇게 많은 돈을 예치한 경험이 없었기 때문에 그가 계좌를 빌려 달라는 제안을 해왔을 때 주저했다. 왜 차명 계좌가 필요한지는 내 관심사가 아니었다. 오로지 그 일을 받아들여 내가 처할 수 있는 미래의 곤란에 대해서만 생각했다. 현금 1백만 달러를 은행에다 넣어 놓고 유유자적할 사회적 지위에 있지도 않았고 그런 멍청한 짓을 할 만큼 현실 감각이 없는 것도 아니었다. 정중히 거절했지만 그는 고집을 꺾지 않았다.

"잠깐이면 돼. 뭐 혹시 일이 잘못되면 자네가 가져도 돼"라고 그가 농담조로 말했어도 나는 은근히 불안했다. 그렇게 많은 돈을 선뜻 타인의 은행 계좌에다 넣을 수 있는 인간이 있으리라고는 생각해 보지 못했다. 나는 한나절의 시간을 보낸 다음 계좌를 오픈했다. 그 돈이 내 돈이 될 수도 있지 않겠느냐는 얄팍한 생각을 하지는 않았다. 다만, 처음으로 강지수라는 사내의 정체에 대해 궁금증이 일었다. 그는 수표를 들고 나타났다. 당시 내가 운용할 수 있는 돈의 총액이 그 정도였기 때문에 속으로 놀라워했다. 그가 돈을 어떻게 처리할 것인지 궁금해하며 한동안 그의 행동을 지켜보기로 했다. 하지만 스릴 넘치고 돌발적인 일이 일어날 것이라는 기대와는 다르게 그는 내게서 연락을 끊고 사라져 버렸다. 수수께끼 같은 인물이었다. 그는 이제 사진 속에서 갱의 칼에 맞아 죽어 있는 모습으로 다시 나타났고, 그의 돈 1백만 달러는 여전히 내 명의로 된 은행 계좌에 남아 있다. 그가 내게 돈을 맡겼다는 증거 따위는 없다. 유령이 나타나지 않는 한 돈은 합법적으로 내 소유가 되었다. 이것이 흔히 말하는 행운일까? ……나는 그렇게 생각하지 않는다.

다시 만난 신지혜는 2주 전보다 훨씬 피로해 보였다. 살도 빠진 것 같았고 얼굴 피부도 조금 검게 변해 있었다. 특히 눈 주위는 화장으로 가릴 수 없을 만큼 어두웠다. 신경을 쓴 단정한 옷매무새에도 불구하고 생기는 찾아볼 수 없었다. 이전에 아파트에서 나를 긴장시켰던 고압적이면서도 바른 태도도 사라졌다. 첫 만남에서는 성적 유혹을 느낄 만큼 신선한 느낌이 있었지만, 이제는 과도한 업무에 지쳐 버린 직장인을 앞에 놓고 앉아 있는 기분이 들었다. 단 2주의 짧은 시간이 한 여자를 완전히 다른 사람으로 바꾸어 버릴 수 있다는 것이 놀라웠다.

「무슨 안 좋은 일이 있었나 보죠?」

「네?」

그녀는 조금 후에 내 말을 알아들었다는 듯 고개를 끄덕였다.

「강지수와 관련되어서 할 말이 있다면 사람을 잘못 찾아왔어요. 사건은 경찰로 넘어갔어요. 우리가 수집한 자료를 모두 넘겨주지는 않았지만, 그 사람들에게는 필요도 없는 것들이죠. 도박 빚 때문에 내국인이 외국에서 살해된 경우가 흔치는 않아도 엽기적인 연쇄 살인 행각에 비하면 쇼킹한 뉴스는 아닐 거예요. 경찰이 이런 사건을 위해 수사대를 마닐라로 보낸다는 것은 있을 수 없는 일이죠. 무슨 의미인지는 당신도 알고 있겠죠?」

「글쎄요.」

「생각보다 눈치가 없으시군요. 윗선에서 사건을 잘라 버렸다는 이야기예요. 싱거운 사건에 국가 정보원이 에너지를 낭비

할 필요는 없다고 말하더군요.」

「이런 이야기를 내게 해도 괜찮은가요?」

「무슨 상관이에요? 이제 우리 사건도 아닌데.」

그녀는 마치 내게 분풀이하듯 말했다.

「그럼 왜 오늘 이 자리에 나온 거죠?」

그녀는 입을 다물고 생각에 잠겼다. 탁자 위에 놓인 커피로 입술을 적신 다음 그녀가 말했다.

「우린 이번 사건을 오래전부터 추적해 왔어요. 그래서 불가피하게 당신에 대한 조사도 한 거죠. 그래서 지난번에 강지수가 죽은 사진을 당신에게 보여 준 것에 대해 유감스럽게 생각하고 있어요. 당신은…… 오랫동안 혼자였고 이런 식의 죽음에 익숙한 사람이라는 것도 우리는 알아요. 강지수와 당신이 어떤 관계인지는 모르겠지만 아무튼 당신은 친구를 잃었어요. 그 점이 마음에 걸렸어요.」

나는 그녀의 눈을 바라본 다음 말했다.

「좋아요. 그렇게 알고 있겠습니다. 하지만 몇 가지 질문을 하도록 하죠.」

「…….」

「강지수가 국정원 비밀 요원이었다는 게 사실입니까?」

「지난번에 제가 좀 흥분했던 것 같네요. 피의자 신분을 노출시킨 것은 실수였어요. 당신이 그 정도 사실은 알고 있을 거라 짐작했어요.」

「피의자라고 말했나요?」

「결과적으로 사건의 피해자가 되었지만 ……그는 우리가 관리하는 인물 중 한 명이었어요. 너무 깊이 파고들지는 말아요.」
「자금 출처에 대한 조사가 있었나 보죠?」
「대답할 수 없어요.」
「좋습니다. 그럼 그는 왜 정보원을 그만둔 거죠?」
「어이가 없네요. 우린 그와 관련된 어떠한 정보도 당신에게 알려 줄 수 없어요. 만약 그가 자신의 신상 정보를 당신에게 알려 주지 않았다면 자신의 의무를 충실히 이행한 거예요. 과거에 이런저런 일을 했었다고 떠벌리고 다니는 정보원이 생겨나면 혼란스럽지 않겠어요? 아무튼 이 질문은 없었던 것으로 해두죠.」

시간이 흐르면서 그녀는 점점 회복 단계에 들어선 간염 환자처럼 변했다. 완쾌 단계에 이른 간염 환자들은 충분한 영양을 섭취한 탓에 겉으로 보기에는 일반인보다 더 건강해 보인다.

「내가 당신을 보자고 한 것은 우리가 뭔가 교환할 거리가 있다고 여겼기 때문입니다. 당신은 정보원 시절의 강지수에 대한 파일을 가지고 있고, 나는 마카오 이후의 그의 행적에 대해 알고 있죠. 꽤 괜찮은 거래가 아닌가요?」
「이봐요 제이슨 씨, 아니 이치훈 씨. 당신은 뭔가 심각한 착각을 하고 있는 것 같아요. 우린 서로 어떤 거래를 할 만큼 대등한 입장이 아니예요. 필요에 따라서 우리는 당신을 조사할 수 있고 당신은 응해야 하죠. 강제적인 방법을 동원할 수도 있어요.」

「복잡한 절차를 좋아하나 보죠?」

그녀는 잠시 어이없다는 표정을 지었다.

「나는 내 나름대로 강지수의 죽음에 의문을 가지고 있어요. 당신네들이 수사하는 것과 상관없이 별개의 일이 남아 있기도 해요. 만약 사건이 흐지부지하게 종결된다면 나는 계속 의문을 갖고 살 수밖에 없습니다. 당신이 나를 어떻게 생각하느냐는 전적으로 당신이 판단할 문제지만 내가 할 수 있는 일은 할 겁니다. 죽음의 결과를 놓고 해석을 하는 것은 당신들의 일이겠지만 나는 스스로 납득할 때까지 알아볼 것입니다.」

「혹시 당신이 말하는 의혹이 돈과 관련된 것은 아닌가요?」

「…….」

「우린 닮은 점이 있네요. 당신 역시 공정한 거래에는 익숙하지 않은가 보군요.」

나는 탁자를 중지로 가볍게 두드리며 말을 이었다.

「강지수는 나 말고도 마카오에서 교류하던 사람이 있었습니다. 당신들 파일에 그 이름이 있는지는 모르겠지만 그가 이번 사건을 푸는 데 의외의 역할을 담당할 제3의 인물이 될지도 모르죠.」

그녀의 눈빛이 반짝였다.

「지난번에는 그런 이야기를 하지 않았잖아요?」

「그때는 몰랐습니다. 이후에 나름의 조사를 해서 알게 되었죠. 내가 직접 본 것이 아니라 진위 여부는 장담하지 못합니다.」

「좋아요. 하지만 왜 당신은 그 인물에 강한 비중을 두는 거죠? 당신이 몰랐던 사람이라면 그저 스쳐 지나가는 사람일 가능성이 더 높지 않나요?」

「그럴지도 모르죠. 하지만…… 그 사람의 존재에 대한 이야기를 들었을 때 뭔가 미심쩍은 느낌이 들었어요.」

「도박사의 직감이란 말씀이시죠?」

그녀가 비아냥거렸기 때문에 나는 찬물을 들이켜며 시간을 끌었다. 웨이터를 불러 밸런타인을 주문했다. 술이 나오기를 기다리며 우리는 그대로 마주 보고 앉아 있었다.

「파산 위기에 처하신 분 치고는 상당히 여유가 있네요?」

「마음대로 생각해도 좋습니다.」

「…….」

「내가 만약 우아한 죽음을 택한다면 나는 그것을 실행할 자격이나 권리가 있다고 생각합니다.」

「낭만적인 분이시군요.」

그녀는 자신의 잔에 술을 가득 따랐다.

「파산의 경우도 마찬가지입니다. 최소한의 구색은 갖추어야죠.」

「그래서 아직도 외제차를 굴리고 값비싼 술을 마신다는 건가요?」

「내게는 숨을 쉬는 공기처럼 흔한 거죠.」

「지금 내게 돈 자랑을 하는 건가요?」

「……잘못 알고 계신 것 같아 하는 말인데 내가 지금 파산에 이른 것은 게임 때문이 아닙니다.」

「당신이 주식 투자로 돈을 많이 벌었다는 것은 알고 있어요.」

「요즘 정보국에서는 낡은 정보를 수집하는 것이 유행인가요?」

「말조심하세요. 당신 같은 사람에게 비난 받을 만큼 허술한 곳은 아니에요.」

「꽤나 자부심을 가지고 계시는군요. 이제 겨우 일을 시작한 사람들에게서 쉽게 발견되는 경향이죠.」

「뭐라고요?」

예상대로 그녀와의 대화는 잘 풀리지 않았다.

「지수가 당신이 있는 조직에 속해 있었다는 이야기는 좀처럼 믿어지지 않는데……」

술병이 거의 바닥을 보이고 있었다.

「나 역시 그 사람이 노름꾼이 되었다는 게 믿기지 않아요.」

「그는 화려한 삶을 살았습니다. 여자가 필요하면 얼마든지 구할 수 있었죠.」

「당신이 여자에 대해서 말하면 마치 백화점에서 옷을 고르는 듯한 착각이 들어요. 문제가 있다고 생각하지 않아요?」

「나는 세상에 돈으로 사지 못하는 여자란 없다고 생각하는 쪽입니다.」

「미쳤군요.」

「그럼 나는 이제껏 유령들을 만났나?」

「당신 논리에 굴복한 여자들이 모두 정상적인 상태라고 말하지는 못하겠죠. 당신은 그들이 처한 어려운 상황을 적절히 이용해 먹은 것뿐이에요. 당신이 가진 돈이 위력을 발휘했을 뿐이죠.」

「나도 그렇게 말했습니다. 돈이 해결하는 것이라고. 사람들은 저마다 힘들고 어려운 현실을 안고 있습니다. 그리고 그 대부분은 돈이 원인인 경우가 많죠. 그래서 여자를 구하는 가장 효과적인 방법이 돈이라고 말하는 것 뿐입니다.」

「궤변에도 상당한 소질을 가지고 있네요.」

「만약 다른 상황에서 당신을 만났다면 적극적인 제안을 했을 지도 모르죠.」

「무슨 소리에요?」

나는 그녀가 화내지 않고 내 이야기를 끝까지 듣도록 유도할 작정이었다.

「당신은 충분히 매력적인 여성입니다. 하고 있는 일이 걸리긴 하지만 아마 당신에게 돈을 제공해서 하룻밤을 함께하자고 했을지도 모르겠다는 말입니다.」

그녀는 인상을 찌푸렸지만 화를 내지는 않았다.

「좋아요. 그럼 그렇다 치고 얼마를 내놓을 건가요?」

「상황에 따라 달라질 수밖에 없겠죠. 이런 경우 표준선이라는 것은 존재하지 않으니까요. 하지만 대략의 금액이 떠오르긴 합니다. 안정적인 직장을 가지고 있고 게다가 국가관이 투철한 공무원이다 보니 미풍양속을 해치는 행위에 가담하고 싶어 하지 않겠죠. 생각 외로 비용이 많이 들 것 같군요.」

「후훗, 자신이 없으신가 보죠.」

이 정도면 내 페이스라고 봐도 무난하다.

「아뇨. 나는 당신이 생각하는 상식적인 금액을 생각하고 있습니다. 십만 달러 정도가 적당하다고 생각합니다. 어때요?」

「뭐라고요?」

「주저하면 베팅을 올려야죠. 맥시멈으로 하프 밀리언까지 내놓을 작정입니다.」

그녀는 술잔을 들고서 소파에 기대어 나를 바라보며 웃었다. 탁자 밑으로 그녀의 매끈한 종아리뼈가 보였다.

「할리우드에 비슷한 내용의 영화가 있지 않았나요?」

「눈앞에 현금 더미가 있다고 가정해 봐요. 원한다면 실제로 게임을 벌일 수도 있어요.」

「진심이에요?」

나는 술을 따르며 시간을 벌었다.

「아뇨. 문제는 현재 돈이 없다는 거죠.」

「정신이 어떻게 된 거 아니예요?」

「그런 것 같지는 않아요. 과연 당신에게 그렇게 많은 금액을 낼 가치가 있는지 의심이 들기 시작했거든요.」

그녀는 머리를 젖히고 웃기 시작했다.

「좋아요, 우리 술 한잔 더해요. 날 웃게 해준 사람은 근래에 당신이 처음이에요. 어차피 사건은 종결되었고 어쩌면 곧 언론에 알려질지도 모르니까, 내가 앞서 당신에게 말해 준다고 해서 잘못될 일은 없을 것 같네요. 하지만 너무 큰 기대는 하지 말아요.」

그녀는 잔을 내밀어 내 잔에 부딪쳤다.

「두스코 포포프라는 유고슬라비아인 스파이에 대해 들어 본 적이 있나요?」

「……」

「포포프는 제임스 본드를 만든 이안 플레밍이나 당시 영국 첩보국인 MI-6에서 활약한 작가 그레엄 그린에게 영향을 준 스파이로 알려져 있어요. 실존 인물이죠. 아무튼 그 사람은 미국으로 건너가 자신이 영국과 독일을 위해 일하는 이중 간첩이라고 소개하며 FBI와 접촉했어요.」

「FBI?」

「당시 CIA는 이제 막 생겨나는 단계였고 두 기관의 업무가 겹치는 경우가 꽤 있었죠. FBI와 CIA의 업무 분할이 이루어진 것은 비교적 최근의 일이에요. 여하튼 포포프는 독일이 자신에게 하와이와 진주만에 대한 상세한 정보를 입수하라는 임무를 내린 것을 FBI의 고위 간부에게 흘렸어요.」

「……」

「그는 일본이 조만간 미국을 공격할 것이라고 말했는데 당시 FBI의 국장이었던 에드거 후버는 터무니없는 소리라며 그를 돌려보냈죠.」

「……」

「그런데 FBI는 그럴 만한 이유가 있었어요. 그가 정말 영국을 위해 일하는 이중 스파이인지 알아내기 위해 플로리다까지 미행을 붙였는데, 이 주 후에 그 FBI요원이 포포프에 관해 충격적인 사실을 알려줬죠.」

그녀는 맛있는 음식 먹을 차례를 기다리는 사람처럼 들떠서 말했다.

「그는 스파이라면 당연히 지켜야 할 수칙을 깨고 있었어요. 놀랄 정도로 사치스러운 생활을 한 거죠. 게다가 매춘부를 데리고 다니면서 고의적으로 법을 위반했어요. 당시 미 연방법에 매춘을 목적으로 여자를 다른 주로 데리고 나가는 것을 금한 법인 맨 액트(Man Act)가 있었는데 그가 그걸 위반한 거죠. 후버가 이 점을 꼬집으며 그에게 면박을 줬어요. 당신은 스파이가 아니라고요. 포포프는 독일이 자금을 넉넉하게 대주고 있어 항상 호화로운 생활을 했으며 갑자기 평소와 달리 행동하면 오히려 독일의 의심을 살 것이라고 변명했지만 후버 국장은 믿지 않았어요.」

「……」

「나는 강지수의 파일을 보다 갑자기 포포프라는 인물이 떠올랐어요. 어때요? 당신이 보기에는 유사한 점이 없나요?」

「……」

「물론, 강지수는 공식적으로 이 세계에서 제명된 인물인 건 분명해요. 그는 타락했고 게다가 사람들에게 노출되었어요. 도저히 스파이라고 볼 수 없는 행위를 저지르며 다녔죠. 그가 도박에 빠져 인생을 망쳐 버렸다고 사람들은 믿게 되었고 그것을 확인시켜 주듯 비참한 죽음으로 결말이 났죠. 하지만 정말 그게 전부일까요? 제이슨 리 씨, 동물적 감각으로 느껴 보세요.」

나를 비아냥거리는 것인지 아니면 강지수의 죽음을 희롱하는 것인지 분간할 수 없었다.

「사실이라면 그에게 그럴 만한 이유가 있었겠죠.」

「잘도 피해 가시는군요. 그렇게 말하지 않아도 괜찮아요. 당신이 원래 그런 사람이라는 것을 지금은 이해하니까. 당신은 타인에게 아무런 관심이 없는 사람이죠. 오로지 당신과 이 세계만이 존재할 뿐. 그렇지 않나요?」

「……。」

「좀더 충격적인 사실을 알려 줄까요? 그는 박춘우의 사위였어요. 설마 박춘우가 누군지 모르는 것은 아니겠죠?」

「……。」

「놀랍네요. 한국 제1야당의 당수가 누구인지도 모르는 사람과 술을 마시고 있다는 사실이.」

그녀가 갑자기 자신의 술잔을 비우고 나서 내게 내밀었다.

「받아요. 이게 한국식이에요. 웰컴 투 코리아.」

그녀는 큰 소리로 웃었다.

그로부터 신지혜가 탁자 위로 쓰러지기까지는 오래 걸리지 않았다. 갑자기 넘어지긴 했어도 빈병과 술잔을 떨어뜨리지는 않았다. 나는 그녀의 검은 머리카락을 바라보며 천천히 담배를 피웠다. 나 역시 많은 양의 술을 한꺼번에 마셨기 때문에 내 몸을 추스르는 것이 우선이었다. 숨을 길게 내쉬고 물을 마셔도 몽롱하고 더운 기운은 쉽게 사라지지 않았다. 대신 그녀가 했던 말이 간간히 머릿속에서 울렸다. 나는 얼마 동안 그녀가 술 취한 연기를 하고 있다고 의심했다. 그래서 그녀가 탁자에 쿵하고 머리를 박았을 때 장난을 친다고 생각했다. 하지만 그녀는 정전이 된 냉장고처럼 조용히 잠들어 버렸다. 두어 번 어깨를 흔들어 깨웠지만 얕은 신음이 배어 나오는 것이 고작이었다.

15분 정도를 그렇게 앉아 있은 후, 웨이터를 불러 그녀를 들쳐 업었다. 생각보다 무거웠기 때문에 첫발을 내딛으며 비틀거렸다. 이 장면을 흥미롭게 바라보는 카페의 모든 사람들에게 사실 이 여자는 대한민국의 비밀 정보원이라는 말을 큰 소리로 들려주고 싶었다. 택시와 호텔 로비에서도 마찬가지였다. 땀을 흘리고 있었고 술에 취했기 때문에 그나마 모든 자질구레한 상념들을 떠올리지 않을 수 있었다. 침대에 널브러진 여자를 바라본 후 욕실에 들어가 세수를 했다. 우선 정신을 차릴 필요가 있었다. 그녀를 호텔로 데려온 일이 후회되었다. 카페에 내버려 두든지 아니면 택시에 태워 어디론가 보내 버리는 쪽이 나다운 선택이었다. 여자이기는 하지만 그녀는 훈련받은 요원이었고 이 세상의 험난함쯤은 가볍게 처리해 낼 수 있는 사람이었다. 술이 깨면 불같이 화를 내며 자신이 당한 일을 수습해 낼 힘을 가진 사람이었다.

창밖의 한강을 바라보며 담배를 피웠다. 그녀와 같은 침대에서 자는 것에 대해서 한동안 생각했다. 술에 취해 정신을 잃은 여자와 섹스하고 싶은 마음은 없었으나 만약 내가 그 일을 실행해 버린다면 이야기가 어떻게 전개될지 궁금해졌기 때문이다. 담배를 끄고 침대로 다가가 스커트 사이로 손을 집어넣어 팬티 위에 손바닥을 대었다. 그 상태로 그녀의 감긴 눈과 눈썹의 움직임을 살폈다. 식어 버린 엔진의 후드에 손을 대고 있는 느낌이었다. 그녀는 시체처럼 잠들어 있었다. 훈련의 결과라면 놀라운 일이었다. 혹시 일어날 일을 대비해서 키 카드 한 장을 주머니에 넣고 문을 잠그고 호텔 방을 빠져 나왔다.

막 택시를 타려다 문득 옆 건물의 카지노로 들어갔다. 술 냄새를 맡은 보안 요원이 제지했지만 곧 안으로 들여보내 주었다. 단체 여행을 온 듯한 일본인들이 저희들끼리 삼삼오오 모여 떠들고 있었다. 커피를 주문하고 실내를 돌아보았다. 라스베이거스 대형 카지노의 탁 트인 공간이 그리워졌다. 카지노에서 다른 카지노를 떠올리는 걸 보면 나는 어쩔 수 없는 노름꾼이었다.

VIP 구역의 메인 바카라 테이블에서는 교포로 보이는 사내가 혼자서 게임을 하고 있었다. 사내는 5백만 원 칩들을 가득 쌓아 베팅하고 있었다. 디퍼런스 게임이었지만 혼자서 하는 게임이라 의미가 없었다. 맥시멈이 8천만 원이었고 사내는 8천만 원 모두를 베팅했다. 나는 뒤에서 그가 게임하는 모습을 바라봤다. 동행인 듯한 여자가 내게 귓속말로 속삭였다.

「여섯 시간 동안 모두 팔억을 잃었어요.」

순간이었지만 강지수가 내게 남겨 둔 돈을 떠올렸다. 그 돈
을 베팅할 수 있다면 곧 두 배로 만들 자신이 있었다. 사내와
반대로 베팅하면 이길 수 있었다. 담배를 꺼내 물고 그의 뒤통
수를 바라보았다. 카지노의 직원과 간부들 모두 비상 상태로
그의 게임을 바라보고 있을 것이었다. 고래가 뜨면 파도는 출
렁이기 마련이다. 하지만 내 몸을 위로해 줄 파도는 아니었다.
위스키 한 잔을 얻어 마신 다음 나는 카지노를 나왔다. 카지노
에서 보낸 시간은 대략 두 시간 정도였다.

다시 호텔로 들어가 엘리베이터를 타고 방으로 향했다. 지갑
속에서 카드를 꺼내어 꽂았다. 실내는 침대 옆에 켜둔 조명으
로 인해 어둡지 않았다. 방 안은 내가 나갔을 때와 다름없었다.
옷을 벗고 샤워를 한 다음 벌거벗은 채로 침대에 누웠다. 신지
혜가 베었던 베개에 머리를 기대었다. 여자의 체온은 침대 위
에 남아 있지 않았다. 천장을 바라보며 신지혜가 나에게 원하
는 것이 무엇일까 고민하다 잠이 들었다.

　강지수의 장인이었다는 박춘우는 웃음이 적은 남자였다. 인터넷에 오른 그의 사진들은 한결같이 무뚝뚝해 보이는 중년남자가 심각한 표정으로 다른 사람의 이야기에 귀를 기울이고 있는 장면을 포착한 것들이었다. 사진 속 박춘우는 상대의 말에 관심을 보이는 포즈로 상대방을 안심시키는 인상을 주지만 자세히 보면 실제로는 상대를 교묘하게 지배하고 있는 것이 아닐까 하는 의심이 들었다. 배경이 무엇이냐는 거의 영향을 주지 않았다. 꽃과 여자와 승리를 상징하는 구조물들이 놓여 있어도 그의 얼굴에서는 변함없이 차가운 강물이 흐르는 겨울의 스산한 풍경이 연상되었다. 많지는 않지만 그런 능력을 지닌 사내들을 본 적이 있었다. 그들은 천천히 움직이며 쉽게 동요되지 않았다. 패배가 코앞인데도 마치 자신이 반전의 덫을 놓고 있는 것처럼 행동했다. 그들의 내면은 깊은 어둠 속에 침잠되어

있어 그것을 모두 밝혀내기 위해서는 많은 위험을 감수해야만
했다. 그래서 나는 그들과 직접 충돌을 피해 왔다.

　박춘우의 이력은 사진 속의 불분명한 이미지와 마찬가지로
의미가 흐트러진 추상적인 언어들의 복합체였다. '민족―민주
국가 발전위원회 위원장', '평화통일조국 건설위원회 위원', '진
보와 협력의 시대 추진위원회 위원', '민족 문학 자문 위원' 식으
로 나열되어 있어 몇 번이고 되풀이해 읽어도 정확한 의미를
알 수 없었다. 어떤 취지로 그런 단체들이 설립되었는지, 누구
를 위한 단체인지, 재정 조달은 어떻게 이루어지는지 전혀 감
을 잡지 못했다. 학력도 마찬가지였다. 프린스턴대학에서 경제
학으로 학사를 받았고, 컬럼비아대학에서 철학과 문학으로 각
각 석사와 박사를 받았다. 왜 그런 식으로 전공 분야를 넓혀야
만 했는지에 대한 설명은 없었다. 그가 수상했다는 주요 상들
도 모두 처음 들어보는 것이었다. 그는 단 한마디로 단정 지을
수 없는 인물이었다. 정치인이며 법학자이며 동시에 영향력 있
는 잡지의 편집위원이며 문학상을 수상한 작가였다. 한 사람이
동시에 별개로 여겨지는 정체성을 갖는 것이 유행인지는 몰라
도 나는 혼란스러웠다. 무엇보다 강지수가 이런 사람의 사위였
다는 사실이 믿어지지 않았다.

　K대학 정치학과에서 강의를 하는 최진영 교수에게 이메일을
보낸 다음 서점에서 박춘우가 쓴 책들을 샀다. 모두 세 권으로
제목만으로도 질려 버렸지만 소설 읽기를 중단하고 그의 책을
펼쳤다. 제목은 《분단 체제의 극복과 한반도 통일》이었다. 책

을 읽다가 부지불식간에 잠이 든 것은 순전히 내 잘못만은 아
니었다.

「제이슨, 정말 당신이군요. 여기서 만나리라고는 예상치 못
했습니다.」
최진영 교수는 선뜻 내 손을 잡으며 말했다. 창문이 난 쪽을
제외하고는 사방이 책장으로 둘러싸였고 중앙 탁자 위에도 책
들이 층층으로 쌓여 있어 책에 포위된 느낌이 들었다.
「어떻습니까? 한국의 대학 캠퍼스를 본 감상이?」
적절한 대답을 찾지 못하고 미소만 지었다.
「기말고사가 코앞이라 활기를 느끼기에는 어려울 겁니다. 요
즘엔 한국 대학생들도 공부를 열심히 하거든요. 우리가 대학
에 다닐 때와는 달라도 너무 다르죠.」
「그래도 짧은 치마를 입은 여학생들이 많아서 눈은 즐겁더
군요.」
「아, 그랬나요. 역시 제이슨은 직설적이군요. 하지만 모두 그
림의 떡이죠. 잘못 건드리면 독약이 되니까 조심해야 합니다.
저녁에 시간 나면 함께 가시죠. 내가 아는 가게가 있는데 같은
또래 아가씨들이 즐비한 곳입니다. 오랜만에 회포나 풀죠.」
「여기 학생들도 있나요?」
「말로는 대학생이라고 우기는 애들도 있는데 뭐 상관없지 않
습니까? 여대생이라고 특별한 것도 아닌데.」
그는 큰 소리로 웃었다. 바카라 테이블에서 호기롭게 베팅하

던 그의 모습이 연상되었다. 결과가 좋지 않아도 그는 크게 실
망하지 않았다. 미래를 낙천적으로 받아들이는 기질은 타고난
것 같았다. 그래서 좀더 위험한 인물이기도 했지만.

「요즘은 게임을 안 하시나 보죠?」

「아, 그 이야기는 하지 말도록 하죠. 이제 겨우 정신 차리고 집
중하고 있는데…… . 메일을 받고 상당히 놀랐습니다. 제이슨
이라는 이름을 보자 가슴이 두근두근하더군요. 그때의 아찔했
던 순간도 떠오르고. 아무튼 그때는 정말 고마웠습니다.」

리스보아카지노에서 우리는 같은 테이블에서 게임을 했었
다. 그는 마카오에서 며칠째 잃고 있었고 나와 함께 게임을 하
면서 운 좋게도 잃었던 돈을 다시 회복할 수 있었다. 고집을 꺾
고 내가 하는 베팅을 그대로 따라온 결과였다. 게임 후에 내게
보답하겠다고 제안했지만 나도 꽤 많이 이긴 상태였기 때문에
거절했었다. 대신 그의 친필 서명이 들어간 책을 선물로 받았
다. 《한반도의 전략적 외교 안보 구상》이라는 두꺼운 책이었
다. 그는 자신이 대학교수임을 밝히며 자랑스러워했다.

「박춘우라는 사람을 아시나요?」

「박춘우? 〈지성시대〉의 그 박춘우 말인가요?」

「네.」

「어떻게 제이슨이 그 사람을 알고 있나요?」

「안다고 하기에는 좀 그렇고, 요즘 그분이 쓴 책을 읽고 있거
든요.」

「그래요? 허 참. 취향이 독특한 분이라는 건 알았지만 한국

정치까지 관심이 있는 줄은 몰랐네요.」

그는 개구리처럼 튀어나온 배를 손으로 쓰다듬었다.

「그래, 책은 재미있던가요?」

「아뇨. 제가 워낙 지식이 짧아서 그런지 이해하기 어렵더군요.」

「이거 왜 이러세요. 나도 꽤 눈치가 빠른 편입니다. 제이슨이 인텔리라는 것쯤은 한눈에 알아봤죠.」

'인텔리'라는 단어에 웃음이 나왔다.

「하지만 조심할 필요가 있습니다. 사실 제이슨 같은 사람이 아무런 사전 지식 없이 그런 양반들의 헛소리를 들으면 혹할 수 있거든요. 사람들을 꾀는 것이 그 사람들의 장기죠.」

「그래서 제가 최 교수님을 찾아왔습니다.」

자신을 최 교수라 불러 준 것이 마음에 들었는지 그는 함박웃음을 지었다.

「딱히 제 전공 분야는 아니지만 저만큼 아는 사람도 드물죠. 이 바닥이 뭐 그렇게 넓은 건 또 아니니까. 게다가 박춘우 같은 거물급 인사들이야 쉽다면 쉬운 대상이죠. 그래, 구체적으로 뭘 알고 싶은가요?」

「그런 건 없습니다. 단지 어떤 사람이냐는 정도죠. 여러 분야에 걸쳐 이름이 있으신 분이라 판단을 내리기가 어렵더군요.」

「혹시 함께 게임을 한 것은 아니겠죠?」

「그런 건 아닙니다. 책을 읽다 이런저런 생각이 들었고 최 교수님 생각이 났습니다.」

「그렇겠죠. 점잔 떠는 인간들이 카지노에 갈 리가 없죠. 사내
란 때론 대범할 필요가 있는데도 말이죠. 아무튼 단순한 지
적 호기심이란 건데, 그럼 잘 찾아오셨습니다. 제가 아주 상
세히 알려 드리죠.」
「……..」
「그는 한마디로 빨갱이입니다. 공산주의자란 말이죠.」
「그런 이야기는 처음 듣는데요.」
「어디 빨갱이들이 자신의 입으로 빨갱이라고 하나요. 중도니
개혁이니 진보니 하는 식으로 숨어 버리죠. 박춘우는 그 세
계에서 대부 격에 속하는 사람인데, 전략가 또는 이론가로 봐
야 합니다.」
「이력을 보니 미국에서 공부를 했던데요.」
「맞아요. 뭐 나이가 좀 들어서 간 거니까 별로 신경 쓰지 않
아도 됩니다. 미국까지 갔다 온 사람이 그 꼴이니 아주 정신
이 나간 거죠.」
「최 교수님도 미국에서 공부하지 않았나요?」
「허허. 별걸 다 기억하시네요. 저야 뭐 이름 없는 주립대학교
를 나왔으니 그런 사람들이 거들떠보지도 않겠죠?」
그의 입꼬리가 위로 말려 올라가면서 비꼬는 표정이 되었다.
「그런데 박춘우가 공산주의자라는 것은 일반적으로 알려진
사실인가요?」
「아아, 그건 아까도 말했지만 우리끼리 할 수 있는 이야기죠.
그 사람들은 자신을 평화 세력 또는 진보주의자 등으로 순화

해서 부르고 있습니다. 자유 민주주의 체제의 대한민국에서 자신들의 정체성을 드러내 보이는 것이 쉽지는 않겠죠. 세월이 좋아져서 그렇지 옛날에는 모두 쥐새끼처럼 숨어 지내던 놈들이죠.」

그는 조금씩 목소리를 높였다.

「아마 한국의 정치 상황에 대해서는 잘 모르고 계시겠죠. 당연합니다. 나도 차라리 제이슨처럼 어린 나이에 이민을 갔었더라면 좋았을 거라는 생각을 합니다. 그만큼 이 세계가 더럽다는 거죠. 박춘우 같은 인물이 지식인의 탈을 쓰고 대중을 농락하는 꼴을 보고 있으면 울화통이 터집니다.」

「매카시즘이 아닌가요?」

「노 노 노. 그렇게 말하면 안 되죠. 매카시즘이라는 말에는 부정적인 의미가 포함되어 있는데, 그게 아닙니다. 사실 매카시는 미국을 세계 제일의 대국으로 만드는 데 혁혁한 공을 세운 사람입니다. 불온 분자를 색출하고 체제 전복을 꿈꾸는 이단아들을 제거했죠. 미국이 지금처럼 사상적으로 깨끗한 사회가 된 것은 매카시와 같은 사람들의 노력이 있었기 때문에 가능했습니다.」

이로써 그가 한쪽으로 치우친 사람이라는 것은 분명해졌다. 고개를 끄덕이긴 했지만 머릿속의 의문은 풀리지 않았다. 만약 그의 말이 사실이라면 신지혜가 그를 두고 제1야당의 당수니 하는 표현을 해서는 안 되는 일이었다. 최 교수는 내 기분과는 상관없이 빙그레 웃으며 나를 바라봤다.

「혹시, 그 사람의 인적 사항에 대해서 알고 있나요?」

「인적 사항?」

「가족 관계라든지.」

「글쎄요. 뒷조사를 하는 것은 제 전공 분야가 아니라서. 그런 일은 내가 나서지 않아도 정보국에서 잘 처리하고 있으리라 믿습니다. 우리 같은 학자들은 열심히 그들의 실체를 파악하는 데 주력해야죠. 이제 왜 그가 공산주의자인지를 설명하겠습니다. 잘 들으세요.」

박춘우에 대한 강의는 거의 한 시간가량 진행되었다. 그는 이런 식의 일방적인 토론을 하는 데 상당히 익숙한 것 같았다. 간간히 하품을 하며 그의 이야기를 들었다. 사실 박춘우가 사상적으로 어떤 사람인가 하는 것은 내 관심사가 아니다. 나는 어떻게 해서 강지수가 그의 사위가 되었는지 알고 싶었다. 하지만 묵묵히 맞장구를 쳐주며 최 교수의 이야기를 들었다. 지겹기는 했지만 내가 먼저 시작한 일이었기 때문에 책임을 져야만 했다. 소위 학자들이라는 사람들은 왜 그런 일에 흥분해서 열변을 토하는지 이해할 수 없었다.

「정말 게임을 그만두셨나요?」

그가 만족한 표정을 짓는 것을 확인한 후 화제를 돌렸다.

「아, 게임. 참 이걸 어떻게 말해야 하나. 제이슨이니까 솔직히 말할게요. 난 이제 새로운 생명을 얻었습니다.」

그가 탁자 위에 놓인 담배를 내게 내밀었다. 그리고 자리에서 일어나 창문을 열었다. 여름이 오고 있음을 알리는 햇빛이

눈부시게 빛나고 있었다. 그가 담배에 불을 붙이자 흰 연기가
금세 연구실을 메웠다.

「주제넘은 말이지만 도박은 인생을 망쳐 버립니다. 나는 어
리석었어요. 이길 수 있다고 생각한 거죠. 제이슨은 이기는
방법을 알고 있고 또 지금까지 잘해 오고 있겠지만 보통 사
람은 그럴 수 없어요.」

조금은 앞뒤가 맞지 않는 침울한 표정을 지었기 때문에 어떻
게 반응해야 될지 몰랐다.

「나는 내가 하는 일이 대단히 소중하며 존경받을 일이라는
것을 최근에야 깨달았습니다. 한낱 게임에 빠져 망쳐 버려서
는 안 된다는 사실도 알게 되었습니다. 자유 의지로 통제가
되지 않는 일에 끌려다니면서 스스로를 혹사하는 멍청이가
되기를 거부한 거죠. 내 말 이해가 되나요? 앞으로 내가 무
슨 일을 하든 과거의 일이 멍에가 되어서는 안 됩니다. 그래
서 저는 요즘 매일 기도를 드립니다. 사탄의 유혹에 걸려든
벌레 신세가 되지 않도록 말입니다.」

그렇게 말하면서 그의 눈은 촉촉이 젖어 들었다.

「제이슨에 대해서는 잘 모르지만 노력만 한다면 제이슨의 미
래는 밝을 겁니다. 우선 그렇게 하기 위해서는 우리를 바른
길로 인도해 줄 목자가 필요하죠. 듣기 싫겠지만 진실은 영
원한 것입니다.」

「아뇨, 그렇지 않습니다. 저도 기본적으로 최 교수님과 뜻을
함께합니다. 도박이 인간의 삶을 황폐하게 만든다는 것을 부

정하지 않습니다.」

그는 내 대답에 안도하는 표정을 지었다.

「역시 제이슨은 오픈 마인드군요.」

나는 웃었다.

「지난번에 강의 도중에 쓰러졌습니다. 심근 경색이었죠. 연구실에서 혼자 있다 쓰러졌으면 이 세상 사람이 아닐 뻔했던 아찔한 순간이었습니다. 의사가 살아난 게 기적이라고 하더군요. 지금도 제 가슴에는 피를 퍼 올리는 펌프가 들어 있습니다.」

「그런 일이 있었군요.」

그는 장신에 거구였다. 얼핏 보아도 1백 킬로그램은 훌쩍 넘을 것 같았다. 강의실에서 벌어진 한바탕의 소동이 그려졌다.

노크 소리가 들렸고 한 여학생이 문에서 고개를 내밀었기 때문에 우리의 대화는 잠시 중단되었다. 여학생은 나를 바라보고는 주저하는 눈빛으로 고개를 숙여 인사했다. 그녀는 최 교수에게서 한 묶음의 서류 더미를 받아 들고 총총히 사라졌다. 포니테일의 머리가 단순했지만 귀여워 보였다. 나는 기분 전환을 할 겸 농담을 했다.

「저런 예쁜 여학생들을 계속해서 보시려면 건강에 주의하셔야죠.」

「아아, 맞는 말입니다. 하하, 삶의 활력이 되죠. 그래서 이참에 여대로 옮겨 볼까도 고민 중입니다.」

나는 두 번째 담배를 꺼내어 물었다.

「그런데 아까도 말했지만 정말 조심해야 합니다. 요즘 애들은 영악해서 잘못 건드리면 큰일 나거든요. 그래서 저는 주로 아줌마들만 상대합니다.」

이번에는 내가 소리를 내어 웃었다.

「제이슨은 아직 젊어서 아가씨들만 눈에 들어오겠지만 내 나이가 되면 많이 바뀌게 되죠. 남자가 여자를 만나는 이유가 뭡니까? 결국은 침대에 끌어들이는 거잖아요. 그런 점에서 유부녀들은 절차가 단순합니다. 반면에 젊은 여자들은 선물도 사줘야 하고 영화도 같이 봐야 하고, 아무튼 시간이 너무 걸려요. 이 바쁜 시간에 그럴 여유가 없잖아요. 남자들이 여자를 사는 이유에는 그런 사정도 있는 거죠. 생각해 보세요. 이 나이에 여자 비위를 맞추며 살아서 뭐하겠습니까?」

「그래도 유부녀는 조금 위험하지 않나요?」

「재수가 없으면 그런 게 걸리죠. 하지만 대부분의 경우 제 풀에 지쳐 떨어집니다. 여자들에게도 지켜야 될 가정이 있는 거죠. 지금 제가 만나고 있는 여자는 모두 세 명인데 아무 문제없이 잘 돌아가고 있습니다.」

「세 명이나 된다고요?」

「많을 때는 일곱 명이 한꺼번에 있던 경우도 있었습니다. 수업하랴 강의 준비하랴 회의하랴 여자들 만나랴 아주 죽을 지경이었습니다.」

그는 기분이 좋아졌는지 큰 소리로 낄낄거렸다.

「나가죠. 오늘은 제이슨을 다시 만난 기념으로 제가 폼 나게 쏘겠습니다.」

그가 도박 대신 여자를 택한 것은 잘한 선택이었다. 주체할 수 없는 정력을 도박에 쏟아붓는 것은 명백한 자살 행위였다.

비즈니스 룸이라는 간판이 달린 가게에서 우리는 2차를 했고 그는 무려 6명의 아가씨들을 퇴짜 놓았다. 그러는 동안 고깃집에서 먹은 술이 깨버려 흥이 나지 않았지만 그는 집요하게 물고 늘어졌다.

「결국 침대로 가실 거면 너무 고를 필요는 없지 않나요?」

나는 그가 한 유부녀 이야기를 기억하고 그렇게 말했다.

「아니지. 이건 달라, 제이슨. 돈을 주잖아? 제이슨은 이것저것 따져 보지 않고 아무렇게나 상품을 사나? 한국에서는 아직 환불 제도가 정착되지 않았으니까 여러모로 조심하는 편이 좋아.」

그의 이야기가 별로 틀리지 않았기 때문에 나는 잠자코 술을 마셨다. 옆에 앉은 내 파트너가 입을 삐죽거렸지만 최 교수가 볼 때는 생글거리며 웃었다. 무작정 술을 들이붓는 그의 모습을 보고 강의실에서처럼 쓰러질까 봐 은근히 걱정이 되었지만 겉보기에는 최상의 상태인 것 같았다. 술값을 내가 내서 그럴 거라는 의심이 들기도 했지만 어쩔 수 없는 일이었다. 술을 마시면 마실수록 강지수의 얼굴이 떠올랐다. 이상하게도 나는 그가 죽어 버린 사람이라는 것을 인정할 수 없었다.

　1백만 달러는 생각하기에 따라서 큰돈이기도 했고 또 실제로는 아무것도 할 수 없는 돈이기도 했다. 손이 큰 사람들에게는 쇼핑할 때 필요한 돈인지도 모른다. 내 경우만 해도 10만 달러의 칩을 쌓고서 게임을 한 적이 있었다. 열 번을 내리 잃으면 사라질 돈이라는 이야기가 된다. 만약 강지수가 죽지 않고 살아 돌아온다면 내 이야기를 믿어 줄지 의심스럽다.

　'미안하지만 그 돈은 모두 없어졌어. 운이 지독히도 안 좋았거든. 그래도 자네는 다시 멀쩡하게 돌아왔잖아. 난 그것으로 만족해'라고 말할 자신은 없다.

　무턱 대고 '도서출판 지성시대'에 전화를 걸었다.

「박춘우 선생님을 만나 뵙고 싶은데요.」

전화를 받은 직원은 내 말에 한동안 침묵을 지켰다.

「다시 말씀해 주시겠어요?」

「박춘우 선생님을 만나고 싶습니다.」
「죄송하지만 선생님과는 어떤 관계이시죠?」
「독자입니다. 설명하긴 어렵지만 선생님을 만나 뵙고 싶은
데요.」
「죄송합니다. 책과 관련된 사항이라면 홈페이지의 게시판을
통해 글을 남겨 주세요. 편집부에서 성실하게 답변해 드릴
겁니다.」
「접근 방법이 틀렸군요.」
「네?」

전화를 끊고 소설에서 읽었던 문장을 찾아 내었다. '탐정은
눈여겨보고 귀 기울여 듣는 사람, 사물과 사건들의 늪을 헤치
며 그 모든 것을 하나로 통합해 의미가 통하게 해줄 생각과 관
념을 찾는 사람이다. 그러므로 작가와 탐정은 서로 바뀔 수 있
는 존재이다.' 나는 탐정도 아니며 작가도 아니므로 내가 이런
식의 실수를 반복해도 큰 잘못은 아니라고 자위하며 책을 덮었
다. 신지혜를 다시 만나 볼까 하는 생각도 했지만 결국은 접고
말았다. 내 쪽에서 먼저 움직일 필요 없다는 막연한 자신이 생
긴 탓이다.

「오빠, 어쩐 일이에요?」
「잊었어? 할머니 일 때문에 전화하기로 했잖아.」
「네에…… 그것 때문에 전화한 거예요?」
「……그렇기도 하고 네 목소리도 듣고 싶었어.」

「정말요?」

정민의 감정 상태를 제대로 파악하기란 어려웠다. 마른 바닥의 깡통처럼 아무렇게나 굴러다니는 것처럼 보이기도 했고, 뿌리를 내리기 위해 사력을 다하는 애처로운 잔풀을 밟고 있는 듯한 느낌도 들었다.

「지난번에 말한 요양 병원은 알아봤어?」

「알아보기는 했어요. 근데…… 생각보다 비싸요.」

「돈은 신경 쓰지 말라고 했잖아. 계좌 번호 불러 줘.」

「…….」

「이상하게 생각하지 않았으면 좋겠어. 할머니에게 샤넬 가방을 선물한 거라 생각하면 돼.」

「…….」

그녀의 기분을 돌리려고 농담을 했는데 별로 효과가 없는 것 같았다.

「정민아, 우리가 서로에 대해 많은 이야기를 나누지는 않았지만 ……내게도 예전에 사랑하던 가족이 있었어. 그러니까, 이 일은 내가 원해서 하는 거야.」

「알겠어요.」

「돈은 곧 부칠게. 그리고 할머니 병원이 정해지면 같이 가도록 하자.」

「약속한 거예요.」

「그래.」

「필립 오빠는 아직 찾지 못한 거죠?」

「응.」

「너무 걱정하지 말아요. 어디선가 게임을 하고 있겠죠.」

「그럴까?」

전화를 끊고서 소파에 기대어 멍하니 벽을 쳐다보았다. 스르르 눈이 감겼다. 연희의 벌거벗은 육체가 떠오르고 다음으로 정민이 웃으면서 나타났다. 두 여자가 누워 있는 침대 중앙에 강지수의 널찍한 등이 보였다. 한 여자가 그의 등에 뺨을 대고 있고 다른 여자는 사내의 손을 가슴에 올려놓고 있다. 여자가 귓속말로 그에게 나에 대한 험담을 하기 시작한다. 사내는 간지러운지 쿡쿡 웃기만 할 뿐이다. 창밖에서는 뜨거운 열기가 모든 것을 녹이기라도 하듯 뿜어지지만 그들이 누워 있는 곳은 에어컨이 돌아가는 낮은 기계음만 울릴 뿐 철저하게 외부와 격리되어 있다. 나는 한 손에 카지노에서 가지고 나온 물병을 들고 택시를 잡는다. 다른 카지노로 가기 위해서다. 아스팔트의 온도는 섭씨 40도에 육박하고 습도는 90퍼센트다. 몇 발짝 움직이면 등에서 땀이 배어 나오고 숨을 크게 쉬지 않으면 호흡이 곤란해진다. 나는 더위를 탓하며 택시에 오른다. 낡은 토요타 콜로라의 뒷좌석에 몸을 기대고 눈을 감지만 침대에 누워 있는 이들의 웃음소리가 택시가 기어 변속을 할 때마다 쿨럭쿨럭거리며 선잠을 방해한다. 길을 잃을지도 모른다는 생각을 한다. 택시 기사가 룸미러로 나를 쳐다보고 있다.

‘발신자 표시 금지’ 문구가 휴대폰 액정을 흔들어 깨웠다. 그

때 나는 칼 마르크스의 《자본론》 첫 페이지를 막 펼치고 '상품
은 우선 외적 대상으로서, 그 속성을 통해 인간의 이러저러한
욕망을 충족시키는 물적 존재이다'라는 문구를 읽고 있었다.
공산주의자 박춘우 탓이었다. 진동 소리를 들으며 휴대폰이 나
의 어떤 욕망을 충족시키고 있는지에 대해서 생각해 보았다.
하지만 뇌쇄적인 여자 목소리였으면 좋겠다는 저열한 기대를
배신하고 낮고 굵은 음성의 사내가 나를 찾았다.
「김태웁니다.」
「김태우?」
「지난번에 아파트로 찾아갔었죠. 제가 담배 심부름을 했었습
니다. 기억하시죠?」
　내가 죽은 강지수의 사진을 보는 동안, 그는 이마에 흐르는
땀을 훔치며 물을 마시고 있었다.
「만나고 싶습니다. 서울로 올라오시죠.」
무례한 톤은 아니다.
「만난다, 왜?」
「저는 잘 모르는 일입니다. 당신을 만나고 싶어 하는 분이 계
십니다. 제가 할 일은 그것뿐입니다. 더 이상 아는 것은 없으
니 묻지 마십시오.」
「강지수와 관련된 일인가요?」
「질문은 받지 않겠습니다.」
「신지혜 씨를 통해 그 사건은 종결된 것으로 알고 있는데 아
직도 수사가 진행 중인가요?」

「당신이 신 선배를 만난 것은 알고 있습니다.」

「…….」

「내일 열두 시 ○○호텔 로비에서 기다리겠습니다. 궁금한 점은 그때 해결하시죠.」

「신지혜 씨도 나오나요?」

「신 선배는 다른 회사로 이직했습니다.」

「다른 회사?」

「…….」

그렇게 전화는 끊어졌다. 나는 담배에 불을 붙이고 베란다로 나가 창문을 열었다. 오늘 내가 한 일이라고는 집 안에 박혀 세 번의 전화 통화를 한 것이 전부였다. 그 외에는 모두 일상의 연속으로 책을 읽거나 피자를 배달시켜 먹거나 거울을 보며 빗질을 하거나 화단에 물을 주는 일이었다. 이런 일들에 특별한 의미를 부여하며 살아갈 수 없다는 것은 오래전부터 알고 있었다. 그런데도 나를 둘러싼 주위로 비일상적인 사건이 무작위로 일어나고 있었다. 세 통의 전화 통화 중 내가 현명하게 대처한 경우는 한 번도 없었다. 나는 눈을 감고 다시 잠에 빠져들었다. 이번엔 여자 생각은 하지 않기로 했다.

김태우와 만나기로 약속한 호텔은 터미널에서 도보로 이동
할 수 있는 거리에 위치해 있었다. 이렇다 할 특징이 없는 직사
각형 건물로 서울의 무표정한 얼굴을 상징적으로 보여 주는 것
같았다. 호텔 입구에 선 리무진 버스에서 한 무리의 여행객들
이 쏟아져 나왔고 바닥에 아무렇거나 내던져진 여행 가방들을
찾느라 소란스러웠다. 바지 주머니 속의 휴대폰이 울렸다. 김
태우였다.

「죄송합니다. 길이 예상보다 많이 밀리네요. 잠시만 기다려
주십시오.」

30분이 지난 후 등장한 김태우는 처음 만났을 때와 마찬가지
로 이마에 땀을 흘리고 있었다. 강제로 문을 부수고 들어가는
일에는 도움이 되겠지만 추격전 상황에서는 거추장스럽기만
할 덩치였다.

82

「기다리게 해서 죄송합니다.」

말과는 달리 너그러움을 기대하지도, 미안해하지도 않는 눈빛이었다.

「지난번에 만났을 때와는 분위기가 조금 다르군요.」

그는 영문을 알 수 없다는 듯 나를 바라봤다. 눈치가 빠르지 못한 쪽이 확실했다.

「그때는 말끔한 차림이었죠. 넥타이도 매었고.」

「아, 네.」

그는 내 말에 자신의 옷차림새를 살펴봤다. 아파트로 그와 신지혜가 찾아왔을 때 나는 그들을 바라보며 할리우드 영화의 한 장면을 떠올렸다.

「그건 신 선배의 아이디어였습니다.」

이번에는 내가 어리둥절한 표정을 지었다.

「당신이 캐나다인이라는 것에 착안하여 옷을 그렇게 입자고 했죠. 그렇게 하지 않으면 우리들을 믿지 않을 거라 말했죠.」

「나 때문에 일부러 그런 차림을 했다는 말이군요.」

「당신은 순순히 우리 이야기를 믿었어요.」

「죽은 친구의 사진을 가져왔는데 믿지 않을 도리는 없었지.」

말은 그렇게 했지만 나는 그의 말에 수긍하지 않을 수 없었다. 만약 지금 이 모습 그대로 나타났다면 그들을 의심했을지도 모른다. 그는 평범한 점퍼와 허름한 면바지 차림에 얼룩진 운동화를 신고 있었다. 터미널에서 호텔로 걸어오는 5분간 나는 그와 같은 행색의 사내들을 수없이 지나쳤다. 그의 큰 키와 덩치도 묻힐 만큼의 평범함이다.

「가시죠. 당신을 만나고 싶어 하는 사람이 있습니다.」

「오늘 나를 불러낸 이유인가요?」

「네.」

「그렇다면 어쩔 수 없지만…… 상대가 누구인지도 모르는
데 내가 따라나설 것이라는 자신감은 어디서 나온 거요?」

「저는 그런 것까지 생각하지 않습니다. 명령을 따를 뿐입니
다.」

그다운 대답이다.

「만약 거부한다면?」

그는 대꾸하지 않고 주스를 들이켰다.

「……계산은 내가 하지.」

나는 자리에서 일어났다.

「김태우 씨 특기는 뭐요?」

나는 별 기대를 하지 않고 그에게 물었다.

「정보국에 채용될 이유가 있지 않겠소?」

「보면 모르겠습니까?」

그는 시선을 앞차의 범퍼에 고정시켜 놓고 말했다. 허리를
곧게 펴고 있어서인지 머리가 차 천장에 거의 닿아 있었다.

「유도 무제한급 선수였습니다. 국가 대표가 되지 못해 실망하
고 있을 때 대학의 은사님이 지금 회사를 추천해 주셨습니다.」

「짐작대로군.」

「도박사가 아니라도 그 정도는 알 수 있죠.」

「겉으로만 봐서는 어떤 사람인지 헷갈려 하는 경우가 많지. 내가 도박사인 걸 알면 더 놀라고.」

「처음 수사를 하고 잡은 범인이 어린 여학생을 상대로 한 연쇄 살인범이었습니다. 그 녀석도 절대 그런 놈으로 보이지는 않았죠.」

나는 고개를 옆으로 돌리고 담배를 꺼내 물었다. 웃음이 나왔기 때문이다. 차창을 내리자 도시의 열기에 데워진 바람이 얼굴로 쏟아져 들어왔다.

차가 선 곳은 인적이 드문 막다른 골목길이었다. 담벼락 위의 고양이가 낯선 사람들을 경계하는 표정으로 우리를 노려보고 있었다. 김태우는 차가 세워진 건물을 따라 큰길로 나섰다. 타일이 벗겨진 오래된 3층 건물로 1층은 커튼과 블라인드를 파는 판매상이었고 2층과 3층은 간판이 붙어 있지 않아 무슨 용도인지 알아보기 힘들었다. 김태우가 건물 계단으로 올라가는 좁은 공간으로 앞장설 때 슬쩍 커튼 집의 내부를 살펴봤지만 사람의 모습은 보지 못했다. 상황은 건물이 맞닿은 자전거 수리집도 마찬가지였다. 먼지가 수북이 내려앉은 자전거의 안장에는 새똥으로 보이는 흰 물질이 딱지 져 있었다.

김태우는 3층 계단으로 올라갔다. 2층으로 통하는 문은 굳게 닫혀 있었다. 내가 문의 손잡이를 돌리는 행동을 하자 그는 나를 돌아다보며 희미하게 웃었다. 나는 어깨를 으쓱해 보이고 그를 따라 올라갔다. 창이 좁게 나 있어 계단의 내부는 어두웠다. 벽면에 '주식회사 TJ 수출입 상사'라는 다소 거창한 이름의 목판 간판이 붙어 있었다. 하지만 주식회사라는 이름이 무색할 정도로 사무실 안은 을씨년스러웠다. 30평 남짓한 공간에는 철제 캐비닛과 책상 서너 개가 보였고 중앙에는 검은 가죽 소파 세트가 놓여 있었다. 정수기와 거울, 화분이 우중충한 사무용품들 속에 아무렇게나 배열되어 있었다.

그는 칸막이를 쳐 놓은 문으로 다가가 노크를 했다. 응답하는 소리가 들리고 김태우가 문을 열어 주었다. 책상 뒤에 머리가 하얗게 센 오십대 후반의 남자가 돋보기 너머로 나를 바라보고는 자리에서 일어났다.

「이치훈 씨?」

나는 긍정도 부정도 하지 않고서 그를 바라봤다. 깡마른 체구에 찢어진 눈, 하얀 피부, 듬성듬성한 머리숱, 체격에 비해 길고 큰 손이 서로 부조화를 일으키는 외형의 사내였다. 유난히 흰 피부가 눈에 거슬려 왠지 알비노에 걸린 늙은 원숭이를 보는 느낌이었다. 어깨는 좁았지만 나이에 비해 단단하게 보였다.

「앉으시오. 이렇게 와 주셔서 고맙소.」

그동안 김태우는 벽을 등지고 손은 앞으로 공손히 마주 잡은 상태로 서 있었다. 시선은 바닥을 향해 있었다. 사내는 의미 없이 손을 내밀어 나와 악수를 한 다음 책상 위에서 명함 한 장을 집어서 내게 건넸다. 직함은 'TJ무역 강북 영업소장'이었고 이름은 채병호였다. 흔치 않은 성이라 시간을 들여 명함을 봤다.

「이봐, 커피라도 한잔 내오지.」

　말이 끝나기가 무섭게 벽에 기대어 서 있던 김태우가 머리를 숙이고 밖으로 나갔다. 덩치가 커서 둔하리라는 것은 편견이었다. 커피 테이블 위에는 말라 버린 화분이 덩그러니 놓여 있었는데 심하게 훼손되어 화분에 뿌리를 내렸던 식물이 무엇인지 파악하는 것은 불가능했다.

「설마 저와 비즈니스 목적으로 만나자고 하신 것은 아니겠지요?」

단도직입적으로 나가기로 했다.

「명함은 신경 쓰지 말아요. 우리가 하는 일이 이렇소. 이치훈 씨는 우리 사정을 다 알고 왔으니 길게 설명하지 않아도 이해할 거라 믿어요. 아무튼 이렇게 만나서 반가워요. 파일로만 보던 사람을 직접 대하면 새로운 느낌이 나는 법이요.」

「……어떤 느낌이죠?」

「글쎄, 뭐라고 꼬집어 말할 수는 없지만 잃어버린 가족을 다시 만난 느낌이랄까? 그런 느낌이 들어요.」

　그는 햇볕에 돋보기를 한 번 비추어 본 다음 테이블 위에 올려놓았다.

「캐나다는 어떤 나라요?」

　뜬금없는 질문에 그를 멀뚱멀뚱 쳐다보기만 했다.

「아내와 아들 녀석이 삼 년 전부터 캐나다 밴쿠버에 있어요. 밴쿠버는 잘 알고 있겠죠?」

「동부에만 있었기 때문에 자세히 알지는 못합니다.」

「언제 한번 가봐야 할 텐데. 좀처럼 시간이 나지 않는군.」

「그럼 그동안 한 번도 가족을 만나지 못하셨다는 말입니까?」

「그렇지는 않소. 아내가 일 년에 한 번 서울로 들어와요. 아들은 공부하느라 바빠서 보지 못했고.」

「외로우시겠네요.」

「군에 있을 때도 거의 마찬가지였소. 가족의 행복과는 거리가 먼 직업이지.」

그사이 김태우가 들어와서 종이컵에 든 커피를 테이블에 올려놓았다.

「고마워. 그리고 자네는 이제 나가서 일 봐.」

김태우가 문을 닫고 나가자 낯선 장소에 와 있다는 느낌을 받았다. 그는 입을 닫아 버렸고 나는 할 말이 없었다. 바깥에서 들어오는 소음도 거의 없었고 그와 나 사이의 빈 공간에는 부자연스러운 침묵만이 부유하고 있었다. 그가 눈을 껌벅이거나 입술을 움직일 때마다 작은 균열이 일었지만 너무 미세한 것이어서 그 깊이를 잴 수는 없었다. 이대로 잠들어 버렸으면 좋겠다는 나른한 상태가 되어 버렸다. 그는 이런 상황에 익숙한지 조용히 커피를 마시며 시간을 흘려 보내고 있었다.

「강지수는 어떤 사람이었소?」

갑자기 생각이 났다는 듯 그가 물었다. 종이컵을 내려놓으면서 그를 가만히 바라보았다. 거짓말을 하는 얼굴은 아니었다.

「나는 사진으로 그를 처음 보았소. 하필이면 죽어 있는 모습이었지. 죽음을 어떻게 생각하는지는 각자에게 달려 있지만 결코 권장할 사항은 아니지. 내 말은…… 어떤 식으로든 죽

어 있는 사람을 본다는 것은 기분 나쁜 일이라는 것이오. 그
래서 나는 세상에서 가장 험한 직업 중 하나가 장의사라고
생각하지. 단순한 이유이긴 하지만 그보다 좋은 이유를 댈
수도 없으니까. 이해할 수 있겠소?」
「공동묘지를 지키는 일보다 기분 나쁜 일이죠.」
「이야기가 통할 것 같군. 요즘 젊은 사람들은 모두 자신의 일
에만 신경을 써서 주위를 둘러보지 못하는데 당신은 그런 쪽
은 아닌 것 같아.」
「그렇지는 않습니다. 항상 내 일만 생각하고 있는 걸요.」
「아니, 죽음은 외부의 일이지. 우리 자신과는 직접적인 관계
가 없소. 그러니까 타인의 죽음을 신경 쓴다는 것만으로도
우리는 이 세계에 적극적으로 뛰어든 것이라고 볼 수 있어.」
「……」
「나는 숱하게 죽은 사람들을 봐 왔어요. 그래서 어느 정도는
그들이 내게 무슨 말을 전달하려고 하는지 알게 되었소. 강
지수가 어떤 이야기를 하고 있는지 생각해 본 적 있소?」
「그의 죽음에 문제가 있다는 생각을 하긴 했지만……」
「억울함이오. 비록 사진을 본 것뿐이지만 직감으로 알게 되
었소. 평온한 죽음은 그것과 완전히 달라요. 아무것도 남기
지 않고 사라져 버리지. 하지만 강지수는 그렇지 않았소. 눈
을 감으면 그가 이야기하는 것이 들려요. 무슨 말인지는 모
르겠지만 그는 계속 내게 말을 걸고 있소.」
심령술사적인 이야기를 어떻게 해석해야 될지 몰랐다.

「강지수가 정보국의 일원이었다는 이야기를 들었는데요?」

「아, 물론 그랬소. 아마 내가 사진을 보고 충격을 받았다면 그 이유 탓일 거요. 나 역시 결국에는 그렇게 되지 않을까 하는 두려움이지. 하지만 엄밀히 말하면 강지수가 우리 쪽에서 일했다는 확증이 없어서 그런 감상은 틀린 것이지. 내 직감으로는…….」

「직감으로는?」

「좋소. 이렇게 얼굴을 대한 마당에 무얼 숨기겠소. 난 강지수 파일을 우연히 검토하게 되었는데 석연치 않은 점을 발견하게 되었소. 그는 타락한 노름꾼이었고 누가 보더라도 죽음의 과정이 명백하오. 하지만 나는 그 이유만으로는 비극적인 살해를 당했다는 결론을 수긍할 수 없었소. 아마 그 이유는 길게 설명하지 않아도 잘 알고 있을 거라 생각하오. 당신은 어쨌든 최근에 강지수와 접촉한 인물들 중 한 명이니까.」

「그렇지 않습니다. 당신들이 파악하고 있는 것과는 달리 나는 강지수와 관련된 개인적인 정보를 거의 알지 못합니다. 나로서는 그가 도박 빚에 쫓겨 타살되었다는 사실이 그렇게 불합리하게 생각되지는 않습니다. 다만…….」

「다만, 뭐요?」

「그가 죽어서는 안 된다는 막연한 생각을 하게 되었습니다.」

「그렇지. 맞는 말이오. 나 역시 비슷한 결론을 내렸소. 강지수는 그런 식으로 죽어서는 안 되는 인물이지, 암. 내가 당신을 보고자 했던 것도 그 이유 탓이오.」

그는 손바닥을 맞잡고 깍지를 꼈다.

「이 바닥은 한마디로 아주 복잡하게 얽혀 있소. 누가 누구를 믿어야 할지 모르는 난장판이 된 거지. 이런 말까지 해도 좋을지 모르겠지만, 조직 내부에 이중간첩이 있다고 보고 있기 때문에 우리 명령 체계는 극비에 이루어지오. 가령 ‘백묘’라는 정보원이 있고 그가 공작을 진행하고 있으면 보고서를 제출할 때 ‘흑묘’라는 가상의 인물을 만들어 내서 혼선을 일으키는 방법을 쓰고 있소. 역정보를 흘리기 위한 수단이지. 그러니까 실제 조직 내에서 돌고 있는 정보라 할지라도 엉터리가 많을 수밖에 없지. ……강지수 파일도 그중 하나일 수 있다는 이야기요.」

「파일 자체가 엉터리라는 말인가요?」

「아, 너무 앞서 가버렸군. 지금 현재로서는 그럴 가능성은 제로요. 내가 파악한 바로는 그 사건은 그대로 묻히고 말았소. 정보를 제공한 자들의 이야기를 백 퍼센트 신뢰한 것이지. 그러니까 강지수는 공식적으로 죽은 사람임에 틀림없소.」

「……」

「애석한 일이긴 하지만 어쩔 수 없는 일이오. 하지만 이번 사건을 검토하면서 이상한 결론에 도달했소. 강지수는 분명히 조직 밖의 사람이었소. 현재에도 그의 죽음을 둘러싸고 누군가 책임을 지지 않는 걸로 봐서는 내 판단이 맞을 거요. 그런데도 자꾸 뭔가 걸려. 만일의 하나 그가 공작의 일환으로 마카오에서 활동했다면…… 이건 아주 다른 이야기가 돼버리지. 무슨 말인지 이해하겠소?」

「대충은 이해합니다. 하지만 만약 그랬다면 정보원 내에서
이야기가 나오지 않았을까요?」

「그건 그렇지 않아. 이런 의심을 하게 된 상황이 이 바닥이
험하게 되었다는 사실을 증명하고 있소. 요즘은 적극적으로
책임을 지려는 사람들이 점차 줄어들고 있어요. 자신이 벌인
일임에도 불구하고 피해가 돌아올 것 같으면 가차 없이 잘라
버리는 거요. 특히나 빨간 물이 든 족속들이 정보원 내에 들
어오면서부터 아주 엉망이 되어 버렸소. 물론 우리는 정치적
인 상황에 일희일비하는 인간들이 아니오. 그저 맡겨진 임무
를 충실히 수행할 뿐이지. 하지만 지금의 상황은 최악의 길
로 접어들었소. 정치적 이해득실을 따져 우리를 이용해 먹으
려는 아귀 같은 인간들이 높은 자리를 차지하고 있지.」

「…….」

「나는 강지수가 이런 상황의 희생양이 아닐까 우려하는 거
요.」

내게 담배를 내밀고 자신이 먼저 불을 붙인 다음 라이터 불
을 켜주었다. 재는 커피가 남아 있는 종이컵에 털었다.

「1968년에 처음으로 삼팔선을 넘어 북한으로 넘어갔소. 중
동부 전선의 철책을 넘었던 거지. 돌아오는 길에 북한군에
발각되어 교전이 벌어졌소. 남방 한계선 바로 남쪽의 페바
(FEBA : Forward Edge of the Battle Area)에 전차와 장갑차
들이 집결하고 전면전에 대비하는 일촉즉발의 상황까지 벌

어졌지. 내가 무슨 이야기를 하는지 알아듣겠소?」

「아뇨.」

「이치훈 씨가 긴 시간을 외국에서 보냈다는 것은 잘 알고 있소. 하지만 그보다 많은 시간을 한국에서 보낸 것도 부정할 수 없는 사실이지. 무슨 이야기냐 하면, 한국인이라면 적어도 이런 이야기를 이해해야 한다는 거요. 우리는 조국의 자유를 위해서 싸워 온 사람들이요. 나이만 먹은 것이 아니라 그만큼 대가를 치루면서 살아왔다는 말이지. 요즘 젊은 세대들은 이것이 얼마나 값진 교훈인지 잊고 일회성 쾌락과 본능적 욕구만을 좇아 살고 있다는 이야기요.」

「…….」

「나는 이십대 새파란 청춘에 안전 가옥에 수용되어 독도법과 산악 행군, 돌연사격, 지향사격, 생식법, 비트 구축술 등을 배우며 시간을 보냈소. 지금의 이십대들이 여자들 꽁무니나 좇는 데에만 정신이 팔려 있는 것과는 차원이 다른 이야기지. 내가 비교적 특수한 상황에 처해 있었긴 하지만 내 친구들도 별로 다를 것이 없었소. 요즘 빨갱이들이 말하듯 남한에서 살아남기 위해서는 저임금에 허다한 시간 외 초과 근무 등 통제와 금욕의 긴 시간을 보내야만 했으니까. 고도성장을 위한 희생이었지.」

술에 취하면 아주 가끔 아버지도 그런 이야기를 했었다. 배가 너무 고파서 나무를 갉아먹었다는 이야기였다.

「그 작전을 수행하다 처음으로 동료를 잃었소. 북한 인민군

내무반을 폭파하고 귀환하던 도중이었소. 인민군을 생포해
야겠다는 욕심에 계획에 없던 작전을 실시하다 그렇게 되었
지. 차례로 터트려야 하는 크레모어를 한꺼번에 터트린 게
화근이 되어 일을 그르쳤소. 순식간에 고막이 먹통이 되고,
흙먼지가 사방에 자욱해서 엄호를 하기로 한 조가 제대로 작
전을 따르지 못했어. 그래서 결국 맨 앞에 서 있던 친구는 인
민군의 포로가 되었소. 그는 다리와 어깨에 총상을 입었고
우리는 끝내 그를 데려오지 못했소. 당시 우리의 불문율은
어떠한 상황에서도 동료를 낙오시켜서는 안 된다는 것이었
소. 하지만 어쩔 도리가 없었지. 고집을 피웠다간 모두 죽을
판이었으니까.」
「북한에 가셨다는 말입니까?」
「68년 1월 21일에 터진 김신조 청와대 기습 사건의 보복이었
소. 그 일로 남한군의 사기가 땅에 떨어졌으니까 어떻게든
우리의 힘을 보여 줄 필요가 있었지.」
「사건은 공식화 되었나요?」
「어리석은 질문을 하는군.」
그는 나를 보며 인상을 찌푸렸다.
「74년에 남북 공동 성명이 발표되기 이전까지 남북 간의 첩
보 전쟁은 계속되었소. 아무튼 이 이야기의 교훈은 두 가지
요. 하나는 우리 사회가 소위 민주화 운동을 한 사람들에게
는 거액의 보상비를 지급하면서도 정작 나라를 위해 싸운 사
람들에게는 훈장 하나만을 던져 주는 것으로 철저하게 냉대

하는 비참한 현실이 존재한다는 것이고, 다른 하나는 이후에 그런 일이 있더라도 결코 우리 애국 세력만큼은 동료를 져버려서는 안 된다는 것이오. 사회의 무관심은 참을 수 있지만 나의 내부에서 일어난 죄의식은 떨쳐 버릴 수가 없었소. 지금도 북에 남겨 둔 요원의 얼굴을 아주 생생하게 기억하고 있소. 그는 우리에게 괜찮다고 말했지만 실제로는 두려움에 떨고 있었소.」

「…….」

그는 두 번째 담배에 불을 붙였다. 라이터돌이 미끄러져 몇 번인가 동작을 되풀이했다. 그는 의도적으로 나와 시선을 마주치지 않으려고 했다. 그가 감정을 추스르도록 나는 시간을 주었다. 마침내 말문을 연 그의 말은 이랬다.

「강지수의 사진을 보며 옛 동료의 얼굴이 떠올랐소. 사십여 년 동안 한 번도 잊지 않았던. ……내가 당신을 보자고 한 이유는 이것이오.」

담배 연기에 비친 그의 얼굴이 더 하얗게 빛나고 있었다.

「이분은 함께 일하기 전에 이치훈 씨가 반드시 만나야 되는 분이오. 혹시 성함을 들어 보셨소?」
처음 듣는 이름이었다.
「우리 사회는 이 기자에게 많은 빚을 지고 있소. 어려운 환경 속에서도 진실을 밝히려고 노력하는 몇 안 되는 훌륭한 분이 십니다.」
정보국 간부가 일반 신문의 정치부 기자를 높게 평가하는 것이 조금은 의아스러웠다. 그들은 대개의 경우 개와 원숭이처럼 서로를 헐뜯는 관계로 묘사되어 왔고, 이성적으로 생각해 봐도 그런 역할을 수행하는 쪽이 자연스러웠다. 한쪽은 정보를 숨기고 다른 한쪽은 그것을 캐려고 시도한다. 둘이 마찰을 일으키지 않으면 이상한 일이었다.
「기자라고요?」

나는 되물었다.

「예, 지금은 대기자가 되셨죠.」

세상은 내가 생각하듯 그렇게 단순히 흘러가지 않았다.

「오빠, 내가 콜걸인 줄 알아요?」

「콜걸?」

「그렇잖아요. 호텔 방에 누워서 전화만 하면 내가 쪼르르 달려갈 것이라고 생각하는 거잖아요.」

「아니, 꼭 그렇지는 않아.」

「변명하지 않아도 돼요, 오빠답지 않게. 어느 호텔이야?」

「○○호텔이야.」

「오빠도 그런 변두리 호텔을 이용해요?」

「사정이 그렇게 됐어.」

「알겠어요. 조금만 기다려요. 삼십 분 후면 일이 끝나니까 잽싸게 달려갈게요. 맛있는 거 먹어요.」

정민은 내가 이제껏 알고 있는 어떤 여자보다 가장 긍정적인 사고의 소유자였다. 호텔 로비를 서성이는 동안 어느새 그녀가 나타나 내 팔짱을 꼈다. 첫날보다 한결 성숙한 모습이었다. 치마의 길이도 길어졌고 높기만 하던 하이힐은 낮은 굽으로 바뀌었다. 마릴린 먼로가 윙크를 날리던 요란한 티셔츠는 레이스가 들어간 블라우스로 변해 있었다. 무엇보다 부드럽게 웨이브를 준 단정한 머리가 전체적인 인상을 바꿔 놓았다.

「어쩐 일이야?」

「뭐가요?」

「완전히 다른 사람이 됐잖아.」

「그런가? 가끔 이렇게도 입어요. 오빠가 나를 듬성듬성 알고 있는 거지. 왜 이상하게 보여요?」

「보기 좋아. 친숙한 느낌이 드는걸.」

「오빠 이런 스타일 좋아하지 않아요? 사실은 전화를 받자마자 곧장 미용실에 들렀거든요.」

「마음에 들어. 그건 그렇고, 이제 뭘 할까?」

「수산물 시장에 가요. 나 멍게 되게 좋아해요.」

「이런 차림에는 프랑스 식당이 어울리지 않겠어?」

「또 사람 기죽인다. 난 거기 가면 주문도 못해요. 아무튼 가기나 해요.」

탁자 위로 살아 있는 낙지와 멍게, 해삼, 개불을 모아 놓은 접시가 올라왔고 정민은 급하게 소주병을 땄다. 바닥에는 수족관에서 흘러나온 물이 흥건했지만 불평을 할 정도로 지저분하지는 않았다. 실내 체육관 규모의 시장 건물은 사람들의 북적이는 소리로 들썩이고 있었다.

「오빠, 사랑 이야기 해줘요.」

「사랑?」

「오빠가 사랑했던 여자 이야기. 너무 많아서 기억나지 않는 것은 아니겠죠?」

「난 그런 쪽엔 능력이 부족했어.」

「거짓말. 누가 그 말을 믿겠어요?」

정민은 단번에 소주를 마셨다.

「믿을 만한 사람은 아니지만 그래도 능력이 있잖아요. 쓰고 싶은 대로 쓰고 또 원하는 만큼 벌 수도 있고. 오빠 같은 사람은 흔치 않아요.」

「그래? 하지만 지금은 파산 직전이야.」

「그런 사람이 프랑스 레스토랑에 가자고 해요.」

「……」

「관두고 진짜 사랑 이야기 해줘요. 나 이런 이야기 듣는 거 엄청 좋아해요. 어렸을 때부터 죽 그랬어요. 그래서 새로운 사람을 사귀면 꼭 사랑 이야기를 들었어요. 도망칠 수 없으니까 지금 해줘요.」

「그보다는 할머니 이야기를 하는 게 낫지 않겠어? 어떻게 내가 말한 대로 한 거야?」

「지금 이 순간에 꼭 할머니 이야기를 해야겠어요.」

그녀는 입술을 내밀며 뾰루퉁한 표정을 지었다.

「아, 미안. 정말 궁금해서 물어본 것뿐이야.」

「할머니는 다음 달에 요양원으로 옮기기로 했어요. 국가 보조금이 나와서 생각보다 많은 돈이 들어가는 것은 아니니까 오빠가 걱정하지 않아도 돼요.」

「지금 계좌 번호를 줘.」

그녀는 탁자 위에다 젓가락을 내려놓고 팔짱을 끼고서 나를 노려봤다.

「언제는 파산이라고 해놓고선.」

「그 정도 여력은 아직 있어.」

「…….」

「미국에서 만난 여자였어. 아버지는 일본인이고 엄마는 중국인인 전형적인 바나나였어.」

정민의 식욕을 되돌리기 위해서 뭐라도 해야 했다.

「바나나?」

「미국에서 태어난 동양인 자녀들을 일컫는 말이야. 바나나는 겉은 노랗고 속은 하얗잖아. 외형은 동양인이지만 내면은 완벽한 백인이라는 거야. 그래서 바나나라고 부르지.」

「오빠도 그럼 바나나야?」

「아니. 난 국적만 캐나다일 뿐이야. 고등학교 이학년 때 이민을 갔으니까 그들에게 완전히 동화되기에는 늦은 감이 있었지. 지금은 한국에서 제대로 적응을 못하고 있고. 좀 복잡하지?」

정민은 찡그렸던 인상을 펴고 호기심 어린 얼굴로 나를 쳐다봤다.

「미국에서, 정확히 말하면 내가 라스베이거스에서 한참 잘나가고 있을 때 만났어. IT 업체 컨벤션에 참석했었는데 우연히 이야기를 나누다 보니 내가 다닌 대학 출신이었어. 그래서 의기투합해서 술을 마셨어」

「결국 잠을 자는 사이로 발전했군요?」

「너무 앞서 나가지 마. 사랑 이야기를 듣고 싶어 하지 않았어?」

「섹스가 없으면 사랑인가?」

그렇게 말하고 정민은 한쪽 눈을 찡긋해 보였다.

「빨리 해줘요. 듣고 싶어요.」

「그 뒤로는 이야기가 없어. 정민이 말대로 함께 잤고 서로 사랑한다는 고백을 했어.」

「정말? 믿을 수 없어.」

「뭐가?」

「오빠가 사랑한다고 말했다는 게 믿어지지 않아. 냉혈인이잖아.」

「냉혈인?」

「미안하지만 이 말은 연희 언니가 한 말이에요. 기분 나쁘지 않죠?」

「상관없어. 지나간 일이니까.」

「아무튼 오빠한테 문제가 있었군요.」

「날 떠난 건 그 여자였어. 아파트에서 함께 살던 때였는데, 부다페스트로 가는 비행기 표를 마련해 놓고는 내게 일방적으로 통보했어. 자신은 이제 유럽으로 갈 거고 나와 살아갈 자신이 없다고.」

「차였다, 이 말이에요?」

「내가 그녀에게 잘못한 일이라고는 가끔 열두 시간 동안 차를 몰고 라스베이거스로 간 것밖에는 없었거든. 내가 무슨 실수를 했는지 모르겠어. 결혼을 하지 않은 동거 관계였지만 그런 식으로 헤어질 거라고는 생각하지 못했어.」

「그놈의 도박이 원수야.」

「난 그때 한참 잘나가고 있었어. 카지노 직원들이 알아볼 정
도였으니까. 그리고 산호세에서 부동산 사업에 참여했는데
소위 말하는 대박을 터트렸어. 부동산뿐만 아니라 내가 손을
대면 뭐든지 성공했지.」

「…….」

「그런데 그녀와 헤어지고 나서부터는 내리막길이었어. 마치
그럴 줄 알았다는 듯 그녀가 떠나고 나서 모든 일이 틀어지
기 시작했어. 기막힌 타이밍이었지. 동업으로 하던 프랜차이
즈 사업에서 사기를 당했고 부동산도 떨어지기 시작했어. 물
론 카지노에서도 거의 대부분 털리고 나왔지.」

「그래서 한국으로 돌아온 거야?」

「아니. 카지노에서 점쟁이를 만났는데 운을 회복하려면 다시
그 여자를 찾으라고 했어. 그래서 모든 걸 정리하고 헝가리
로 날아갔어.」

「부럽다. 듣기만 해도 멋진데요.」

「그런 이야기가 아냐. 아마 정민이는 이해하지 못할 거야. 낯
선 도시에서 나를 버리고 간 여자의 행적을 쫓는다는 것이
얼마나 비참한 일인지를.」

「그래도 유럽에서 살아 봤잖아요.」

「그건 그냥 도시일 뿐이야. 서울도 마찬가지고 홍콩도 마찬
가지야. 정민이는 홍콩이 좋았어?」

「난 좋았어요.」

「…….」

「흐, 내가 좀 이래요.」

「아무튼 그 이상한 도시에서 일 년을 넘게 살았어. 아파트 밖으로 나가면 모두 이상한 말을 하고 있었고 나를 수상하다는 듯 쳐다봤어.」

「그럼 그 여자는 찾지 못했어요?」

「아니. 결국 만났어. 어느 일요일 낮에 마르기트 섬을 산책하다 일광욕을 하고 있는 여자를 찾아냈어. 잔디에 누워 가슴을 모두 드러내 놓고 있었어. 젖꼭지를 보자마자 그녀인 걸 알아차렸어.」

「젖꼭지? 꽤 에로틱한 만남이었네요.」

「생각하기에 따라서는. 하지만 그게 전부야. 나는 나무 그늘에 몸을 숨기고 그녀를 얼마간 주시했어. 그리고 불현듯 그런 생각이 든 거야. 저 젖꼭지는 나를 더 이상 원하지 않는다. 자유를 원한다.」

정민은 물을 마시다 멈칫했다.

「그게 뭐야! 거짓말이죠?」

그러고는 어이없다는 표정을 지었다.

「나 그렇게 실없는 사람은 아냐. 거짓말을 할 만큼 머리가 비상하지도 않고.」

「난 머리가 나빠도 거짓말은 잘해요. 근데 정말 그게 전부에요?」

「그렇다니까.」

　누워 있는 그녀에게 다가가기 위해 일어서려고 할 때에 공원에서 뛰어놀던 셰퍼드 한 마리가 갑자기 튀어나와 나를 덮쳤다. 잔풀이 묻은 앞발로 내 어깨를 짚었고 나는 엉덩방아를 찧으며 뒤로 넘어졌다. 다치지는 않았지만 나는 땅바닥에 그대로 주저앉아 있었다. 사랑하는 사람을 찾기 위해 그녀를 찾아온 것인지, 아니면 꺼져 가는 운을 되찾기 위해 버둥거리고 있는 것인지 알지 못하게 돼버린 것이다. 얼마 후에 그녀는 옆에 누워 있던 남자와 함께 바닥의 담요를 말고는 그 자리를 떴다.

　「내가 이제껏 들었던 사랑 이야기들 중에서 제일 형편없어요.」

　「그렇다니까. 자, 멍게나 먹자.」

　정민은 대단히 섹시한 젓가락질로 멍게를 집어서 입으로 가져갔다.

　「거짓말쟁이.」

　바닥에 흥건한 물이 구두 밑창에 부딪치면서 기분 좋은 소리를 내었고, 호텔로 돌아오는 택시 안에서도 계속해서 그 소리가 들렸다.

정민이 돌아가고 짧게 한 시간 정도의 아침잠을 잤다. 샤워를 한 후, 컴퓨터를 켜고 모니터에 채병호가 소개시켜 준 남자의 이름을 써넣었다. 클릭을 하고 제일 먼저 본 문구는 이런 거였다. '극우 보수 꼴통 새끼, 엿이나 먹어라!'

그의 사무실은 시내 중심에 있었다. 맨 앞쪽에 앉아 있던 여직원이 나를 보고서는 무덤덤한 표정으로 고개를 돌렸다. 대여섯 명이 사무실에 있었는데 나를 바라보는 직원은 아무도 없었다.

「대표님을 만나러 왔습니다.」

여직원이 내 얼굴을 돌아보지도 않고 일어나 앞장섰다. 그러고는 인터뷰실이라는 현판이 달린 문 앞에 멈추어 서서 내게 들어가라고 고갯짓했다.

「곧 돌아오실 겁니다.」

시계를 보니 약속한 시간에서 10분이 지나 있었다. 내가 안으로 들어가자 그녀는 문을 닫았다. 문이 닫히자 사방이 조용해졌다. 나는 검은 가죽 소파에 몸을 기대고 허공을 바라보았다. 그러다 깜빡 잠이 들어 버렸다.

「아이고, 이거 정말 미안합니다. 길이 어찌나 막히던지 부리나케 달려왔는데도 늦었네.」

경상도 억양이 남아 있는 중년 사내의 목소리에 눈을 떴다.

「제이슨 씨 맞지요?」

눈을 부비고 일어나 그와 악수를 나누었다.

「볕이 잘 들어서 여서 누워 있으면 잠이 소곤소곤 오지요?」

생각했던 것보다 다정다감한 목소리를 가지고 있었다.

「죄송합니다. 어젯밤에 좀 무리를 했나 봅니다.」

「어제도 이거 했어요?」

그는 손으로 카드를 하는 시늉을 해보였다.

「아, 조큽니다. 좀 썰렁했나요? 이거는 안 쥐도 되지만 뭐 어쨌든 처음 만난 기념으로.」

지갑에서 명함을 꺼내어 내게 내밀었다. 그러고는 문도 열지 않고 큰 소리를 질렀다.

「여 커피 좀 내온나. 손님 대접 좀 하고 있으라고 내 그래 일렀구만.」

그의 첫인상은 생각보다 몸이 앞서 움직이고 활달함이 지나쳐 정신없어 보이는 사내라는 것이었다. 내가 무슨 이유로 이 남자를 만나러 왔는지 전혀 떠오르지 않았다.

"단도직입적으로 말해서 김정일은 완전히 또라이라 이 말이지"라고 말하는 데 무려 30분이 흘렀다. 그동안 그는 신문사 경영의 어려움과 현 정권의 무능함, 공무원들의 무사안일한 태도, 경쟁력을 잃은 교육 제도, 임플란트를 대충 시술한 치과 의사, 뮤지컬 무대의 무용함, 노년의 이혼 증가율 등을 아무런 논리적 개연성 없이 마구 쏟아 냈다. 듣다 못한 내가 채병호라는 이름을 들먹이며 주위를 환기시키자 겨우 본론으로 들어왔다. 커피는 식어 버렸고 나는 조금 지쳐 있었다. 그러나 그는 단 한 마디로 사람의 주의를 끄는 방법을 알고 있었고 내가 피곤한 기색을 보이자 곧장 자신의 마술을 풀어놓았다.

「김정일은 원하기만 하면 북한 여자 중 누구하고나 잘 수 있는 권력을 갖고 있어요.」

「구체적인 증거가 있나요?」

「호오, 물증을 원하는 타입이시구먼. 간단하지. 공식적으로 밝혀진 김정일의 여자만 해도 세 명이오. 우선 영화배우 출신인 성혜림이 있고 함경북도 안전국에서 전화 교환수로 일했던 김영숙, 일본 오사카 출신의 무용수인 고영희가 있죠. 눈치챘겠지만 모두가 한결같이 빼어난 미인이라 이 말이지. 복도 많은 인간이지. 평생 마누라 등쌀에 쫓겨 사는 우리 같은 인간들에게는 꿈같은 이야기야.」

「여자가 많다고 행복하다 말할 수는 없죠.」

그는 한쪽 입꼬리를 슬며시 말아 올리며 웃었다.

「뭐 선수끼리 이러지 맙시다. 남자들의 로망은 다다익선이라고 공자님이 말씀하셨소.」

「그런 논리라면 김정일을 비판해서는 안 되겠군요.」

이번에는 좀더 크게 웃었다.

「뭐 한마디로 부럽다 이거지, 쩝. 밖으로 알려진 여자들의 수
는 사실 이보다 더 많아요. 논란이 좀 있긴 하지만. 아들을
못 낳아서 쫓겨난 홍일천이 있고 김정일의 비서 업무를 담당
한 김옥, 애첩으로 알려진 정일선이 있죠. 그 외에도 이상진,
손희림, 고정자, 성혜순 등 너무 많아서 이름 외우기가 어려
울 정도요. 앞서 말한 여자들은 그나마 김정일과 뭐라도 관
련이 있는 여자들이고 그냥 하룻밤의 노리개였던 이름 없는
여자들은 셀 수 없을 정도요. 이래도 부럽지 않소?」

「부럽다기보다는 그렇게 여자가 많으면 좀 피곤하지 않을까
요?」

「보통 사람들은 감당하기 어렵지. 하지만 김정일처럼 절대
권력을 쥐고 있으면 그까짓 거 아무것도 아니지. 여자들이
까다롭게 굴면 회덕이나 요령수용소에 보내 버리면 끝이니
까. 재미있지 않소?」

나는 대꾸하지 않고 웃었다.

「허긴, 제이슨 씨는 여자보다 도박을 더 좋아하죠?」

「도박도 좋아하지만 여자도 그에 못지않게 좋아합니다.」

「솔직해서 좋구만. 아, 나는 사실 도박을 잘 몰라서…… 채병
호 소장한테 이야기를 듣고서 좀 놀랐습니다. 게다가 젊은 사
람이라 걱정이 되었소. 요즘 젊은 세대들은 아주 엉망이거든.

김정일에게 영혼을 팔아 버린 인간이 허다하다는 거요. 한데 이렇게 만나 보니 제이슨은 그런 인간 말종들과는 다른 것 같아요. 나이를 먹다 보면 사람 보는 눈이 트이는 법이지.」

「…….」

「그런데 제이슨 씨는 한 번에 보통 얼마나 베팅하시오?」

질문을 이해하지 못해 그의 얼굴을 빤히 쳐다보았다.

「아, 예전에 김정일 비자금 추적 기사를 쓰기 위해 마카오로 출장을 나갔던 적이 있었어요. 그때 취재차 리스보아카지노에 갔는데 우연히 한국 사람을 만났어. 그 사람 소개로 바카라 게임을 봤는데 장난이 아니더군. 넥타이도 매지 않고 복장도 허름한 사람들이 홍콩 달러 만 달러짜리 칩 오십 개를 베팅하더군요. 아주 깜짝 놀랐습니다.」

대략 원화로 6천에서 7천만 원의 금액이다.

「내가 놀라니까 그 친구 하는 말이 '여기서 일 억은 돈이 아니다'라고 태연하게 말하더군요. 주위를 둘러보니 그런 판이 여러 곳에서 벌어지고 있었고 더 큰 액수의 도박은 VIP룸에서 벌어진다고 하더군.」

「사실은 저도 처음에는 충격을 받았습니다.」

「아, 그랬나요? 제이슨은 라스베가스에서 왔으니까 그랬겠죠. 나도 거기 몇 번 가봤지만 그런 일은 없었거든. 동양인이 도박을 좋아한다는 말이 사실인가 봅니다.」

「…….」

「저기 내가 아주 재미있는 정보를 알려 줄까요?」

「네?」

「옛날 안기부 시절에 김정일의 국제 전화 내용을 감청했어요. 그때 내용이 좀 이상해서 알아보니까 도박광인 김정일이 마카오 카지노에 있는 공작원과 전화를 주고받으며 도박을 하는 것이 밝혀졌어요. 부하한테 전화로 지시해서 실제 게임을 했던 거죠. 일종의 대리 만족인데 대단하지 않아요?」

「정말입니까?」

「내가 왜 실없이 말을 지어내겠소? 믿을 만한 관계자의 증언이니 틀림없을 겁니다.」

나는 반사적으로 채병호의 얼굴을 떠올렸다.

「어쩌면 우리가 대화를 나누고 있는 지금도 김정일은 소파에 누워서 전화로 도박을 하고 있을지도 모르지. 이렇게 보면 김정일이 그렇게 먼 사람처럼 느껴지지 않지요?」

그의 말 그대로였다. 그는 만족한 듯 큰 소리를 내어 웃었다.

방만수의 말을 종합해 보면, 마카오는 북한을 통치하는 권력자 김정일의 개인 비자금이 숨겨진 나라들 중 하나였다. 그는 기자 출신답게 조목조목 객관적 사실의 근거를 제시하며 김정일 비자금에 대한 주장을 펼쳤다. 처음 듣는 이야기였지만 정치적 사안에 대해서는 아는 바가 없었기 때문에 조용히 그의 이야기를 들었다. 반론을 제기할 수 있는 문제가 아니었다.

「이 문제와 관련되어 제일 심각한 상황이 뭔지 알아요?」

나는 입을 다물고 있었다.

「바로 한국 정부의 태도요. 이전 대통령들이 흐리멍텅하게

군 거지.」

한국의 전직 대통령이 언급되자 순간적으로 긴장했다. 앞서 김정일의 이름이 나왔을 때만 해도 여유가 있었다. 워낙 추상적이고 비현실적인 인물이었으니까. 하지만 한국의 대통령은 달랐다.

「우리나라는 미국과의 정상 회담에서 미국의 대북 제재 조치가 북경 6자 회담에 장애가 된다는 이유로 미국의 선처를 부탁했소. 이게 무슨 이야긴지 알겠소?」

「…….」

「한국의 대통령이 반국가 단체의 국제 범죄에 대해서 동맹국의 대통령을 설득하는 변호사 역을 자임한 꼴이 되었다는 것을 의미하는 거요. 부끄러운 일이지.」

「…….」

「북한은 현재도 마카오에 위장 회사와 은행을 차려 놓고 비자금 사수 공작과 대남 공작을 계속하고 있소.」

그는 감정이 솟구쳤는지 얼굴이 붉게 달아올랐다. 정치학자인 최진영 교수가 박춘우를 공산주의자로 몰아붙이며 열을 내는 것과는 조금 다른 감정의 폭발이었다. 학자와 기자의 성향 차이라고 볼 수도 있었다. 그는 갑자기 정색을 하고 허리를 곧추세우고 앉았다. 그의 목소리는 한층 낮아졌다.

「강지수가 처음 마카오로 넘어간 시기가 이 미묘한 일이 한창 벌어질 때였소. 그래서 나는 이 사건을 단순한 형사 사건으로 처리할 수가 없었소.」

나는 대꾸 없이 그를 바라보기만 했다. 그는 답을 기다린다
는 표정을 지으며 다시 의자에 몸을 기대었다. 얼마의 시간이
흘렀고 나는 무슨 말이라도 해야만 했다.

「국정원에서는 강지수가 중국인 갱들의 표적이 되었다고 결
말지었습니다.」

이번에는 그가 말없이 나를 바라보며 웃었다.

「공작의 세계는 일반인들이 생각하듯 그렇게 극적이거나 거
창하진 않지만 때로는 보편적인 시각으로는 풀 수 없는 수수
께끼의 연속일 때도 있소. 어느 하나를 단정 지어 놓고는 풀
수가 없는 법이지. 이 미스터리를 풀려면 모든 변수를 쉽게
버려서는 안 되는 법이오. 국정원은 강지수가 타락하여 회사
를 이탈한 것을 문제 삼지 않았기 때문에 그런 결론을 지은
것이오. 이상한 일 아니오? 얼마 전까지만 해도 유능했던 직
원이 갑자기 도박과 술 중독에 빠졌다는 사실이 아무런 의심
없이 관철되었으니까. 하지만 이제 세상이 바뀌었소. 그럼
다른 시각으로 보는 것도 가능하지 않겠소?」

「그것이 내가 여기에 있는 이유인가요?」

「물론 그럴 수도 있죠. 하지만 나는 그렇게 딱 잘라서 판단하
고 싶지는 않소. 인간에겐 자유 의지라는 것이 있으니까.」

「……」

「만에 하나라도 강지수가 공작의 일환으로 마카오에서 활동했
다면 남아 있는 우리는 그것을 끝까지 추적해서 밝혀내야하
오. 그것이 고인에 대한 최소한의 예의라고 나는 생각합니다.」

　채병호가 강지수의 죽음을 이야기하면서 보였던 자세와 동일했다.

　나는 궁금증을 참지 못하고 끝내 질문을 하고 말았다.

「이 일은 어디까지 진척되었나요?」

「솔직히 말해 이제 시작이오. 아직 아무것도 진행되지 않았어요. 그래서 우리는 제이슨의 도움을 기대하고 있는 거요.」

「내가 알아낸 바로는 강지수는 박춘우라는 사람의 사위였더군요. 이게 뭘 의미하는 거죠?」

그는 눈을 가늘게 뜨고서 이마에 잔뜩 힘을 주었다.

「중요한 질문이긴 하지만 지금은 답이 없어요. 그래서 이 사건이 더욱 미궁에 빠질 가능성이 크다는 겁니다. 하지만 당장은 강지수의 죽음에 대한 직접적인 책임 소재를 밝혀내야 합니다. 만약 그가 북한 공작원의 손에 의해 피살되었다면 한 치의 주저함도 없이 그에 대응하는 피의 복수전을 치러야 합니다. 국가란 모름지기 그런 일을 모른 척해서는 안 되는 법이지.」

낮지만 결연한 의지가 배인 목소리였다. 나는 그 말에 약간의 피로감을 느꼈다.

「내가 뭘 할 수 있을까요?」

마지막 질문을 했다.

「그건 걱정하지 말고 위의 지시를 기다려요. 우리가 모든 준비를 마칠 테니.」

「술 마셨소?」

채병호의 첫마디였다.

「가끔 이럴 때가 있습니다. 아침이 지겨워지면.」

「음, ……이해할 수 있소. 하지만 앞으로는 자제해 주시오. 허술하게 보여도 우리는 단단한 조직이요.」

나는 가볍게 목을 끄덕였다. 두 번째 방문한 채병호의 사무실은 달라진 것이 거의 없었지만 그래도 처음의 스산한 느낌은 상당 부분 없어졌다. 내가 그들의 요구를 수용한 순간부터 나는 전체의 일부가 되었고 자의든 타의든 동화될 수밖에 없었다.

「총을 사용해 본 경험은 있나?」

「아뇨.」

「예상 외군. 도박사라면 일반인과는 다르리라 생각했소.」

「라스베이거스가 마피아 손에서 벗어난 지는 상당히 오래되었습니다.」

「그 정도는 나도 알고 있소. 미국에 가보지는 않았지만 대단한 나라임에는 틀림없소. 하지만 지금 당신이 가야 하는 나라는 미국이 아니오.」

「마카오도 별반 다를 것이 없다고 생각합니다. 다국적 기업이 진출하면서 빠르게 변하고 있죠.」

「당신 말이 맞을 거요. 하지만 이것만은 분명히 알아야 하오. 아직도 마카오에서 최고의 실력자 행세를 하는 카지노 왕 스탠리 호는 대단히 위험한 인물이오.」

「개인적인 생각이시겠죠. 그 사람은 기부금을 통해 많은 자선 행사에 참여하고 있다고 들었습니다. 홍콩에서 저가 항공사를 사들여 항공사 회장이 된 걸로 알고 있는데요.」

「그럴지도 모르지. 하지만 난 그런 일에는 관심이 없소. 다만 그 영감이 친북 인사라는 점만 알고 있소.」

「친북 인사?」

「북한은 6·25전쟁 이후부터 마카오와 우호적인 관계를 맺어 왔소. 53년 이후로는 본격적으로 무역 회사들을 차려 놓고 납치 및 테러 전초 기지로 이용했소. 짐작하고 있겠지만 카지노는 북한이 돈세탁을 하기에 가장 편리한 장소요. 서로의 이해가 맞아떨어진 거지.」

「…….」

「김정일의 애첩으로 알려진 정일선이 그곳에 거주하고 있는 사실도 확인되었소. 김정일의 소생인 한솔이라는 남자아이와 함께 살고 있소.」

「…….」

「마카오 시내에 '해피하우스'라는 북한 식당이 있는데 북한이
정보 수집 차원에서 운영하는 곳이오. 무역 회사들도 마찬가
지요. 동남아 테러 기지로 이용되거나 북한산 위조 달러화
유통과 필로폰 판매 등의 불법 행위를 자행하는 주무 기관이
되었소. 이건 우리 측 정보가 아니라 마카오 경찰이 파악하
고 있는 사실이요. 김정일의 비자금이 숨겨진 곳이기도 하
지. 이래도 위험하지 않다고 생각하오?」

나는 그의 질문에 답을 하지 않았다. 북한 정부가 마카오에
서 어떤 짓을 했던 나와는 상관없는 일이다.

「스탠리 호는 99년에 평양 양각도호텔에 큰돈을 투자해 카지
노를 개장할 만큼 북한으로부터 신뢰를 받고 있소.」

「…….」

「북한과 마카오의 카지노는 서로 자매결연으로 맺어져 있소.
쓰레기는 쓰레기끼리 뭉치는 법이지.」

그렇게 말하고 그는 책상 서랍에서 한 뭉치의 서류 더미를
꺼내어 내게 내밀었다.

「모두 비밀문서요. 빨리 읽고 기억하도록 하시오. 앞으로는
누구를 만나든 아군과 적군으로 구분해야 할 거요.」

「왜 내가 이 작전에 선택되었는지 설명해 주시죠.」

「이치훈 씨가 강지수의 마지막 행적을 가장 잘 알고 있는 사

람이기 때문이오. 그거면 충분하지 않나?」

「나는 그저 우연히 강지수를 만났을 뿐입니다. 술을 먹거나 게임을 함께한 것 외에는 다른 무엇인가를 해본 적이 없습니다.」

「사정은 우리도 마찬가지요. 공식적으로 국정원을 떠난 후 강지수의 행적은 분명치 않소. 그의 죽음과 마찬가지로 모든 것이 베일에 가려져 있지. 지금 단계에서는 그가 작전을 수행한 것인지조차 분명하지 않소. 우리는 내부적으로 자신하고 있지만 결정적인 증거가 없어. 그래서 당신이 필요한 거요. 강지수가 밟았던 과정을 추적해서 올라가기만 하면 되는 거지. 가만히 있어도 그쪽에서 먼저 접촉을 시도할 거요. 새로운 요원을 선발할 생각도 했지만 비용과 시간이 절대적으로 부족했소. 강지수와 유사한 가공의 인물을 만들어 내야 하는데 쉽지 않은 일이오. 반면 이치훈은 이미 만들어져 있소. 제2의 강지수로 제격이란 말이지. 그쪽에서도 별 의심 없이 당신을 받아들일 거요. 우선은 우리가 재구성한 시나리오를 따라오기만 하면 되오. 도박을 하고 여자를 사고 술에 취해 있으면 그만이라는 거지. 어려운 일은 아니잖소?」

「어려운 일은 아닙니다만…… 그렇게 해서 아무것도 얻지 못한다면 어떻게 되는 거죠?」

「그건 이치훈 씨가 생각할 일이 아니오. 분석은 우리 몫이오. ……미안하지만 당신은 국가의 보호를 받지 못할 것이오. 나는 거짓말하는 것을 극도로 싫어하오. 지키지 못할 약속은 하지 못한다는 말이지. 만약 물러서고 싶다면 지금이 마지막 기회요.」

「……발 뺄 생각은 없습니다.」

나오는 길은 김태우가 따라나섰다. 그는 여전히 무표정에 농담을 알아듣지 못했다. 그에게 친근한 감정을 전달해 봐야 돌아오는 것은 싸늘한 무시였다. 훈련 탓인지 아니면 나라는 인간이 마음에 들지 않기 때문인지는 분간되지 않았다. 그는 신호등에서 좌회전 신호를 기다리다 경찰서 정문을 통과해 들어갔다. 경비대원에게 신분증을 보였고 경찰은 그에게 거수경례를 올렸다. 전경대원들의 내무반이 있는 건물 지하로 들어갔다. 입구에 사격 훈련장이라는 푯말이 걸려 있었다.

그는 관계자와 몇 마디를 주고받더니 권총 한 자루와 탄환을 가지고 왔다.

「경찰들이 쓰는 38구경 리볼버입니다. 자동 권총은 여기에 없다는군요. 아쉽지만 이 정도로 만족하시죠.」

그는 6발의 총알을 익숙한 동작으로 장전하고 내게 내밀었다.

「총을 쏠 기회가 있을까?」

「최악의 상황을 대비하는 거죠. 안전장치를 풀고 방아쇠를 당기면 나갑니다. 문제는 사람이 표적이 되었을 때 쏠 수 있느냐죠.」

나는 올림픽 사격 경기를 생각하고 자리에 섰다. 한 손으로 권총을 쥐고 한 손은 호주머니에 찔러 넣은 상태였다.

「모든 총은 두 손으로 잡고 있을 때 명중률이 올라갑니다.」

그가 말을 마치기도 전에 방아쇠를 당겼다. 타깃에 명중하든 빗나가든 상관없었다. 그가 떨떠름한 표정으로 나를 봤지만 제지하지는 않았다.

훈련장을 나오면서 그는 처음으로 웃었다.

「훌륭한 솜씨네요. 여섯 발 모두 빗나갔어요.」

일본행은 이번이 처음이었다. 옆자리의 정민은 공항으로 가는 택시에서부터 쭉 흥분 상태였다. 내가 어느 카페에서 일본으로 여행을 가자는 이야기를 했을 때 정민은 옆자리의 손님이 깜짝 놀라 돌아볼 정도로 크게 소리를 질렀다. 정민과 동행하겠다는 것은 내 아이디어가 아니었다. 곰처럼 생긴 김태우의 제안이었다.

「여자를 데려가시죠. 혼자 여행하는 것보다 다른 사람의 이목을 덜 끌 겁니다.」

그는 마치 자랑스러운 일을 한 듯한 표정으로 말했다. 나는 그가 용의주도한 정보국 요원이리라는 것에 대해 애초부터 의문을 가지고 있었다. 공항의 체크인 데스크에서 불과 몇 미터 거리를 두고 감시하고 있는 그를 발견했을 때 속으로 '뭐야?' 하는 심정이 되었다. 그 큰 덩치를 어떻게 숨기며 나를 미행할까 궁금했는데 공항에 버젓이 모습을 드러낸 그를 보고는 한숨을 짓고 말았다.

일본의 거리는 확실히 깨끗했다. 하지만 그것뿐이었다. 호기심에 가득 찬 얼굴로 차창 밖을 살피는 정민과 달리 나는 지그시 눈을 감고 앞으로 일어날 일들에 대해 생각해 보았다. 호텔에서 체크인을 끝내고 엘리베이터를 타려고 할 때 정민이 팔을 붙잡았다.

「오빠, 저기 덩치 큰 남자 보이지. 저 사람 우리하고 같은 비행기 타고 왔다. 같은 여행사에서 왔나 봐.」

프런트 데스크 앞에서 김태우가 우리를 보지 않으려는 듯 고개를 숙이고 조심조심 움직이고 있었다.

「이게 뭐야? 완전 시시하잖아.」

정민이 파친코 기계에 구슬을 넣고 버튼을 누르는 동안 나는 옆자리에 앉아 요란한 그래픽의 기계를 바라보고 있었다. 정민의 말대로 기계의 화려한 장식과 달리 게임은 심심하기 그지없었다. 종업원은 우리에게 세 개의 아이템이 한 줄로 나란히 서는 '아타리' 상태가 되면 이긴다는 단순한 설명이 적힌 매뉴얼을 주었다. 영어와 중국어, 한국어로 번역된 문장이었다. 운이 좋으면 연타 기능으로 대승리를 이끌 수도 있다는 문구도 있었지만 정확히 무엇을 의미하는지는 이해하지 못했다. 30분이 넘게 기계는 아타리에서 아슬아슬하게 빗나가는 장면을 반복해서 보여 주었다.

「아깝네요. 아타리가 될 수도 있었는데.」

고개를 드니 정장 차림의 한 남자가 옆에서 우리를 내려다보고 있었다. 검게 그을린 얼굴에 세심하게 콧수염을 정리한 남자였다. 검은 줄무늬 양복에 흰 행커치프가 잘 어울렸다. 사진에서 보았을 때보다 훨씬 젊고 호감이 가는 남자였다.

「김 선생이십니까?」

방만수가 알려 준 암호를 생각해 내고 물었다.

「박 선생이시죠?」

그는 만면에 웃음을 짓고서 나의 말을 받았다.

접선 암호 치고는 너무 유치하지 않냐는 생각을 했는데 실제로 해보니 그렇게 나쁘지 않았다. 정민은 영문을 모르고 우리 둘을 번갈아 바라보았다.

「이쪽은 제 동생입니다. 이번에 함께 여행을 왔습니다.」

「미인이시군요. 일본은 처음이신가요?」

그는 우아한 동작으로 손을 내밀어 정민과 악수를 나누었다. 정민은 얼굴을 붉히며 남자를 바라봤다.

정민을 남겨 두고 그의 사무실로 자리를 옮겼다. 통로가 좁아서 걸음을 옮길 때마다 사람들과 부딪쳤다. 기계의 맨 앞 열에 초로의 한 남자가 주먹으로 버튼을 쿵쿵 두드리며 크게 소리를 지르고 있었다. 그는 사내에게 다가가 어깨를 붙잡고 상냥한 일본말로 달래었다. 사내는 모니터 앞에 놓인 수건으로 이마를 닦으며 고개를 끄덕였다. 구슬 상자는 거의 바닥을 보이고 있었다. 그의 지시에 유니폼을 입은 직원이 새 구슬 박스를 가져왔고 둘 사이에 고맙다는 인사가 오고 갔다. 어떤 상황인지는 대충 짐작이 되었다. 2층 그의 사무실은 단출했다. 꼭 필요한 물건들만 선별되어 자리에 들어온 것 같았다. 나는 그의 정확한 한국어 발음에 놀랐다. 교포 3세라고는 도저히 생각할 수 없는 완벽한 한국어였다.

「가게가 생각보다 커서 조금 놀랐습니다.」

「요즘 불경기라 손님 수가 많이 줄었습니다. 근처에 문을 닫은 가게도 생겼죠. 저희도 한 층 비워서 임대를 주고 있습니다. 지금은 기계 수가 채 오백 대도 되지 않습니다.」

「오백 대?」

일본이 파친코의 나라라는 것은 알고 있었지만 이 정도일지는 몰랐다. 500대의 머신이라면 유럽의 중소형 카지노에서 보유한 슬롯머신에 버금가는 숫자였다. 택시를 타고 오면서 이와 유사한 파친코 가게를 몇 곳이나 보았다.

「지금 일본인들은 벨몬트 스테익스 경주에 참여한 일본 경주마가 트리플 크라운을 획득하느냐에 온 정신이 팔려 있습니다.」

「그런 일이 있었나요?」

「경마에는 관심이 없으신가 보군요?」

「어떤 말이 우승을 하느냐는 관심이 없습니다. 그건 마주가 신경 쓸 일이죠.」

그는 내 말에 시원스런 웃음을 보여 주었다. 말이 통하는 사내였다.

그와 내가 일본의 경마 열기에 대해 이야기를 나누는 동안 쟁반을 받쳐 든 여직원이 노크를 하고 들어왔다. 블라우스에 조끼를 입고 명찰까지 단 깔끔한 차림새였다. 치마 길이가 절묘해서 자연스레 눈길이 그녀의 다리 쪽으로 향했다. 무릎에 맞춰 정확히 재단된 치마는 짧지도 길지도 않았다. 새삼스레 여기가 일본이라는 사실이 떠올랐다. 여자가 가져온 커피는 상당히 깊고 무거운 느낌의 맛이 났다. 혀끝에 살짝 신맛이 감기기도 했다.

「지난번에 자카르타로 출장 갈 일이 있었는데 그곳에서 사온 커피입니다. 어떠신지요?」

코피 루왁이 떠올랐지만 말을 내뱉지는 않고 향이 좋다는 이야기만 했다.

「일본의 빠찡꼬 산업은 현재 포화 상태에 다다랐습니다. 해외 진출을 모색할 때죠.」

「인도네시아는 무슬림이 많아서 좀 그렇지 않을까요? 오히려 한국 쪽을 선택하는 게 빠를 듯한데요.」

「몇 번인가 기회가 있었죠. 하지만 몇 년 전에 한국에서 '바다이야기' 사태가 터지고 나서는 완전히 문이 닫혔습니다. 부산을 중심으로 몇몇 업체가 들어갔었는데 재미도 못 보고 철수하고 말았죠. 한국은 아직 빠찡꼬 산업을 합법적으로 받아들일 준비가 되어 있지 않습니다. 주체가 음성 조직이다 보니 일반 국민들의 정서가 좋지 않죠. 사실 그 사람들은 우리 기계를 가져다 마음대로 개조해서 써먹었습니다. 섣부른 판단을 했던 업체들만 손해를 봤죠.」

그의 이야기는 나를 약간 혼란스럽게 만들었다. 방만수의 말에 따르면 내가 만나고 있는 이 사내는 분명히 야쿠자 조직의 일원이었다. 그런 그가 한국의 조직폭력배를 비난하는 말을 하고 있었다.

「방 선생님은 편안하신가요?」

「아, 네. 사실 그분을 안 지 얼마 되지 않아서 뭐라 말하기는 그렇지만 나이에 비해 아주 열정적인 분이시더군요.」

「하하, 그렇죠. 그분에게 열정을 빼고 나면 뭐가 남겠습니까. 방 선생님이 이곳의 주재원으로 계실 때가 참 좋았습니다. 긴자에 애첩까지 두실 정도로 정열적이었죠. 언제 기회가 나면 이 선생님도 모시겠습니다.」

「동생을 데려온 게 후회되네요.」

「아, 그건 걱정하지 마세요. 동생 분은 제가 극진히 살피겠습니다.」

그의 이름은 노준성이었고 나보다 서너 살이 많았다. 그도 나도 서로에 대해서 캐묻지 않아야 된다는 암묵적인 합의가 있었던 터라 이야기는 조금 겉돌았다. 하지만 그가 한국에서 대학을 졸업했다는 사실은 알아냈다. 최소한 그의 한국어가 정확한 이유 정도는 파악했지만 실상 중요한 정보는—그가 어떻게 해서 방만수의 중개인 역할을 맡았는지 하는— 캐낼 수 없었다. 다만 방만수가 도쿄의 특파원 시절에 그를 만났고 협력자의 일원이 되었다는 짐작만 할 수 있었다. 노준성은 일본 내에서 민단과 조총련으로 갈린 한국 교포들의 실상을 말해 주었지만 그의 말을 완전히 신뢰하지는 못했다.

「오늘 밤에 판이 벌어질 예정입니다.」

「큰 판인가요?」

「이 선생님 같은 분께는 그렇지 않을 겁니다. 놀이라 생각하고 즐기시기만 하면 됩니다.」

그는 요령 있게 내가 해야 될 일을 알려 주었다. 바카라라면 눈을 감고도 할 수 있기 때문에 질문 없이 그의 이야기를 듣기만 했다. 고개를 끄덕이고 작전을 완전히 숙지했다는 의사를 전달하자 그는 만족한 표정을 지었다.

내가 일어서자 그는 다시 악수를 청해 왔다.

「이 선생을 돕게 되어 정말 기쁩니다. 제 할아버지는 김일성이라면 치를 떠셨죠. 할아버지는 평생 빠찡꼬 사업을 하시며 조총련과 전쟁을 벌여 오신 분입니다. 한국은 이런 분들을 잊어서는 안 되죠.」

그는 처음으로 굳은 표정을 짓고 말했다.

정민에게 돌아가 보니 옆에 구슬 박스가 몇 단으로 쌓여 있었다.

「오빠, 이거 정말 재밌어. 오빠가 가고 나서 곧바로 아타리가 됐는데 완전 대박이야.」

옆에 선 직원이 요란하게 일본 말로 정민의 잭팟을 알리고 있었다. 화면에는 귀여운 여고생 세 명이 승리의 V 표시를 하면

126

서 윙크를 날렸고 한자어로 쓰인 '대승리' 문구가 음악에 맞춰 춤을 추고 있었다. 나는 천장 한구석에 달린 폐쇄 회로 카메라를 바라보았다. 마치 쾌걸 조로의 멋진 콧수염이 카메라 뒤에 숨어 있는 듯한 느낌이었다.

호텔로 돌아오니 로비에 김태우가 우두커니 서성이고 있었다. 정민을 엘리베이터에 먼저 태워 보낸 다음 복도 끝에 위치한 화장실로 들어갔다. 김태우가 머리를 긁적이며 뒤따라왔다.

「미안합니다. 잠시 잠이 들었어요.」

손을 씻으며 거울로 그의 얼굴을 보았다. 노준성을 본 다음이라 그런지 그의 큰 얼굴은 순진해 보이기조차 했다.

「걱정하지 마. 일은 잘됐어. 생각보다 빨라서 오늘 밤에 만나기로 했어. 내 생각으로는 거기에 오지 않아도 될 것 같아. 그냥 잠이나 푹 자.」

「정말 그래도 될까요?」

「내 몸 정도는 건사할 수 있어. 조총련이라고 머리에 뿔이 난 건 아니잖아.」

「……..」

호텔 방으로 들어가서는 침대에 누워 잠시 휴식을 취했다. 팬티 차림으로 엎드린 정민은 파친코에서 딴 돈을 세고 있었다. 구슬을 모두 현금으로 바꾼 것이다. 계산을 끝낸 그녀는 만족스러운 듯 나를 향해 돌아누웠다.

「오빠, 이게 얼만지 알아? 백만 원이 넘어. 대단하지 않아? 나일본이 좋아질 것 같아. 마카오에서는 매일 지기만 했는데.」

「좋은 기념품이군.」
「뭔 소리야? 내가 운이 좋았다는데.」
정민의 장점은 단순하다는 것이다.

카지노는 시내에서 멀리 떨어진 변두리에 위치해 있었다. 운
전을 맡은 젊은 남자는 단순한 영어조차 알아듣지 못했고 내가
아는 일본어는 '소우데스'와 '사요나라' 뿐이었다. 말이 통하지
않자 약간의 피로를 느꼈다. 후미진 골목 입구에 내려 청년의
뒤를 따라갔다. 안으로 들어갈수록 가로등 불빛이 점점 흐려졌
고 하늘도 다닥다닥 붙은 건물로 인해 좁아졌다. 철제문을 열자
어디선가 개 짖는 소리가 들렸다. 담배꽁초와 비닐봉지 따위의
쓰레기들이 놓인 돌계단을 따라 내려가자 희미한 백열등이 현
관 입구에 불을 밝히고 있는 것이 보였다. 짐작은 했지만 생각
보다 더 음침하고 비밀스러운 장소였다. 청년이 초인종을 누르
자 잠시 후 육중한 철문이 열렸다. 건장한 체격에 빡빡머리를
한 사내가 청년과 나를 번갈아 보았다. 둘은 잠시 일본어로 대
화를 주고받더니 청년이 내게 머리를 숙이고 되돌아갔다. 나는
빡빡머리가 이끄는 대로 뒤따라갔고 곧 지하 세계의 카지노와
마주쳤다. 내부에 적당히 퍼진 담배 연기와 테이블 주변에 모인
굳은 표정을 한 사람들의 모습이 1960년대의 라스베이거스 카
지노에 들어온 듯한 착각을 만들었다.
　카지노 손님은 50여 명을 넘지 않았고 일본인들답게 조용조
용 게임을 하고 있었다. 약속된 시간까지 여유가 있었기 때문

에 룰렛 테이블로 향했다. 이유는 단 하나였다. 카지노 측에서 고용한 사람으로 보이는 여자가 게임을 하고 있었기 때문이었다. 이런 바람잡이 여자를 통상 실(shill)이라고 부른다. 현대 카지노에서 실은 거의 사라졌다. 여자들이 가슴이나 다리를 드러내며 유혹하지 않아도 사람들은 테이블 위에 놓인 칩과 카드의 현란한 무늬에 현혹되어 게임에 빠져든다. 나는 쓴웃음을 지으며 그녀 옆에 자리 잡았다. 고개를 숙이면 가슴이 드러나 보이는 헐렁한 검은 원피스 차림이었다. 대각선으로 위치한 서드 더즌에 앉은 남자는 그녀가 칩을 테이블 위에 놓을 때마다 마음껏 그녀의 가슴을 감상할 수 있었다. 작은 얼굴에 검은 머리를 단정하게 올린 여자는 남자의 시선 따위는 신경 쓰지 않는 태도로 게임에 임했다. 모나코의 그랑카지노에서 본 귀부인의 우아한 동작에는 미치지 않았지만 남자들의 관심 정도는 부담스럽지 않다는 도도함이 느껴지는 행동이었다. 주의를 끌어볼 양으로 영어로 그녀에게 말을 걸었다. 갑작스런 질문에 그녀는 깜짝 놀란 표정을 지었지만 곧 영어로 '못 알아들었으니 다시 한 번 말해 주세요'라는 요청을 해왔다.

「미안합니다. 우선 베팅부터 끝내시죠.」

여자는 알았다는 표정으로 미소를 지은 다음 칩을 테이블 위에 놓았다. 나는 30만 엔을 칩으로 교환하고 아웃사이더 베팅을 했다. 그녀가 인사이드 베팅을 한 퍼스트 더즌에 걸었다. '노 모어 벳'이라는 말과 함께 딜러가 테이블 위로 팔을 휘저었고 곧 볼이 휠에 안착했다.

「8, 블랙 앤 이븐.」

첫 베팅부터 정확히 맞았다. 딜러가 8 주변을 둘러싼 그녀의 칩에다 마킹했다. 나는 10만 엔 베팅으로 20만 엔을 얹어서 돌려받을 수 있었다.

「처음 맞았어요. 당신이 운을 가져왔나 보네요.」

일본식 억양이 있었지만 정확한 영어로 그녀가 말했다. 그녀를 실로 본 것이 착각인가 하는 생각이 들었다. 위스키를 석 잔 연거푸 마셨다. 옆자리에 앉은 여자의 향수 냄새와 위스키가 기묘하게 뒤섞이며 코를 자극했다. 게임 도중에는 술을 마시지 않는 것을 원칙으로 삼고 있지만 오늘은 무대에 오른 배우처럼 과장된 연출을 해야 했으므로 술의 힘을 빌었다. 차가운 위스키가 목을 타고 내리면서 이상하게 테이블의 레이아웃이 더 크게 보였고 내가 놓아야 할 칩의 자리가 선명해졌다. 게임을 하다 보면 반드시 이런 날이 온다. 아무렇게나 베팅을 해도 정확히 떨어지는 행운이 연이어 일어나게 되는. 나는 딜러의 눈치를 보지 않고 그녀가 이끄는 방향으로 베팅했고 그녀는 거침없이 칩을 쓸어 왔다. 그럴 때마다 사람들이 보는 앞에서 그녀와 정사를 나누는 듯한 느낌이 들었다. 아무런 이유 없이 우리는 밀애를 나누는 연인이 되어 버렸다. 내가 칩을 교환하며 일어날 기미를 보이자 그녀는 조금 놀란 표정을 지었다.

「이제 겨우 시작이에요.」

「제 운은 바카라에 달려 있습니다. 괜찮으시면 구경하시죠.」

나는 여자를 이끌고 바카라 테이블로 향했다.

바카라를 하는 동안 나를 주목한 사람은 딜러만이 아니었다. 원피스의 여자가 옆에 있었고 게임에 참여한 3명의 사내들도 내가 베팅하는 것을 보고 있었다. 어느 순간부터 사람들은 내 앞에 쌓이는 칩을 바라보지 않았다. 그들은 내 눈과 손을 보고 있었다. 미니멈 베팅에서 맥시멈 베팅으로 튀어 오를 때 그들은 놀라 카드를 바라보았고, 칩을 가져올 때 감탄의 한숨을 쉬었다. 나는 가지고 있는 기술을 모두 선보이려는 마술사처럼 행동했다. 그들은 내가 일본어를 모른다는 사실을 알면서도 일본어로 말을 걸었다.

연출은 너무나 완벽해서 카메라로 보고 있는 한 남자와 딜러를 제외하고는 아무도 그것을 눈치채지 못하는 것 같았다. 칩이 쌓이는 것은 흥분을 의미하고 흥분은 이성을 잃는 것을 뜻했다. 한쪽만 바라보고 달리면 주변에 어떤 일이 일어나는지 모르게 된다. 시간은 정지되고 귓속으로 부드럽고 감미로운 기운이 밀려온다. 배고픔과 피로 등의 육체적 감응은 둔해지고 게임을 멈추기 전까지는 겨울잠 자는 곰처럼 동굴 속에서 평화롭게 묻혀 있게 된다. 하지만 이번 게임에서는 그런 느낌을 받지 못했다. 그저 그것을 흉내 내고 있었다. 짜인 각본에 따라 움직였기 때문에 실제로는 대단히 심심하고 지루했다. 만약 여자가 없었더라면 하품이 나올 정도였다. 그녀의 가슴이 출렁일 때마다 자극을 받으며 신경 세포를 곤두세웠다.

사람들이 내 실력과 운을 완전히 신뢰하게 되고 나를 따라서 베팅하려고 할 때쯤 약속했던 스톱 사인이 들어왔다. 주변인들이 나로 인해 많은 돈을 따게 되는 것은 우리가 정한 목표점이 아니었다. 카지노가 손해를 보는 것은 계산에 들어 있지 않았다. 노준성이 전 과정을 설계했는데 상당히 절묘한 시점이라는 것을 인정하지 않을 수 없었다. 카메라 뒤의 그 남자는 덕 아웃에서 이 모든 상황을 즐기는 매니저가 되어 웃고 있을 것이다.

나는 표적으로 삼은 남자의 움직임을 주시했다. 내 베팅을 따라오며 겨우 잃었던 칩을 만회하려는 순간이었는데 내가 빠져 버리자 어쩔 줄 몰라 했다. 그는 동료와 귓속말을 나누었다. 회색 양복을 입었고 오른쪽 뺨에 흉터가 있는 이 사내가 내 스파링 파트너였다. 노준성의 말에 따르면 그는 일명 ‘130연락소’라는 대호(隊號)로 불리는 간첩 양성소를 나온 사내였다. 공식적인 부대명은 중앙당 작전부 예하 ‘김정일 정치군사 대학’이었고 그는 이 부대에서 실전에 유용하게 써먹을 수 있는 살인 기법을 포괄적으로 익혔다. 무자비한 격술 중 하나인 기압과 기공술을 연마한 살인 기계라고 노준성은 단정 지어 말했다. 하지만 아무리 이빨로 로프를 물고 10톤이 넘는 트럭을 끌어도, 배 위에 널빤지를 올려놓고 20톤 트럭이 지나가는 훈련을 마쳤다 할지라도 그에게는 치명적인 약점이 있었다. 바로 눈앞에 쏟아지는 칩 더미에 정신을 잃어버리고 만다는 것이다. 아마 교육 과정에는 현금을 놓고 유혹을 견디는 정신 교육이 생략된 것 같았다. 그는 내가 낯선 인물이라는 것은 잊어버리고 내가 가져오는 칩과 연승을 마음속으로 세기만 했다. 테이블에서 질투의 눈길을 보내는 이들을 많이 경험했기 때문에 나는 태연히 그의 속마음을 들여다볼 수 있었다. 나는 여자의 축하를 받으며 개선장군이 되어 게임을 마쳤다. 딜러에게 두둑한 팁을 던져 주고 휴식을 취할 수 있는 장소로 물러났다. 화려하지는 않지만 몸에 딱 달라붙는 소파가 있는 간이 카페였다. 위스키를 병으로 시켰다.

「당신, 정말 대단하군요.」

여자가 미소를 지었다.

쐐기를 박을 마음으로 블랙잭 테이블로 발걸음을 옮겼다. 카메라로 이 모든 상황을 지켜볼 노준성이 깜짝 놀라 자리에서 일어나는 장면이 머릿속에 그려졌다. 그와 나의 계획은 바카라 테이블이 전부였다. 나는 너무 쉽게 결판을 냈고 만족감보다는 허망한 느낌이 앞섰다. 짜고 치는 승부는 내게 아무런 의미가 없었다. 블랙잭은 내 실제 실력을 보일 수 있는 게임이었다. 만약 져버리면 흥터의 사내를 감동시킨다는 애초의 계획이 물거품이 될 수도 있었다. 나는 불패의 승부사로 남아야만 했다. 바카라 테이블에서와 마찬가지로 여자가 내 옆에 앉았다. 그리고 얼마 있지 않아 사내가 내 등 뒤로 다가와 경기를 보았다. 나는 정신을 가다듬으며 카드에 집중했다. 나보다도 노준성이 더 가슴을 졸일 것이었다. 일본인들의 이질적인 감탄사를 들으며 게임을 한 지 한 시간이 지난 후에 나는 딜러를 녹다운시켰다. 어린 딜러는 자제력을 잃고 허둥대기 시작했고 귓불까지 발갛게 달아올라 보기에 안쓰러울 정도였다. 여느 때 같으면 노련한 딜러로 교체되었겠지만 노준성도 이 상황을 즐기고 있었는지 새로운 딜러를 투입하지 않았다.

카지노 직원이 칩을 현금으로 교환하러 가는 동안 게임을 함께한 일본인들과 담배를 나누어 피우며 농담을 주고받았다. 원피스의 여자가 통역을 해주기도 했고 간단한 영어로 의사 전달을 하기도 했다. 그들은 대부분 평범한 샐러리맨들이었다. 직접 말을 건네지는 않았지만 흐뭇한 표정으로 나를 바라보는 흉터의 사내도 그들 속에 섞여 있었다.

카지노를 나올 때 여자도 따라 나왔다. 차에서 나를 기다리던 젊은 야쿠자는 내가 여자를 동반한 것을 확인하고는 어리둥절한 표정을 지었지만 걱정하지 말라는 눈짓을 보내자 순순히 물러났다. 우리는 여자가 부른 택시에 올라탔다. 화장실에서 나왔을 때 그녀는 이렇게 말했다.

「스플릿을 하고 더블 업을 할 때 하마터면 실례를 할 뻔했어요.」

그녀는 택시의 뒷좌석에서부터 뜨거운 키스를 퍼부었고 나는 그녀의 몸을 더듬었다. 내가 여자와 사라진 사실을 알면 노준성이 어떤 행동을 취할지 궁금했지만 이미 엎질러진 물이었다.

노준성은 박수를 치며 나를 맞았다. 야쿠자다운 과장된 몸짓이었다.

「블랙잭은 정말 기발한 아이디어였습니다. 사실 직업이 직업인지라 도박사라는 사람들을 믿지 못했는데, 제이슨 씨는 저의 편견을 바로잡아 주었습니다, 하하.」

「무슨 말씀이신지?」

「방 선생님이 제이슨 씨를 소개해 줄 때만 해도 이 양반이 노망이 났구나 하는 생각이 들었습니다. '유능한 도박사'라고 말했거든요. 이 세계에 몸담은 지 오래되어서 그런 헛소리를 믿을 수 없었습니다. 미안한 말이지만 도박사라는 인간들은 모두 허풍쟁이들이죠. 아니면 사기꾼이거나.」

나는 대꾸하지 않고 웃으며 가방에 넣어 온 돈을 그에게 내밀었다. 그는 내용물을 확인하고는 고개를 내저었다.

「이거 받아도 될지 모르겠습니다. 바카라는 그렇다 치더라도 블랙잭에서는 순전히 제이슨 씨의 승리였는데.」

「아닙니다. 오히려 호기를 부려 일을 망칠 뻔했습니다. 넣어 두시죠.」

「아무튼 고맙습니다. 다음에 일본에 오시더라도 저희 카지노는 찾지 말아 주세요, 하하.」

「저는 은퇴했습니다. 그런 일은 없을 겁니다.」

「농담이시겠죠. 그런 능력을 버리다니, 만약 내가 제이슨 씨라면 당장 이 직업을 때려치우고 게임만 하면서 살 겁니다.」

나는 웃음으로 답했다.

「아무튼 일이 잘 되어서 다행입니다. 어젯밤에 김필령이 쫓아왔습니다. 당신이 누구냐고 물으며 몹시 달아 있더군요. 제가 좀 과장해서 뻥을 쳤습니다. 제이슨 리라고 아주 유명한 도박사인데 일본에 잠깐 놀러 왔다고 했죠. 라스베이거스에서도 알아주는 소문난 도박사라고 했더니 눈이 동그래지더군요. 자기 눈으로 확인했으니 의심할 수도 없을 겁니다. 하긴 저도 이제는 당신을 믿는걸요.」

「그 사람 이름이 김필령인가요?」

「네, 이야기하지 않았나요?」

「살인 기계라고는 하셨죠.」

「흠, 맞습니다. 도박에 미친 놈이긴 하지만 조심해야 될 인간입니다. 아무튼 제가 자연스럽게 자리를 만들겠습니다. 그동안 제이슨 씨는 편안히 즐기고 계시면 됩니다.」

그는 진지한 표정을 짓고서 말했다.

「알겠습니다. 하지만 궁금한 것이 있는데…… 이번 일이 잘 이해되지 않습니다. 민단과 조총련으로 갈린 상황에서 어떻게 그 사람과 아무렇지 않게 만날 수 있는지?」

「아, 일본의 상황을 모르는 사람들은 이 구도가 이상하게 보일지도 모르겠네요. 민단과 조총련은 개와 고양이처럼 앙숙 관계인 것은 분명합니다만, 지금의 남북 관계처럼 철저하게 단절되어 있지는 않습니다. 여기는 국경도 없고 겉으로 봐서는 누가 어떤 조직의 인물인지 구분하기도 어렵습니다. 그래서 이 단체에서 저 단체로 옮겨 가는 일도 비일비재합니다. 특히 우리와 같은 일을 하는 사람들은 불가피하게 서로를 상대해야 하는 자리가 생깁니다. 알고 계시겠지만 빠찡꼬 산업은 교포들이 전체 칠십 퍼센트 정도를 점유하고 있습니다. 민단도 있고 조총련도 있죠. 일종의 동업자 신세가 된 거죠. 김필령이 저와 관계를 맺은 것은 상당히 오래된 일입니다. 서로를 불신하고 증오하지만 일이 있을 때는 만나서 식사도 하고 이야기도 나눕니다. 대부분 사업에 관련된 이야기지만 가끔은 농담을 주고받을 만큼 친한 관계로 발전하기도 하죠. 김필령은 도박에 미쳐 있고 나는 카지노를 가지고 있습니다. 이해가 맞아떨어진 거죠.」

「친구 사이 같은 건가요?」

「그렇지는 않습니다. 겉으로 웃고 지내지만 우리는 서로를 의심하고 있죠. 김필령을 만날 때면 품속에 칼을 넣어 가기도 합니다. 이해가 되시죠?」

「어렵군요.」

「예전에 민단과 조총련이 화해의 손을 잡은 적이 있습니다. 남북 정상 회담이 열리고 화해 분위기가 되었을 때죠. 그런데 얼마 있지 않아 북한이 미사일을 발사했습니다. 다음 날 민단은 화해를 백지화하는 선언을 했습니다. 뭐 이런 이야기죠.」

나는 그의 단정하게 정리된 콧수염을 바라보았다. 나도 수염을 길러 볼까 하는 생각이 들 정도로 멋졌다.

「아, 그리고 어제 아주 재미난 일을 벌였더군요.」

「네?」

「그 숙녀 분 말입니다.」

「뭐가 잘못됐나요? 혹시 김필령과 관계있는 여자인가요?」

「아뇨. 그렇지는 않습니다. 저희 고객이 된 지는 오래되지 않았는데…… 소문이 좋지 않아서 좀 신경이 쓰이는군요.」

「…….」

「확인된 바는 아니지만 어느 중의원의 정부라는 말이 있더군요. 정치인들의 여자는 피하고 볼 일이죠. 예전 일이긴 하지만 자민당 하시모토 파의 노나카 간사장이 실권을 쥐고 있을 때는 조총련이 일본 정계로부터 비호를 받은 적도 있습니다. 어디서 어떻게 연결이 될지 모르니 조심하는 게 상책입니다. 뭐 짜릿한 쾌감을 원한다면 어쩔 수 없지만 위험한 걸 알면서도 굳이 뛰어들 필요는 없죠. 혹시 애프터는……?」

「아뇨. 이제 다시 만날 일 없을 겁니다.」

「오케이, 좋습니다. 실례의 말을 하게 되어서 죄송합니다. 여자 문제는 제가 알아서 잘 처리하도록 하죠. 아, 그리고 일본에 오신 기념으로 동생 분께 꽃을 선물했습니다. 시간이 나면 저희 가게에 한번 들르시라고 전해 주시죠. 지난번에 보니까 빠찡꼬를 아주 좋아하시던데.」

그는 태연하게 웃으며 나를 배웅했다. 사무실을 나오자 파친코 머신에서 나오는 기계음이 어지럽게 머리를 두드렸다. 한낮인데도 빈자리가 없을 정도로 사람들로 북적거렸다. 나는 그들과 부딪히지 않도록 조심하며 발걸음을 옮겼다.

정민은 속옷 차림으로 거울 앞에 서 있었다. 테이블 위에 장미 꽃다발과 선물 박스가 놓여 있었고 리본을 단 샴페인도 있었다. 선물이 누구에게서 온 것인지 분명했기 때문에 나는 무심한 표정으로 침대에 주저앉았다. 창밖으로 노을빛에 젖은 도쿄의 고층 빌딩숲이 보였다. 더위의 계절이 찾아오고 있는지 늦은 시각임에도 해는 포기하지 않고 붉은빛을 토해 내고 있었다. 그녀의 팬티와 브래지어는 백색이었지만 노출을 강조한 디자인 탓에 청순한 느낌이 들지는 않았다.

「어때, 오빠?」

「귀여워.」

거울로 나를 보는 정민의 얼굴은 상기되어 있었다.

「오빠는……궁금하지도 않아?」

「이야기 들었어. 야쿠자가 보낸 거잖아.」

「그 사람 야쿠자야?」

놀랐다는 듯 돌아서며 정민이 말했다. 가슴과 엉덩이가 출렁거렸다. 나는 약간의 현기증을 느끼며 고개를 끄덕였다.

「그래? 어쩐지 분위기가 심각하다 했어. 오빠는 어떻게 그런 사람을 다 알아?」

나는 대답하지 않고 그대로 침대에 쓰러져 천장을 보았다.

「뭐, 이유가 있겠지. 한데 이 아저씨 변태 아냐? 왜 이런 걸 내게 보냈을까?」

말은 그렇게 했지만 그녀의 목소리는 밝고 명랑했다.

「파친코에 가 봐. 그 사람이 반길 거야. 난 여기서 좀 쉬어야 겠어.」

「그럴까? 안 그래도 하루 종일 심심했어. 오빠만 괜찮으면 ……정말 가도 돼?」

「시간 나면 그 남자한테 관광이나 시켜 달라고 해. 생긴 것보다는 꽤 친절한 사람이야.」

「그래도 될까?」

천장을 바라보고 있었기 때문에 정민의 얼굴이 어떻게 변했는지 알지 못했다. 그녀는 옷을 입고 화장을 하면서 부스럭거리는 소리를 냈다. 나는 눈을 감고서 그 소리를 들었다. 서두르지는 않았지만 긴장이 담긴 소리였다. 마침내 그녀가 딸깍 하는 소리와 함께 문을 닫고 나가자 나는 잠이 들었다.

잠을 깨운 것은 김태우였다. 전화기 속 김태우의 목소리는 무뚝뚝했다. 그동안 김태우의 존재를 잊고 나를 예의 주시하며 바라보고 있다는 사실 자체를 무시하고 있었다. 내가 주의력이 부족한 것인지 아니면 그가 임무를 제대로 수행한 것인지는 모르겠지만 그림자처럼 시야에서 사라져 있었다.

「어떻게 된 거죠?」

「뭘?」

「어젯밤에 뭘 하셨죠?」

「나쁜 짓은 하지 않았는데. 문제라도 있어?」

「그런 이야기가 아니고 접선은 잘 이루어졌나요?」

「내 뒤를 쫓기로 한 거 아니었어? 알고 있을 거라 생각했어.」

「전 계속 호텔 방에만 있었어요. 괜한 의심을 살 것 같아서요.」

「그래? 그렇게 된 일이군.」

전화를 끊고서 그가 한 말을 생각해 보았다. 그렇다면 왜 같이 일본에 왔는지 이해가 되지 않았다. 방으로 들어온 김태우는 내게 벨트를 내밀었다. 평범한 가죽 벨트였다.

「가까운 곳에서 제가 감청을 할 겁니다. 비싼 장비니까 조심하세요.」

「굳이 이럴 필요까지 있을까? 그 사람이 내게 비밀 정보를 흘릴 것도 아닌데.」

「그런 이유가 아닙니다. 괜히 이야기가 잘못되어 정체가 탄로 나면 위험해지니까 대비하는 거죠.」

「위험해져?」

「들으셨잖아요. 그놈은 인간이 아닙니다.」

「겁주지 마.」

그는 쓴웃음을 지었다.

「야쿠자 일곱 명과 상대해서 이긴 놈입니다. 멍청한 놈이지만 조심해야죠.」

그의 말대로 노준성에게서 전화가 왔다. 김필령이 나를 만나보고 싶어 한다는 내용이었다. 노준성은 마치 연극이라도 하듯 사실을 전혀 모르는 척 내게 말을 했다. 이 상황을 즐기고 있는 것이 분명했다. 장소는 내가 묵는 호텔의 스카이라운지 바였다. 나는 정민에 대해서 물으려다 그만두었다. 한참 파친코 머신에다 구슬을 집어넣고 있을 것이었다. 전화를 끊고서 김태우가 내민 대본을 읽었다. 대본에는 김필령에게 해야 할 이야기와 하지 말아야 할 이야기가 구분되어 적혀 있었다. 한국에서 미리 준비해 온 것임에 틀림없었다. 문체로 보아 방만수 기자가 쓴 것 같았다. 나에 대한 소개가 터무니없이 과장되어 있었다.

'카지노의 신화가 된 백전불패의 사나이 제이슨 리, 마카오를 접수하다.'

시나리오에 등장한 나는 완전무결한 도박사였다. 프린트물을 대충 보고 거울 앞에 다가서서 옷매무새를 가다듬자 김태우가 가까이 다가왔다. 좁은 공간을 거구가 차지하자 숨이 막힐 것 같았다.

「잠깐만 앉아서 제 이야기를 들으시죠.」

처음 나를 찾아왔을 때처럼 심각한 얼굴이었다. 나는 빗질을 멈추고 탁자에 자리를 잡고 앉았다.

「기분 나빠 하지 마십시오. 하지만 이 말만은 해야겠습니다. 눈치가 없는 편이긴 하지만 상황 판단을 못할 정도로 둔하지는 않습니다. 제가 본 바로 이치훈 씨는 지금 뭔가 큰 착각을 하고 있습니다.」

「착각?」

「네. 지금 이 상황이 하나의 게임이라고 착각하는 거죠. 상당히 위험한 생각입니다. 그래서 주의를 주고 싶습니다. 혹시 김정남이라는 이름을 들어 보셨나요?」

「방 기자님이 준 기사에서 본 것 같아. 김정일의 장남이라고 했던 것 같은데.」

「맞습니다. 다행이군요. 저는 파일을 대충 보는 것 같아 걱정이 됐습니다.」

「기억력은 좋은 편이야. 자랑 같지만 필요한 정보는 본능적으로 알아차린다고.」

「좋습니다. 본론만 말하죠. 지금 만날 남자는 평범한 조총련 간부가 아닙니다. 북한의 공작부대에서 정식 교육을 마쳤고 조총련 내에서도 비공식적인 활동만 하고 있는 A급 감찰 대상입니다. 일본 경시청 공안부 외사과에서도 행확(행동 확인) 대상으로 정할 만큼 거물입니다. 단순한 도박 중독자로 가볍게 여겨서는 안 된다는 말이죠. 우리가 확보한 정보에 의하면 그는 야쿠자의 양대 산맥 중 하나인 스미요시카이의 하야시구미에 직접 참여하는 것으로 밝혀졌습니다.」

「그건 나도 알아. 파일에 있던걸.」

「그렇죠. 하지만 그들이 얼마나 악질인지는 모르시겠죠. 사람 목숨쯤은 아주 가볍게 여깁니다.」

「야쿠자가 위험하다는 것은 바보라도 알아.」

그는 고개를 한 번 비틀더니 말을 이어 갔다.

「김정남은 위조 여권을 사용해서 일본에 몇 차례나 다녀갔습니다. 김정남은 김정일을 제외하고 조총련이 손님으로 받을 수 있는 최고의 VIP이죠. 김정남이 일본에 올 때마다 김필령이 그의 경호에 나섰습니다. 실력은 물을 필요도 없습니다. 당신이 거짓말을 하고 있다는 것을 눈치채면 그 자리에서 목을 꺾어 버릴지도 모릅니다.」

「너무 겁주지 마. 충분히 긴장하고 있어.」

「그런 사람이 임무 수행 중에 잘 알지도 못하는 여자와 호텔에 들어갔습니까?」

노준성과 이야기가 오고 갔다는 건 눈치챘지만 변명을 하고 싶지는 않았다.

「그 여자가 중의원인지 뭔지 하는 정치가의 정부라는 것은 그냥 우연이었어. 신경 쓰지 않아도 돼. 난 도박을 했고 평소처럼 여자를 만났을 뿐이야.」

「탓을 하려는 건 아닙니다만 좀더 주의해 줬으면 해서 하는 말입니다.」

「알았어, 노력하지.」

덩치만 큰 곰인 줄 알았는데 의외로 꼼꼼한 면이 있었다.

「이왕 이야기가 나와서 하는 말인데. 난 잘 이해가 되지 않

아. 노준성도 야쿠자이잖아. 그런데 김필령과는 적대 관계에 있고, 그러면서 우리를 이어 주는 역할을 맡고 있고. 뭐가 뭔지 잘 모르겠어.」

「간단하게 생각하세요. 노준성은 아군이고 김필령은 적입니다. 그것만 생각하면 됩니다.」

「훌륭한 대답이군.」

그는 넥타이를 느슨하게 풀었다.

「일본의 야쿠자 조직은 복잡하게 얽혀 있지만 크게 보면 야마구치구미와 스미요시카이로 나누어집니다. 재일 동포와 관련을 맺고 있는 조직은 스미요시카이입니다. 조총련과 직간접적으로 거래를 하고 있죠. 상당수의 교포들이 조직원으로 있는 것으로 보고되었습니다. 한국의 폭력 조직인 부산 칠성파, 전주 월드컵파, 부산 21세기파 등이 하부 조직으로 활동하고 있죠. 반면 야마구치구미는 일본 전국에 팔십여 개 지방 계열 조직을 거느린 거대 조직으로 조직원만 삼 만이 넘는 것으로 알려져 있습니다. 노준성은 이 조직의 조장급 간부입니다. 김필령과 노준성이 서로 아옹다옹할 수밖에 없는 이유죠.」

「그러니까 내 말이 그 말이야. 그런 사람들끼리 어떻게 연결이 되어서 나를 가운데 두고 대화를 주고받는지 이해가 되지 않아.」

「그건 나도 모릅니다. 실상을 직접 파악하지 않았나요?」

「좋아. 그만두자고. 아무튼 김필령을 조심하면 되잖아.」

「그렇죠. 어쨌든 김필령이 먼저 연락을 해와서 다행입니다.」

「그게 작전이었잖아?」

「요코하마에 조총련의 안가들이 많이 있습니다. 만일 김필령이 그곳으로 초대했다면 당신의 안전을 보장하지는 못했을 겁니다. 호랑이 소굴인 셈인데,……그자가 이곳으로 오기로 했으니 얼마나 다행입니까.」

「그럼 그런 구체적인 계획은 없었던 거야?」

「사람 일이라는 것이 어디 뜻대로 되나요. 그때그때 맞춰 가야지.」

그렇게 말하는 편이 김태우에게 어울렸다. 자리에서 일어나 가볍게 심호흡을 했다. 약속한 시간이었다.

김필령은 룸을 예약해 놓고 나를 기다리고 있었다. 테이블에는 이미 술상이 차려져 있었다. 헤네시와 사시미, 카라아게가 일본식 샐러드 요리와 함께 놓여 있었다. 그는 자리에서 일어나 나를 향해 환하게 웃었다. 그리고 미리 준비해 둔 명함을 주었다.

「영광입니다. 제이슨 리 씨.」

명함에는 깨알 같은 글씨로 그의 약력이 적혀 있었다. 조총련 상공회의소 야마토 지부 위원, 금강산 가극단 공연 후원회 위원, 조총련 상공회의소 감사, 범민련 해외 본부 위원 등이 눈에 띄었지만 그런 문구만으로는 그가 무슨 일을 하는지 전혀 알아낼 수 없었다. 가장 크고 굵게 적힌 직함은 NKS엔터테인먼트 총무였다. 파친코 회사일 거라는 짐작이 되었다.

「얼굴을 보니까 기억이 나네요. 노준성 사장님께 연락 받고 어떤 분이실까 궁금했습니다. 만나서 반갑습니다.」

「우리말을 이렇게 잘 하시는 줄 알았으면 어제 인사라도 하는 건데. 제가 영어가 약해서, 허허.」

웃자 안면의 흉터가 자연스럽게 얼굴의 주름 속에 파묻혔다. 가까이서 보니 짙은 눈썹이 더 부각되어 보였다. 커다란 손과 툭 튀어나온 혈관, 단단한 어깨만으로도 무인의 풍모를 느낄 수 있었다. 그는 내게 자리를 권하고 술잔을 내밀었다.

「제 마음대로 술을 정했습니다. 무례를 용서해 주십시오.」

「브랜디는 제가 제일 좋아하는 술입니다.」

「그거 참 다행입니다. 이건 전어회인데 사시미는 좋아하시는지 모르겠네요?」

「한국을 떠난 지 오래되어 생선회 먹을 기회는 많이 없었습니다. 아버님이 좋아하시던 음식인데 이렇게 좋은 자리에서 먹게 되네요. 감사합니다.」

「아이쿠, 고맙습니다. 카드 실력만큼이나 호방한 분이시군요. 하하.」

첫 잔을 스트레이트로 마시고 두 번째 잔이 돌았다. 헤네시를 마시고 고생했던 적이 있어 은근히 걱정되어 얼음을 챙겼다.

「헤네시XO는 얼음과 궁합이 잘 맞습니다.」

「아, 그렇습니까? 그럼 저도 얼음을 조금.」

그의 태도가 새색시를 맞이한 순박한 농군 같아서 나는 약간 어리둥절했다. 아무리 도박에 미친 사람일지라도 나를 우상처럼 대하는 것은 바보 같은 짓이었다.

「외로운 타향에서 같은 조국의 동지를 만나니 또 얼마나 좋습니까. 자, 어서 한잔 하시죠.」

술로 어색함을 풀겠다고 작정했는지 그는 성급하게 술을 들이켰다.

「카나다는 어릴 때 가셨다죠?」

「네, 고등학교 때였습니다. 대학을 거기서 나왔고 졸업한 다음에는 미국에서 살았습니다. 캐나다 국적을 가지고 있지만 항상 한국에 대한 관심을 두고 있었기 때문에 저는 영원한 한국인입니다.」

「지당하신 말씀입니다. 우리 조선인들은 조국에 대한 사랑을 버릴 수 없는 민족이지요. 저도 일본 땅에서 살지만 마음만은 언제나 고향 산천에 있습니다. 이거 이야기가 조금 무거워졌습니다, 허허. 미국에서는 라스베가스에서 사셨나요?」

「저에 대해서 많이 알고 계시군요.」

「죄송합니다. 노 사장이 하도 나불나불 이야기를 늘어놓아서 그만, 제가 실례를 했습니다.」

「아닙니다. 저도 노 사장님께 몇 가지 이야기를 들었습니다. 게임을 좋아하신다고요?」

「이거 부끄럽습니다. 내세울 만한 이야기는 아닌데…… 아무튼 어제 게임은 정말 대단했습니다. 바카라도 좋았지만 블랙잭은 정말 끝내줬습니다. 저는 이날 입때껏 그렇게 훌륭한 게임은 보지 못했습니다. 딜러가 꼼짝을 못하더군요. 제 속이 다 후련해졌습니다. 어떻게 그렇게 할 수 있습니까?」

이후로 우리의 대화는 게임에 집중되었다. 그는 내가 누구인지 전혀 상관하지 않았다. 밖에서 이 대화를 감청하며 신경을 곤두세우고 있는 사람들과는 상반된 모습이었다. 그는 아이돌 스타를 만난 십대 소녀처럼 신이 나 있었다. 나는 그가 혹할 이야기를 조금 과장해서 들려주었다. 라스베이거스에 가보지 못한 그는 스트립에 들어 찬 초대형 카지노 이야기에 완전히 매료되었다. 나는 이런 사내들을 몇 번이나 대했기 때문에 그가 원하는 것이 무엇인지 정확히 알고 있었다. 라스베이거스의 전설 스티브 핀을 만났던 이야기를 하자 그는 술잔이 넘치는 것도 모르고 나를 바라보았다. 어느새 술병이 비워졌고 그는 새 술을 더 주문했다. 종업원을 대하는 그의 태도는 거만하고 고압적이었다.

「한 시간만 달리면 야마토 역 근처에 제가 잘 아는 호텔이 있는데 거기로 자리를 옮기는 건 어떨까요? 싱싱한 우나기와 여자를 준비할 수 있는데.」

나는 예의를 갖춰 사양했다. 그가 언급한 호텔은 채병호가 작성한 파일에서 거론된 조총련 재력가 S씨가 소유한 호텔임이 틀림없었다. 김정일의 장남 김정남의 일본 행차시에 사용되는 호텔로 지목된 곳이었다. 아무리 그가 친절을 베풀어도 호랑이 굴 같은 곳에는 제 발로 찾아 가고 싶지 않았다.

「한국에 돌아가면 곧장 마카오로 갈 예정입니다.」

「마카오요?」

「예, 유럽에서 옮겨 온 이후로는 마카오에 자주 들릅니다. 한

국에서 하는 사업이 잘 안 되면 머리를 식히려고 떠나죠. 이
번에는 동행도 있고 해서 미리 약속이 되어 있습니다. 마카
오는 가보셨나요?」
「물론이죠. 마카오야 뭐 저희…… 아무튼 아주 잘 됐습니다.
언제 함께 게임을 할 수도 있겠네요. 저도 사업차 마카오를
갈 일이 많이 있거든요.」
「그래요? 연락처를 드리죠. 언제든지 환영합니다.」
「감사합니다. 자, 건배.」
마지막 순간에 내 목소리는 조금 떨렸다. 그는 내가 일본에
온 이유나 한국에서 어떤 일을 하는가는 전혀 궁금해하지 않았
고 오로지 겜블러 제이슨 리의 행적에 대해서만 관심을 가졌
다. 이상했지만 따져 물을 수 있는 일이 아니었다. 그래서 우회
적인 질문으로 그를 떠보았다.
「캐나다와 일본의 교민들은 좀 다른 것 같습니다.」
「…….」
「뭐라고 할까? 긴장감이 있다고 할까, 뭐 그런 느낌입니다.
노 사장님도 그렇고 김 사장님도 그렇고 저를 이렇게 환대해
주시니 감사할 따름입니다. 다만 전 아직도 두 분의 관계를
잘 이해하지 못하겠네요. 민단과 조총련이라는 두 개의 단체
로 교포 사회가 분리되어 있는 것도 그렇고요.」
술에 취한 척 느릿느릿 이야기했다.
「이해가 갑니다. 카나다에는 그런 일이 없겠죠. 하지만 여긴
좀 다릅니다. 보시다시피 둘로 쪼개져 있죠. 하지만 언젠가

는 하나로 뭉칠 겁니다. 조국 통일의 그날이 오면 자연스럽게 만나겠죠.」

나는 무의식적으로 고개를 끄덕였다.

「요즘, 사실 우리가 많이 힘듭니다. 고이즈미가 김정일 장군을 만나고 나서는 조직이 상당히 약해졌습니다.」

「그런 일이 있었나요?」

「음, 2002년이었죠. 장군께서 용단을 내리시어 사과를 했는데도 이놈의 쪽발이들은 방귀 뀐 놈이 성낸다고 지들이 도리어 지랄들을 떨었죠.」

「무엇을 사과한 것인지?」

「예전에 그런 일이 있었습니다. 사회주의 낙원에 감명 받은 일본인들이 조선으로 갔는데 일본 놈들은 그걸 납치라고 생각한 거죠. 그걸 빌미로 서명 운동을 하더니 약속했던 돈도 내놓지 않고, 아무튼 이 일본 놈들은 저질 중에 저질입니다. 침략 전쟁 중에 얼마나 많은 조선인 양민이 죽음을 당했습니까?」

그쯤해서 대화를 정리하고 다시 도박 이야기로 돌아섰다. 괜히 그를 자극해서 의심을 살 필요는 없었다. 새로 들어온 술을 마시고 나서는 호텔 내의 가라오케로 향했다. 그도 나도 상당히 취해 있었다. 그는 내가 모르는 일본 노래를 몇 곡 불렀고 나를 의식해서인지 〈홍도야 울지 마라〉와 〈홀로 아리랑〉을 불렀다. 그는 내 어깨에 손을 올리고 몸을 좌우로 흔들었다. 중간에 그는 "민족이란 참 좋은 것이우. 그렇지 않소?"라고 낮게 속삭였다. 그가 가공할 만한 기공술을 연마했고 아무에게나 가라테 춥을 무지막지하게 휘두르는 폭력배인지는 몰라도 그의 노래만큼은 애절했고 구수했다. 래퍼들의 시니컬하고 적나라한 욕설과 비방에 익숙한 나로서는, 처음으로 한국말의 정서적 공감대를 느낀 특이한 경험이었다. 다만 그가 인용한 시를 제외하면.

사나운 폭풍도 쳐 몰아내고
신념을 안겨 준 김정일 장군
당신이 없으면 우리도 없고
당신이 없으면 조국도 없다.

눈을 뜨니 김태우가 탁자 앞에서 신문을 읽고 있는 것이 보였다. 알몸 상태였고 당연하지만 옆에 여자는 없었다. 그가 읽는 신문이 일본 신문인지 한국 신문인지 궁금했다. 하지만 머리가 무거워서 말이 제대로 나오지 않았다. 마지막에 마신 폭탄주가 결정적이었다.

「정민이는 어떻게 되었지?」

그는 내가 눈을 뜬 것을 확인하고는 신문을 곱게 접어 탁자 위에 올려놓았다.

「아침에 노준성이 보낸 차를 타고 시내로 나갔습니다. 어떻게 된 거죠?」

그건 내가 묻고 싶은 말이었다.

「쇼핑이라도 할 모양이지. 부딪치지는 않았어?」

「그럴 리가 있습니까? 저도 이 짓을 한 지 꽤 오래되었습니다. 쉽게 노출되지는 않죠.」

나는 헛웃음을 참으며 그를 보았다. 사람들은 저마다 자기만의 확신을 갖고 살아간다.

「그래, 어제 감청한 효과는 있었어? 저기, 미안하지만 냉장고에서 물 좀 꺼내 줘.」

김태우는 생수병을 가지고 와 내게 내밀었다.

「미안하지만 대화를 듣다 잠이 들었습니다. 도박은 제 분야가 아니라서. 그리고 가라오케에서는 너무 시끄러워서 도저히 듣고 있을 수 없었어요.」

「그랬군. 내가 그 인간에게 허리가 꺾여도 자네는 방에서 쿨쿨 자고 있었겠네.」

그는 나를 바라보며 웃었다.

「정신을 잃을 정도로 술을 마신 것은 실수지만 아무튼 성공적이었습니다. 당신을 완전히 믿는 것 같았습니다. 아무튼 쉬고 계세요. 저녁 비행기를 타려면 몸조리를 잘 해야죠.」

그는 목을 빙빙 돌린 다음 내 바지에서 벨트를 빼 손에 휘감고는 뒤뚱거리며 문으로 걸어갔다. 나는 냉수를 한 번에 들이켠 다음 이불을 뒤집어쓰고 누웠다. 머리가 깨질듯 아팠기 때문에 나도 모르게 신음이 흘러나왔다.

「그런데 어제 대화를 듣고 생각이 났는데 당신이 정말 그렇게 대단한가요? 마음만 먹으면 언제든지 이기는 게 가능한가요?」

나는 대꾸하지 않고 돌아누웠다.

정민은 한 무더기의 선물 꾸러미를 양손에 들고 나타났다. 입고 있는 옷도 처음 본 새 옷이었다. 흰 스커트 위로 핑크색 블라우스에 카디건까지 입은 차림이라 자연스레 간호사가 연상되었다.

「혹시 그거 간호사 코스튬이야?」

「오빠!」

정민은 눈을 흘기며 말했다. 머쓱함을 지우기 위한 과장된 표현이었다.

「네 스타일은 아니잖아. 야쿠자치고는 꽤 취미가 고상하군.」

「화난 거야? 내가 그 사람 만나서?」

「오히려 고마워해야지. 덕분에 내가 할 일이 줄어들어서 다행이야. 그래, 데이트는 어땠어?」

「데이트 아냐. 그냥 그 사람이 심심해하니까 좀 놀아 준 거지.」

「이리 와.」

정민은 쭈뼛거리며 다가와 침대에 걸터앉았다. 낯선 오데코롱 냄새가 옅게 배어 있었다. 나는 그녀를 두 팔로 끌어안으며 말했다.

「나한테 미안해할 거 없어. 하지만 남자가 여자에게 선물을 할 때는 분명한 이유가 있어. 누구도 아무 의미 없이 돈을 쓰지는 않아.」

「……오빠도 그랬어?」

대답하지 않고 다시 침대에 누웠다. 집으로 돌아갈 시간이 다가오고 있었다.

미국 재무부 소속 테러리즘 금융정보실(Office of Terrorism and Financial Intelligence, 이하 OTFI)은 북한을 상대로 달러 위조 및 유통 수사 작전을 펼쳤다. 작전명은 로열 참 앤드 스모킹 드래건(Royal Charm and Smoking Dragon). 작전은 마카오의 주권이 포르투칼에서 중국으로 반환되던 1999년 말부터 전개되어 2004년 하반기에 한층 강화된 물증과 정보를 바탕으로 재정비되어 활발히 진행되었다. 주요 수사 대상은 북한의 돈세탁 창구로 지목된 마카오 방코델타아시아은행(BDA)과 중개자 역할을 한 것으로 의심받은 중국의 국영 상업 은행인 중국은행(Bank of China)을 포함하여 북한의 마카오 주재 조광무역이었다. ……미국은 BDA의 북한 계좌가 50개임을 밝혀 냈고 이들 계좌로 북한이 대량 살상 무기와 슈퍼노트라 불리는 위조지폐, 그리고 동남아와 중국을 대상으로 마약 거래를 한 물증을……

　방만수를 기다리며 채병호가 작성한 파일을 읽었다. 정보국의 내부 보고서라기보다는 나를 위해 따로 작성한 문건 같았다. 6월이었지만 서울 도심의 열기는 한여름의 뜨거운 기운을 담고 있었다. 한정식 집에 마련된 방에서 홀로 앉아 재미도 없고 관심도 없는 글을 읽었다. 근처에 있는 경복궁을 둘러보느라 발바닥이 뜨뜻하게 데워져 있었다. 맑은 계곡물에 발을 담그고 유유자적하게 시간을 보내고 싶다. 파일을 가방 속에 넣은 다음 발을 쭉 뻗고서 눈을 감았다. ‘나는 이곳에 있지 않다. 나는 지금 산들바람 부는 소나무 그늘 밑에서 휴식을 취하고 있다’라고 상상했다. 그러자 거짓말같이…… 바람 따위는 불어오지 않았다. 대신 함박웃음을 짓는 방만수와 처음 보는 사내가 들어왔다.

　나는 그들과 악수를 나누었다. 방만수는 나를 재미 교포 사업가로 사내에게 소개했다. 1미터 80센티미터가 넘는 큰 키와 단정한 헤어스타일에 타인에게 호감을 주는 얼굴을 한 사내였다. 유능한 비즈니스맨이라기보다는 학자나 예술가처럼 보였다. 사각 뿔테 안경 뒤의 선한 눈매와 큰 얼굴에 비해 오목조목한 코와 입술 탓인 것 같았다.

「자자, 앉아요. 이렇게 좋은 자리를 마련하게 되어 정말 기쁩니다.」

　타이를 하지 않은 남방셔츠 차림의 방만수가 중간에서 얼굴에 주름이 팰 정도로 웃었다.

「저 때문에 방 기자님이 수고가 많으시군요.」

나는 시나리오에 있던 첫 대사를 내뱉었다. 방 기자가 눈을 반짝이며 내게 미소 지었다. 그동안 그와 나는 명함을 주고받았다. 명함은 김태우가 건네준 것으로 영어 명함이었다. 처음으로 가져 본 명함이 엉터리라는 사실에 조금 실망하긴 했지만, 내가 소속된 회사가 미국에 실제로 존재한다는 이야기를 들었을 때에는 묘한 자부심이 들었다. 겉으로 보기에는 평범한 무역 회사이지만 아마 미국 내에서 첩보 활동을 벌이는 국정원 산하 기관일 것이다.

남자의 이름은 윤수림, 나이는 48세, 서울에 본사 사무실이 있으나 실제 사업장은 대부분 지방 도시에 있다. 제주도에 골프장을 소유하고 있고 전국 관광 도시에 패밀리형 모텔 체인을 운영하고 있었다. 방 기자에 따르면 이제 막 본격적으로 사업이 궤도에 오르고 있는 전도유망한 사업가였다. 우리는 한동안 맥주에 소주를 섞어 마시며 LPGA에서 새롭게 부상하고 있는 한국 여성 골퍼들에 대해서 이야기했다. 박세리 이후로는 한국 여자 골퍼들에 대해서 아는 바가 거의 없었기 때문에 나는 두 사람의 이야기를 듣기만 했다. 윤 사장도 원래 과묵한 성품인지 방 기자가 이런저런 이야기를 하면 맞장구를 쳐주는 식으로 이야기를 받기만 했다.

음식이 들어오고 나서 이야기는 중구난방으로 진행되었다. 방만수는 기자답게 다방면에 지식이 있어서 대화가 끊이질 않았다. 그는 단지 자신이 아는 사실을 말하는 수준이 아니라 전문적 지식을 동원해서 명쾌한 분석까지 해내려고 했다.

「현대가 처음 대북 사업을 하려고 했을 때 카지노와 면세점을 운영하려고 했던 건 아시나요?」

방만수가 우리 둘을 번갈아 보며 말했다. 윤수림도 흥미가 있었는지 그에게 시선을 고정시켰다.

「금강산 관광을 기획하던 단계였는데 지금처럼 육로 관광이 허용되지 않아 뱃길을 이용해야만 했었죠. 중국에서 관광객이 많이 올 거라고 예상하고 선상 카지노를 만들 계획을 했어요. 거 왜 공해상에서는 도박이 허용되는 법규가 있지 않습니까? 현대는 북한이 외국이니까 외항선 규정을 받을 줄 알고 사업을 시행했는데, 우리나라 헌법이 북한을 외국으로 보지 않기 때문에 현대의 배들은 내항선 취급을 받은 거죠. 정부에서 이 정도는 융통성 있게 처리해 줄 것이라 믿다 호되게 당하고 말았죠.」

「예, 그런 일이 있었나요?」

윤수림은 고개를 끄덕이며 관심을 보였다.

「대북 사업은 신중에 신중을 기해야 합니다. 현대가 삼십 년간 대북 사업 독점권을 따낸 이유도 있지만 삼성이 적극적으로 움직이지 않는 이유도 분명한 거죠. 기업가들이야 수익이 있는 곳이라면 지구 끝까지 갈 사람들인데, 지금 현대가 대북 사업으로 입은 손실을 보고는 북한 이야기만 나오면 두 손을 내젓는 거죠.」

「대신 현대는 정부로부터 많은 지원을 받지 않았나요? 동아건설이나 한보철강, 대우그룹이 시장에서 퇴출된 반면 자금

유동성 위기를 맞은 현대그룹 계열사들은 살아남지 않았습니까?」

나는 방 기자가 쓴 기사를 기억해 내어 말했다. 방 기자의 눈은 가늘어졌고 주름은 더 깊어졌다.

「이 사장님은 미국에 사시면서도 한국 경제에 밝으시네요.」

윤수림이 나를 보고 말했다.

「그럼요. 우리 이 사장님은 젊지만 아주 탁월한 식견을 가진 분이죠. 그래서 제가 오늘 이런 자리를 마련한 것 아닙니까? 아무튼 쓸데없는 이야기는 그만두고 앞으로 두 분이 하실 사업 이야기나 하죠. 제주도에 제2의 내국인 카지노가 생긴다면 보통 특종이 아닌데 제가 지금 그 현장에 있네요. 자, 우리 건배합시다.」

윤수림은 마카오에서 내 신분을 감추기 위해 동원되었다. 방만수가 작성한 시나리오에 대해 판단할 여유는 없었지만 그를 끌어들이는 작전에 쉽게 동의할 수 없었다. 이미 일본에서 조총련 소속 김필령을 만나 교두보를 확보한 터였다. 쉽지는 않겠지만 그를 통해 마카오 주재 북한 정보원들과 접촉할 기회가 생길 거였다. 굳이 윤수림을 등에 업고 제2의 신분을 만들 필요가 있는지 이해되지 않았다. "혼선을 주는 것은 대단히 중요한 일이지. 나만 믿고 따라와요"라고 말했지만 확신이 서지 않았다.

방만수가 마감 시간을 핑계로 돌아갔고 우리는 자리를 옮겼다. 윤수림은 청담동의 단골 술집으로 가자고 했다. 차 뒷좌석에서 우리는 사업 이야기보다는 사생활에 대해 이야기를 나누었다. 그는 보스턴에서 유학하던 때를 기억하며 회상에 잠기기도 했고 그곳에서 첫사랑을 만났었다는 이야기까지 털어놓았다. 솔직함을 무기로 자신을 내보이는 것에 대단히 익숙해 보였다. 그를 만난 지 얼마 되지 않아 그의 인간성에 매료됨을 느꼈다. 강지수와는 또 다른 차원의 연대 의식이 생겨났다. 강지수는 내게 모든 것을 숨김으로써 나를 충동질했고 그는 그 반대로 행동함으로써 나를 이끌었다. '이 남자가 원하는 것은 무엇일까?' 하는 생각을 하며 차창 밖의 한강을 바라보았다. 강은 아름다웠지만 그 속은 보이지 않았다.

「이번 오퍼레이션을 위한 예산은 충분히 확보하셨나요?」

나는 선수를 쳐보았다. 채병호는 빙그레 웃기만 할 뿐 답을 주지는 않았다.

「이제 마카오로 떠날 준비는 다 끝난 거지.」

나는 고개를 끄덕였다.

「경비가 얼마나 들지는 제가 걱정할 일이 아니지만 생각보다 많은 돈이 들 수도 있다는 점을 염두에 두셨으면 합니다. 아시겠지만 도박이란 계획처럼 맞아떨어지는 게 아니거든요. 제가 이긴다는 보장도 없고요. 아무튼 이번 일은 가능한 제 손에서 해결하겠습니다. 저는 이번 일을 개인적인 차원에서 이해하고 있습니다. 친구의 죽음을 뛰어넘는 차원으로 해석되기를 바라지 않습니다.」

채병호는 가볍게 인상을 썼지만 고개를 끄덕이며 내 말을 받아들인다는 의사 표시를 했다.

「자네 세대는 좀 불가사의한 면이 많아. 우리 세대와는 확연히 달라. 피아의 구분이 어렵단 말이지. 이런 사람들이 정부를 구성하고 있었으니 혼란은 당연지사가 아닌가?」

「……이중간첩으로 오해될 소지가 있더군요. 단정 지어 말할 수는 없지만 그런 느낌이 들었습니다. 만약 절 버리신다면 저는 어느 쪽에서도 보호받지 못할 거라는 예감이 들었습니다.」

「……자넨 의외로 머리 회전이 빨라. 도박을 한 탓인가? 하지만 걱정하지 않아도 되네. 말했지만 나는 부하를 버리지는 않아. 이번 작전은 과거 정부가 버린 동지를 위한 프로젝트야. 이런 작전에는 제2, 제3의 시나리오는 존재하지 않아. 오직 적들을 일망타진하는 것뿐이지. 마카오를 거점으로 한 놈들의 공작은 악랄했네. 미얀마 아웅산 폭탄 테러와 KAL기 폭파 사건, 신상옥·최은희 납치 사건에도 놈들이 관여했고 지금도 김정일의 불법 비자금을 관리 세탁하고 있네. 이것만으로도 놈들을 처단할 이유는 분명하지. 강지수가 그곳에서 무엇을 했는지는 자네가 직접 확인할 사항이지만 확실한 답을 얻게 되면 내가 무슨 말을 하는지 알게 될 거야.」

「그들이 강지수를 죽였다고 확신하는 건가요?」

「오직 가능성에 대해서만 말할 뿐이야. 놈들이 강지수를 살해했을 확률은 상당히 높지 않은가?」

그 질문에는 답을 하지 않았다.

호텔 방 침대에 누워 정민에게 전화를 걸었다. 일본을 다녀온 이후 우리의 관계는 약간 소원해져 있었다. 이유를 알듯 했지만 쉽게 납득할 수는 없었다. 오래전 질투라는 감정과는 이별했다고 생각했다. 그녀가 내가 아닌 다른 누군가를 만나는 일은 전적으로 그녀에게 달린 일이었다.

「왜 이렇게 연락이 없었어?」

「오빠가 왜 그걸 내게 물어? 연락을 한 쪽은 항상 오빠였어. 기억 안 나?」

「잠깐 어딜 다녀올 생각이야. 갔다 와서 연락할게.」

「……나보고 기다리라는 말이야?」

「아니, 꼭 그런 건 아니고…… 사정이 그렇게 됐다는 거지.」

「알았어.」

우리는 한동안 서로의 숨소리를 들었다. 깊은 바다의 바닥에 귀를 대고 있는 듯한 느낌이었다.

「오빠는 사랑을 할 자격이 없는 사람이야.」

「나도 알아.」

「…….」

전화를 끊고서 담뱃불을 붙이고 냉장고에서 얼음을 꺼내 위스키에 타서 마셨다. 커튼 너머 도시의 불빛은 꺼지지 않을 태세였다. 비행기 티켓을 꺼내어 확인한 다음 침대에 누웠다.

출국대 X-레이 검사대에 가방을 올려놓고 보안 요원의 얼굴을 살폈다. 원칙상 1만 달러 이상의 현금은 해외로 가져가지 못하게 되어 있었다. 보안 요원은 아무런 표정 변화 없이 나를 한번 쓱 보고는 시선을 돌렸다. 정부의 비호를 받는 처지가 되었다는 것을 실감했다. 돈은 필시 윤수림에게서 나왔을 것이다. 채병호와 방만수가 어떤 생각을 하는지는 몰랐다. 그들은 비밀이 많은 인물들이었고 명령과 지시를 내리는 데 익숙한 사람들이었다.

출국 절차를 마치고 면세점 앞에서 서성이는 동안 김태우가 뒤따라오는 것이 보였다. 비행기가 비행 고도에 오르고 스튜어디스들이 분주하게 아침 식사를 준비했다. 나는 식사 대신 브랜디와 땅콩을 주문했다. 마카오에 있는 동안 얼마나 많은 술을 마실지 짐작되지 않았지만 익숙해질 필요가 있었다. 술을 마신 후에는 잠깐이지만 잠을 청했다. 내가 탄 비행기가 남서쪽으로 날아가는 모습을 머릿속으로 그려 보았다. 밑으로 보이는 것이 땅인지 바다인지 알 수 없었다. 두터운 구름이 부드러운 솜털처럼 넓게 펼쳐져 있을 뿐이었다.

타이파 섬 동쪽 해안의 마카오국제공항에서 시내로 들어가려면 택시를 이용하는 것이 제일 편리했다. 뒤따라 나온 김태우가 처음 들이마신 마카오의 뜨거운 열기에 당황하는 모습이 보였다. 그는 격한 운동을 하고 난 사람처럼 숨을 몰아쉬었다. 곁으로 가 위로를 해주고 싶을 정도였다.

먼저 택시에 올라 윈카지노호텔로 향했다. 비상 상황이 아닌 이상 그와 나는 철저히 떨어져 있어야 했다. 나를 추적하고 뒤따르는 것은 순전히 그의 몫이었다. 무뚝뚝한 택시 기사는 규정 속도를 지키며 앞으로 나아갔다. 마카오—타이파 대교를 지나자 왼쪽으로 웅장한 황금색 외벽의 샌즈카지노가 나타났다. VIP룸에서 800만 홍콩 달러를 딴 적이 있었기 때문에 나와는 인연이 나쁘지 않은 카지노였다. 나는 창문을 내리고 담배를 꺼내어 물었다. 택시 기사가 룸미러로 나를 힐끗 쳐다보기는 했지만 별다른 말은 없었다.

아직 이른 시간이라 카지노로 들어가는 사람들의 행렬은 길지 않았다. 입구에 서 있는 안전 요원은 보통의 마카오인들보다 뚱뚱한 편이었다. 콧수염을 기른 사내가 가볍게 목례를 했다. 조짐이 나쁘지 않았다. 윈카지노를 첫 무대로 선택한 것은 라스베이거스 윈카지노와 유사한 느낌이기 때문이었다. 세 시간이 지난 후 다시 방으로 돌아왔다. 그동안 김태우가 내 뒤를 밟고 있는지는 신경 쓰지 않았다. 미화 1만 달러를 가져갔었는데 대략 열 배를 만들었다. 이 돈을 다시 열 배로 만들어야 하고 그다음에는 더블을 쳐야 한다. 200만 달러면 나쁘지 않다. 하지만 하우스가 호락호락 내버려 둘 것 같지도 않다. 샤워를 하고 침대에 누웠다.

김필령은 레스토랑에 앉아 느긋하게 딤섬을 먹고 있었다. 시계를 보니 정확히 약속한 시간이었다. 쟁반에 남겨진 딤섬의 수로 봐서 적어도 30분 일찍 도착해서 나를 기다리고 있었다. 그는 일어나 악수를 한 다음 가볍게 포옹을 했다. 전장에서 동료를 맞이하듯 그의 얼굴에는 가벼운 흥분이 감돌았다.

「일본에서는 신세를 많이 졌습니다.」

「신세는 무슨, 우리 사이에 그런 야속한 소리는 하지 맙시다. 제이슨을 다시 만나 정말 기쁘오.」

그는 잔을 내밀어 탁자에 놓인 맥주를 따라 주었다. 부드러운 미소를 지었기 때문에 그의 얼굴에 깊은 흉터가 있다는 사실조차 제대로 인식하지 못했다.

「저녁 식사는 하셨소?」

「도착하자마자 게임부터 했습니다.」

「허참, 부지런도 하지. 그래, 결과는 어땠소?」

「운이 좋았습니다. 마카오에서는 항상 이런 식이었죠. 처음에는 이기다 나중에는 모두 털려 버리죠.」

「엄살 부리는 거 압니다. 이래 봬도 꽤 발이 넓은 편이라서 제이슨에 대해서 좀 알아봤소. 그 실력이라면 돈 잃을 일은 없지, 암.」

나는 웨이터를 불러 커피와 에그 타르트를 시켰다. 그러고는 딴청을 부리며 화제를 다른 곳으로 돌렸다. 화려한 샹들리에가 천장에 매달려 있었고 나이프와 포크가 접시에 부딪히는 소리가 레스토랑 전체에 울려 퍼졌다. 눈이 부실 정도로 하얀 냅킨으로 입술을 닦으며 그의 이야기를 들었다. 다부진 어깨와 날카로운 콧날이 그의 순진무구한 도박에 대한 열정과 엇박자를 내기묘한 느낌이 들었다. 그는 세상의 이치를 터득한 중년의 성인이었지만 카지노에서는 어린아이가 되어 있었다.

「주체라고 들어 보신 적이 있소?」

그는 딤섬과 맥주를 비웠고 나는 에그 타르트와 커피를 처리한 다음이었다. 그는 마일드 세븐을 안주머니에서 꺼내어 내게 내밀고 불을 붙여 주었다.

「……간섭받지 않고 스스로 살아간다는 말이 아닐까요?」

조금 망설이다 말했다.

「맞는 말이오. 사람은 마음과 영혼에 주체를 굳건히 가지고 있어야 하오. 주체를 확실하게 구현할 때에만 행복할 수 있기 때문이오. 주체 정신은 내면적으로 확고하게 자리 잡아야 될 뿐 아니라 현실에서도 완벽하게 실현되어야 하오.」

「…….」

「위대한 수령 김일성 장군이 소비에트식 스탈린주의와 결별하고 주체사상을 북조선 인민들에게 하사하신 것은 단순한 이데올로기적 대체가 아니었소. 수령님은 본질을 꿰뚫고 있었소. 그 본질은 우리 조선인들만이 공유할 수 있는 제한적 의미의 사유와 철학이었소. 이해하시겠소?」

「글쎄요, 저는 단순한 쪽이라서…….」

「허, 내가 헛소리를 하고 있구먼. 여기 오니까 그런 생각이 들었소. 이곳에서 가끔 혼자 있다는 생각이 드는데 그럴 때마다 섬뜩한 느낌이 들어 놀랍니다. 결국 도박사라는 존재는 그런 것이 아니겠소? 내가 제이슨을 잘 알지는 못하지만 그런 느낌을 받았어요. 도박사들은 고독과 은둔이라는 굴레에서 벗어날 수 없는 운명이지. 이 거대한 도시에서 철저히 혼자 내버려져 있단 말이오. 생존하기 위해서는 주체의 의미를 깨달아야 하오. 나를 구원할 수 있는 존재는 나뿐이라는 냉혹한 현실을 인식해야 된다는 말이지. 누군가의 힘에 기대어서는 실패할 수밖에 없소.」

김필령은 노름꾼, 살인 기계, 야쿠자, 공작원이었다. 그래서 나는 조금 어지러웠다.

「어려운 이야기군요. 하지만 주체가 은둔과 관련을 맺고 있다는 말씀은 상당히 예리한 분석이군요.」

「도박에 빠진 사람들만이 진정한 의미를 알 수 있지.」

그와 나는 사이좋게 재떨이에 담배를 털었다. 나는 웨이트리스에게 청구서와 사탕을 주문했다.

「가시죠. 가볍게 몸을 풀어 볼까요?」

일본의 언그라카지노에서는 내 실력을 과대 포장하느라 그의 게임 전략을 제대로 파악하지 못했고, 그가 어떤 식의 베팅을 선호하는지도 관심을 두지 않았다. 뽐내기 좋아하는 공작처럼 깃털을 펼치고 우쭐거렸던 것이다. 하지만 바로 옆에서 함께 실전을 치르면서 나는 그가 어떤 유형의 인물인지 알게 되었다. 수식어들의 편견을 벗겨 내고 그가 어떤 생각을 하는 사람인지 관찰하기 시작했다. 나를 아이돌 취급하며 순진한 웃음을 지을 때와 달리 그는 테이블에서 대단히 신중한 자세를 유지했다. 그는 의심이 많고 판단이 빠르지 않았다. 짧은 시간 관찰한 것이긴 하지만 그가 도박에서 이기기 위해 얼마나 많은 노력을 해왔는지 알 수 있었다. 한 시간 동안 그의 칩은 정확히 30퍼센트 정도 불어나 있었다. 그에게 신경을 쓴 탓인지 내 칩은 절반 정도로 줄어 있었다.

「무슨 생각을 그리 골똘히 하시오?」

딜러가 버스트가 났음에도 알아차리지 못하고 멍하니 생각을 하고 있었다.

「아, 미안합니다. 가끔 이렇게 정신을 놓을 때도 있습니다.」

「너무 가벼운 게임을 해서 그런가? 좀더 높은 테이블로 옮길까요?」

「아뇨, 그런 문제가 아니라…… 조금 쉬었다 할까요? 이럴 때는 게임을 하지 않는 게 좋을 것 같습니다.」

김필령은 나의 말을 듣고 앞에 놓인 자신의 칩을 살펴보았다.

「이제 막 기가 오르려던 참인데…….」

「그럼 혼자서 하시죠. 저는 카페에서 기다리고 있겠습니다.」

그는 나를 보며 고개를 끄덕였다.

「행운을 빌어 주시오. 제이슨의 운이라면 뭐든지 받겠소.」

나는 미소로 응답하고 그의 어깨에 손을 올리며 일어났다. 단단한 근육질이 손끝에 전달되었다. 카페로 가기 전 하이 리미트 구역의 룰렛 테이블로 다가가 가지고 있던 칩 모두를 블랙에 걸었다. 순식간에 이루어진 상황이어서 게임을 하던 사람들과 딜러가 동시에 나를 쳐다보았다. 이미 볼은 회전판을 돌고 있었다. 회전판의 속도가 떨어지면서 볼이 하강하기 시작했고 볼은 적색과 흑색 사이를 톡톡 튀어 다녔다. 볼은 11 블랙에 안착했다. 딜러가 콜을 마치고 아웃사이더 베팅을 한 칩을 먼저 돌려주었다. 블랙잭에서 잃었던 전액을 손쉽게 회수했다.

카페에서 슬롯머신에 앉은 김태우의 모습을 언뜻 보았다. 몸을 숨기기에 적당한 체격이 아니어서 잘못 볼 리는 없었다. 하지만 망고 주스를 한 모금 마시는 사이 그의 그림자는 사라져 버렸다. 김태우가 내 주변을 배회하는 것은 작전의 일부였고 그런 그의 행동은 나를 보호하려는 의도라기보다는 감시하는 측면이 더 많았다. 담배를 꺼내 물고 김태우가 앉아 있던 기계 앞으로 다가갔다. 근처에 게임을 하는 이들이 없어 썰렁한 느낌이 들었다. 지폐를 꺼내어 머신에 밀어 넣고 버튼을 눌렀다.

그리스 신화를 디자인한 게임으로 제우스가 번개를 내리치는 그림이 라인에 일렬로 서면 잭팟이 되었다. 맥스 베팅을 하자 순식간에 크레디트의 절반이 날아가 버렸다. 조금 놀랐기 때문에 다음에는 베팅을 낮추고 버튼을 눌렀다. 그러자 제우스 세 개의 그림이 나란히 서면서 점수가 올라갔다. 베팅을 올리면 빗나가고 낮추면 맞는 상황이었다. 스크린의 자동 게임 버튼을 누르자 기계는 혼자서 움직이기 시작했다.

김필령의 어깨는 한 주먹 정도 아래로 쳐져 있었다. 묻지 않아도 어떤 상황인지 뻔했다. 옆자리에 앉으며 스카치위스키를 주문했다.
「결과가 좋지 않은가 보군요.」
「얼굴에 쓰여 있소?」
대답하지 않고 웃음으로 답했다.
「첫 게임에서 벌써 십만 달러를 잃었소.」
원화로 1,300만 원 정도였다. 많은 돈은 아니지만 그의 말대로 첫 게임이었고 비교적 짧은 시간이었다. 얼마나 많은 돈을 준비했는지는 모르겠지만 1회전에서 스트레이트 펀치를 제대로 맞은 꼴이었다.
「제이슨이 일어나자 곧 딜러가 교체되더군. 그러더니 게임이 엉망이 되었소. 그런 일이 일어날 줄 예측하고 있었던 거요?」
「우연의 일치일 뿐이죠. 그때까지 저도 잃고 있었습니다.」
「허긴 그렇지. 그런데…… 제이슨은 게임에 관심이 없어 보이는데 일종의 작전이오? 게임이 풀리지 않는다고 도중에 그렇게 쉽게 일어날 수 있다는 것이 믿어지지 않아서 하는 말이오. 나도 도박을 꽤 한 사람이라 치고 빠지는 전술이 얼마나 중요한지는 잘 알고 있소. 하지만 실천한다는 것은 대단히 어려운 일이거든. 무슨 말인지 알아듣겠소?」

물론, 무슨 말을 하는지 알고 있었다. 하지만 내 본심을 드러낼 필요는 없었다. 그가 나를 우상화하고 신비화할수록 지금 펴고 있는 작전이 성공할 가능성이 높아졌다. 내가 끝까지 단순한 우연이라고 주장해서 스스로를 끌어내릴 필요는 없었다.

「종목을 바꿔 볼까요? 바카라로.」

「그렇게 해주시겠소? 이번에는 제이슨을 따라가기만 하겠소.」

죽어 있던 눈동자에 새로운 빛이 감돌기 시작했다. 아마 나도 비슷할 것이다. 우리는 어쩔 수 없는 노름꾼이었다. 도박을 하는 순간에만 생명이 깃든 미라처럼 어둠 속에서 깨어나는 것이다. 목표는 김필령이 잃은 돈을 회수하는 데 맞췄다. 자신은 없었지만 운을 기대하며 테이블로 걸어갔다. 그 순간 방만수가 작성한 시나리오의 한 구절이 떠올랐다.

'게임에서 돈을 잃은 김필령을 위로한다. 함께 게임을 해서 잃었던 돈을 되찾게 해주고 그의 호감을 산다.'

「이상하게 일이 잘될 것 같지 않소?」

뒤따르던 김필령이 말했다. 나는 그를 돌아다보며 웃음을 지었다. 방만수가 뭐라 지껄였는지 정확히 기억이 나지 않았다. 비어 있는 테이블에 서둘러 자리를 잡고 지갑에서 현금 뭉치를 풀었다. 김필령도 똑같이 행동했다. 누군가의 망상 속에 내가 들어와 있다는 것이 실감되었다. 카지노란 원래 그런 곳이다. 카지노에 발을 내딛는 순간, 내가 아닌 누군가가 그려 놓은 그림 속에 들어가는 것이다. 주체와는 아무런 상관이 없다.

　3일 동안 혼자서, 때론 김필령과 어울려 게임을 했다. 윈카지노와 샌즈카지노, 리스보아카지노, 베네치안카지노를 옮겨 다니는 순례를 거듭하며 베팅에 몰두했다. 카지노를 나와서 택시를 타고 다른 카지노로 이동하는 동안 낮과 밤이 번갈아 나타났다. 카지노 안에서는 시간이 멈추어 버리기 때문에 여간해서는 제대로 된 감각을 유지할 수 없다. 그래서 한 카지노의 한 테이블에 머물기보다는 유목민처럼 떠도는 쪽이 유리했다. 김필령은 이런 내 행태를 처음에는 이해하지 못했다. 그는 게임에서는 의심이 많고 신중했지만 일단 자리를 잡고 나면 쉽게 일어나지 못했다. 자신의 운을 앉은 자리에서 모두 소멸시키겠다는 듯 덤벼들었다. 그럴 때마다 나는 슬그머니 일어나 자리를 떴다. '히트 앤 런' 작전을 구사하려면 필연적으로 번거로운 일이 생겨나지만 일단 작전이 먹히기 시작하면 상당한 효과가 나타난다. 우선 많은 시간 게임을 하느라 잃어버린 집중력을 되살릴 수 있고 이동하는 동안 휴식을 취할 수 있다.

강지수가 그랬듯 김필령도 시간이 지나자 내 의도를 이해하는 것 같았다. 자신이 이기고 있다는 사실을 눈치채고 점점 더 내게 의지하려는 모습을 보였다. 방만수의 시나리오에 등장하는 것처럼 한순간 폭발적인 위력으로 그를 매료시키지는 못했지만 실력 있는 선생을 바라보는 아이의 눈빛을 만드는 데에는 성공했다. 대승리를 마다할 사람이 누가 있겠느냐마는 실제로 그런 일은 잘 일어나지 않는다. 큰 패배를 줄일수록 승리의 기회는 빨리 찾아온다.

「나는 새로운 인간이 되어 가고 있는 느낌이오.」

타이파 섬의 루아 도 쿤하〔官也伽〕에서 늦은 저녁 식사를 하던 참이었다. 오리고기를 넣어 뚝배기로 지은 밥과 새끼 토끼 구이인 자토지, 대구 살을 끓인 스프에 로브스터 샐러드를 곁들인 상이었다. 관광객들이 많이 찾는 거리라 복잡하긴 했지만 요리 맛이 일품이라 종종 찾는 식당이었다. 타일을 모자이크한 식당의 오래된 외향도 마음에 들었다. 김필령은 포트와인인 빈호 베르데를 따라 주었다. 혀끝으로 시원한 느낌이 전해졌다.

「몇 차례나 마카오에 왔었지만 이런 느낌이 든 건 처음이오.」

「무슨 말씀이신지?」

「도박을 하면서 이렇게 홀가분하게 생각한 것은 처음이라 이 말이오. 그동안 미친 듯이 베팅을 하기만 했지 신중하게 생각해 보지는 않았소. 내가 왜 지고 있는지 몰랐단 말이지.」

「아직 이기고 있지 않습니다. 그저 패배를 면한 신세죠.」

「아, 나를 너무 초보자로 생각하지 마시오. 나도 그 정도는 알고 있소. 하지만 이렇게 기다리다 보면 언젠가는 승리할 날이 찾아올 것이오. 제이슨이 노리는 것이 그거 아니오?」

웃음으로 답하며 화제를 돌렸다.

「내일과 모레는 게임을 할 수 없을 것 같습니다.」

그가 토끼 구이를 입으로 뜯으며 나를 봤다.

「한국에서 손님이 올 예정입니다. 미리 말씀 못 드려 죄송합니다.」

「친구나 가족이 찾아오나요?」

「비즈니스상의 이유입니다. 어떤 분의 소개로 사업하시는 분을 알게 되었는데 이분이 카지노 사업에 관심이 많으신 분입니다. 그래서 제가 좀 도와드리기로 했습니다.」

「그래요? 그럼 제이슨도 그 사업에 참여하고 있소?」

「명목상으로는 그렇습니다. 저도 이 짓을 오래 하기 위해서는 어떻게든 돈을 모을 필요가 있거든요. 미국에서 친구가 운영하는 회사를 도와주고 있었는데 이번에 두 회사가 공동 투자해서 사업을 벌일 계획입니다. 지난번에 일본에서 제 명함을 드리지 않았나요?」

김필령은 고개를 흔들었다. 지갑에서 명함을 꺼내어 그에게 내밀었다. 그는 꼼꼼히 명함을 읽었다.

「요즘 나이가 들어선지 작은 글씨가 잘 안 보여.」

그는 인상을 쓰며 고개를 뒤로 젖혔다.

「신경 쓰지 마세요. 친구 회사라 잠깐 도와주고 용돈을 받는 정돕니다.」

「하긴, 제이슨이라고 돈벌이에 나서지 말라는 법은 없지.」

「실은 산호세에 부동산 바람이 불 때는 제법 돈을 만지기도 했습니다. 결국 처분하고 말았지만 제게는 좋은 경험이었습니다. 도박과 실물 경제 투자는 어느 정도 유사하기는 했지만 근본적인 차이점이 있더군요. 어느 쪽이 제게 어울리는지 고민 중입니다.」

「그래요? 나라면 당장 결론을 내릴 텐데, 비즈니스맨 제이슨보다는 겜블러 제이슨이 더 폼 나지 않소?」

우리는 마주 보고 웃으며 잔을 부딪쳤다.

「아, 근데 내일 오시는 분이 조금 특이한 경력을 가지신 분입니다. 한국에서 잠깐 만나 이야기를 나누었는데 대북 사업에 관심이 많다고 하시더군요. 저야 미국에서 살아서 그간의 한국 사정은 잘 모르지만 그동안 남북이 많이 친해졌다고는 들었습니다.」

「그래요?」

그의 눈이 반짝하고 빛났다. 경계와 불신의 눈빛은 아니었다.

「구체적인 내용은 저도 잘 모릅니다. 얼핏 해주 경제특구에 관심이 있다는 이야기를 들었습니다. 아직 본격적인 사업 구상 단계는 아닌 것 같더군요. 한국에서는 호텔과 골프장을 운영하시는 분이라서 그런 분이 왜 대북 사업에 관심이 많은지 궁금하긴 했습니다.」

「흠, 평범한 분은 아니시군.」

「아버지가 해주 출신이라는 말은 하더군요. 아마 그런 탓이
겠죠.」

「그래요? 허허, 말을 들으니 훌륭하신 분인 것 같군요.」

그의 대답은 조금 의외였다. 그가 느긋하게 나오자 오히려
조금 불안했다. 와인으로 입술을 적셨다.

「그분도 게임을 좋아하시는가요?」

「그렇지는 않을 겁니다. 카지노에 대해서 전혀 모르고 계시
더군요. 그래서 이참에 마카오의 카지노를 안내해 드릴 계획
입니다. 아마 실제로 게임을 하지는 않을 겁니다. 사업하시
는 분들 중에 의외로 성실한 분들이 많거든요.」

「그런데도 카지노 사업에는 관심을 보이고…….」

「부르주아의 속을 누가 알겠습니까?」

농담이라고 했는데 그는 조금 늦게 웃었다. 파일에 묘사된
김필령은 머리 회전이 빠른 축에 드는 인간이 아니었다. 파일
의 내용이 정확하기를 빌었다.

「이거 아쉽군. 그럼 삼 일 뒤에나 제이슨을 다시 볼 수 있다
는 말인데 그동안 올인이 되어 버리면 어떻게 하지.」

「부디 조심하십시오. 카지노의 함정은 지뢰만큼이나 눈에 보
이지 않거든요.」

우리는 기분 좋게 건배를 했다. 오늘 밤 게임에서 나는 베팅
액수를 높일 필요를 느꼈다. 완전히 나에게 의지하도록 그의
눈을 가려 버릴 작정이었다.

윤수림의 등장으로 그동안의 긴장을 완화할 수 있었다. 껑충한 키의 윤수림은 멀리서도 쉽게 눈에 띄었다. 악수를 나누며 서로의 안부를 물었다. 서울에서 겨우 한 번 만났을 뿐인데도 그와의 관계는 빠르게 진행되었다. 같은 배를 탔다는 동류의식 탓일 것이다.

「여기는 첫인상이 아주 특이해요.」

윤수림은 주변을 둘러보며 숨을 크게 들이마셨다. 나는 윤 사장 뒤에 선 수행 비서인 듯한 젊은 여자와 가벼운 목례를 나누었다. 그녀는 아무런 사전 지식 없이 마카오에 온 것인지, 아니면 의무감 때문이었는지 검은 정장 투피스 차림에 스타킹까지 착용한 상태였다. 터미널을 벗어나면 들이닥칠 마카오의 폭염에 그녀가 어떤 표정을 지을지 궁금해졌다.

그들이 여장을 푼 곳은 샌즈그룹이 만든 세계 최대 규모의 마카오 베네치안리조트였다.

「엄청나군요.」

윤수림은 객실 창에서 내려다보이는 미니 골프장을 바라보며 말했다.

「우선 식사부터 하시죠. 광동 요리의 진수를 맛볼 수 있는 레스토랑을 알고 있습니다.」

수행 비서 윤은미는 윤 사장의 조카였다. 그녀는 윤 사장이 말을 걸기 전에는 입을 열지 않았다. 자신의 존재를 잊어 달라고 시위하는 듯한 태도였다. 미인이라고 하기에는 부족하지만 세련된 매너가 몸에 배어 있고 큰 키에 비해 피부가 두드러지게 하얗고 투명해서 묘한 매력을 풍겼다. 목소리는 낮고 사용하는 어휘는 건조했지만 전체적으로 응석을 부리는 여자아이의 톤이어서 어딘지 부자연스러웠다.

「한국에도 이런 호텔이 생길 수 있을까요?」

디저트로 나온 애플 타르트를 반으로 가르며 윤 사장이 내게 물었다.

「글쎄요. 지금 상태로는 장담하기 어렵습니다.」

윤수림은 타이를 하지 않았지만 와이셔츠 차림에 검은 정장 바지를 입고 있었고 윤은미도 흰 블라우스에 짙은 감청색 스커트 차림이었다. 마카오를 찾은 수많은 관광객들과는 거리가 멀었다.

「이 정도 규모에는 미치지 못하겠지만 제2 카지노는 열리게 될 것입니다.」

나는 윤수림이 왜 이곳에 왔는지를 생각하고 그의 기분을 맞춰 줄 생각이었다. 실현 가능성이 있든 없든 그것은 윤수림이 판단할 문제였다.

「여러 지자체들이 지역 산업 발전을 명목으로 카지노 사업을 준비하고 있지만 여론에 밀려 엄두도 못 내고 있는 실정이에요. 너무 낙관적으로 생각하시는 거 아닌가요?」

식사 동안 한마디도 하지 않던 윤은미가 처음으로 입을 열었다. 콧소리가 섞여서 나긋하게 들리기도 했지만 공격적인 발언이었다.

「윤 비서는 카지노 사업에 부정적이지? 제이슨이 이해하세
요. 이 친구를 데려온 이유는 여기서 카지노에 대한 편견을
좀 없애 보라는 의미도 있거든요.」
「윤 사장님이 아니라 윤 비서님이 앞으로 저와 많은 시간을 가
져야겠네요. 그래야 사장님이 편하게 일할 것 같은데요.」
윤수림이 너털웃음을 터트렸다. 윤은미는 잠깐 뽀로통한 표
정을 지었지만 이내 사무적인 얼굴로 돌아왔다. 우리 자리 옆
으로 대학생으로 보이는 청년들이 한국어로 떠들고 웃으며 지
나갔다. 모두 반바지 차림에 슬리퍼를 신고 있었다. 나는 저것
보라는 표정으로 윤은미를 바라봤다.
「카지노가 불법인 일본도 최대 열 곳에 카지노 사업 허가를
주겠다고 발표했지. 아마 그렇게 되면 제주도와 서울의 외국
인 전용 카지노는 큰 타격을 입을 거야. 윤 비서도 알지?」
「네.」
윤은미는 작은아버지의 말에 다소곳하게 대답했다.
우리는 한 시간가량 마카오와 카지노 사업에 관한 이야기를
나누었다. 첫 만남에서 느꼈던 좋은 감정이 되살아났다.
「이제 이야기는 그만하고 천천히 돌아볼까요? 백문이 불여
일견이라고들 하지 않습니까?」
윤수림이 안경테를 살짝 올리며 자리에서 일어났다. 얼마 되
지 않아 우리는 인공으로 조성된 베니스의 청명한 하늘 밑에
서 있었다. 곤돌라를 타는 관광객들은 연신 카메라로 여기저기
를 눌러 대고 있었고 주변 사람들은 모두 입을 벌리고 천장을

올려다보고 있었다. 하지만 정작 그들이 놀라워해야 할 대상은 천장의 인공 하늘이 아니라 바로 발아래였다. 운하가 흐르는 물밑에 지상 최대의 카지노가 위치해 있었다.

윤수림과 헤어지고 프런트 데스크로 가 방을 잡았다. 호텔 방에 누워 혼자만의 시간을 가질 생각이었다. 김필령이 마카오 주재 북한 공작원을 만나 어떤 일을 계획하고 있을지는 생각하지 않기로 했다. 샤워를 마치고 냉장고에서 위스키를 꺼내어 잔에 막 따르려는 순간 초인종이 울렸다. 윤은미면 좋겠다는 생각을 반사적으로 하며 목욕 가운을 대충 입은 채로 문을 열었다. 하지만 문밖에는 산만 한 덩치의 김태우가 주위를 두리번거리며 서 있었다.
「제가 나타나서 실망했습니까?」
「다 알면서 그러지 마.」
「윤은미 씨를 기다렸나 보죠?」
나는 그의 배를 주먹으로 툭 쳤다.
「요즘 정보국에서는 독심술 훈련도 시키나 보지.」
그는 웃으면서 방으로 들어와 소파에 몸을 기대었다.
「스위트룸이 정말 좋긴 좋군요. 전 이런 방은 처음입니다.」
「이건 내 카드로 계산했으니 걱정하지 않아도 좋아.」
「설마 저희가 이런 일로 쩨쩨하게 굴겠습니까? 나중에라도 마음이 바뀌면 영수증을 주세요. 제가 알아서 처리하겠습니다.」
김필령에게서 벗어났다고 생각했는지 김태우는 여유가 있었다. 내가 권하는 위스키를 거부하지 않고 마셨다. 특별한 목적을 갖고 방문한 것은 아니었는지 횡설수설 이런저런 이야기를 늘어놓아도 이렇다 할 반응 없이 듣고 있었다.

「이봐, 조광무역에 대한 조사는 철저하게 이루어졌던 거야?」

「무슨 말이죠?」

「방 기자님이 준 파일은…… 재미있긴 하지만 진위 여부에 대해서는 확신하지 못하겠어. 아마 기자라는 편견 때문인가 봐. 수사 당국의 결론이라면 좋았을 거라는 생각이 들어.」

「그럴 수도 있겠군요. 하지만 이번 작전은 틀림없습니다. 여러 차례 저희들이 확인한 사항입니다.」

나는 그의 눈을 바라보며 웃었다.

「나도 한국에 들어온 지 여러 해가 지났어. 그런데 이런 이야기는 전혀 몰랐단 말이야. 마카오와 관련된 이야기라면 분명히 관심을 두었을 텐데도.」

「제이슨 씨의 관심이 정치적인 사항에서 멀었기 때문이었겠죠. 강지수와 한창 교류하던 시절에도 전혀 눈치채지 못했잖아요? 요즘 사람들은 이런 이야기를 좋아하지 않습니다. 그저 자기들 먹고 입고 놀 궁리만 하느라 시간을 보내죠. 김정일이 무슨 일을 했던 상관없다고 생각하는 겁니다. 핵 위기가 나서 전 세계인들이 핵전쟁이 날까 두려워하던 때에도 당사자인 한국인들은 유유자적 '전쟁은 없다'고 마음대로 생각했죠. 오히려 북한이 고난의 행군이라는 미명하에 체제 위기를 극복하고자 했을 때 북한을 도와줘야 한다는 이야기에는 귀를 기울였죠.」

「그렇다 치고, ……아무튼 마카오의 조광무역이 북한이 만든 달러 위조지폐나 마약, 가짜 양담배에서 나오는 불법 자금을 처리하는 창구였다는 것은 분명하단 말이지?」

「이상한 일이군요. 여기까지 와서 그런 의심을 할 필요가 있습니까?」

「이념이 뭔지 모르겠지만 그런 건 내게 없어.」

「이건 단순한 이념 논쟁이 아닙니다. 진실을 밝히고 정의를 세우는 일이죠. 하나의 예를 들어 볼까요. 미국 정부는 지난 삼십 년간 사천오백만 달러 이상의 북한산 백 달러 위폐인 슈퍼노트를 압수했어요. 그 근거로 제시된 비디오테이프에는 김정일의 장남인 김정남이 마카오 카지노에서 위조 달러를 제시하는 영상이 있었죠. 지금이라고 그런 일이 벌어지지 않으리라 어떻게 말할 수 있습니까?」

「김필령이 일본에서 김정남의 경호를 했었지?」

「그렇죠.」

나는 술잔을 들고 생각에 잠겼다.

「조광무역이란 조선 광명성의 약자로 광명성은 김정일의 별자리를 의미합니다. 북한 노동당 중앙위원회 35호실 소속으로 대외 정보 조사부 업무를 맡고 있죠. 대외 정보 조사부는 해외에서의 대남 정보 수집 및 요인 암살과 납치, 테러 전담 부서입니다. 김정일의 해외 비자금 관리 업무가 추가되어 이를 담당하는 39호실 통제 속에 외화벌이 사업도 하고 있습니다. 총지배인이 바뀌면서 중국으로 철수해 버렸지만 그동안 마카오에서 벌인 불법적인 행동은 의심의 여지가 없는 사항입니다.」

「…….」

「조광무역을 책임졌던 인물은 총지배인 박자병이었습니다. 1934년생으로 76년부터 마카오에 들어와 공작 활동을 벌였죠. 중국 국적과 포르투갈 국적을 취득했고 아내와 두 자식이 함께 마카오에 있었죠. 가족이 모두 해외에 있다는 것만 봐도 북한이 얼마나 신임하는지 알 수 있습니다. 6·15 남북 정상회담이 열리기 전 현대상선이 외환은행 서울 여의도 지점을 통해 외환은행 홍콩 지점에 일억 달러를 송금했고 이 일억 달러는 홍콩의 중국은행에 개설된 조광무역 박자병 계좌로 이체되었습니다. 박자병이 국제 전화로 '네 개 중 마지막 한 개를 받았다'는 보고를 평양에 올리는 것을 우리 감청 부서가 포착한 일이 있었죠. 이래도 의심이 가나요?」

「잘도 기억하고 있군. 난 파일에서 읽었지만 금방 잊어버렸는데.」

「직업인걸요.」

「좋아. 아무튼 우리가 할 일은 조광무역의 후신인 태평무역의 심장에 들어간다는 거잖아? 김필령을 등에 업고서.」

「거기다 윤수림을 더해야죠.」

「그렇군. 윤수림이 있었지. 내가 지금까지 잘하고 있는 것 같아?」

「솔직히 말해서 기대 이상입니다. 처음에 제이슨 씨에 대한 인상이 좋지 못했습니다. 그런데 지금까지는 아주 좋습니다. 소장님에게도 그렇게 보고하고 있습니다.」

「칭찬의 말로 듣지.」

그는 내 잔에 얼음을 채우고 술잔 가득 술을 부었다.

「마시죠. 작전 중이긴 하지만 오늘은 괜찮을 겁니다.」

김태우는 뭐가 좋은지 계속 웃음을 흘렸다. 술을 마시면 웃는 게 버릇인가 보았다.

「오늘은 게임을 안 할 건가요?」

밤이 깊어 가고 있었다.

「응. 오늘은 쉬고 싶어.」

「일본에서도 그런 생각을 했었는데, 정말 이기는 것이 가능하군요. 전 카지노는 백전백패인 줄 알았습니다.」

「아직 끝을 보지 못해서 그런 거야.」

김태우는 묘한 미소를 지었다.

「그건 그렇고, 김필령의 뒤를 쫓고 있는 거야?」

「그럼요. 오늘도 세 군데나 카지노를 옮겨 다녔습니다. 진득하게 한 곳에 앉아서 하면 좋겠는데 뭘 그렇게 발바리처럼 싸돌아다니는지, 죽을 지경이었습니다.」

김필령이 나의 조언을 제대로 받아들인 것 같아 웃음이 나왔다.

윤수림과 마카오 시내의 호텔과 카지노를 둘러보느라 이틀을 보내고 윈카지노호텔로 돌아왔다. 침대 위에는 김태우가 놓고 간 것으로 보이는 문건이 있었다. 그가 어떻게 내 방의 열쇠를 확보했는지는 생각하지 않기로 했다. 파일을 바닥에다 던져 놓고 침대에 누웠다. 차라리 강지수가 남겨 둔 돈을 인출해 라스베이거스로 갈 걸 하는 후회가 되었다. 승리를 장담하지는 못하지만 어차피 결론은 비슷할 것 같았다. 내일 게임에서는 베팅 금액을 올리고 서둘러 목표액을 채울 작정이었다. 급하게 움직여서 될 일은 아니지만 언제까지 느긋하게 기다릴 수만도 없었다. 일이 어찌 되든 이기고 봐야 했다. 나머지는 나와는 상관없는 타인들의 일이었다.

눈을 뜨자 침대 가까이 의자를 붙여 놓고 파일을 읽고 있는 김태우의 모습이 보였다.

「왜 깨우지 않았어?」

「깊이 잠들어 있더군요. 비밀 요원으로서는 빵점입니다.」

「난 자네와 달라.」

「여유만만이시군요. 북한 최고의 공작원을 속이고 있으면서도 이렇게 태연하니 도박사들은 간이 큰가 봅니다.」

「언제부터 말이 많아진 거야?」

머리를 털고 자리에서 일어나 침대에 걸터앉았다.

「파일은 검토하셨죠?」

「대충.」

「이번 작전이 제일 중요합니다. 김필령은 둔한 편에 속하지만 의심을 품기 시작하면 집요하게 달려들 겁니다. 아니, 그것보다는 먼저 무력을 행사하려 들겠죠. 김필령이 어떤 놈이란 걸 잊지는 않았겠죠?」

「그만해. 아침부터 재수 없는 소리를 할 필요는 없잖아.」

「아침이 아니라 한낮입니다.」

「어제는 뭘 했어? 날 뒤따르지 않았어?」

「뭘 했는지는 말하지 못하지만 제이슨 씨를 미행하지는 않았습니다. 윤 사장 일행과 헤어지고 계속해서 게임을 하지 않았나요? 전 보는 것만으로도 지쳐 버렸습니다. 그렇게 오랫동안 게임을 하면 지겹지 않습니까?」

「그건 그렇고…… 어제 윤 사장과 이야기를 나누면서 든 생각인데, 뭔가 이상한 마음을 먹고 있더군. 방 기자님이 미끼로 던진 제2 카지노 사업에 대해서는 별 관심이 없나 봐. 호텔과 카지노를 둘러보는 행동은 대단히 적극적이었지만 딴 생각을 하고 있는 것 같았어.」

「딴 생각?」

「카지노 사업보다는 대북 사업에 관심이 많은 것처럼 윤은미가 이야기했어. 통일에 대한 막연한 환상을 가진 이상주의자라고 자기 삼촌을 표현했어. 무슨 말인지는 모르겠지만 북한에 대해 적대감보다는 친밀감이나 애정을 가지고 있다는 느낌을 받았어. 이런 사람은 위험하지 않아?」

「그렇기 때문에 방 기자님이 윤수림을 끌어들인 겁니다.」

「…….」

「저도 잘 모르지만 틀림없을 겁니다. 윤수림이 이런 식으로 행동하리란 것을 정확히 예측하고 있었겠죠.」

「그럼 윤 사장이 마음대로 그쪽과 접촉해도 내버려 두라는 이야기야?」

「행동 요령을 읽지 않았군요?」

김태우는 파일을 손에 들고 흔들었다.

「미안해. 어제는 너무 피곤했어. 술도 많이 마셨고.」

「좋습니다. 하지만 가능하면 작전 지시에 따라 주셨으면 합니다. 그래야 안전을 보장할 수 있습니다.」

「마음대로 해. 그보다 자네와 함께 작전을 하고 있는 요원들이 또 있는 거야?」

「그건…… 말씀드릴 수 없습니다.」

「비밀 사항이다 이거지?」

김태우는 파일을 바닥에 내려놓고 냉장고에서 생수병을 꺼내어 내게 내밀었다.

「그보다는 좋은 소식이 있습니다. 어제와 그제 김필령이 오천만 원가량을 잃었습니다.」

「그게 왜 좋은 소식이지? 북한 놈들이 돈을 잃으면 좋은 건가?」

「그런 말이 아니죠. 제이슨이 그 돈을 회수할 수 있도록 도와주세요. 그럼 놈의 눈이 뒤집힐 겁니다.」

「그걸 지금 말이라고 하는 거야?」

「실력 발휘를 해보세요.」

「미쳤군.」

김태우가 돌아가고 나서도 한동안 침대에 누워 있었다. 머리가 제대로 돌아가지는 않았지만 김태우를 돕는 또 하나의 조직이 있는 것은 틀림없었다. 그렇지 않고서는 나와 김필령의 움직임을 동시에 파악하기란 힘들었다. 언뜻 신지혜의 얼굴을 떠올렸다. 하지만 그녀가 이번 작전에 동원된 것 같지는 않았다. 직감이긴 하지만 그녀는 지금의 그룹에서 배제된 인물이라는 느낌이 들었다. 그녀가 강지수나 강지수의 장인인 박춘우를 언급할 때 채병호나 방만수와는 분명히 다른 느낌을 받았다.

김정일 장군은 6·25 전쟁 시기 최고 사령부 작전탁 곁에서 김일성 주석을 보좌하시면서 주석님의 탁월한 전법을 체득하시였

으며 우리나라의 유명한 병서 《동국보감》으로부터 중국의 《손
자병법》, 클라우제비츠의 《전쟁론》 등 동서고금의 병서들을 다
독파하시고 전법에 대한 폭넓고 심오한 사색과 탐구를 통하여
대학 시절인 1962년 8월 22일 군사 야영생들과 하신 담화 '전법
창조와 적용에서 제기되는 몇 가지 문제에 대하여'에서 이미 주
체 전법을 정립, 발표하신 분이시다.

만약 이것이 사실이라면 이런 사람과 싸움을 하는 무모한 선
택은 피해야 한다. 거울을 보며 면도가 제대로 되었는지 꼼꼼
히 확인한 후 호텔 방을 나섰다. 김정일이 장풍과 축지법을 사
용하는지는 몰라도 다행히 바카라 테이블에서는 그런 것이 통
하지 않는다. 카페의 구석 자리에 앉아 있던 김필령은 나를 보
자 벌떡 일어나 달려 나왔다. 그가 내게서 원하는 것이 무엇인
지 잘 알고 있었다. 위대한 지도자가 되어 그를 수렁에서 건져
올려야만 했다.
「오백만 엔을 잃었소.」
김필령은 힘없이 말했다.
「가져온 돈이 얼마나 되죠?」
「잃은 돈이 거의 전부요.」
「너무 실망하지 마십시오. 그 정도 돈이면 마카오에 놀러 온
대학생도 이길 수 있는 금액입니다.」
「그걸 모르는 바는 아니지만…… 문제는 어떻게 회수를 할
수 있을지.」

「그 배의 돈을 준비하십시오.」

「천만 엔을?」

「도박은 확률 게임입니다.」

「그렇게 많은 돈을 구하기가…….」

나는 김필령의 구겨진 얼굴에 깊숙이 팬 흉터 자국을 바라보
았다.

「시간을 주겠소?」

「…….」

「돈을 구해 오리다. 장담은 못하지만 그 사람들이 모른 척하
지는 않을 거요.」

「이긴다는 보증은 못합니다.」

「그걸 내가 모르겠소? 나도 노름에 이골이 난 사람이오. 제
이슨에게 책임을 미루는 짓은 하지 않을 거요.」

「좋습니다. 시간을 갖고 천천히 하십시오. 저는 기다리고 있
겠습니다.」

김필령이 옆자리에 놓여 있던 회색 재킷을 집어서 손에 쥔 채
로 카페를 빠져나갔다. 나는 한참 그 모습을 바라봤다. 김태우
의 큰 그림자는 나타나지 않았다. 자리에서 일어나 카지노로 향
했다. 김필령이 올 때까지 내가 가진 칩을 불릴 필요가 있었다.

김필령은 정확히 두 시간 후 나타났다. 그의 옆에는 처음 보
는 사내가 서 있었다. 그는 먼저 고개를 숙여 인사를 했다.

「마카오에서 사업을 하는 동무입니다.」

　나는 마른 체격에 안경을 쓴 그 남자가 채병호가 준 파일에서 본 사내와 일치함을 알아차렸다. 예상보다는 일찍 만나게 되었다. 김필령은 그 남자를 소개할 여유가 없었고, 사내도 내게서 일정한 거리를 두려는 의도가 역력했다. 통성명도 하지 않고 바카라 테이블로 향했고 그는 뒷짐을 지고서 우리를 뒤따라왔다. 카지노에는 익숙한 듯 여유가 있었다.

「미안하게 됐소. 자기 눈으로 직접 확인하겠다고 고집을 피워서…….」

김필령이 내게 목소리를 낮춰 말했다.

「괜찮습니다. 어딜 가나 구경꾼은 있게 마련입니다.」

「…….」

「돈은?」

「미국 돈 십만 달러를 바꿨소.」

「그 정도면 충분합니다. 이제 시작하죠. 절 따라온다는 점을 명심하십시오.」

　우리가 테이블 자리에 앉자 삼십대 중반의 여성 딜러는 미소로 맞았다. 사내는 자리에 앉지 않고 김필령의 등 뒤에 서 있었다. 내 눈을 의식했는지 담배를 꺼내 물고는 다른 쪽으로 시선을 돌렸다. 조선노동당 중앙 위원회 35호실 소속 공작원과의 첫 만남이었다. 칩을 올리고 카드가 오픈되기를 기다렸다. 단숨에 결판을 짓기보다는 야금야금 파고들어야 했다. 나는 사내가 나를 좀더 관찰할 수 있도록 내버려 두었다.

  '위기에 처한 김필령을 제이슨이 도와준다'는 시나리오는 황당무계했지만 결과적으로는 성공했다. 그의 앞에 쌓인 칩은 정확히 게임을 시작하기 전의 두 배였다. 나는 돈 계산을 끝낸 후 테이블에서 일어났다. 개인적인 욕심이 나기도 했지만 그들이 애써 작성한 시나리오를 배신해서는 안 된다는 것을 상기하며 마음을 비웠다. 나는 김필령 뒤에서 꼼짝 않고 이 모든 것을 지켜본 사내의 얼굴을 읽었다. 일본에서 나를 관찰하던 김필령과는 달리 모호한 표정이었다. 그는 게임을 끝낸 김필령과 귓속말을 나눈 후 내게 눈인사를 하고서는 먼저 카지노를 빠져나갔다. 들뜬 표정의 김필령이 내 어깨를 움켜쥐며 말했다.
  「갑시다. 오늘은 내가 최고로 모시겠소.」
  「덕분에 저도 이겼습니다.」
  「무슨 섭섭한 말씀을. 나만 아니었으면 이번에 크게 먹을 수 있었는데 몸조심한 거 다 알고 있소.」

김필령은 자신의 단골 술집으로 나를 데려갔다. 일본인들을 주 고객으로 하는 가게인지 여 종업원이 능숙한 일본어로 우리를 맞았다. 우리는 밀실로 안내되었고 입구에서 그가 지정한 여자 둘이 곧이어 따라 들어왔다.

「이 아이들은 조선말을 모르니 마음 놓고 놀아도 좋아.」

로열 살류트가 나왔고 안주로 마카오의 명물인 육포와 열대 과일이 나왔다. 나는 그가 권하는 술을 사양하지 않고 연거푸 마셨다.

「오늘 오신 분은 어떤 분이시죠?」

「리 부장 말이오? 허, 이거 미안하게 되었소. 사람은 참 좋은데 의심이 많아서……. 내가 제이슨 이야기를 몇 번이나 했는데도 좀체 믿질 않더군.」

「어떤 점을 믿지 않는다는 말씀이신지…….」

「아 왜, 그런 것 있지 않소? 도박을 하면 무조건 진다고 생각하는 사람들.」

「틀린 생각은 아니네요.」

「허, 그런가? 아무튼 우리 같은 사람들과는 좀 다르지. 너무 결벽해서 탈이야. 리 부장도 군에 있을 때는 호방했는데 사업을 하면서 너무 소심해졌어.」

「군인이셨나 보군요. 그런 분들은 생활에 엄격하시죠.」

「나도 한때는 인민 무력부 소속이었소.」

김필령이 눈에 힘을 주어 말했다.

「도박하는 걸 자랑하려는 건 아니지만 사내로 태어나서 이런 재미를 모른다는 것도 너무 심심한 인생 아니오?」

그는 옆의 여자에게 일본어로 빠르게 말했다. 아마 같은 내용의 말이었을 것이다. 여자는 기분을 맞추려는 듯 고개를 크게 끄덕였다. 탁자에는 이미 새로 들어온 술병이 바닥나 있었다. 조금 더 마시면 나의 한계점이었다.

「제가 이틀 동안 한국에서 온 손님과 여러 이야기를 나누었는데 지난번에도 말씀드렸듯이 이분이 대북 사업에 관심이 많으십니다. 그래서 제가 김 사장님 이야기를 했습니다. 언제 기회가 된다면 만나 뵙고 싶다고 말씀하시더군요.」

「오, 그래요?」

「…….」

「그것도 참 좋은 일이요. 나는 사업은 잘 모르지만 북남이 함께 힘을 뭉치는 것은 언제든 찬성이오. 내가 리 부장에게 말을 해보지. 하지만 일이 어떻게 될지는 장담 못해. 제이슨이나 나나 해외에서 살아서 북남의 현실이 어떤지 잘 모르지 않소. 우리는 소개만 하고 남은 일은 당사자들이 알아 하도록 맡깁시다.」

「고맙습니다.」

「고마워할 사람은 나요. 그렇지 않아도 리 부장도 내 말을 듣고는 관심을 보였소. 특히 제이슨을 직접 보고 싶어 했소. 오늘도 게임이 끝날 때까지 자리를 지키고 있었던 이유는 사실 돈도 돈이었지만 제이슨의 실력을 보려고 했던 거요. 아마 상당히 놀랐을 거요. 이 사람이 속에 능구렁이가 든 사람이라 무슨 생각을 하는지는 잘 모르겠지만 제이슨과 아주 잘 맞을지도 몰라.」

그는 술을 더 시켰고 이번에는 주로 여자들에게 술을 권했다. 이상한 일이었지만 나는 술에 취해 실수를 하게 될까 하는 걱정은 되지 않았다. 김태우의 우려와 달리 오히려 그가 외부의 위험에서 나를 보호해 줄 거라는 착각이 들 정도로 마음이 놓였다. 나중에는 그가 여자들에게 눈을 부라려도 야쿠자들이 다 그렇지 하는 생각을 했다. 옆의 여자가 내게 몸을 밀착시키고 떨어지려 하지 않았기 때문이기도 했다.

눈을 뜨니 알몸 상태의 여자가 옆에 엎드려 누워 있었다. 검은 머리카락이 목을 덮고 햇볕에 그을린 피부색이 그렇지 않아도 작은 상체를 더 작아 보이게 만들었다. 간밤의 기억이 전혀 나지 않았다. 그녀의 허리를 감고서 김필령과 가라오케로 이동한 것까지는 기억이 났지만 그 뒤로는 꿈속의 일처럼 현실감이 없었다. 여자들이 알몸으로 탁자 위에서 춤을 추었고 술병이 바닥에 떨어지면서 깨어졌다. 누군가가 크게 웃었다.

「이봐, 이제 그만 일어나.」

여자의 귀에 대고 속삭였다. 여자는 찌푸린 얼굴로 광둥어로 짧게 말했다. 인사불성인 상태로 호텔 방으로 들어가는 장면을 김태우도 보았을 것이다. 그가 이렇게 나를 내버려 둔 것을 보면 큰일이 생긴 것 같지는 않았다.

　탁자 위에는 여자의 핸드백이 열린 채로 놓여 있었다. 백에서 담배를 꺼냈다. 내가 팁으로 준 칩이 손에 잡혔다. 중국산 담배인지 맛이 강했다. 기침을 하고는 담배를 비벼 껐다. 부스럭거리는 소리에 그녀가 시트를 머리끝까지 올렸다. 에어컨의 찬바람 탓에 그녀의 피부는 차갑게 식어 있었다.

「이럴 줄 알았으면 차라리 제가 작전을 할 걸 그랬습니다.」
김태우는 여자가 버리고 간 스타킹을 손에 들고서 말했다.
「콘돔이 없어서 하지는 않았어.」
「그걸 내가 믿을 거라 생각합니까?」
「자네 마음이지.」
「어제 상당히 놀랐습니다. 카지노에서 이긴 것도 그렇지만 김필령과 있으면서 그렇게 취할 수 있다는 것도 대단했습니다.」
「장난칠 기분 아냐. 핵심만 말해.」
김태우는 스타킹을 바닥에 내려놓고 재킷에서 사진 한 장을 꺼내어 내게 내밀었다.
「너구리가 얼굴을 내밀었더군요.」
나는 사진 속의 사내를 보았다.
「태평무역의 리준혁 부장. 어제 카지노에서 만났어. 꽤 신중한 사람이더군.」
「김필령과는 확실히 다른 놈이죠.」
「첫인상이 나쁘지는 않았어. 차가운 면이 있긴 했지만 이야기가 통할 것 같은 느낌이 들더군. 무인보다는 지식인에 가까워 보였어.」

「정확하게 보셨네요. 김일성대학 철학부 주체사상학과를 졸업한 정통 엘리트입니다.」

「주체사상학과? 이상한 공부를 했군.」

「북한 놈들이 다 그렇죠. 제 딴에는 뭘 했다고 자랑하는데 나중에는 모두 수령이나 지도자 타령으로 끝내죠. 전부 미친놈들입니다.」

「이유가 있지 않겠어?」

「이유는 무슨…….」

나는 머리를 세차게 흔들었다. 아직 술기운이 빠지지 않았다.

「이제 어떻게 하면 되지?」

「우선 윤수림과 접촉해서 태평무역 이야기를 하도록 하세요. 윤수림은 관심을 보일 겁니다.」

「윤은미가 있어서 쉽지 않을걸. 그 여자는 윤 사장과 달랐어. 마치 윤 사장을 감시하기 위해 따라온 것 같아.」

「그건 신경 쓰지 않아도 됩니다. 조직의 생리를 몰라서 그렇지 대가리가 결정을 내리면 따라오게 마련입니다. 윤은미가 할 수 있는 역할은 한계가 있죠.」

「좋아. 그렇다 치고, 다음은 태평무역의 리준혁을 만나면 되는 거야?」

「잘 알고 있네요.」

김태우는 만족스러운 표정을 지었다. 처음 만났을 때보다 훨씬 감정 표현이 풍부해졌다.

　김태우가 돌아가고 나서도 나는 침대에 그대로 누워 있었다. 생수통에 든 물을 한꺼번에 마신 다음 길게 한숨을 내뱉고 술기운이 빠져나가길 기다렸다. 비몽사몽인 상태로 두 시간이 흘렀다. 커튼을 젖히니 서쪽 하늘 끝에서 붉게 물든 석양이 번지는 것이 보였다. 샤워를 끝내고 새로 다림질을 한 셔츠와 바지를 꺼내 입었다.

　윤수림은 태평무역에 관한 이야기를 듣는 동안 심각한 표정을 지었다. 나는 김태우의 충고대로 윤은미의 반응은 살피지 않았다. 식사 시간이 지나서인지 손님이 많지 않았다.
「북한 사람들이군요.」
「그렇죠. 하지만 여기서 무역업을 하시는 분들입니다.」
「음…….」
「윤 사장님이 대북 사업에 관심이 많으셔서 드린 말씀입니다. 없던 일로 하셔도 상관없습니다.」
「아닙니다. 제이슨이 그쪽과 관련을 맺고 있어서 조금 놀랐습니다.」
「말씀드렸듯이 우연히 선이 닿은 겁니다. 저도 그쪽 사람들을 만나지는 못했습니다.」
「그렇군요. 사람 일이라는 게 다 그렇죠. 많은 사람들을 만나다 보면 이런 일도 생기고 저런 일도 생기는 법이죠. 단순한 상견례 차원이라면 못 만날 것도 없다고 생각합니다. 좋습니다. 약속을 잡아 주세요.」

윤 사장이 너무 쉽게 응했기 때문에 조금 놀랐다. 옆의 윤은
미도 제동을 걸지 않았다.

「얼굴이 좋지 않네요.」

윤은미가 엷은 미소를 지으며 말했다.

「어제 좀 무리를 했습니다. 비즈니스를 하다 보면 종종 이런
일이 있죠.」

김필령은 미니멈 베팅을 하며 바카라 테이블에서 시간을 보
내고 있었다. 간밤에 술에 취해 엉망이 된 흔적은 찾아볼 수 없
었다. 나는 그를 카페로 데려가서 윤수림에 대한 이야기를 했
다. 쉽게 미끼를 물 것이라는 예상과 달리 그는 신중한 자세를
취했다. 그는 투박한 중지로 테이블을 두드리며 생각에 잠겼
다. 담배에 불을 붙이고 컵에 든 하이네켄을 벌컥벌컥 마셨다.

「제이슨, 내 한마디 하리다. 고깝게 듣지 마시오.」

「……말씀하시죠.」

「제이슨은 북남 관계가 어떻다고 생각하시오?」

「네?」

「지난번에는 내가 술기운에 시원시원 말을 했지만, 사실 나
는 제이슨이 이야기한 그 남조선 사업가란 사람이 별로 마음
에 들지 않소.」

나는 맥주 대신 물을 마셨다.

「솔직히 말해 그 남조선 사업가가 문제가 아니라 나는 남조
선 전체를 믿지 않소.」

나는 김필령의 이야기를 잠자코 들었다. 그는 나를 똑바로 쳐다보며 말했다.

「평양에 남조선의 두 대통령이 다녀갔고 많은 약속을 했소. 그런데 이제 정권이 바뀌었다고 그 약속은 없던 일로 하자고 말하고 있소.」

「남한의 정치 상황은 북한과 달리 좀 복잡합니다.」

「나도 일본에서 나고 자라 자본주의의 생리를 잘 알고 있소. 그런 이야기를 하는 것이 아니요. 사람이 관계를 맺기 위해서는 지켜야 할 도리가 있는 거요. 어제는 평화를 말하던 사람들이 오늘은 전쟁을 말하고 있소.」

「…….」

「1992년 북남 기본합의서가 체결되었고 그 첫 번째 조항이 상대방 체제의 인정과 존중, 내정 불간섭, 비방·중상 중지와 관련된 것이었소. 그런데도 남조선은 현재 북괴나 주적이라는 말을 쓰고 있소. 남측의 '주적론'이나 전쟁을 책동하는 부시의 '악의 축'이나 뭐가 다르오?」

채병호와 방만수의 시나리오에는 이런 사태에 대한 대응법이 없었다. 김필령은 조총련 산하 기관의 야쿠자로, 무자비한 살인 병기이고 아둔하며 도박에 중독된 쓰레기로 묘사되어 있었다.

「미국에 있을 때 대통령이 바뀌면서 정책이 달라진 상황을 경험한 적이 있습니다. 클린턴의 정책을 부시 대통령은 손바닥 뒤집듯 바꾸어 버렸죠.」

「전쟁 억지 정책을 대신해 적극적인 군사력 동원 정책으로 바꾸고, 핵무기 관련 비확산 정책 대신 반확산 정책을 채택한 사실을 말하오?」

어려운 말이 줄줄이 나왔기 때문에 잠깐이지만 어지러웠다.

「아, 저는 정치에 대해서는 잘 몰라서…….」

「이해하오. 그걸 왜 모르겠소. 만난 지는 얼마 되지 않았지만 제이슨의 순수함을 의심하지는 않소.」

「…….」

「이렇게 합시다. 그 남조선 사업가를 당장 만나기는 어렵겠지만, 우선 제이슨이라도 리 부장과 만나 보시오. 리 부장은 젊지만 총명하고 미래를 보는 눈이 있는 사람이오. 그 사람이라면 실수가 없을 거요.」

예상치 못한 전개였다.

「좋습니다. 제가 먼저 만나 뵙고 윤 사장님을 소개하는 것도 괜찮은 아이디어인 것 같습니다.」

나는 맥주를 마시며 김필령의 얼굴에 진 흉터를 바라보았다.

김필령과 나는 멀리 떨어진 테이블에서 게임을 했다. 김필령이 내 도움을 받지 않고 게임을 하고 싶다고 말했기 때문이다. 정신을 차리고 앞의 칩을 세어 보니 게임 전보다 조금 불어나 있었다. 자리에서 일어나 주변을 둘러보았다. 김필령의 모습은 보이지 않았다. 자리에 앉아 다시 카드를 받았다. 방만수가 작성한 파일이 옆에 있다면 몇 개의 문구를 수정 보완해야 할 것이다. 특히 '김필령은 일개 야쿠자로……'라는 문장은 잘못됐다. 어떻게 고쳐야 하는지는 모르겠지만 아무튼 실제에는 맞지 않는다.

침대 옆 탁자 위에 곱게 접은 메모가 놓여 있었다.

'엠퍼러호텔 702호.'

필체를 확인할 수는 없었지만 김태우가 남긴 메모가 틀림없었다. 시계를 보니 새벽 세 시였다. 엠퍼러호텔은 윈카지노호텔에서 신호등 하나만 건너면 되는 거리에 있었다. 새벽이었지만 카지노를 순회하는 사람들 탓에 택시들이 분주하게 움직이고 있었다. 호텔 내부에 들어서자 로비에 위치한 카페에서 나오는 중국차 향이 코로 스며들었다. 작은 규모이긴 하지만 카지노도 보유한 호텔이었다. 엘리베이터에서 다른 생각을 하지 않도록 노력했다. 702호 문 앞에서 초인종을 눌렀다. 3초가 지난 후 문이 열렸다. 김태우였다.

「어서 오시오.」

어두운 조명 밑에 초로의 남자가 앉아 있는 것이 보였다.

「마카오에 오셨군요. 기왕이면 제대로 된 호텔을 잡으시지.」

생각하지 못했던 상황이었지만 나는 농담을 던졌다.

「나랏돈을 쓰는 입장이라 이 정도도 감지덕지지.」

채병호는 한국에서 봤을 때보다 더 늙어 보였다. 몸은 말랐고 피부는 창백했다.

「앉지.」

내가 맞은편 의자에 앉자 김태우가 벽 쪽의 침대에 걸터앉았다. 주변은 깨끗하게 정리되어 있었다. 그가 언제부터 마카오에 온 것인지는 추측할 수 없었다.

「갑자기 나타나서 조금 당황했겠군.」

「아닙니다. 오히려 소장님 얼굴을 보니 한결 안심이 되는군요.」

「그런가? 아무튼 지금까지의 일을 잘 처리해 주어서 다행이야. 자세한 사항은 모두 보고를 받아서 알고 있어.」

그는 고갯짓으로 김태우를 가리켰다.

「시간이 없는 관계로 본론부터 이야기하겠네. 내가 자넬 이렇게 보자고 한 이유는…… 처음의 작전 계획이 수정되었기 때문이야. 그래서 자넬 불렀어.」

「…….」

「음, 왜 그런지에 대해서는 설명하지 않겠네. 다만 강지수 건에 대한 수사는 여기서 종결이야. 이건 극비에 붙여진 사항이라 자네가 질문을 해도 답을 해줄 수가 없어. 이해해 주길 바라네.」

「…….」

「해외에서 일어나는 사건은 원칙적으로 국정원이 수사에 나
서기로 되어 있지만 이번 사건은 이전의 실수로 말미암아 검
찰에서 관여하게 되었어. 그래서 그쪽에서 낸 결론을 받아들
이게 되었다는 말이야.」

「그건 여기 오기 전에도 하셨던 말입니다.」

「맞아, 그랬지. 하지만 권력이란 생각 이상으로 복잡하게 얽
혀 있다네. 상부에서 이번 작전을 눈치채고 중단 요청이 들
어왔네. 어디서 비밀이 새어 나갔는지 지금 조사 중이야. 아
무튼 이번 작전은 공식적으로 없는 상황이 되어 버렸어. 내
말을 이해하겠나?」

「처음부터 비공식적인 작전이 아니었나요?」

「그건 자네 생각이야. 나 혼자서 작전을 펼 만한 힘은 없네.
윗사람들의 눈치를 봐야 하고 그들의 명령과 지시를 따라야
하네.」

「…….」

「실망할 건 없네. 아직 할 일이 남아 있어. 아까 계획이 수정
되었다고 말했지. 새로운 작전 목표가 수립되었고 그걸 자네
에게 알려 주겠네.」

「담배를 피워도 될까요?」

그는 대답 대신 고개를 끄덕였다. 나는 담배에 불을 붙이며
시간을 끌었다.

「……태평무역의 리준혁을 만날 예정이지?」

「네.」

「그자를 포섭하게.」

나는 그의 말을 제대로 이해하지 못해 가만히 그를 쳐다보기만 했다.

「우리 쪽으로 끌어오라는 이야기야. 리준혁은 결점이 많은 사람이야. 우리가 파악한 바로는 공작만 제대로 한다면 넘어올 공산이 커. 단순히 그를 처치하는 일보다는 훨씬 얻는 것이 많을 거야. 그가 귀순한다면 강지수 사건도 자연스럽게 풀릴 걸세.」

「…….」

「작전의 우선 순위가 바뀐 것으로 생각해도 무방하네.」

「대충 이해는 됩니다만…… 저는 국정원 직원이 아닙니다.」

「자네는 어느 유능한 요원 못지않게 잘 움직였어. 이상하게 들리겠지만 자넨 타고났어.」

「얼버무리지 마십시오.」

「그런 의도는 아니네. 하지만 지금 자네가 빠져 버리면 이제껏 해온 작전이 모두 수포로 돌아가는 거야. 조국에 헌신한다는 생각으로 한 번만 따라 줬으면 해.」

「왜 그렇게 해야 되죠?」

「……세상은 이상하게 꼬여 있네. 이 혼란을 바로잡고 무질서에서 벗어날 수 있다면 그것만으로도 가치가 있는 일이야.」

「그런 중요한 일에는 가담하고 싶지 않습니다. 전 도박꾼에 지나지 않습니다.」

「자신을 너무 비하하지 말게. 이번 작전을 통해서 지켜봤고, 자네가 보지 못하는 모습을 객관적으로 관찰할 수 있었어. 자넨 양지에 나와 떳떳하게 살아갈 수 있는 사람이야. 우리가 도와주겠네. 과거의 슬픔과 증오에 발목이 잡혀 인생을 부정하며 살 필요는 없네.」

「…….」

「이번 작전이 끝나면 자네를 정식으로 채용하겠네.」

「그런 일에는 관심 없습니다.」

「그렇게 나올 줄 알았어. 이 문제는 다음에 다시 이야기하도록 하고…… 아무튼 이 작전을 끝내도록 하지. 난 도박을 잘 모르지만 내기를 한다면 자네가 이번 임무를 떠맡을 것에 걸겠네.」

「…….」

「자네는 무엇이든 결과를 보려고 하는 사람이지. 내가 틀렸나?」

지난 만남에서도 비슷한 이야기를 했었다. 대답 대신 담배를 재떨이에 비벼 껐다.

「지금 당장에 답을 내려고 하지 말고 내 말을 들어 보게. 자네도 구미가 당길 거야.」

채병호는 김태우에게 서류 뭉치를 건네받고 말을 이었다. 그가 보여 준 서류의 앞 장에는 태평무역의 총매니저인 박금산의 파일과 그의 부하 리준혁의 파일이 있었다. 채병호는 느리지만 논리적으로 설명했다. 감정적이고 추상적인 논리를 펴는 방만수와는 다른 접근 방식이었다. 오랫동안 이런 일을 해온 이력이 드러났다. 흐릿한 불빛 사이로 그의 듬성듬성한 머리숱이 부각되어 보였다. 그는 돋보기를 쓰고서 파일을 읽기 시작했다.

「위험 부담이 너무 큰 작전입니다. 개죽음을 당하고 싶지는 않습니다.」
채병호는 돋보기를 탁자 위에 내려놓았다.
「개죽음? 국가를 위해 죽는 것이 개죽음인가?」
「……」
「아무튼 그건 자네가 걱정하지 않아도 돼. 우리는 자네가 생각하는 것보다 훨씬 강한 조직이야. 엉성하게 작전을 펴다 요원을 다치게 하는 경우는 없어.」
「……파일의 정확성을 보증할 수 있습니까?」
나는 김필령을 떠올리며 말했다. 채병호는 내 말을 이해하지 못했는지 김태우를 바라봤다.
「방 기자님이 작성한 시나리오에 몇 가지 문제점이 있었습니다. 구체적으로 말씀드리지는 못하지만 시간이 지날수록 그런 느낌이 듭니다.」
「난 또 무슨 이야기라고. 작전 계획이란 실전에서 맞아떨어지지 않는 경우가 종종 발생하네. 지금의 상황도 그런 경우야. 리준혁을 포섭할 수 있다면 그동안 대북 공작을 하지 않아서 놓친 많은 정보를 한꺼번에 끌어올 수 있을 거야. 목표가 수정되었지만 후퇴가 아닌 전진으로 봐야지.」

「…… 공작금으로 주신 일억 원은 돌려드리겠습니다.」

「벌써 그렇게 많이 땄나?」

「충분하게 이기지는 못했지만 지금이 적절한 시기라고 생각합니다. 제 손에 있다간 언제 허공으로 날아갈지 모르는 일이죠.」

「놀랍군. 방 기자가 시나리오를 작성했을 때만 해도 나는 좀 엉뚱한 작전이라 생각했어. 자네가 도박에서 돈을 잃어버렸으면 누구에게 책임을 물어야 될지 모르는 상황이 벌어졌을 거야. 국가의 돈을 그렇게…….」

「일억 원은 윤 사장에게서 나온 돈이 아니었나요?」

「아, 물론 그렇지. 맞아. 하지만 돈이 어떤 경로에서 나왔든 도박으로 잃어서는 안 된다는 이야기지. 아무튼 방 기자의 예측은 맞아떨어졌네. 그걸로 다행인 거지.」

「남은 돈은 공작과는 상관없는 겁니다.」

「그래. 남은 돈은 자네 거야. 이자를 달라지는 않을 테니 걱정 말게.」

  오후에 장대 같은 소낙비가 한차례 내려서인지 거리의 열기
는 한층 누그러져 있었다. 세나도광장에는 휴식을 취하는 사람
들과 관광객들이 뒤섞여 있었고 물결무늬로 모자이크된 타일
바닥에는 아직 물기가 남아 있었다. 담배를 피우며 광장을 둘
러싸고 있는 콜로니얼 풍의 건물들을 바라봤다. 처음 보았을
때에는 파스텔 톤의 외벽이 단단하지 못한 느낌이 들어 실망했
었는데 이제는 눈에 익어 편안한 느낌이 들었다.
  김필령 일행을 기다리는 동안 세 번이나 관광객들에게 사진
을 찍어 주었다. 그중에는 한국에서 신혼여행을 온 부부도 있었
다. 허니문을 하기에는 적당하지 않은 곳이라는 생각이 들었지
만 그들은 만족한 표정이었다. 시계를 보니 약속한 시간에서 한
시간이 흘렀다. 주위를 둘러본 후 신호등을 건너 정차해 있는
택시에 올랐다. 카지노에서 김필령을 기다리는 수밖에 없었다.

「정말 미안하게 되었소, 제이슨.」

김필령은 나의 어깨에 손을 올리고 말했다. 게임을 시작하고 한 시간 정도가 흐른 후였다.

「갑자기 급한 용무가 생겼는데 연락할 방법이 없었소.」

「덕분에 이번 게임에서는 조금 잃었습니다.」

농담이라고 한 말에 김필령은 억지웃음을 지었다.

「갑시다. 리 부장이 기다리고 있소.」

호텔 정문에 차가 대기하고 있었다. 우리는 뒷좌석에 앉아 차가 달리는 동안 아무런 대화도 나누지 않고 창밖을 바라봤다. 북한인 운전사는 양손을 핸들에 올리고 정면을 보기만 할 뿐, 우리의 존재는 없다는 듯 행동했다. 차 내부의 기묘한 정적과는 대조적으로 마카오 거리의 활기찬 소음이 차가 달리는 동안 끊이지 않고 울렸다. 대로를 벗어나 좁은 길을 탔기 때문에 나는 방향 감각을 잃었다. 차가 언덕길에서 멈추어 섰다. 상의를 벗어던진 청년들이 트럭에서 짐을 내리느라 골목길을 막고 있었다. 청년 중 한 명이 우리 차를 향해 고개를 숙였고 운전사가 손을 들어 괜찮다는 신호를 보냈다.

「여긴 참 좋은 곳이오.」

김필령이 청년들을 바라보며 말했다.

「한때 이곳에 우리 인민들이 많이 있었소.」

「…….」

「미국이 악랄한 공작을 펴면서 인민들이 여길 떠났소. 일본에서 여길 오면 환대를 받았었는데 지금은 죽은 도시처럼 되어 버렸지.」

「…….」

「놈들은 증거도 내놓지 못하면서 우리에게 마약 밀매와 위조 지폐 혐의를 씌웠소.」

그렇게 말하고 김필령은 입을 닫아 버렸다. 차가 움직이기 시작했고 실내에는 다시 침묵이 흘렀다. 아파트 현관에 한 노인이 의자 위에 앉아 꾸벅꾸벅 졸고 있었다. 노인은 우리 일행을 본체만체했다. 운전기사는 현관문을 열어 주고는 차로 되돌아갔고, 나는 김필령의 뒤를 따라 좁은 통로를 걸었다. 낡은 외양만큼이나 내부 시설도 엉망인 아파트였다. 백열등 전구가 달려 있었지만 자연 채광이 되지 않아 실내는 어두웠다. 엘리베이터는 김필령의 숨소리를 들을 수 있을 만큼 좁았다. 에어컨이 제대로 작동하지 않아서 15층으로 가는 짧은 시간 동안에 굵은 땀방울이 이마에서 흘러내렸다. 맨바닥인 1층 로비와는 달리 15층 바닥에는 검붉은 빛의 카펫이 깔려 있었다. 김필령은 아무런 현판이 붙어 있지 않은 문에 다가가 초인종을 눌렀다. 맞은편에 똑같은 구조의 문이 있었지만 사람이 살고 있는 흔적은 찾아볼 수 없었다.

「잘 오셨소.」

리준혁은 그렇게 말하고 내게 손을 내밀었다.

「제이슨입니다.」

「김 동지도 수고 많으셨습니다. 안으로 들어오시지요.」

리준혁은 완벽한 서울 말씨로 말하며 웃었다.

「카지노에서 만났었죠? 우리는 할 일이 없어서 사람들 뒷조사를 곧잘 하는 편입니다. 이치훈 씨는 깨끗하더군요. 라스베가스의 전설적인 인물을 만나게 되어 영광입니다.」

중국식 인삼차를 마시고 난 후 김필령은 사전에 약속된 말을 핑계로 자리를 비웠다. 그와 리준혁의 관계는 쉽게 판단되지 않았다. 언뜻 보기에는 리준혁의 직급이 더 높은 것처럼 보이기도 했으나 리준혁은 김필령을 깍듯하게 대했다. 조총련과 당 39호실 통제를 받는 대성총국 산하 조선대성무역총회사의 자회사인 태평무역과의 관계를 내가 정확히 이해하기란 애초에 불가능했다. 김필령이 돌아간 후에도 리준혁의 태도에는 아무런 변화가 없었다. 그는 꼿꼿한 자세로 앉아서 나를 바라봤고 자연스럽게 대화를 이끌었다. 그는 전형적인 엘리트의 모습을 보여 주었다. 자부심이 강한 인간들의 과장된 여유도 여지없이 드러났다.

「평양을 어떻게 생각하시죠?」

「평양? 가보지 않아서 말씀드리기가 어렵군요.」

「그렇죠. 역시 뭐든 직접 눈으로 보고 경험해야 이해할 수 있는 법이죠. 평양은 이 도시와는 많은 의미에서 대조적인 곳입니다. 단순히 다른 체제의 두 도시를 말하는 것이 아닙니다. 지옥과 낙원이라는 극한의 비유도 가능하죠.」

「카지노가 있는 이곳이 제게는 낙원이겠는데요.」

「그렇습니까? 하지만 평양에도 카지노가 있습니다.」

「……」

「언제 기회가 생긴다면 평양에 한번 오시지요. 아주 만족하
실 겁니다.」

농담이란 걸 알았지만 그 말을 듣자 긴장이 되었다.

「원자 폭탄과 달러로 세계 제패를 꿈꾸던 제국주의자들이 이
제는 부패한 사상으로 이 세계를 지배하려는 전략을 펴고 있
습니다.」

「…….」

「마카오에 있으면 이런 그들의 의도를 적나라하게 볼 수 있
죠. 천박한 부르주아 사회는 마약 중독자와 알코올 중독자,
부조리한 욕망을 만족시키려는 성도착자들을 양산하고 있습
니다. 구 소비에트와 동유럽 국가들이 붕괴된 원인은 그들이
제국주의적·이데올로기적·문화적 중독에 문을 열어 주었기
때문입니다.」

나는 그의 말에 어떻게 대응을 해야 하는지 알지 못했다. 어
설프게 반대하기도 이상했고 고개를 끄덕이며 수긍하는 것도
적절하지 못했다. 나는 탁자 위에 놓인 담배를 집어 들며 딴청
을 부렸다. 그가 허리를 숙이며 라이터 불을 내밀었다. 그는 이
상황을 즐기는 것 같았다.

「저는 모든 범주에 걸리는 최악의 중독자이군요.」

「…….」

그는 자신의 담배에 불을 붙이며 만족스러운 미소를 띠웠다.
두 사람이 뿜어내는 연기로 좁은 실내는 순식간에 흐릿하게 변
해 갔다.

「대북 사업에 관심이 많으신 분을 알고 계신다고 들었습니다.」

「네, 비즈니스로 만난 분인데 북한과의 무역에 관심이 많으신 분입니다. 마침 마카오에 함께 있어서 제가 말씀을 올렸더니 리 부장님을 만나 뵙고 싶어 하시더군요. 우연히 김필령 씨를 만나게 되어서 일이 이렇게까지 되었네요.」

「그 이야기는 김 동지를 통해 자세히 들었습니다. 문제는, 이치훈 씨는 몰라도 그쪽 분은 우리 쪽에 정보가 없어서 망설이고 있습니다.」

「…….」

「이 문제는 상당히 꼬여 있습니다. 외부에서 보면 단순해 보이지만 실제로는 그렇지 못하죠. 우리는 그동안 상당히 심혈을 기울여 남쪽과 접촉을 해왔습니다. 하지만 그 결과는 좋지 못했습니다. 상대방이 약속을 어기기 시작하면 그 반대쪽이 선택할 수 있는 것은 한정되기 마련이죠.」

「…….」

「정치적인 사안이긴 하지만 혹시 '비핵개방 3000'이라고 들어 보신 적이 있나요?」

「아뇨. 처음 듣는 이야깁니다.」

「그렇겠지요. 대단한 것은 아니고…… 대통령직 인수위가 작성한 대북 정책안입니다. 지난번 평양에 갔을 때 이 문건을 놓고 토론한 적이 있습니다. 자세한 건 말씀드릴 수 없지만 그때 나온 결론은 남조선의 정책을 믿을 수 없다는 것이었습니다. 여전히 우리를 적으로 인식하고 있더군요.」

「무역과 경제 협력 차원에서 거론될 문제는 아닌 것 같은데
요.」
「자본주의적 사고방식에서는 그렇겠죠. 하지만 우린 다릅니
다. 사회의 순수성을 유지하기 위해서는 모든 분야에서 유기
적인 협력이 이루어져야 합니다. 사상 투쟁 없는 이윤 추구는
결국 인민의 고통을 가중시키는 결과를 낳고 말 것입니다.」
「……」
「지금의 남조선 정부는 인수위가 마련한 대북 정책을 폐기했
을지도 모르겠군요. 그때그때마다 이상한 상황 논리를 펴는
사람들이라 예측을 하기가 어렵습니다.」
「남한에서 정권이 바뀌고, 따라서 정책이 달라지는 것은 자
연스러운 일입니다.」
「저희들이 분석한 바로는 국정원 내부에서 이상한 기류가 흐
르고 있더군요. 그동안 상호 비방과 공작을 하지 말자던 약
속을 폐기하고 적극적인 대북 공작을 해야 된다는 세력들이
부상 중이라고 들었습니다. 그들이 언제 비열하고 악랄한 공
작을 펼지는 모르지만 우리도 가만히 앉아서 당하고 있지만
은 않을 겁니다.」
「……」
「어려운 자리를 마련해 놓고 엉뚱한 이야기만 하고 있군요.
아무튼 그 건은 저희가 다시 생각해 보겠습니다. 진정 통일
을 향한 열망으로 가득 차신 분이라면 못 만날 이유는 없습
니다.」

「어쩌면 두 분이 서로 잘 맞을지도 모르겠군요.」

나는 윤수림이 통일 문제를 거론할 때의 엄숙함과 진지함을 떠올리며 말했다. 실제로도 서로의 궁합이 잘 맞아떨어질 것 같았다. 나는 아무래도 리준혁보다는 김필령 쪽이 편했다. 그렇게 보면 방만수가 세심하게 시나리오를 짠 것은 분명했다. 굳이 윤수림을 끌어들이려는 그의 의도를 이해할 수 있었다. 그렇게 생각하자 나는 이 모든 일을 윤수림에게 내던지고 싶었다.

이후로 우리는 조금 가벼운 주제로 대화를 나누었다. 주로 마카오의 카지노에 대한 이야기였다. 그는 이곳에 상주한 주재원답게 나보다 더 많은 사실을 알고 있었다. 특히 그는 마카오에 한국 관광객들이 늘어나는 현 추세에 관심을 보였다. 이상한 점은 그가 카지노 게임에는 큰 관심을 보이지 않는다는 점이었다. 채병호의 설명에 따르면 그는 도박으로 공금을 횡령한 혐의를 받고 있었다. 그가 남한으로 귀순할 가능성이 있다는 예측은 거기에서 비롯되었다. 그때는 가능성이 있다는 생각이 들었지만 막상 그를 만나고 보니 뭐가 뭔지 분간이 되지 않았다.

「어느 미국인 학자가 이런 이야기를 했습니다. '김정일은 세계 최초의 포스트모던한 독재자'라고 말이죠.」

나는 물끄러미 그를 바라보기만 했다.

「놀라지 마십시오. 제가 한 이야기가 아니니까. 저는 이곳에서 상당히 자유로운 상태입니다.」

「……」

「그래서 여러 책을 자유롭게 많이 읽고 있습니다. 외부에서 우리를 어떻게 바라보고 있는지 정확히 아는 것도 중요하죠. 그래서 말인데 저는 그 말이 제대로 이해되지 않더군요. 이치훈 씨는 영어에 능통하시니 포스트모던의 의미를 알고 계시겠죠?」

「철학이나 예술에는 지식이 거의 없습니다.」

「……그 미국인은 지도자 동지를 이렇게 묘사했습니다. '김정일은 플레이보이도, 바람둥이도, 술주정꾼도 아니고, 언론에서 말하는 것처럼 정신적으로 문제가 있는 광신적 악마도 아니다. 그는 그다지 사교적이지도 않고, 과음하는 편도 아니고, 집에서 파자마를 입은 채 비서들이 회색 가방에 담아 온 수많은 분야의 서류에 지시 사항을 적어 넣는 가정적인 사람이다'라고 말이죠. 짐작하시겠지만 저는 그 구절을 읽으면서 큰 충격을 받았습니다. 지도자 동지를 그렇게 묘사할 수도 있다는 사실이 놀라웠죠.」

그는 자세를 흩트리지 않고 말했다.

「…….」

「아마 도박사들이 느끼는 감정적인 혼란이 있다면 그와 유사하리라고 생각합니다. 무언가를 알고 있다는 것은 오히려 방해가 될 뿐입니다. 이치훈 씨는 내가 무슨 말을 하는지 알겁니다. 맹목적인 신념이 있으면 오히려 행복하죠. 반대로 자신을 믿지 못하면 불행해집니다.」

나는 그가 무엇을 말하려고 하는지 제대로 이해할 수 없었다. 채병호가 지적한 대로 이런 그의 모습을 '사상적으로 흔들

리고 있는 징후'로 받아들여야 하는지 확신하기 어려웠다. 첫
인상에서 그가 직설적이고 저돌적인 성격의 소유자라는 것은
알아차렸지만, 이렇게 빨리 자신을 드러내 보이리라고는 예상
하지 못했다.

「바카라를 할 때 종종 그런 생각이 들긴 합니다. 갈등이 생기
고 혼란스러워지죠.」

「그렇습니까? 역시 기대만큼 재미있으신 분이군요.」

그런 평가가 마음에 들지는 않았지만 미소로 화답했다.

「그리고…… 화끈하게 말하죠. 오늘 제가 이치훈 씨를 보려
고 한 것은 부탁드릴 일이 있어서입니다. 이 일은 우리가 자주
만나면서 이야기를 해야 될 사안이긴 하지만 기왕 말이 나온
김에 제안을 하도록 하죠. 우리는 지금 이곳에서 많은 어려움
을 겪고 있습니다. 특히 무역 사업이 어렵습니다. 이치훈 씨가
중계인 역할을 해주셨으면 하는데…… 어떻습니까?」

「구체적으로 어떤 일을 말씀하시는 것인지?」

「아직은 어떤 일이라고 정해져 있지 않습니다. 다만 이치훈
씨는 국적도 자유롭고 영어도 능숙하니 우리가 못하는 일을
해줄 수 있지 않을까 해서 드린 말입니다.」

「제가 도움이 될 수 있다면 기꺼이 응하겠습니다.」

「일본이나 중국과는 여러 루트가 있지만 아직까지 미국과는
관계가 매끄럽지 못합니다. 일을 잘해 준다면 공화국에서 영
웅 칭호를 받을 수도 있을 겁니다.」

나는 웃었다.

「밑에 차가 대기하고 있을 겁니다. 빠른 시일 내에 다시 연락
하도록 하죠.」

그는 예의바른 청년의 순진한 미소를 지으며 자리에서 일어
섰다. 그와 악수를 나누었지만 솜씨 좋은 딜러에게 당했을 때
처럼 뒷맛이 개운치 않았다. 어쩐지 주도권을 빼앗겼다는 생각
이 들었다.

김태우가 느릿느릿 걸어와서 내가 누워 있는 침대 곁에 섰다.

「몇 시야?」

「벌써 해가 중천에 떴습니다. 일어나시죠.」

「언제 여기로 돌아왔는지 잘 알잖아.」

「그러게 누가 도박을 그렇게 열심히 하라고 했습니까. 정말 지치지도 않고 게임을 하더군요.」

「모르는 소리 하지 마. 나도 이러고 싶어서 이러는 건 아냐. ……거기 위에 손가방 있지. 소장님께 전해 줘.」

「뭐죠?」

김태우가 검은 손가방을 집어들었다.

「십만 달러야. 채 소장이 알아서 처리할 거야.」

「……이제 남은 돈은 모두 제이슨 씨의 것이 되는 건가요?」

「채 소장과는 이미 끝난 이야기야. 호텔 요금 청구서는 보내지 않을 거니까 걱정하지 않아도 좋다고 말해 줘.」

「당신 같은 요원만 있으면 국정원은 부자가 되겠네요.」

「헛소리할 생각이면 자리를 비켜 줬으면 해. 좀더 자야겠어.」

「그럼 간단히 묻겠습니다. 리준혁은 어떻든가요?」

「어떻다니?」

「포섭할 수 있을 것 같았습니까? 이번 작전 목표가 수정된 건 잘 알고 있겠죠.」

「몰라. 좀더 지켜봐야겠어. 소장님이 준 정보와 차이가 있었어.」

「어떤 점에서요?」

「……쉬울 것 같지 않아. 의외로 자기 확신이 강한 사람이었어.」

「빨갱이들은 센 척하는 데 소질이 많은 인간들입니다.」

「난 모르는 일이야.」

「우선 윤수림이 자연스럽게 태평무역 안에 들어가도록 자리를 마련하도록 하세요. 그 뒤는 우리가 알아서 처리하겠습니다.」

「…….」

김태우는 가방을 겨드랑이에 끼우고는 자리에서 일어났다.

「…… 돈을 돌려줬다고 해서 이 작전에서 빠질 생각은 하지 마세요.」

「빨리 나가. 더 자야겠어.」

시트를 끌어올리며 다시 침대에 누웠다. 문 닫히는 소리가 들렸다. 협탁 위의 조명을 끄자 방은 다시 어둠 속에 파묻혔다.

전화벨 소리에 눈을 떴다.

「어제도 밤을 새워 게임을 했소?」

김필령의 목소리는 리준혁을 만나기 위해 태평무역으로 갈 때와는 달리 한결 들떠 있었다.

「어디십니까?」

「윈카지노요. 어서 내려오시오. 여기 리 부장도 함께 있소.」

전화를 끊고 시계를 보니 오후 3시였다. 리준혁이 이렇게 빨리 움직일 거라고는 생각하지 못했다.

'이 사람들은 뭐가 이렇게 바쁜 거지?'

김필령과 리준혁은 사이좋게 나란히 룰렛 테이블에 앉아 있었다. 낡고 허름한 아파트에서 보았을 때와 달리 리준혁은 훨씬 젊고 어려 보였다. 김필령이 손을 들어 반가움을 표시했다. 리준혁과는 가벼운 눈인사를 하며 대각선 자리에 앉았다. 테이블에 놓인 칩을 보니 운이 나쁘지는 않았나 보다.

「제이슨의 실력을 보고 싶다고 해서 내가 리 동지를 데려왔소.」

김필령의 목소리는 크고 힘에 차 있었다.

「오늘은 이상하게 질 것 같은 예감이 들었는데, 날을 잘못 받았군요.」

「엄살떨지 마시오. 그나저나 블랙잭이 좋겠소, 아니면 바카라가 좋겠소?」

「바카라로 하죠. 칩을 조금 빌려 주시겠어요.」

김필령이 한 무더기의 칩을 집어서 내게 내밀었다. 나는 모든 칩을 레드에다 걸었다.

「생각도 안 해보고?」

「운에 맡기는 거죠. 맞으면 좋고 틀리면 오늘 운수가 나쁜 걸로 받아들이죠.」

딜러가 콜을 하고 볼을 회전판에 굴렸다. 팔짱을 끼고서 볼이 떨어지기를 기다렸다. 김필령이 베팅한 칩들이 테이블 위에 꽃처럼 놓여 있었다. 마지막 순간에 리준혁은 칩을 블랙에다 올렸다. 나는 그의 행동을 보며 놀란 표정을 지었다.

「우리는 한편이 아니었던가요?」

내 말에 리준혁은 고개를 저으며 말했다.

「당신의 운과 내 운, 어느 쪽이 더 센지 시험해 보고 싶었습니다.」

마침내 볼이 떨어졌고 딜러가 콜을 하고 레이아웃에 마킹을 했다. 딜러의 손은 제로 위에 가 멎었다.

0, 그린.

레드와 블랙에 건 우리는 모든 칩을 잃었고 제로를 제외한 숫자에 인사이드 베팅을 한 김필령의 칩도 모두 사라졌다.

「이런, 하필 여기서 제로가 뜨나!」

김필령이 불평을 하며 딜러의 얼굴을 바라봤지만 딜러는 짧게 눈인사를 하고는 테이블에 놓인 칩을 모두 쓸어 갔다.

「오늘은 운이 좋지 않군요. 이럼 서로 비긴 건가요? 레드도 블랙도 아닌 그린이 나왔으니.」

나는 리준혁을 보며 말했다.

「공멸할 운명이라면 좋지 않은 징조이긴 합니다.」

결과를 해석하는 것은 자기 마음이지만 나를 그 속에 끌어다 넣는 것은 곤란했다.

「잠깐 자리를 옮겨서 이야기를 할 수 있을까요? 김 동지는 혼자서 게임을 하시고.」

그의 이야기에 김필령은 고개를 끄덕이며 나를 보았다. 리준혁은 내 대답을 듣지 않고 자리에서 일어났다. 그러고는 앞장서 걸어갔다.

「어서 가 보시오. 나는 여기서 기다리고 있을 테니.」

웨이터는 그의 이름을 확인하고는 칸막이가 쳐진 밀실로 우리를 안내했다. 10명이 넘는 사람들이 한꺼번에 식사를 할 수 있는 널찍한 테이블이 중앙에 놓여 있었다. 그가 상석에 앉았고 나는 룰렛 테이블에서와 마찬가지로 대각선으로 그를 바라볼 수 있는 자리에 앉았다. 그가 유창한 광둥어로 웨이터와 몇 마디를 주고받았다.

「식사는 조금 있다 하도록 하죠.」

실내에는 정적이 흐르고 있었다.

「길게 이야기하지 않겠습니다. 이런 부탁은 많이 들어서 지겨울 것 같지만…… 이번에 대신해서 게임을 해주세요.」

「자세히 말씀해 보시죠.」

그는 호주머니에서 마일드 세븐을 꺼내어 내게 내밀었다.

「이치훈 씨에게 세부적으로 말을 할 수는 없지만…… 회사가 자금 문제로 곤란을 겪고 있습니다. 이 문제를 처리하지

못하면 여러 명이 희생될 수도 있어요. 그래서 좋은 방법은
아니지만…… 자금을 댈 테니 대신 도박을 해주세요.」

「……」

나는 아무 말도 하지 않고 앉아서 시간을 보냈다.

「날 어떻게 믿고 그런 말씀을 하시는 거죠?」

「좋습니다. 기왕 이렇게 된 거 속 시원히 말하겠습니다.」

「말씀을 듣기 전에 분명히 하고 싶은 것이 있습니다. 전 어떤
식으로든 불법적인 일에는 끼어들고 싶지 않습니다.」

「불법이라…… 마카오에서 도박을 하는 것이 불법인가요?」

「……」

「이해합니다. 이치훈 씨도 남한 정부에서 반공 교육을 받은
세대이지요? 의심을 하는 것이 당연합니다.」

「……」

「태평무역은 이곳에서 무역 활동을 하고 있는 합법 회사입니
다. 북조선을 세계 경제로부터 고립시키길 원하는 세력들의
방해로 어려움에 처해 있긴 하지만 우린 최선의 노력을 다해
이 고난을 헤쳐 나가고 있습니다.」

「카지노 게임으로 위기에 처한 회사가 되살아났다는 이야기
는 들어 보지 못했습니다.」

그의 자존심을 건드리지 않도록 주의하며 최대한 예의를 갖
춰 말했다. 리준혁은 탁자 위의 라이터를 만지작거리며 나를
바라봤다.

「제대로 된 회사나 조직은 그런 일을 벌이지 않죠. ……이야

기하죠. 이런 부탁을 하게 된 마당에 사실을 숨긴다는 것이
더 이상하긴 하군요. 저의 상관이 지난 일 년 동안 공금을 유
용했습니다. 수익을 내기 위해 무리하게 돈을 굴렸던 게 문제
였습니다. 너무 감쪽같은 일이라 저도 그 사실을 뒤늦게 알게
되었습니다. 문제는 이 사실을 평양에서 눈치채고 조사할 예
정이라는 점입니다. 평양에서의 직접 소환은 없었습니다만,
언제 그런 일이 일어날지 예측할 수 없는 상황입니다.」

나는 파일에 묘사된 박금산을 떠올려 보았다. 사진이 없어서
정확한 인상을 포착하기 어려운 인물이었다. 방만수는 그를 이
렇게 묘사했다.

‘박금산은 작은 키에 살이 찐 오십대 후반의 남성으로 도박
중독에다 대머리에 여자관계가 복잡하다.’

「서둘러 결정을 내려 주셨으면 합니다. 아니, 부탁드립니다.」

그렇게 말하고 리준혁은 내게 고개를 숙였다.

「상관이 일으킨 일이라면 부장님이 책임질 문제가 아니지 않
나요?」

「우리 조직은 조금 다릅니다. 공생공사를 원칙으로 하고 있
죠. 조사가 시작되면 모든 일이 밝혀지겠지만 그런 사실을
몰랐다는 것도 큰 죄에 해당합니다.」

「돈이 채워진다고 문제가 덮어지겠습니까?」

「지금 상황으로서는 장담 못하지만 노력은 해봐야죠. 공화국
은 어려운 위기에 처해 있습니다. 우리가 외화벌이에 나선
이유도 여기에 있습니다. 수익이 나온 걸로 밝혀지면 어떻게

든 수습할 수 있을 겁니다.」

「카지노 게임에 대한 환상을 갖고 계신 건 아닌가요? 엄밀히 말해 돈을 잃을 확률이 더 높습니다.」

「각오하고 있습니다. 만약 이치훈 씨가 실수를 해도 책임을 묻지는 않겠습니다. 저희로서는 도박을 해보는 수밖에 없습니다.」

그의 얼굴은 상기되어 있었다. 첫날 보여 주었던 자부심과 당당함과는 대조적인 자세였다. 그동안 카지노에서 이런 얼굴을 한 사내들을 숱하게 만난 탓에, 이 상황을 빠르게 이해했지만 상대가 리준혁이라는 점은 실망스러웠다.

「판의 규모는 얼마 정도입니까?」

그는 의아한 표정을 지었으나 이내 내 말을 알아차렸다.

「최대한의 자금을 동원하면 이백만 달러 정도가 될 겁니다. 어쩌면 그 돈을 다 마련하는 것이 어려울지도 모르겠습니다.」

「생각보다 많은 돈은 아니네요. ……하지만 그 돈이 사라지면 상당히 곤란해지시겠죠?」

「죽음을 각오하고 있습니다.」

나는 팔짱을 끼고 고개를 숙였다.

「그런 중요한 일이라면 직접 나서시지요?」

「묻지 않아도 될 질문을 하시는군요.」

나는 고개를 들어 그의 눈을 바라봤다. 하지만 눈빛만으로는 아무것도 알아내지 못했다.

「저는 카지노에서 하룻밤에 그 정도의 돈을 잃은 적이 있습니다. 그래도 절 믿을 수 있나요?」

「그래서 도박이라고 하지 않았습니까?」

　레스토랑을 나와 곧장 호텔 방으로 올라왔다. 그러고는 비상 시에만 연락하라며 알려 준 번호로 김태우에게 전화를 걸었다.

「무슨 일이십니까?」

잔뜩 긴장한 김태우의 목소리가 나왔다.

「진정해. 위급 상황은 아니니까.」

「그럼 왜 전화했습니까?」

「이봐. 자네는 마음대로 나를 찾아오면서 내가 자네를 찾으면 안 되는 거야?」

「위험해서 그렇죠.」

「채 소장님 아직도 마카오에 계시나? 상담할 일이 있는데.」

「제게 말씀하십시오.」

「눈치하고는. 자네에게 할 이야기라면 내가 왜 소장을 찾겠어? 여기 있다면 약속 잡아 줘. 긴히 할 이야기가 있다고 전해.」

채병호는 질문도 하지 않고 처음부터 끝까지 내 이야기를 들었다. 불과 3일밖에 되지 않았지만 그의 얼굴은 수척해져 있었다. 하얀 얼굴은 백짓장처럼 창백했고 눈에는 실핏줄이 잡혀 있었다. 그는 내 이야기를 듣고 나서 돋보기를 쓰고는 탁자에 놓인 종이에 볼펜으로 뭔가를 끼적이기 시작했다. 나와의 면담 시간을 기록하는 것 같았다.

「자넨 역시 타고난 운이 좋군.」

그는 돋보기를 내려놓고 말했다.

「농담할 기분은 아닙니다.」

「아냐. 확실히 천운을 타고난 게 분명해. 호박이 넝쿨째 굴러온다는 게 이럴 때 쓰는 말이군. 리준혁이 이렇게 빠르게 움직일지 누가 알았겠나? 게다가 제 손으로 무덤을 파고 있으니 말이야.」

그는 양 손바닥을 가볍게 두드렸다. 그에게는 어딘지 어색한 동작이었다.

「이 일은 소장님과 상의해야 될 것 같아 아직 답을 주지는 않았습니다. 결정할 일만 남았죠.」

「결정하고 말 일이 어디 있나? 무조건 덤벼들어야지.」

나는 의자 등받이 몸을 기대고 그를 바라봤다. 허튼소리를 하는 것 같지는 않았다.

「전 이 작전에서 빠지겠습니다.」

「무슨 소리야? 지금까지 잘해 놓고선.」

「제가 아무리 도박에 자질이 있다고 해도 매번 이기는 것은 아닙니다. 그리고 전 대리 도박을 하지 않는 것을 원칙으로 하고 있습니다.」

그는 내 말을 듣고 빙그레 웃음을 지었다.

「이보게 제이슨, 내가 언제 이기라고 했나?」

「…….」

「내가 원하는 건 정반대야. 무슨 이야긴지 알겠나? 그놈이 가져온 돈을 모두 날려 버리라는 거야. 완전히 파산시켜 버려.」

「…….」

「놈들을 제거할 완벽한 기회야. 생각해 보게. 태평무역이 가지고 있던 돈 전부를 카지노에서 잃고 그 사실을 평양에 있는 늙은이들이 알았다고 가정해 봐. 놈들의 목숨은 그야말로 파리 목숨이지. 평양으로 소환되어 수용소에 던져지거나 아니면 총살을 당하겠지. 소환에 응하지 않으면 평양에서 직접 해결사를 내려 보낼 거야. 그럼 놈들이 어디로 달아날 수 있을까? 놈들이 가진 돈은 모두 김정일의 돈이라는 것을 자네도 잘 알고 있겠지? 김정일은 무엇보다 자신의 돈을 소중하게 생각하거든. 어때, 재미있지 않나?」

나는 담배를 꺼내 물었다.

「놈들의 선택은 두 가지뿐이야. 킬러의 총탄을 맞거나 아니면 우리 쪽으로 넘어오겠지. 사실 자네에게 일일이 설명하지는 못하지만 놈들이 우리 쪽으로 넘어오면 아주 유용하게 써먹을 수가 있어. 놈들은 동남아 일대의 불법적인 활동에 적극 관여하고 있네. 그 전모를 밝혀낸다면 엄청난 성공이지. 미국이 밝혀내지 못한 슈퍼노트에 관한 정보도 마약과 가짜 담배에 관련된 모든 정보도 끌어올 수 있지. 그뿐인가, 조광무역을 필두로 하는 북한의 대남 테러 본부의 조직을 궤멸시킬 단초를 잡게 되는 거야.」

그의 목소리는 점점 높아졌다. 흥분했는지 하얗던 얼굴에 홍조가 돌았다.

「진정하시죠. 대충 이야기는 알아들었습니다만…… 그래도 이 작전에 참여하지 않겠습니다. 소장님이야 이런 일을 직업으로 가지고 계시고 사명감도 갖고 있겠지만 전 사정이 다릅니다. 소장님의 말대로 그들이 돈을 모두 잃게 된다면 저를 가만히 내버려 두겠습니까? 더구나 내가 소장님과 관련을 맺고 있는 것을 알게 된다면 사정은 걷잡을 수 없이 커질 겁니다.」

「우리가 그렇게 못 미더워 보이나? 그런 일은 자네가 걱정하지 않아도 돼. 안전장치를 이중 삼중으로 펼쳐 놓을 거니까 안심하고 자네는 도박이나 하게. 자네 말대로 카지노 게임은 잃을 가능성이 더 높지 않은가? 조금만 뻔뻔하게 연기하면 되네. 돈을 잃게 되면 더 많은 돈을 구하기 위해 주하이에 있는 모회사에 손을 벌리게 될지도 모르는데…… 그렇게만 된다면 정말 환상인데 말이야.」

「…….」

「자네에게 일러 주지는 않았지만 자네를 보호할 특별 정예 요원을 이미 배치해 놓았네. 그 정도만 알고 있게. 실수는 없을 거야.」

리준혁과의 만남에서와 마찬가지로 시원한 결론을 내지 못한 채 그의 방을 빠져나왔다. 잠깐이지만 미행을 대비해서 2층의 카지노에서 블랙잭을 하며 시간을 보냈다. 집중하지 못해서인지 삽시간에 가지고 있던 돈 모두를 털려 버렸다.

한쪽에서는 2백만 달러의 돈을 4백만 달러로 만들어 줄 것을 요구했고 다른 한쪽에서는 2백만 달러 모두를 잃어버리라는 명령을 했다. 어느 쪽도 이성적이지 않았고 믿을 수가 없었다. 4백만 달러의 10퍼센트인 40만 달러 커미션은 나 스스로 게임에서 조달해야만 했다. 2백만 달러를 마음대로 쓸 수 있게 해 주는 조건의 보상이었다. 리준혁이 4백만 달러를 갖게 되면 나는 40만 달러를 손에 쥘 수 있다. 더구나 그는 게임에서 졌을 경우에도 책임을 묻지 않겠다고 했다. 나쁘지 않은 조건이다.

하지만 돈의 출처가 문제였다. 리준혁이 나에게 대리 도박을 원한다는 것은 그의 현 상태가 지극히 비정상이라는 점을 입증했다.

카지노에서 가져온 생수를 벌컥벌컥 마신 다음 빈 병을 아스팔트 위에 아무렇게나 던져 버렸다. 신호 대기를 하며 서 있던 택시의 운전기사가 고개를 내밀고 그런 나를 물끄러미 바라보았다.

전화벨 소리가 울리자 무의식적으로 손을 뻗었다. 하지만 손에 잡힌 것은 수화기가 아닌 먹다 남은 죠니워커 병이었다. 자세를 고쳐 잡고 침대에 걸터앉아 위스키를 마셨다. 그동안 전화벨 소리는 계속해서 울렸다. 마카오에 온 이후로 이렇게 깊은 잠에 빠져든 것은 처음 있는 일이었다. 시계를 힐끗 보고는 위스키 병을 내려놓고 수화기를 들었다.

「무슨 잠이 그렇게 깊이 들었소?」

빠르고 카랑카랑한 사내의 목소리가 귀를 파고들자 위장 속으로 빨려 들어간 위스키가 끓어올랐다.

「채 소장에게 이야기 들었는데 생각지도 않은 기회가 찾아왔더군. 제이슨을 처음 보았을 때, 얼굴이 좋아서 운이 따라다니는 사람이라는 생각을 했는데 딱 맞아떨어졌네.」

「방 기자님?」

「그럼 누구겠소, 이 밤에 당신을 찾을 사람이? 설마 저승사자라고 생각한 건 아니겠지요?」

방만수의 웃음소리가 그렇지 않아도 흔들리는 뇌를 더 요동 치게 만들었다.

「방 기자님도 마카오에 오셨나요?」

「무슨 귀신 씻나락 까먹는 소리. 나야 서울에서 취재하고 기사 쓰느라 정신없지. 빨갱이들과 전쟁을 벌이느라 시간 가는 줄도 모르고 있소. 아직도 이 도시엔 쥐새끼들이 많아서 말이지. 그건 그렇고 이야기를 들으니 사태가 급박하게 돌아가고 있는 것 같더군. 제이슨이 할 일이 많아졌어. 지금까지 한 것만 해도 훌륭하지만 앞으로가 중요해요. 서울에서 다 이야기한 거지만 노파심이 나서 말이지. 공작이야 채 소장이 어련히 알아서 잘 처리하겠지만, 문제는 임무를 수행하는 요원들이 각자에게 부여된 지시를 얼마나 잘 소화하는가에 달려있거든. 내가 직접 응원해서 용기를 주고 싶었소.」

나는 그의 말 대부분을 흘려들었다.

「근데, 왜 이렇게 힘이 없어. 어디 몸이 불편하기라도 한 건가?」

「잠을 자던 참이었습니다. 술도 좀 마셨고.」

「허허. 이 사람 참, 중요한 일을 앞두고 말이지. 정신 똑바로 차려요. 상대는 북한에서 최고로 악질적인 교육을 받은 자들이요. 한 번 방심하면 두고두고 후회할 일이 생긴단 말이오.」

「……」

「응원을 한다고 해놓고 잔소리만 늘어놓았군. 아무튼 채 소장과 내가 이 공작에 얼마나 많은 공을 들였는가는 제이슨이 제대로 알아줬으면 해요. 지난 십 년 동안 우리는 너무나 많은 피해를 입었소. 적국의 스파이들이 서울의 거리를 활보하고 이에 동조하는 용공 세력들이 버젓이 자유 대한의 정체성을 유린하는 동안 우리는 팔짱 끼고 지켜보기만 했소. 이제는 그 암울했던 고통의 시간을 되돌릴 때가 온 거요. 지구 끝까지 발본색원해서 썩은 뿌리를 잘라 내야 하오. 이제 그 첫 무대의 장이 열리려 하고 있소. 제이슨은 우리와 함께 영광된 길을 걸어가는 거요.」

「응원치고는 너무 거창하군요.」

「그런가? 하하, 내가 좀 흥분하긴 했지. 하지만 이건 내 진심이오. 국내의 상황이 심상치 않게 돌아가고 있어요. 이념 문제에 말랑말랑하게 대응하다 역공격을 받고 있는 형국이오. 난관을 돌파하려면 적들의 실체와 진상을 낱낱이 보여 줄 필요가 있소. 필요하다면 피를 흘리는 것도 감수해야만 하오.」

「…….」

「아, 그렇다고 제이슨을 다치게 하지는 않을 거니까 너무 걱정하지는 말고.」

방만수는 그 뒤로도 자기가 하고 싶은 말을 쉼 없이 풀어놓았다. 일단 한 번 말문을 열면 언제 닫힐지 모르는 타입이었다. 중간 중간 끼어들어 흐름을 깨려고 시도해 봤지만 허사였다. 결국 응원의 메시지가 아닌 길고 지루한 훈계가 되고 말았다. 그의 말을 요약하면 '시키면 시키는 대로 얌전히 지시를 따르라'는 것이었다.

「그리고 내가 임의로 작전명을 지어 봤는데…… ‘테이블 위의 쥐새끼를 죽이다’ 어때? 설명하지 않아도 무슨 소린지는 제이슨도 잘 알겠지?」

「네?」

「에헤이, 이 사람 아직도 잠이 덜 깼나? 척하면 알아들어야지. 좀 긴 듯하니 그냥 ‘테이블 위의 쥐’로 하지, 뭐.」

어렵게 전화를 끊고 나서 침대에 그대로 쓰러져서 천장을 올려다보았다. 그의 속사포 같은 목소리가 아직도 귓가에 울리고 있었다.

‘잠을 자긴 틀렸군.’

나는 거울을 보며 대충 빗질을 하고는 겉옷을 입었다. 현금 뭉치를 바지 호주머니에 찔러 넣고 얼마 남지 않은 위스키를 목으로 털어 넣었다. 이 도시에서 내가 갈 곳은 지천에 깔려 있었고 어디에나 나를 닮은 사내들이 어슬렁거리고 있었다.

「간밤에 잠을 설쳤나 보군요?」

김필령은 탁자 위의 에그 타르트에는 손도 대지 않았다. 나역시 입안이 거칠거칠해서 스푼으로 타르트를 헤집기만 했다.

「너무 오랫동안 게임만 해서인가 봅니다. 술도 많이 마셨고.」

그는 팔짱을 끼고서 나를 노려봤다.

「리 부장에게 이야기 들었소. 심적 부담이 크지요?」

나는 질문에 대답하지 않고 커피를 마셨다.

「제이슨이 혼란스러울 거라는 건 나도 잘 알고 있소. 나도 그 이야기를 들었을 때 깜짝 놀랐소. 리 부장과 내가 인연을 맺은 것은 상당히 오래된 일이오. 한마디로 실수가 없는 사람인데, 그런 사람이 이 지경이 될 때까지 회사를 내버려 뒀다는 게 믿어지지 않았소.」

그는 호주머니에서 담배를 꺼내어 탁자에 올려놓았다.

「평양은 어떤 곳인가요?」

그는 라이터를 켜다 놀란 눈으로 나를 쳐다봤다.

「허, 갑자기 웬 평양 타령이오?」

「그냥 궁금해서 물어봤습니다. 여태껏 여러 나라를 많이 가 봤는데 서울에 살면서도 평양을 가볼 생각은 전혀 못했거든요.」

「허허, 그렇긴 하군. 나 역시 일본에 살면서도 서울엔 가보지 못했소. 안타까운 일이지만 현실이 이런데 어떻게 하겠소? 허긴 제이슨은 카나다 국적을 가지고 있으니까 평양에 못 갈 이유는 없지. 원한다면 내가 주선해 보겠소.」

「아뇨. 꼭 평양에 가보겠다는 말은 아니고 단순한 호기심입니다.」

「이런, 제이슨도 평양이라면 무서워지나 보군. 하긴 남조선 사람들이야 평양을 생지옥으로 알고 있으니까 그럴 만도 하지.」

「……」

「평양은 무척이나 아름다운 곳이오. 처음 일본에서 평양에 들어갔을 때 넉넉한 아버지의 품에 안긴 듯한 느낌을 받았소. 이런 감정은 말로 설명할 수 없소. 겪어 보지 않으면 이해하지 못하지.」

「…….」

「남조선 사람들 중에서도 아마 몇몇은 평양을 다르게 생각할
지도 모르겠소. 남조선의 대통령이 평양에 왔을 때 인민들의
뜨거운 환대와 통일에 대한 열망을 확인했으니까 평양 사람
들도 우리와 똑같은 사람들이구나 하는 생각을 했을 거요.
나는 아직도 그 장면을 생생하게 기억하오. 세계인들은 그런
우리 조선 인민을 이해하지 못했을 거요. 우리는 한 핏줄이
고 한 가족이었던 거지. 그랬던 것을 정권이 바뀌었다고 싹
모른 척하다니…… 정치란 참 어려운 거요.」

「저는 정치는 잘 모르지만 북한의 핵무기가 걸림돌이 되고
있다고 들었습니다.」

나는 채병호와 방만수의 지시는 무시하기로 마음먹었다.

「허, 이런. 우리 이런 논쟁은 하지 않도록 합시다. 하지만 제
이슨이 만약 그런 생각을 하고 있다면 그것은 남조선의 위정
자들이 만들어 낸 악랄한 조작과 공작에 매수된 거라는 것을
알았으면 좋겠소. 특히 수구 반동 세력의 나팔수 역할을 자
청하는 보수 언론 탓일 게요.」

김필령은 한국 전쟁을 거론하며 이야기를 길게 이어 갔다.
나는 조용히 그 이야기를 들으며 커피를 마셨다. 특별히 할 말
도 없었고 흥분한 그를 달래야겠다는 마음도 들지 않았다. 카
지노의 바에서 주고받는 이야기치고는 기묘한 느낌이 들긴 했
지만 우리를 주목하고 있는 사람들은 아무도 없었다. 옆에서

보면 마치 김필령이 돈을 잃고 화를 내고 있는 것처럼 보일 것이다.

「리 부장님에게 연락을 넣으세요. 돈을 준비해 놓으시라고.」

「마음을 정한 거요?」

「한번 해봐야죠. 어차피 미래는 아무도 모르는 것 아닙니까?」

김필령은 재떨이에 담배를 비벼 껐고 식어 버린 커피 잔을 처음으로 들어 올렸다.

「커피는 왜 이리 쓴 거야.」

그가 혼잣말을 내뱉었다.

「홍콩엘 좀 갔다 와야겠어.」

「홍콩?」

김태우는 눈을 껌벅이며 나를 바라봤다. 큰 덩치에 걸맞게 앉은키도 커서 그와 마주 보고 앉아 있으면 마치 벽을 바라보는 듯한 느낌이 났다. 나는 잔에다 위스키를 따랐다.

「요즘 술이 부쩍 늘었습니다.」

「신경 꺼. 계획대로 잘하고 있으니까.」

「……」

「나는 이 도시에서 도박을 하고 술을 마시는 역할을 떠맡았어. 여자가 없는 것이 아쉽긴 하지만 어쩔 수 없지.」

「홍콩엔 왜 가려는 겁니까? 지금은 한가하게 외유를 할 때는 아닌데요.」

「샤틴경마장에서 그랑프리가 열려. 경마를 별로 좋아하진 않지만 도박사라면 놓쳐서는 안 되는 경주야.」
「…….」
「경주에서 이기면 홍콩에서 기념품을 사오지. 스위스 시계 어때, 시계 좋아해?」
김태우는 고개를 갸우뚱하며 술을 마시는 나를 바라보기만 했다.
「리준혁이 돈을 준비하려면 하루 정도는 시간이 걸릴 거야. 그동안 머리를 식히려는 거니까 걱정하지 않아도 돼.」
「좋습니다. 소장님께 그렇게 보고하죠. 그런데 홍콩에는 아는 사람이 있습니까?」
「아니. 나와 하룻밤을 보낸 여자들이 어디에선가 살고 있겠지. 잘 알고 있겠지만 난 외톨이야.」
「술을 줄이도록 해보세요. 자기 연민에 빠지는 것은 사내가 할 짓이 못 됩니다.」
김태우의 그 말에 웃음이 나왔다.
「모두들 사나이 타령이군. 도대체 사내란 뭔가?」
「네?」
「아냐. 그만 둬. 이야기를 해봤자 똑같은 말만 되풀이할 거잖아. 자네는 빨갱이를 때려잡는 일이 남자가 할 일이라고 생각하지?」
「잘 알고 있군요.」
그와 나는 마주 보고 웃었다.

「지금 연승을 이어 가고 있어서 기분이 좋은 줄 알았는데 그렇지 않나 봅니다.」

「결말을 아는 인간은 불행해질 뿐이야.」

「……내가 보기엔 술이 원인인 것 같은데요.」

그 말을 듣자 피로가 몰려왔다.

「가 봐. 난 좀 자야겠어. 내일 경주에서 행운이 따르길 빌어 줘.」

김태우는 일어나 나의 어깨를 가볍게 두드리고는 방문을 열고 사라졌다. 나는 그 뒤로 연거푸 위스키를 서너 잔 들이켰다. 그러고는 퀭한 눈으로 커튼을 젖히고 창밖을 바라봤다. 맞은편 리스보아카지노 건물에서 나오는 오색찬란한 불빛이 밤하늘을 덮고 있었다. 전등불을 끄지 않고 침대로 들어가 누웠다.

홍콩에 가려면 선착장에서 페리를 타야 한다. 터보 제트 페리는 한 시간이면 홍콩에 닿는다. 강지수와 나는 몇 번인가 함께 홍콩에 가기 위해 페리를 이용했다. 강지수는 경마 팬이었고, 텔레비전 화면으로 경주를 보는 데 만족하지 않고 직접 경마장을 찾았다. 나는 카지노 게임에서 벗어나 휴식을 취하기 위해 홍콩으로 갔다. 때로는 여자가 동행하기도 해 소풍을 가는 듯한 기분이 들기도 했었다. 카지노 앞에서 택시를 타고 페리 터미널로 향했다. 그동안 좌우와 뒤를 확인하며 뒤따라오는 사람이 없는지 꼼꼼히 확인했다.

택시에서 내려 터미널로 들어가 표를 끊고 지하 계단을 이용해 탑승 게이트로 향했다. 오전이라 홍콩으로 가는 사람들은 많이 보이지 않았다. 출국 심사대 앞에서 나는 다시 주위를 살폈다. 김태우는 물론이고 태평무역에서 나왔을 만한 사내는 보이지 않았다. 본토로 가는 중국인들이 길게 줄지어 서 있었다. 화장실로 향하는 척하며 비상계단을 이용해 로비로 올라왔다. 티켓은 찢어서 휴지통에 버렸다. 가장 구석의 문을 이용해 터미널을 빠져나왔고 손님을 태우기 위해 대기하고 있던 택시에 올랐다. 택시는 불과 5분도 되지 않아 내가 알려 준 주소에 도착했다. 쇼핑센터는 한산했다. 평범한 색깔의 티셔츠와 바지를 고르고 그 자리에서 갈아입었다. 다음은 스포츠용품점에서 모자와 운동화를 샀다. 오랜만에 캐주얼한 복장을 해서인지 거울 속의 모습이 낯설게 보였지만 어색하지는 않았다. 슈트와 구두를 담은 비닐 백은 쇼핑몰을 나오면서 휴지통에 버렸다. 한낮의 태양이 머리 위에서 뜨거운 열기를 뿜어내고 있었다. 복장이 바뀌어서 그런지 무거웠던 마음이 한결 가라앉았다. 그늘진 화단으로 걸어가 쭈그리고 앉아 담배를 피웠다. 3분이 흘렀다. '뭐하는 짓이지?' 혼잣말을 중얼거리며 아스팔트 바닥에 담배를 비벼 껐다.

　　2층 카페에서는 엠퍼러호텔에 드나드는 사람들의 얼굴을 정확히 알아볼 수 있었다. 테이블 위에는 에스프레소와 타르트, 마카오 신문이 놓여 있었다. 엠퍼러호텔의 출입구는 모두 세 곳이었다. 윈카지노를 마주 보는 대로변에 정문이 있었고 건물 양옆으로 출입문이 나 있었다. 내가 앉은 카페에서는 오른쪽 출입구만 보였다. 카지노가 있는 왼쪽 출입구 쪽은 전혀 보이지 않았지만 어쩔 수 없는 일이었다. 호텔 로비에서 그들을 기다리는

것은 너무 위험했다. 채병호와 김태우는 이곳에서 작전을 펼치
고 있었고 훈련을 받은 자들이었다. 괜히 그들의 눈에 띄어 오
해를 살 필요는 없었다. 커피를 홀짝이며 나는 출입구를 바라봤
다. 가끔 대각선에 있는 윈카지노의 분수대에서 흰 포말이 하늘
위로 솟구쳤다. 영화에서 잠복근무를 하는 수사관들을 본 적 있
었지만 직접 해보니 생각과는 많이 달랐다. 한 시간이 지나자
하품이 나왔고 눈꺼풀은 자연스레 아래로 내려왔다.

문을 나선 김태우는 손목시계를 확인한 다음 안주머니에서
선글라스를 꺼내어 썼다. 그의 큰 덩치는 놓칠 수 없었다. 지폐
몇 장을 테이블 위에 올려놓고 카페 계단을 내려왔다. 20여 미
터 떨어진 곳에 그의 머리통이 보였다. 모자를 눌러쓰고 그의
뒤를 쫓았다. 그는 오리 구이를 파는 식당과 열대 과일을 쌓아
놓은 가게들을 지나 MP3와 게임기를 파는 점포들이 밀집한 상
가로 걸어갔다. 미행을 하기에 적당한 수의 인파가 거리를 메우
고 있었기 때문에 어려움은 없었다. 포츄나카지노를 지나 홀리
데이인을 향하고 있었다. 그는 현지인들처럼 신호등을 무시하
고 차도를 횡단했다. 그동안 마카오에 익숙해졌는지 그의 움직
임에는 망설임이 없었다. 그가 멈춰 선 곳은 '고향집'이라는 한
글 간판이 붙어 있는 식당이었다. 청국장을 맛깔스럽게 끓여 내
는 식당으로 나도 이전에 한 번 가본 적이 있는 식당이었다. 그
가 식당으로 들어갔고 나는 주위에 마땅한 장소를 물색하기 시
작했다. 도로 맞은편에 중국식 살라미를 숯불에 구워 주는 가게

가 있었다. 차도를 건너 카페로 들어가 주스를 시키고 한국 식당의 입구가 잘 보이는 자리에 앉았다. 사과를 가미한 녹차는 독특한 맛이 났다. 또다시 지루한 기다림이 시작되었다.

나올 때 김태우는 혼자가 아니었다. 김태우는 주위를 쓱 둘러보고는 함께 나온 사내들에게 손을 들어 인사를 하며 헤어졌다. 그들은 모두 넷으로, 한 사내를 제외하고는 어려 보였다. 긴소매 와이셔츠를 입은 중년의 남자가 무리의 리더인 듯했다. 사십대 중반으로 보였지만 운동을 많이 했는지 몸이 단단해 보였다. 반면 젊은 사내들은 짧은 머리에 대체로 뚱뚱한 체격이었다. 한눈에도 불량스러워 보였다. 몸에 붙는 반소매 셔츠에 통바지를 입은 꼴이 어디 뒷골목에서 힘깨나 쓰는 인물들 같았다. 김태우와 사내들은 서로 반대 방향으로 헤어졌다. 김태우를 쫓을지 아니면 사내들을 뒤따를지 판단을 내리지 못하는 사이에 그들은 점점 시야에서 멀어져 갔다. 카페를 나와 인도로 나서는 순간 반대편에서 김태우가 택시에 오르는 장면이 보였다. 나는 고개를 숙이고 담배에 불을 붙이며 모자 밑으로 그가 탄 택시가 거리를 빠져나가는 장면을 바라보았다. 그사이 사내들의 모습도 인파에 가려져 버렸다. 그들이 모두 사라진 것을 확인한 다음 나는 식당으로 향했다.
「비빔밥 하나 주세요.」
「네.」
「저기, 여기서 제가 누굴 만나기로 했는데 좀 늦었습니다.」

나는 메뉴판을 들고 물러나려는 주인 남자를 붙잡았다.
「혹시 덩치가 큰 분이 여기 오시지 않았습니까?」
「아, 방금 식사하시고 나가셨는데.」
「일행이 있었나요?」
「차 사장님 말이군요. 네, 그분들도 함께 나갔습니다. 조금만
더 일찍 오셨으면 만났을 텐데.」
「괜찮습니다. 나중에 보면 되죠. 그런데…… 차 사장님은
여길 자주 오시나요?」
「그럼요, 저희 단골이신데.」
주인 남자는 아무런 의심 없이 주방으로 사라졌다.

황금빛 장식으로 사방이 뒤덮인 베네치안호텔은 또다시 나
를 어지럽게 만들었다. 호텔 로비에 마련된 전화로 윤수림과
윤은미가 묵고 있는 방에 전화를 걸었다. 벨 소리가 열 번 울린
것을 확인하고 전화를 끊었다. 그들이 어디로 사라져 버렸는지
확인할 수 없었다.
호텔 입구와 쇼핑센터와 카지노를 몇 번인가 순회했다. 주위
를 두리번거리며 관광하는 많은 사람들 속에 파묻혀서 자연스
럽게 행동했다. 길을 걸으며 번쩍이는 대리석 벽면에 반사된
나를 슬쩍 쳐다보았다. 흐릿한 형태를 띤 물체가 느릿느릿 나
를 따라 움직이고 있었다.

윤수림을 발견한 시간은 베네치안으로 오고 나서 다섯 시간

이 훌쩍 지났을 때였다. 그동안 나는 이곳저곳을 떠돌아다녔고 두 번이나 방에 전화를 넣어 그들의 부재를 확인했다. 카지노에 들러 슬롯머신을 했고 저녁 식사로 카지노 바에서 클럽 샌드위치를 먹었다.

그들을 발견할 수 있을 거라는 희망이 완전히 사라졌을 때 윤수림은 갑자기 나타났다. 그는 화장실에서 나와 몸을 비튼 후 내가 걷는 방향으로 등을 보이고 걸어갔다. 자연스럽게 그를 뒤쫓는 그림이 완성되었다. 모든 것을 포기하고 윈카지노로 돌아가기 위해 호텔을 빠져나가던 길이었다. 그는 빠르지도 느리지도 않은 걸음으로 걸어갔다. 윤은미는 옆에 없었다. 그를 뒤쫓으며 나의 심장 박동은 빨라졌다. 막상 발견하고 나서는 무엇을 해야 할지 아무런 생각이 나지 않았지만, 그를 우연히 만났다는 행운 자체가 주는 가벼운 흥분이 몸을 감쌌다. 하지만 기쁨은 오래 지속되지 않았다. 그는 호텔 객실로 향하는 엘리베이터를 향해 곧장 걸어갔고 엘리베이터의 문이 열리자 주저하지 않고 올라탔다. 나는 엘리베이터가 그가 묵고 있는 층에 내리는 것을 확인하고는 뒤돌아 나왔다.

시계를 확인하고 택시에 올랐다. 홍콩에서 오는 마지막 페리가 도착했을 시간이었다. 윈카지노호텔로 돌아와 샤워를 했다. 침대에 걸터앉아 전화를 걸었다. 전화벨이 몇 번 울리지 않아 윤수림의 목소리가 흘러나왔다.

「윤 사장님, 저 제이슨입니다.」

「오, 그래요 제이슨, 어쩐 일이시오?」

「늦은 시간에 전화 드려서 죄송한데 잠이 잘 오지 않아서요. 괜찮으시면 술이나 한잔할까요?」

「이런, 하필이면 오늘이오? 사실 내가 몸살이 나서 하루 종일 호텔 방에 누워 있었소. 심한 건 아닌데 좀 휴식을 취해야 될 것 같습니다. 외국에 나왔더니 몸이 축났나 봅니다, 허허. 괜찮으면 윤 비서를 불러 줄까요? 술 동무가 필요한 것 같은데.」

「아닙니다. 저야 좋지만 윤 비서님이 싫어할걸요. 숙녀 분을 불러내기에는 시간이 많이 늦었네요.」

윤수림과 나는 서로의 안부를 묻는 상식적인 인사를 하며 전화를 끊었다. 그의 목소리는 부드럽고 자신에 차 있었다.

스탠드의 불을 끄고 누웠다. 오늘 있었던 일은 잊어버리고 내일의 승부에 대해서만 집중하기로 했다. 그들이 어떤 게임을 벌이든 나는 내 게임에 집중해야만 했다. 이번 게임은 이전과는 전혀 다른 성질의 것이었다. 가진 돈을 모두 잃는 것이 목표였다. 수학적인 계산을 따져 보지 않아도 카지노 게임에서는 승리보다 패배가 쉬운 일이다. 따라서 이 게임에서 내가 이길 수 있는 확률은 높았다. 모든 칩이 사라져 버린 후의 리준혁과 김필령의 일그러진 얼굴을 상상하며 잠을 재촉했다.

고액 베팅을 하는 하이 리미트 구역(High-Limit Area) 입구에서 두 남자가 기다리고 있었다.

「좋은 꿈 꾸셨나요?」

내 말에 김필령과 리준혁은 나란히 고개를 끄덕이며 미소를 지었다. 얼굴은 웃고 있었지만 그들의 행동거지에는 비장함이 배어났다.

「우리는 제이슨을 믿소.」

김필령이 먼저 입을 열었다.

「너무 부담되는 말은 하지 않는 것이 좋습니다.」

리준혁이 김필령의 말을 받아쳤다.

「게임을 즐기시길 바랍니다. 그러다 보면 좋은 결과가 있겠죠.」

나는 둘을 번갈아 바라보며 웃었다.

「여길 나올 때도 이렇게 웃었으면 좋겠군요.」

그 말을 하고 나서 속으로 쓴웃음을 지었다. 입구에 대기하고 있던 직원이 일반인의 출입을 막기 위해 쳐 놓은 줄을 제거했다. 나는 그녀에게 가볍게 인사를 했다. ㄱ자로 난 통로를 통과하자 하이롤러들을 위한 테이블이 나타났고 그 앞에 쿠르피에들이 줄지어 서 있었다. 엔타시스 방식의 오닉스 기둥과 프레스코 화법으로 그려진 신들이 천장에 위치한 모나코 그랑카지노의 화려함에 비하면 소박한 VIP룸이었지만 모더니즘 화풍으로 그려진 벽면의 그림들과 고전주의 가구들이 적절한 조화를 이뤄 후한 점수를 줄 수 있는 방이었다. 높은 천장에는 여의주를 물고 승천하는 용이 황금빛 비늘을 반짝이며 꿈틀대고 있었고 벽면 구석마다 고대 중국의 도자기들이 투명 보호막이 설치된 장식대 위에 놓여 있었다. 직원이 안내한 테이블에 자리를 잡자 김필령은 호기롭게 손에 들고 있던 가방을 올려놓았다. 핏 보스가 지시를 내렸고 딜러들이 가방에 든 1천 달러 홍콩 지폐를 확인하기 시작했다. 세 대의 지폐 계수기가 붉은색 사자 머리가 그려진 지폐를 빠르게 세었다. 나는 그 소리를 들으며 잠깐 눈을 감았다. 돈이 칩으로 교환되어 나오기까지 흥분이 쉽게 가라앉지 않을 것 같았다. 옆의 리준혁이 낌새를 챘는지 내게 담배를 권했다.

「수표를 가져오셨으면 일이 빨랐을 텐데.」

내가 말했다.

「그럴 생각도 있었지만 돈의 무게를 실감하고 싶었습니다.」

리준혁의 말대로 효과는 있었다. 지폐 계수기를 바라보며 김필령은 몇 번이나 침을 꼴깍 하고 삼켰다.

「모두 팔백만 달러입니다.」

딜러가 말했다. 나는 옆의 리준혁을 보았다. 8백만 홍콩 달러면 미화로 100만 달러가 조금 넘는 돈이었다. 그는 딜러에게 고개를 끄덕이고는 나를 바라보며 말했다.

「우선 이 돈으로 시작하시죠. 나머지는 수표로 가져왔습니다. 괜찮으시겠죠?」

「좋습니다. 이 돈으로 승부가 나길 빌어야죠.」

김필령이 믿음직스럽다는 표시로 내 어깨를 두드렸다. 딜러가 현금 뭉치를 한곳에 세우고 콜을 했다. 핏 보스의 승인이 떨어지고 한 무더기의 칩이 내 앞으로 전달되었다. 맥시멈이 8백만 달러인 테이블이었다. 그러니까 한 번 베팅으로 모든 칩이 날아갈 수 있는 상황이었다. 오전 시간이라 손님들이 거의 눈에 띄지 않았다. 구경꾼이 많으면 불편했기 때문에 나로서는 최상의 조건이었다. 마카오의 VIP룸에서 벌어지는 큰판에 비하면 미미한 금액이었지만 심리적으로 쫓기는 것이 문제였다. 짧게 심호흡을 하고 주위를 다시 살펴보았다. 당연히 채병호와 김태우의 모습은 보이지 않았다.

「짧게 끝내죠. 이런 게임은 시간을 끌수록 불리해질 뿐입니다.」

내가 생각해 낸 방도란 어쨌든 이 순간을 빨리 모면하는 것이었다. 정상적인 사고를 하지 못하도록 최대한 신속하게 게임을 끝내 버려 돈을 잃었다는 현실감을 갖지 못하도록 하는 것이 유리했다. 카드 커팅 후, 가진 칩의 절반을 뚝 떼어 플레이

어에 걸었다. 김필령과 리준혁은 물론 딜러까지도 내 행동에
놀란 듯한 표정을 지었다. 게임을 즐기는 겜블러들은 여간해서
는 이런 무모한 베팅을 하지 않는다. 그들은 끈기를 갖고 게임
의 흐름을 읽기 위해 노력한다. 상승과 하강이 반복하는 가상
의 그래프를 머릿속에 그리며 때를 기다린다. 지금 내게 그럴
여유를 부릴 시간과 이유는 없었다.

딜러가 카드를 플레이어와 뱅커 위에 각각 두 장씩 놓았다.
게임 규칙은 단순하다. 카드 숫자의 합이 9에 가까운 쪽이 이
긴다. 한 손으로 턱을 받치고 플레이어의 카드가 오픈되기를
기다렸다. 첫 베팅이었기 때문에 신경이 곤두섰다. 베팅에 들
어간 돈은 미화로 50만 달러.

플레이어의 오픈 카드는 Q와 3이었다. 3이란 숫자는 9에서
먼 숫자였다. 김필령이 낮은 신음을 뱉었다. 문제는 뱅커의 카
드. 가능성이 적긴 하지만 뱅커가 내추럴인 8과 9만 아니라면
또 하나의 카드를 기다리며 희망을 걸 수 있었다. 뱅커의 첫 카
드는 3. 다음 카드는 6이었다. 내추럴 9. 결판이 났고 희망은
사라졌다.

3대 9. 뱅커의 승.

플레이어에 쌓였던 칩들이 모두 딜러의 손아귀에 넘어갔다.
나는 턱을 만지며 그 장면을 묵묵히 바라보았다.

나는 생각을 정지하기로 했다. 이 상황에서 생각을 한다는
것은 미친 짓이었다. 머리를 비우고 바람에 휘날리는 깃발처럼
외부의 힘에 몸을 맡기는 수밖에 없었다. 최악의 경우, 세 번이

면 경기는 끝날 것이었다. 남은 4백만 달러의 칩을 잃고 마지막으로 리준혁의 가슴에 있는 8백만 홍콩 달러를 휴지로 만들어 버리면 끝이었다. 이 게임은 전적으로 그들이 원한 게임이므로 책임도 그들이 져야 한다.

김필령의 숨소리가 빨라졌다. 반면 백지장처럼 얼어붙은 리준혁의 얼굴에는 아무런 징후가 나타나지 않았다. 나는 그들이 호흡을 정리하기 전에 테이블에 있는 나머지 칩 모두를 다시 플레이어에 걸었다. 핏 보스는 딜러의 등 뒤에서 이 모든 상황을 관찰하고 있었다. 김필령과 리준혁이 이런 무모한 갬블러를 데려오리라고는 생각하지 못했을 것이다. 핏 보스와 딜러의 얼굴은 겉으로는 침착해 보였지만 그들도 긴장하기는 마찬가지였다.

딜러가 슈에서 카드를 꺼내어 플레이어와 뱅커 자리에 올렸다. 다시 미화 50만 달러의 도박이 시작되었다. 딜러는 처음과는 달리 조금 느리게 카드를 오픈했다. 딜러는 사십대 중반의 사내로 만만치 않은 경력의 소유자로 보였다. 그는 수십 차례나 이런 경험을 했을 것이다. 지옥의 불구덩이 속으로 달려가는 인간들을 보며 그가 어떤 생각을 했을지 궁금해졌다.

플레이어의 오픈 카드는 2와 10. 첫 게임에서 나온 Q와 3보다 좋지 않은 숫자였다. 순간 김필령의 얼굴이 심하게 일그러졌다. 2와 9는 멀어도 너무 멀었다. 등줄기로 서늘한 느낌이 전달되었다. 머릿속으로 상황을 그리고 있었지만 막상 현실이 되자 믿기지 않았다. 딜러가 뱅커의 카드를 차례로 오픈했고 모두의 눈은 그의 손에 집중되었다. 뱅커의 카드는 5와 K. 합이 5였다. 아마 그 순간 김필령과 리준혁은 속으로 땅이 꺼질 만큼 무거운 안도의 한숨을 내쉬었을 것이다. 플레이어 측 처음 두 장의 카드 합이 5를 넘지 못했으므로 카드 한 장을 더 받을 수 있게 되었다. 이제는 남은 카드에 다시 희망을 걸어야 했다. 최소한 숫자가 3 이상이 나와야 합이 5가 되어 뱅커와 타이(무승부)가 될 것이다. 그들이 어떤 카드를 원하는지는 이 자리에 있는 모두가 알고 있었다. 7이 구세주였다. 2+7=9. 아홉 명의 신들이 그들을 축복할 것이었다.

딜러가 카드를 빼 이미 오픈된 카드 옆에 놓았다. 그리고 천천히 세 번째 카드를 뒤집었다. 나는 누구보다 먼저 그 카드의 숫자를 알아차렸다. 오픈된 카드는 8이었다. 2+10+8=0. 바카라에서 어떤 희망도 가지지 못하게 만드는 최악의 숫자가 하늘에서 내려왔다.

0 vs 5. 뱅커 승.

당당하기만 하던 김필령의 고개가 아래로 힘없이 떨어졌다. 비록 확률은 50대 50이었지만 현실에서는 두 번의 승리 모두 뱅커가 가져갔고, 나는 연속해서 플레이어에 베팅해서 칩을 모두 빼앗겨 버렸다. 칩이 사라진 텅 빈 테이블 위로 무거운 침묵과 정적이 흘렀다. 핏 보스와 딜러는 바른 자세로 어떤 말도 하지 않고 우리들의 결정을 기다렸다.

「아직 게임이 끝난 것은 아닙니다, 제이슨.」

리준혁의 말은 의사를 전달하려는 목적이라기보다는 자신에게 최면을 거는 것처럼 들렸다.

「리 부장! 흥분할 때가 아니오. 그 돈을 잃으면 정말 끝장이
오.」

나를 사이에 두고 두 사내의 뜨거운 열기를 품은 눈빛이 오
고 갔다. 나는 눈을 내리깔고 입술을 다물고 있었다.

「어차피 각오한 일이었습니다. 지금 물러난다고 일이 해결되
지는 않습니다.」

한 발짝만 뒤로 물러나 이 게임을 본다면 내가 얼마나 어리
석은 행동을 하고 있는지 볼 수 있을 텐데, 돈을 잃은 자에게는
그런 쉬운 일조차 실행할 여유가 없었다. 아니면 그가 모든 상
황을 이해했음에도 불구하고 무모한 행동을 해야 하는 책략이
숨어 있는지도 몰랐다. 이 게임에서 그들이 노리는 것은 돈이
아니라 내 가슴에 숨은 불순한 의도인지도 모른다는 생각이 들
정도로 리준혁은 비이성적인 선택을 하고 있었다. 불과 몇 분
되지 않는 동안에 미화 1백만 달러를 날려 버렸다. 단 두 번의
베팅이었다.

리준혁이 일어나서 핏 보스에게 손짓해 보였다. 가슴속에서
무엇인가를 꺼내어 카지노 직원에게 보여 주었다. 그것이 마지
막 남은 수표라는 것은 설명할 필요가 없었다. 리준혁과 직원
이 밀담을 나누는 동안 나는 천천히 담배를 피웠고 김필령은
침묵을 지키고 있었다. 그가 내게 말을 걸어오지 않는 것은 다
행스러운 일이었다. 그는 처음부터 끝까지 이 상황을 지켜보고
있었다. 시간이 정지된 듯 사물의 움직임이 둔화되었고 오직

마른침만이 이것이 가상의 세계가 아님을 입증했다.

마침내 리준혁이 자리로 돌아왔다. 핏 보스에게 전달받은 수표가 테이블 위에 놓였다. 딜러의 콜 다음 처음과 똑같은 양의 칩이 내 앞으로 전달되었다. 카지노 상황실에서도 이 모든 장면을 화면을 통해 보고 있을 것이다.

나는 모든 칩을 양손으로 밀어 플레이어에다 올렸다. 아연실색한 김필령은 순간 정신을 잃은 것 같았다. 강한 부정의 메시지를 전달하려고 했겠지만 그는 입을 벌리고 있을 뿐 말을 잇지 못했다. 리준혁은 굳어 버린 돌처럼 움직임이 없었다. 핏 보스와 딜러도 허수아비처럼 서서 테이블 위의 칩을 바라보기만 했다. 그들은 이 돈이 우리가 가진 전부라는 것을 알고 있었다.

「시작하지.」

나의 메마른 목소리가 정적을 깨트렸다. 딜러가 손을 슈에 올리고 콜을 했다. 미화 1백만 달러.

「노 모어 벳 플리즈. 카드 포 플레이어, 카드 포 뱅커. 플레이어스, 뱅커스.」

각각 두 장의 카드가 테이블에 놓였다. 딜러는 망설이지 않고 카드를 오픈하기 시작했다. 나는 이 모든 광경이 리준혁과 김필령에게 어떤 의미인지 잘 알고 있었다. 뱅커가 이기게 되면 경기는 끝나고 그들의 운명도 여기서 함께 결말짓게 될 것이었다. 채병호의 말처럼 그들이 킬러의 총을 맞을지 아니면 북으로 소환되어 악명 높은 수용소에 감금될지는 알 수 없지만 최악의 상태에 처할 것임은 틀림없었다. 나는 카드에 집중하지 못했고 어떻게 이 혼란을 모면할 것인지를 생각했다. 곧장 일어나 도망을 친다면 그들은 지옥 끝까지 나를 쫓아올 것이다.

그때 김필령의 입에서 탄성이 나왔다. 오픈된 플레이어의 카드는 9와 Q. 내추럴 9였다. 김필령이 양손을 올리고 두 주먹을 강하게 쥐었다.

「됐다, 됐어.」

그렇게도 강렬히 원하던 9가 나오고 말았다. 딜러는 잠깐 여유를 둔 다음 뱅커의 카드를 오픈했다. 똑같은 9가 나오지 않는 한 우리의 승리였다. 뱅커의 카드는 4와 10. 플레이어 승이었다.

「그렇지!」

김필령의 목소리가 나왔다. 리준혁은 천천히 아래위로 고개를 끄덕였다. 절제된 동작이었지만 강한 긍정의 메시지를 담고 있었고 자기 확신에 찬 몸짓이었다. 이 순간 두 사람의 혈관에는 다량의 아드레날린이 댐을 허문 홍수처럼 범람하고 있을 것이다.

「축하합니다.」

딜러가 짧게 말한 다음 우리에게 돌려줄 칩을 쌓기 시작했다. 원점으로 돌아왔다. 절망에 빠졌던 두 마리의 새가 날개를 퍼덕이며 이전에 앉았던 나뭇가지로 되돌아왔다. 나는 기쁨을 표현하는 대신 짧게 한숨을 쉬었다. 그 짧고 단순한 행동은 포커페이스를 유지하려는 도박사의 전략에 바탕을 둔 것이 아니라, 앞으로의 복잡한 가능성을 계산하느라 나온 탄식에 불과했다. 김필령과 리준혁에게는 이번 승부가 승리로 여겨졌겠지만 나에게는 다른 의미였다. 내가 이루려는 목표에서 좀더 멀어진 것이다. 맥시멈으로 베팅해도 이 돈을 모두 잃기 위해서는 두 번의 경기를 치러야만 했다. 두 번 중 한 번이라도 승리하게 되면 다시 그것을 반복해야만 한다. 만약 연속해서 이기면 리준혁이 원했던 상황이 되어 버린다. 물론 지금 당장의 상황은 처음 게임을 할 때와 똑같은 조건이지만 이런 무의미한 경기를 오래 지속할 수는 없었다. 나는 쫓기고 있었다.

「맥시멈을 더블로 올리면 안 될까?」

내 말을 제대로 이해한 사람은 아무도 없는 것 같았다. 딜러마저도 나를 멀뚱히 쳐다보기만 했다.

「이……이봐, 제이슨, 왜 이렇게 서두르는 거요?」

흥분한 김필령이 말을 더듬었다.

나는 무표정을 가장해서 대답했다.

「기회가 왔습니다. 한 번에 잡을 수 있습니다.」

리준혁은 처음과 똑같은 자세로 앉아 있었다. 게임에 절대 간섭하지 않겠다는 나와의 약속을 후회하고 있는지도 몰랐다. 김필령은 내 말에 아무런 대꾸도 하지 못하고 눈만 동그랗게 뜨고 바라봤다. 하지만 어색한 공기는 오래 지속되지 않았다. 핏 보스가 거부의 의사를 분명히 했다.

「죄송합니다. 저희 카지노 규칙상, 베팅 금액을 조정하기 어렵습니다.」

「알겠소.」

나는 짧게 대답하고 딜러가 돌려준 칩을 모두 베팅했다. 카지노와 괜한 실랑이를 벌여서 의심을 살 필요는 없었다. 이번에도 나는 플레이어에 베팅했다. 홍콩 달러 8백만, 미화로 1백만 달러의 베팅이었다. 이번에 이기면 연속으로 내리 세 번을 져야 올인이 되고, 지게 되면 한 번의 기회가 남는다. 가능성의 변수가 점점 더 확장되어 갔다. 나는 손으로 이마를 짚었다.

딜러가 카드를 옮긴 다음 능숙한 동작으로 카드를 뒤집었다. 모두의 눈은 다시 테이블로 고정되었다.

플레이어의 첫 카드는 Q, 다음 카드는 10. 합이 0. 김필령의 탄식이 나왔다. 다음은 뱅커의 카드 오픈. 2가 먼저 나왔고 다음은……. 나는 이 상황에서 두 사내의 기대와는 다르게 뱅커가 내추럴인 8이나 9가 되어 플레이어가 지기를 원했다. 경기를 질질 끌어 봐야 나만 힘들어질 뿐이었다. 하지만 두 번째 카드는 Q, 즉 10이었다. 플레이어는 $Q+10=0$, 뱅커는 $2+Q=2$였다. 이제 각각 카드를 한 장씩 더 볼 수 있었다. 만약 플레이어의 합이 0나 1이 되면 이대로 경기는 끝이었다. 10인 그림 카드가 많기 때문에 적지 않은 확률이었다.

딜러가 플레이어의 마지막 카드를 오픈했다. 카드는 3. 나는 팔짱을 끼었고 김필령은 주먹으로 테이블을 내리쳤다. 좀더 높은 수가 나오지 않은 것의 분풀이였다. 이제 3대 2로 플레이어가 앞서 갔다. 마지막 뱅커의 카드가 오픈되면 경기는 끝이었다. 2에서 7 사이의 숫자가 나오면 뱅커 승, 1인 에이스가 나오면 무승부인 타이, 그 외 나머지 숫자인 8, 9, 10, J, Q, K가 나오면 플레이어 승인 절묘한 분할이 이루어졌다. 말 그대로 50 대 50의 상황이 되었다.

딜러가 카드를 뒤집었다. 이번에도 나는 누구보다 먼저 카드를 보았다. 카드는 잭, J가 나왔다.

플레이어 vs 뱅커, Q+10+3=3 vs 2+Q+J=2.

플레이어 승리다.

김필령은 두 팔을 높이 쳐들고 승리의 함성을 질렀다. 리준혁도 주먹으로 테이블을 가볍게 두드리며 호응했다.

「왔구나, 왔어. 제이슨의 말이 맞았소. 이럴 줄 알았으면 맥시멈 베팅을 두 배로 올리는 건데 말이지.」

나는 김필령의 말에 희미하게 웃었다. 상황은 우습게 돌아갔다. 내 의도와는 정반대의 길로 들어선 것이다. 테이블에는 산더미처럼 칩이 쌓였다. 2천 4백만 홍콩 달러는 우리 돈으로는 36억 원에 가까운 돈이었다. 리준혁의 목표인 금액에 이르려면 단 한 번의 승리가 남았고 내가 목표를 달성하려면 연속해서 내리 세 번이나 져야만 하는 상황이 되었다. 채병호와 김태우가 옆에서 지켜보지 않는 것이 그나마 위안이 되었다. 교묘하게 패배를 이끌어 내는 특단의 수단 따위는 내게 없었다. 확률은 내게 불리해졌지만 이제는 앞뒤 상황을 가릴 여유는 없었다. 무조건 지르고 볼 일이었다.

나는 베팅을 하기 위해 칩에다 양손을 올렸다. 그때 아무 말 없이 앉아 있던 리준혁이 나의 팔을 잡았다.

「잠깐만.」

순간 불길한 기운을 느꼈다. 등 뒤에서 엄청난 파도가 나를 덮치는 느낌이었다.

「미안하지만 김 동지와 이치훈 씨는 여기서 빠져 주시오. 카지노 앞에 차가 대기하고 있을 테니 거기서 기다려 주십시오. 나머지는 제가 알아서 처리하겠습니다.」

「아니, 리 부장! 아직 한 경기가 더 남았는데……」

리준혁은 말없이 김필령을 바라보았다. 분노와 적의는 없는 온화한 시선이었지만 엄격한 지시가 담겨 있었다. 김필령은 즉각 고개를 끄덕이고 자리에서 일어났다. 리준혁이 내게 말했다.

「이치훈 씨에게는 잠시 후에 설명하도록 하겠소. 급박한 상황이 생겨서 경기는 나중으로 미루어야 하겠습니다.」

그리고 그는 핏 보스를 향해 일어났다. 리준혁이 눈짓을 하자 김필령이 내 소매를 잡았다.

「제이슨, 내려갑시다.」

갑작스럽게 벌어진 일에 얼떨떨했지만 김필령의 팔에 떠밀려 발걸음을 떼었다. 리준혁은 그사이 광둥어로 핏 보스와 이야기를 나누었다. 나는 치명적인 실수를 해서 국정원의 끄나풀임이 탄로난 것은 아닐까 걱정이 되었다. 하지만 아무리 생각해 봐도 내가 한 것은 바카라밖에 없었다.

카지노에 있었던 시간은 한 시간이 채 되지 않았다. 하지만 그 짧은 시간이 영원처럼 느껴졌다. 이번 도박은 내가 이전에 경험한 어떠한 것들과도 비교되지 않는 기묘하고 이질적인 것이었다. 나는 마치 풋내기 도박사처럼 서두르고 있었고, 반면 승리에 목마른 노회한 승부사처럼 고집스럽게 하나의 선택만을 밀고 나갔다. 어느 쪽이 진짜 내 모습인지 나 자신도 구분할 수 없었다. 내가 진실로 원하는 결과가 무엇인지는 여러 겹의 어둠 속에 감춰져 있었다. 그사이 잠재된 무의식이 나를 지배했는지도 모른다. 하지만 정작 이성적으로 내릴 수 있는 결론은 단 하나였다. '그것은 단지 우연이었다.' 우연이 우연과 조우해 만들어 낸 결과일 뿐이었다.

나는 호텔 입구에 대기한 차에 오르기 전에 담배를 피웠다. 두 개비의 담배를 연속해서 피웠고, 김필령은 돌 비석처럼 내 옆에 서 있었다. 그가 이렇듯 낯선 타인으로 보이기는 처음이었다. 나는 그동안 김필령을 잘 알고 그가 어떤 사람이라는 것을 파악했다고 생각했지만, 그건 착각이었고 오산이었다. 김필령은 나와는 아무런 관계가 없으며 내가 어떻게 해볼 수 있는 존재가 아니었다. 그의 내부에 든 적의와 친절이 어떻게 융화되어 표출되는지 알아내기란 불가능했다.

「타시오, 제이슨. 곧 리 부장이 내려올 거요.」

두 번째 담배를 바닥에 버리고 구두 뒤꿈치로 비벼 끄자 김필령이 말했다. 부하에게 내리는 명령처럼 들리지는 않았지만 거부할 수 없는 힘이 실려 있었다. 나는 뒷좌석의 문을 열고 안으로 들어갔다. 운전석에 앉아 있던 기사가 실내 거울을 보며 가볍게 목례를 했다. 처음 리준혁을 만나러 간 날 운전했던 사내였다. 에어컨이 작동해 차 안은 폭염이 내리는 외부와 달리

서늘했다. 손바닥으로 이마에 흐르는 땀을 닦았다. 머릿속은 그들이 나를 추궁하게 되면 어떤 거짓말을 해야 될지 복잡했다. 그동안의 모든 행동을 그들이 이해할 수 있도록 설명해야했다. 과연 내가 그렇게 할 수 있을지 자신할 수 없었다. 나를 감시하고 있는 쪽에서 이 모든 상황을 제대로 알아챘는지도 궁금해졌다. 채병호는 실수는 없을 거라 말했다. 김태우! 그는 어디에 있단 말인가? 나는 창밖으로 고개를 돌리며 숨은 그림자를 찾았다. 내게 위기가 온다면 기댈 곳은 거기뿐이었다.

문이 열리고 김필령과 리준혁이 올라탔다. 김필령은 앞 좌석에 앉았고 리준혁은 내 옆에 앉았다. 리준혁의 신호를 받은 기사가 사이드 브레이크를 내리고 차를 출발시켰다.

「미안합니다. 칩을 환전하는 데 이렇게 시간이 많이 걸릴 줄은 몰랐습니다.」

리준혁의 첫마디는 예상을 벗어났다. 그는 무표정으로 말을 이어 갔다.

「수고했습니다, 이치훈 씨. 뭐라 감사의 말을 해야 할지 모르겠지만 아무튼 당신이 우리를 살렸습니다.」

앞 좌석의 김필령이 돌아보며 말했다.

「리 부장, 그게 무슨 말이오? 이백만 달러를 만드는 게 계획이었잖소? 아직 돈이 부족한데.」

「아닙니다. 목표 금액은 백만 달러였습니다. 제가 설명하도록 하죠.」

나는 순간 리준혁이 숨기고 있던 계획을 모두 알아차렸다.

하지만 그것과 별개로 머릿속은 둔기로 강하게 맞았을 때처럼 멍멍해졌다. 순진하게 그의 말을 믿다니…….

「기분 나빠 하지 마십시오. 특히 이치훈 씨에게 부탁드립니다. 이번 게임의 주도권은 전적으로 이치훈 씨가 가졌습니다. 저는 이치훈 씨에게 모든 권한을 줄 것을 약속했고 게임에 참견하지 않겠다는 맹세를 했었죠. 그리고 나는 약속을 지켰습니다. 도박을 잘 모르긴 하지만…… 나는 어떻게든 이 게임에 참여하고 싶었습니다. 우리들의 생사가 달린 일이니까요. 그래서 생각해 낸 것이 이 방법이었습니다. 지난번 이치훈 씨가 게임하는 것을 보고 보통 도박사가 아니라는 사실은 알았지만 이런 중요한 문제를 타인에게 완전히 맡긴다는 것은 마음에 걸렸습니다.」

그는 나를 똑바로 쳐다보며 말했다.

「타인이라는 표현이 마음에 걸렸다면 용서하십시오. 아무튼 이치훈 씨의 실력을 믿기로 작정했지만 게임의 결과에 따른 책임은 스스로 지고 싶었습니다. 게임의 중단을 내가 내리는 거죠. 방금 전의 상황을 생각하면 금방 이해되실 겁니다. 나는 도박에서 이기는 필승 전략은 모르지만 왜 도박사들이 실패에 실패를 거듭하는지는 알고 있습니다. 바로 욕심 때문이죠. 탐욕을 억제할 수 있다면 승산이 있다고 생각했습니다.」

이상하게도 나는 그 순간 모욕받은 느낌이 들었다.

「우리가 가진 돈은 모두 이백만 달러였습니다. 이 점에 대해서는 좀더 설명이 필요하긴 하지만 아무튼 저는 그 돈을 마련할 수 있었고 게임의 목표 금액을 이백만 달러라고 이치훈 씨에게 제시했습니다. 즉 백 퍼센트의 이득을 취하라는 제안을 한 거죠. 이치훈 씨의 실력이 대단한 건 알지만 쉽지 않을 거라 생각했습니다. 하지만 그 수익을 절반인 오십 퍼센트로 낮추면 훨씬 수월해질 것은 분명했습니다. 이치훈 씨는 우리의 기대에 부응하기 위해 이백만 달러를 목표로 게임할 것이고 그 절반 지점에는 쉽게 도달할 수 있을 거라 여겼습니다. 이치훈 씨는 강한 승부사이니까요.」

흥분한 김필령이 오른손 주먹을 꽉 움켜쥐었다.

「미리 이야기하지 못해 미안하긴 하지만 사정은 이랬습니다. 그러니까 오늘의 승부는 대승리로 끝났습니다.」

「이런 여우 같은 사람을 봤나! 그랬으면 나만이라도 알려 주지 그랬소. 나는 다른 큰일이 벌어진 줄 알고 얼마나 놀랐는지…….」

「게임을 중단했을 때 이기고 있지 않았습니까?」

「그래도 말이지, 세상에는 워낙 날벼락 같은 일들이 많이 벌어지지 않소! 리 부장이 이렇게 감쪽같이 속이다니 정말 놀랐소. 제이슨도 놀라지 않았소?」

나는 어색한 웃음으로 답했다.

「그러니까 우리가 이긴 것이 맞지요? 그 돈으로 문제는 다 해결된 것이지요?」

김필령이 어린아이처럼 리준혁을 채근했다.

「맞습니다.」

　그렇게 말하는 리준혁의 얼굴은 활짝 펴졌다. 그가 이렇게 크게 웃는 것은 처음 있는 일이었다. 그리고 김필령의 호방한 웃음이 터져 나왔다.
　「그랬군, 그랬어. 아주 명쾌한 전략이었어. 그렇지! 제이슨이라면 오십 퍼센트의 돈은 쉽게 이길 수 있지.」
　그는 정신을 잃은 것처럼 혼잣말을 쏟아 냈다.
　「축하하오! 제이슨. 당신은 우리 생명의 은인이오.」
　김필령이 갑자기 우악스러운 손을 내밀며 악수를 청했다. 나는 멋쩍은 웃음을 지으며 그의 손을 잡았다. 깨끗하게 당하고 말았다.

　「자자, 오늘의 승리를 기념하는 의미에서 건배합시다.」
　김필령의 목소리가 방 안 가득 울려 퍼졌다. 자리를 잡은 곳은 이전에 김필령과 와본 적이 있는 일본식 가라오케였다. 그때도 김필령과 나는 승리의 축배를 들었었다. 그러나 그날의 생생했던 모습과는 달리, 나는 아직도 잠에서 깨어나지 못한 사람처럼 멍한 표정으로 앉아 있었다.
　「어디 몸이 불편한가요?」
　마주 보고 앉은 리준혁이 나를 보며 말했다.
　「아뇨. 긴장해서인지 좀 피곤하군요.」
　「이런, 최고의 도박사께서 긴장을 하다니. 우리가 너무 심하게 제이슨을 몰아붙였나?」
　김필령이 옆에 앉은 여자와 어깨동무를 하며 말했다.

「제이슨도 긴장했겠지만 옆에서 지켜보는 우리가 더했소. 처음부터 그렇게 세게 나갈 줄은 꿈에도 몰랐거든. 내가 제이슨과 그동안 몇 번이나 게임을 했었는데 이런 적은 처음이었소. 정말 궁금했는데 그렇게 무모하게 베팅해서 이길 수 있다고 생각했던 거요?」

김필령의 질문에 리준혁은 눈이 빛났다. 여기서 제대로 받아치지 못하면 그들의 의심을 사게 될 거라 생각했다.

「어차피 도박은 도박으로 끝나야 합니다. 물론 때를 기다리며 숨어 있을 필요도 있죠. 하지만 이번 판은 의미가 달랐습니다. 사실 이백만 불을 한 번에 걸 수 있는 테이블이었으면 그렇게 했을 겁니다.」

「허허, 사람 간도 크지!」

김필령이 감탄하는 동안 리준혁은 맥주를 마시며 슬쩍슬쩍 나를 바라봤다. 그의 시선이 이전과 다르다고 생각한 것은 신경이 예민해진 탓이었는지도 모르지만, 계속 그가 나를 의심하고 있는 것은 아닐까 하고 걱정되었다. 내 작전과는 전혀 다른 방향으로 일이 전개되었기 때문이다. 카지노에서 돈을 잃은 나는 서둘러 그 자리를 벗어날 예정이었다. 이들과 축배의 잔을 부딪치리라고는 생각하지 못했다.

「다음 카드는 분명히 플레이어의 승이었습니다. 리 부장님이 게임을 중단하지 않으셨다면 오늘 우리가 이긴 금액은 백만 달러가 아닌 그 두 배였을 겁니다.」

나는 의심의 고리를 끊기 위해서 무리한 거짓말을 지어냈다.

「정말이오? 그걸 제이슨이 어떻게 알 수 있지?」

「그런 확신이 없다면 테이블에 앉지 말아야죠. 저는 이길 자신이 있었고 그렇기 때문에 베팅한 겁니다.」

「대단해, 대단해. 역시 제이슨이오. 암, 사내의 배포가 그 정도는 돼야지.」

김필령이 과장된 박수를 쳤고 리준혁은 의미를 파악하기 어려운 웃음을 흘렸다. 김필령이 빠르게 잔을 돌렸기 때문에 다행히 표정을 숨길 수 있었다. 나는 김필령이 권하는 족족 술잔을 비웠다. 하지만 술은 위장에서 잠시 머물렀을 뿐 점점 이성적이 되려 하는 뇌까지 전달되지 않았다. 남겨진 채병호와 김태우가 어떤 표정으로 마주 보고 있을지 상상이 되지 않았다. 그들은 도박을 이해하지 못하는 인간들이었고 필연적으로 나를 오해할 것이었다. 최악의 경우 내가 의도적으로 배신했다고 생각할지도 몰랐다. 한쪽의 위협은 사라졌지만 다른 한쪽의 위기가 다가오고 있었다.

「아, 그리고 이치훈 씨에게 궁한 소리를 해야겠습니다.」

리준혁이 낮지만 단호한 목소리로 말해 떠들썩한 분위기가 잠시 가라앉았다.

「처음 이치훈 씨에게 말한 금액을 채워 주지는 못할 것 같습니다. 이백만 달러를 이기는 조건으로 사십만 달러의 수고비를 제시한 것 기억하시죠? 오늘 제가 조금 흥분했기 때문에 미처 이치훈 씨가 돈 딸 기회를 주지 못했습니다. 하지만 이건 이치훈 씨에게도 조금 문제가 있었습니다. 베팅 금액이 낮고 시간을 충분히 가졌다면 이런 식으로 급하게 게임이 끝나지는 않았겠죠. 하지만 그렇다고 이치훈 씨가 고생한 것을 모른 척할 수는 없고…… 그래서 제가 임의적으로 판단해서 이치훈 씨에게 미화 오만 달러를 드리겠습니다. 우리 쪽 자금 사정이 좋지 않아서 후한 금액을 못 드리는 점 이해해 주셨으면 합니다.」

리준혁과 김필령 모두 내 얼굴을 보며 대답을 기다렸다.

「아닙니다. 성의는 고맙지만 돈은 받지 않겠습니다. 보셨지만 제가 한 일이라고는 겨우 네 번 베팅한 것뿐인데, 그런 거금을 받을 수는 없습니다. 제 운도 작용했겠지만 오늘 승리는 전적으로 리 부장님의 운에 달려 있었습니다. 간절히 승리를 원했던 사람은 저보다는 리 부장님이셨겠죠. 저는 재미있는 경험을 한 것으로 치면 그만입니다.」

「역시 제이슨은 화통해.」

김필령이 추임새를 넣었다.

「그럴 수는 없습니다. 한 번 약속한 것은 지키겠습니다. 행동 대 행동이 우리의 원칙입니다. 돈은 내일 김 동지 편으로 보내 드리겠습니다.」

「어허, 피장파장이군. 자자, 우리 한잔 거나하게 합시다. 내 평생에 오늘처럼 이렇게 통쾌한 기분을 느껴 본 건 처음이요. 죽을 때까지 한번 마셔 봅시다.」

김필령이 분위기를 몰아갔기 때문에 상황을 뒤집기는 불가능했다. 공돈이 생기는 것은 좋은 일이었지만 앞일을 생각하면 마냥 기뻐할 수만도 없었다. 북한의 공작원을 도와준 것은 물론 그들에게서 대가를 받은 꼴이었다. 술잔을 비우기가 무섭게 새로운 술이 채워졌다. 하지만 얼음물을 끼얹었을 때처럼 정신은 점점 맑아져 갔다.

채병호는 몸을 잔뜩 웅크린 채 나를 노려봤다. 눈은 충혈되어 있었고 흰 머리카락은 선인장의 가시처럼 돋았다. 입술은 메말라 있었다. 간헐적으로 그의 손가락 끝이 경련을 일으켰다. 나는 그의 말을 기다리며 천천히 담배를 피웠다. 호텔 방의 작은 공간에 에어컨의 찬 공기가 쉼 없이 쏟아져 나왔기 때문에 얼마 되지 않아 팔에 소름이 일어났다.

「미친 새끼.」

목소리에 현실감이 없었기에 잘못 들은 것이라 생각했다.

「죄송합니다.」

대답은 등 뒤에서 나왔다. 목뼈가 부러진 것처럼 고개를 숙인 김태우가 내가 앉은 자리에서 한 발짝 떨어진 곳에 서 있었다. 나와 일직선상에 있었기 때문에 채병호가 한 말이 누구를 향한 것인지 혼동되었다. 나는 대답 대신 마른침을 삼켰다.

「넌 그동안 뭘하고 다녔어?」

이번에도 나는 대답하지 못하고 그를 쳐다보기만 했다. 그의 입술은 바르르 떨리고 있었다. 그 시선을 피해 탁자 위에 놓인 재떨이에다 담배를 비벼 껐다.

「일차적인 책임은 제게 있습니다. 화를 내신다면 제게 내십시오.」

채병호는 내 말을 듣고 자리에서 일어나 천천히 김태우에게로 걸어갔다. 김태우는 여전히 고개를 숙이고 있었지만 그가 다가오고 있음을 알아챘는지 어깨를 조금 들썩였다. 채병호의 구둣발이 김태우의 정강이를 강하게 후려 찼다. '퍽' 하는 소리와 함께 김태우의 상체가 꺾였고 채병호의 손이 도끼날처럼 그 목을 강타했다. 한 번의 타격으로 김태우는 바닥에 쓰러졌다. 원숭이가 큰 곰을 맨손으로 때려잡는 그림이었다. 급소를 맞았는지 김태우는 쉽게 일어나지 못했다.

채병호가 다시 제자리로 돌아와 앉자 김태우는 겨우 정신을 차리고 일어섰다. 나는 한 손으로 이마를 짚으며 고개를 숙였다.

「이제 자네가 대답할 차례야.」

「……전적으로 제 실수입니다. 변명하고 싶지 않지만 어떻게 해볼 도리가 없었습니다.」

채병호는 싸늘한 시선으로 나를 노려봤다.

「이번 게임에서는 리준혁의 운이 좋았습니다.」

「그게 최고의 도박사인 자네 입에서 나올 만한 소리인가?」

나는 짧게 한숨을 내쉬었다.

「이번 작전을 백 퍼센트 보장받기 위해서는 카지노와 미리 협상했어야 합니다.」

「그걸 왜 지금 이야기하나?」

「그렇게 할 수 있는 가능성은 거의 제로에 가깝습니다. 카지노 측이 동의해 줄 리 없죠. ……소장님이 현실을 받아들이지 못하는 것 같아 해본 소리일 뿐입니다.」

그렇게 말해 놓고 나는 후회하기 시작했다.

「제가 할 말이 없다는 것은 잘 알고 있습니다만…… 적어도 이 정도는 알아 주셨으면 합니다. 저는 지기 위해서 최선을 다했고, 제 신분이 드러날 만큼 무모한 베팅을 했습니다.」

「…….」

「……도박에서 정해져 있는 것은 아무것도 없습니다.」

더 이상 이런 쓸모없는 논쟁을 계속하고 싶지 않았다.

「빨갱이들이 파멸하는 것은 정해져 있어.」

채병호의 목소리는 떨리고 있었다. 그는 당장이라도 일어나 내 목을 후려칠 자세였다. 침을 삼키며 탁자 위에 놓인 담배를 집어 들었다.

「우리 세계에서 실수는 용납되지 않네. 하지만…….」

나는 그의 눈을 똑바로 쳐다보며 다음 말을 기다렸다.

「한 번의 기회를 더 주겠네. 자네가 이 분야에서 아마추어란 점을 인정하기 때문이야.」

「…….」

「자네는 받아들이지 못하겠지만 어쨌든 결과적으로 적들을 도와준 꼴이 되어 버렸어. 이런 의심에서 벗어나기 위해서는 마지막 작전을 제대로 수행해야만 해.」

담배 연기에 한숨을 실어 내보냈다.

「리준혁이 우리 쪽으로 넘어올 가능성은 거의 없습니다. 그의 귀순 작전이란 애초에 무리한 계획이었습니다. 게다가 그는 이제 심각했던 위기에서 벗어났고요.」

주먹을 쥔 채병호의 손이 바들바들 떨렸다.

「지금까지 강지수의 죽음에 대해서 알아낸 것은 아무것도 없습니다. 제가 이 작전에 뛰어든 이유는 소장님도 잘 알고 있으리라 생각합니다. 저는 공산주의자들이 파멸하는 것에는 아무런 관심이 없습니다. 그리고……..」

말을 채 끝마치기도 전에 채병호가 주먹으로 탁자를 내리쳤고 탁자 위에 놓였던 유리잔들이 바닥으로 떨어지며 깨졌다. 김태우는 내 등 뒤에서 굳어 버린 돌 비석처럼 서 있었다. 어쩌면 그도 나를 창밖으로 내던져 버리고 싶은 욕망을 꾹꾹 누르고 있는지도 몰랐다. 공산주의자들에게 쫓기는 것과 비교해 어느 쪽이 더 나은지 정확히 알 수 없었지만 지금의 상황이 절망적이 아님은 분명했다. 아직 나는 써먹을 데가 많은 유용한 도구였고 태평무역에 자연스럽게 접근할 수 있는 유일한 사람이었다.

「상대는 저보다 더 신중했고 절실했습니다.」

「……..」

채병호는 충혈된 눈으로 나를 노려봤다.

「소장님은 안전장치를 해놓았다고 장담했지만…… 현재로
서는 모든 상황이 저에게 불리하게 돌아가고 있습니다. 모든
정보와 계획은 소장님이 독점하고 있죠. 정보를 공유할 의도
가 없다는 것도 잘 알고 있습니다.」

채병호는 빠르게 눈알을 돌리며 내 말의 진의를 파악하고 있
었다.

「리준혁이 윤수림 사장을 만나기로 약속했습니다. 그 자리에
박금산이 나올지는 장담 못하지만 확률은 상당히 높습니다.
애초에 소장님이 세우셨던 계획이 시작되고 있습니다.」

「……」

「이번에는 소장님의 명령과 지시에 충실히 따르겠습니다.」

채병호는 가소롭다는 눈빛으로 나를 보았지만 제동을 걸지
는 않았다. 그에게도 별다른 대안이 없기는 마찬가지였다. 잠
시 후 김태우가 바닥에 깨어진 유리 조각들을 치웠고 채병호는
돋보기를 쓰고서 두꺼운 파일을 탁자 위에 올려놓았다. 고개를
숙인 김태우의 목 언저리가 벌겋게 부어올라 있었다.

호텔 방을 나올 때 채병호가 내 등 뒤에 대고 말했다.

「자네는 조직에 어울리지 않는 사람이야.」

나는 대꾸하지 않고 등을 돌려 그 자리에서 빠져나왔다. 김
태우가 내 뒤를 따랐다.

「완벽한 사랑이 존재한다고 생각하나?」

김태우는 묵묵히 듣고 있었다. 어떻게든 그의 마음을 풀어

주고 싶었다.

「세상에 완벽한 사랑이 존재하지 않듯 완전무결한 시나리오도 없는 법이야.」

「실수치고는 너무 컸습니다.」

그의 목소리를 듣자 한결 안심이 되었다.

「나는 늘 결정적인 순간에 실수를 반복해 왔어. 사랑했던 가족이 있었고 영원히 함께할 것을 맹세했던 여자도 있었지만 지금은 모두 잃어버렸어. 과거로 돌아가서 정상적인 인간으로 살아가는 것이 불가능해진 거지.」

「후회하고 있는 건가요?」

「후회? ……그렇다고 봐야겠지.」

「완전무결한 삶이란 존재하지 않습니다.」

나는 그의 말에 빙그레 웃으며 커피를 마셨다. 그 정도면 충분하다고 생각했다.

「채 소장은 실수의 가능성을 제로로 놓고 있었어.」

김태우는 말 없이 내 이야기를 들었다.

「우리는 어쩌면 똑같은 실수를 반복하게 될지도 몰라.」

「직감인가요?」

대답하지 않고 나는 웃었다.

간밤에 천둥과 번개를 동반한 폭우가 내렸다. 천둥소리에 놀라 새벽잠에서 깬 후로는 한동안 커튼을 젖히고 어두운 하늘이 갈라지는 장면을 바라보았다. 번개가 칠 때마다 멀리 떨어진 밤바다의 속살이 드러났고 맹렬한 바람이 높은 파도를 휘몰고 다니는 장면이 거대한 스크린 영상처럼 펼쳐졌다. 시야를 가려버리는 비가 쏟아지기 전까지 꼼짝하지 않고 그 장면을 바라보았다. 손끝의 감각이 무뎌졌다는 것을 안 것은 라이터 불을 켜려고 할 때였다. 모든 것이 비현실적인 추상성의 세계로 빨려 들어가는 듯한 착각이 들었다. 그저 비가 내리고 있다는 인식에서 비롯된 소음이 고막을 때렸다. 냉장고에서 물을 꺼내 마시고 난 후에도 사정은 변하지 않았다.

날이 밝자 모든 비현실적 세계는 무너졌다. 알람 시계는 제대로 작동했고 텔레비전에서는 아침 뉴스가 시작되었다. 샤워를 끝마치자 조식 룸서비스가 도착했고 밝은 미소를 띤 여직원이 세탁한 슈트를 가져왔다. 정상적인 직업을 가진 남자의 얼굴을 가장한 채 거울 앞에 서서 넥타이를 매었다. 불과 몇 시간 전 어둠 속에 앉아 유아적 공포에 떨고 있던 인간과는 전혀 다른 사람인 것처럼 행동했다.

호텔을 나와 택시를 타고 은행으로 가서 가진 돈 모두를 내 계좌에 넣었다. 은행 직원은 아침부터 거금을 들고 온 외국인 손님을 반갑게 맞았다. 그와 몇 마디 가벼운 농담을 주고받았다. 내가 간밤에 횡재한 것이 틀림없다고 여기는 것 같았다. 카지노가 지배하는 도시에서 흔하게 벌어지는 일이었다. 여기가 은행임을 잊어버리고 하마터면 그에게 팁을 줄 뻔했다. 상냥한 미소와 부드러운 인사가 넘쳐 나는 세계에서 승자는 최면에 걸리게 된다. 은행을 나오고 나서는 간밤에 폭우가 내렸음을 까맣게 잊었다.

김필령과 리준혁은 사이좋게 앉아서 나를 기다리고 있었다. 그들 중앙에는 머리가 반쯤 벗겨진 중년의 사내가 노려보듯이 나를 바라보고 있었다. 그가 조선노동당 39호실 간부이며 태평무역의 총지배인을 맡고 있는 박금산이라는 것은 확인할 필요가 없었다. 세밀한 묘사가 생략된 몽타주에서의 인상과는 조금 달랐지만 한눈에 알아볼 수 있었다.

「오, 듣던 것보다 아주 젊은 양반이구만.」

박금산은 내 손을 잡으며 활짝 웃었다. 리준혁을 처음 만났을 때와는 달리 편한 느낌이 들었다.

「리 부장을 통해 이야기 많이 들었소. 자본주의 사회에서 교육받은 사람답지 않게 사고의 폭이 넓다고 들었는데 얼굴을 보니까 알겠군. 미국에서 큰 사업도 하고 노름도 곧잘 한다지요?」

「사업은 몰라도 게임은 열심히 하는 편입니다.」

「하하, 뭐 사나이들의 세계라는 것이 그런 게 아니겠소? 다 이해하오..」

「우리 제이슨은 사나이 중의 사나이입니다. 아주 확실한 남자죠.」

김필령이 내 대신 말을 이었다. 리준혁은 자세를 꼿꼿이 하고서 나를 바라봤다. 직속상관이 있기 때문에 그의 태도는 이전보다 사무적으로 보였다.

「언제 기회가 나면 함께 게임을 해봅시다. 변변찮은 실력이지만 심심풀이 게임에서는 곧잘 이기기도 합니다. 허허.」

우리는 한동안 커피를 마시며 환담을 나누었다. 비정상적으로 높아진 마카오의 온도와 공사가 한창 진행 중인 미국 자본의 거대 카지노와 아시아 각국에 부는 카지노 열풍 등이 주소재였다. 그는 싱가포르와 일본 정부가 카지노 허가를 공식적으로 내준 것에 각별한 관심을 가지고 있었다. 대화는 그가 주도했고 간간히 김필령이 맞장구를 쳐주었다. 리준혁과 나는 고개를 끄덕이며 둘의 대화를 듣기만 했다. 방만수의 파일에 묘사된 박금산은 피로에 지친 중년 남자였는데 실제로 본 그는 활

기에 차 있고 정력적이었다. 가발 쓴 모습의 몽타주와도 확연
한 차이가 있었다.

「개인적인 질문을 해보겠소. 곤란하면 대답하지 않아도 좋아
요. 김정일 위원장님을 어떻게 생각하시오?」

「……」

「우리 마음에 드는 말을 고르려고 하지 말고 실제로 제이슨
이 생각하는 말을 듣고 싶소.」

이상하게도 이들은 한결같이 김정일에 대한 평가를 첫 만남
에서부터 요구했다. 내 앞에는 김정일에게 충성을 맹세한 세
남자가 내 대답을 기다리고 있었다. 박금산의 목소리는 부드러
웠지만 이것이 마지막 시험대라는 것은 분명했다.

「갑자기 어려운 질문을 하셔서 좀 당황스럽군요.」

「아니오. 부담 갖지 말고 솔직히 말하면 되오. 남조선 인민들
이 수구 언론의 악랄한 책동에 휘말려 부화뇌동하고 있음을
잘 알고 있소. 이것을 바로잡는 것이 우리가 떠맡은 위대한
사업이오.」

박금산이 모범 답안에 대한 힌트를 주었기 때문에 다소 안심
이 되었다.

「김정일 위원장님이 어떤 분이신지는 잘 모르겠지만……
민족이 분단된 상황은 반드시 극복해야 될 문제라고 생각합
니다. 이 문제를 풀기 위해서는 남과 북이 자주 만나야 된다
고 생각합니다. 서로의 체제를 인정하고 존중하는 것이 제일
의 과제겠죠.」

박금산은 의미가 불분명한 미소를 지었다.

「김필령 동무가 말한 것처럼 화통한 성격은 아닌 것 같소. 두드려 본 다음에야 돌다리를 건너는 성격이시구먼, 허허.」

그 말에 나를 제외한 세 사람이 동시에 웃었다.

「통일이 쉽지 않다는 것은 우리도 잘 알고 있소. 제이슨뿐만 아니라 많은 사람들이 아직 제대로 된 길을 찾지 못하고 헤매고 있소. 그나마 제이슨이 상호 존중의 원칙을 거론한 것은 다행스런 일이오. 남조선의 많은 인민들이 흡수 통일을 주장하는 반동 세력들의 준동에 놀아나는 것에 비하면 희망이 있다고 봐야지 않겠소?」

「흡수 통일을 주장하는 사람들 대부분은 북의 적화 통일을 우려하고 있습니다.」

박금산은 내 말에 놀라는 대신 흥미롭다는 표정을 지었다.

「적화 통일? 이런, 대화가 너무 깊어졌군. 이런 데서 할 이야기는 아닌데 말이야.」

그는 습관인 듯 얼마 남지 않은 앞머리를 옆으로 쓸어 넘겼다.

「예전에 김대중 대통령이 평양에 왔을 때 이 문제는 마무리가 되었소. 공식적인 채널로 발표되지는 않았지만 장군님께서 결단을 내리시어 이야기를 한 것이오. 통전부를 통한 대남 적화 통일을 주장하는 것과 미군 철수를 주장하는 것은 우리 인민들의 감정을 달래기 위한 것임을 분명히 밝히셨소. 덧붙여 미국과의 관계가 정상화된다면 핵 개발 문제나 미사일 문제도 포기하겠다고 약속을 하셨지.」

「김정일 위원장님이 서울 답방을 하셨으면 남북 관계가 급진 전되었을 거라 생각하고 있습니다.」

「서울 답방이라…… 좋은 지적이오. 하지만 서울은 부시의 대북 적대 정책을 수행하는 미군이 있는 위험한 곳이오. 위원장님도 말씀하셨듯 민주당이 부시를 꺾고 클린턴이나 앨 고어 행정부가 들어섰다면 서울을 방문하셨을 거요.」

「…….」

「내부적인 반대도 있었소. 6·25 전쟁에 대해 사죄하라, KAL기 폭파 사건을 사죄하라는 판이니, 장군님이 서울에 가는 것이 오히려 상황을 악화시키게 될 거라며 주위에서 만류했소.」

「…….」

「부시 대통령이 장군님을 '제거해야 할 폭군', '정권 교체의 대상' 심지어는 '버릇없는 못된 아이', '피그미'로 부르는 것은 반드시 시정되어야 할 것이오.」

「제가 알기로는 북한도 부시 대통령을 '전쟁 괴수', '히틀러를 능가하는 폭군 중의 폭군' 등으로 비난하며 맞선 걸로 아는데요.」

박금산은 호탕하게 웃었다.

「이제야 본심이 나오는군. 우리는 당하면 꼭 그것을 되돌려 줘야만 직성이 풀리는 사람들이란 걸 제이슨도 잘 알고 있군요. 다행이오.」

내가 한 말이 왜 그의 기분을 좋게 한 것인지 이해되지 않았지만, 그를 따라서 웃을 수밖에 없었다.

「자, 그럼 이제 가서 제이슨이 소개하는 남조선 사업가를 만나 볼까? 평화를 위한 첫걸음이라 생각하고 기분 좋게 일을 시작합시다.」

박금산은 내 등을 두드리고 난 후 다시 내 손을 잡았다.

박금산과 김필령이 탄 벤츠가 앞장섰고 리준혁과 내가 탄 차는 뒤따라갔다. 리준혁은 고개를 돌리고 창밖을 묵묵히 바라보고 있었다. 간밤에 내린 폭우에 도시의 먼지는 모두 사라졌고 그만큼 시야는 한층 넓어졌다. 작열하는 태양이 수분을 순식간에 삼켜 버리긴 했지만 거리의 초록 식물들은 생기가 넘쳐 났다. 나는 넥타이를 느슨하게 풀며 남국 도시의 넘쳐 나는 여유에 호흡을 맞추려고 노력했다. 약속 장속인 고향집 식당에 가까워 왔을 때 리준혁이 내게 담배를 권했다. 우리는 불을 붙이고 차창을 내렸다. 뜨거운 바람이 차 안으로 쏟아져 들어왔다.

「자본주의에서는 담배가 증오의 대상이 되었다지요?」

리준혁이 말했다.

나는 잠깐 생각에 잠긴 척 뜸을 들이다 말했다.

「그곳에서는 많은 것들이 사람들의 미움을 받고 있습니다. 그중에서도 최악은 '빈곤'이죠.」

리준혁은 나를 바라보며 빙그레 웃었다. 이럴 때 그의 얼굴은 묘하게도 강지수와 많이 닮아 있었다. 웃음의 의미를 알 것 같기도 하고 모를 것 같기도 했다.

한국 식당 고향집은 비어 있었다. 점심 식사 시간이 가까웠지만 실내에는 중국인으로 보이는 단 두 사람만이 구석진 자리에 앉아서 중국식 차를 마시고 있었다. 그들은 식사를 끝마쳤는지 우리가 식당 안으로 들어서자 곧 자리를 뜰 자세를 취했다.

앞치마를 두른 여종업원이 한국어로 우리를 맞았다. 현지에서 고용된 중국인으로 보였다.

「윤 사장님 일행이 도착했나요?」

내가 물었다.

그녀가 앞장을 섰고 주방 앞으로 난 길고 좁은 복도로 우리를 안내했다. 그녀는 한국식 창호지를 바른 미닫이문 앞에서 멈추었다. T자형으로 난 복도에는 모두 네 개의 방이 마련되어 있었고 신발이 놓여 있는 곳은 단 한 곳이었다. 남자 구두와 하이힐이 나란히 정리되어 있어서 그 구두의 주인이 윤수림과 윤은미라는 것을 알아차렸다. 여자가 노크를 한 다음 문을 열자 윤수림과 윤은미가 동시에 자리에서 일어나는 것이 보였다. 사업상 만나는 자리치고는 번잡한 형태의 구조였지만 약속 장소를 정한 이가 채병호였기 때문에 어떤 식으로든 이유가 있을 거라고 생각했다.

「어서 오십시오.」

윤수림이 큰 목소리로 우리를 맞았다. 고개를 숙여 그에게 인사한 후 비켜나며 박금산에게 자리를 내주었다. 박금산이 구두를 벗고 방 안으로 들어섰고 김필령과 리준혁이 그의 뒤를 따랐다.

좁은 입구와 복도에 비해 실내는 넓었다. 성인 7명이 서 있는데도 비좁지 않았다. 높은 천장과 탁자 이외에는 아무런 가구가 없는 탓이었다.

「윤수림 사장님이십니다. 그리고 태평무역의 박금산 총지배
인이십니다.」

두 사람은 손을 뻗어 악수를 한 다음 의례적인 인사를 나누
었다. 다음에는 리준혁과 김필령을 윤수림에게 소개했다. 남자
들이 인사를 나누는 동안 윤은미는 윤수림의 곁에서 두 손을
다소곳이 앞으로 모은 자세로 서 있었다.

「오, 비서님이 아주 미인이시군요.」

「제 조카인데, 아버지를 닮지 않고 저를 닮아서 아주 미인입
니다. 허허. 자, 이쪽으로 앉으시지요. 제가 마음대로 약속 장
소를 정해서 실례가 된 건지도 모르겠습니다.」

윤수림을 중앙에 놓고 나와 윤은미가 앉았고 맞은편은 박금
산을 중심으로 리준혁과 김필령이 옆자리를 차지했다. 내 앞에
는 김필령이 앉았다. 윤수림과 박금산은 지갑에서 명함을 꺼내
어 주고받았다.

「사업을 크게 하신다고 들었습니다.」

박금산이 명함을 쓱 훑어본 후 말했다.

「아닙니다. 선친이 하시던 회사를 물려받았을 뿐입니다.」

「고향이 함경도 어디라고 하셨나요?」

「황해도 해주이십니다. 난리통에 이남으로 내려오셨죠.」

「허, 그렇군요. 그럼 윤 사장님 고향도 해주이신가요?」

「아뇨. 저는 서울에서 났습니다. 피난을 오고 한참 후의 일이
죠.」

「안 그래도 얼굴이 청년처럼 젊으신데 제가 실수를 했나 봅니다. 하하.」

두 사람 모두 이런 자리에는 익숙한 듯 자연스럽게 행동했다.

「오늘 제가 박 지배인님을 모시는 것으로 해서 먼저 식사를 주문해 놓았습니다. 실례가 되지 않았는지요?」

윤수림이 박금산에게 물었다.

「무슨 말씀을, 이렇게 초대해 주신 것만 해도 감사할 일이죠. 우선 술부터 돌릴까요? 북과 남이 한자리에 모였는데 기념을 해야지요.」

두 사람이 서로의 술잔을 채웠고 다음에는 윤수림이 김필령과 리준혁의 잔에 술을 따랐다. 박금산은 나와 윤은미의 잔에 술을 채워 주었다.

대화는 박금산과 윤수림이 주도했다. 최고 연장자인 박금산이 가장 많은 말을 했고 파트너인 윤수림이 응수했다. 그들은 내 중개로 오늘의 자리가 마련된 일을 화젯거리로 삼은 다음 한동안 금강산 관광과 개성공단에서 일어난 일들에 관해 의견을 주고받았다. 대화가 끊어질 때쯤에는 음식이 들어와서 자연스럽게 연결 고리 역할을 해주었다.

「남조선식 김치는 너무 맵고 짭니다. 하지만 김치가 세계적으로 널리 보급된 것은 우리 민족이 자랑스러워할 일입니다. 영도자 김정일 동지께서도 남쪽의 김치와 궁중 음식을 칭찬하셨지요.」

「마카오에서는 제대로 된 한식을 맛보기가 어렵습니다. 언제 기회가 되어 서울에 오시면 제가 근사한 곳을 소개해 드리겠습니다.」

「고마운 말씀이시군요. 그렇게 하려면 통일부터 되어야 하는데, 참 할 일이 많습니다.」

박금산은 너털웃음을 터트렸다.

「옥류관의 평양냉면이 최고라고 들었습니다. 고 박정희 대통령께서도 박성철 특사에게 '빨리 일이 잘 되어 평양에 가서 냉면 한번 먹어 보고 싶다'고 말했다지요?」

윤수림이 말하자 박금산의 얼굴은 더욱 밝아졌다.

「마카오에 우리 식당이 있어 냉면을 맛볼 수 있었는데 지금은 주하이로 옮겨 갔습니다. BDA 사태가 터지고 난 후의 일이었죠.」

리준혁이 말하자 대화는 잠깐 끊어졌다. 윤수림은 물론이고 박금산도 이런 자리에서 올릴 주제가 아니라고 생각했는지 거기에 대해서는 어떤 의견도 내놓지 않았다. 김필령이 헛기침을 하지 않았으면 분위기가 이상한 쪽으로 흐를 뻔했다.

「남쪽의 소주는 너무 약해 빠졌습니다. 자고로 술이란 강하고 톡 쏘는 맛이 있어야 하는데 말이죠. 그래서 우리는 주로 보드카를 마십니다. 제이슨은 어떤가요? 미국에서도 보드카를 마시나?」

박금산이 나를 향해 말하며 대화의 주제를 틀었다.

「우리 제이슨은 술이라면 거부하지 않는 사람입니다. 저도 못 당해 낼 정도입니다.」

김필령이 끼어들어 내 대신 말을 이어 갔다. 윤은미가 처음
으로 편안한 표정을 지었다. 이후로 대화는 더욱 자연스럽게
흘러갔다. 순식간에 소주 네 병이 비어졌고 조금씩 취기가 오
르기 시작했다.

「영도자 동지께서 예전에 남쪽의 〈공동경비구역 JSA〉라는
영화를 칭찬하셔서서 본 적이 있었는데, 아주 잘 만든 영화더군
요. 젊은 군인들이 서로 적군이지만 같은 민족으로서, 또 한
인간으로서 이념을 초월하여 서로 잘 통할 수 있다는 걸 잘
묘사했습니다. 저뿐만 아니라 군 장성들과 당 간부들도 그
영화를 모두 봤습니다.」

박금산은 자신의 박학다식을 자랑하듯 말했다.

「저는 아직 그 영화를 못 봤는데 아쉽군요. 윤 비서는 본 적
이 있나?」

처음으로 다섯 남자의 시선이 윤은미에게 쏠렸으나 윤은미
는 짧게 '아니요'라고 대답하고는 고개를 숙였다. 그녀는 생각
이상으로 긴장하고 있는 듯했다. 그녀 앞에는 리준혁이 앉아서
묵묵히 술을 마시고 있었다.

「개인적으로 남쪽에서 만든 사극을 좋아합니다. 〈태조 왕건〉
과 〈명성황후〉도 좋았지만 그래도 최고의 작품은 〈여인 천하〉
입니다. 매번 마지막 장면에 여자 주인공의 표정을 부각시키
는 게 인상적입디다. 남쪽에는 역사 기록을 따와서 긴 분량의
작품을 만들어 내는 훌륭한 작가들이 많은 것 같아요.」

「박 지배인님은 우리보다 남쪽 사정을 더 잘 알고 계시는 것

같습니다. 오히려 우리가 공부를 해야 할 것 같습니다.」

윤수림의 말에 모두가 웃었다.

「자, 오늘 이렇게 기분 좋은 자리를 마련했는데 맹맹한 소주만 마시지 말고 폭탄주를 돌릴까요?」

윤수림이 말했다.

「그런데 남쪽 사람들은 왜 폭탄주를 좋아하는 거죠?」

리준혁이 오랜만에 침묵을 깨고 말했다.

「뭐, 특별한 이유가 있겠습니까? 마실 때는 부드럽지만 빨리 취하는 게 폭탄주의 장점이죠.」

한동안 맥주와 소주가 상 위에 올라오고 윤수림이 폭탄주를 만들면서 자리는 부산해졌다. 윤수림은 능숙한 솜씨로 위스키 잔을 맥주 잔 위에 올렸고 박금산에게 마지막 의식을 부탁했다. 박금산이 위스키 잔을 치자 도미노처럼 맥주잔으로 빨려 들어갔다. 윤수림과 박금산이 박수를 쳤고 곧 건배를 청했다.

「남과 북이 하나 됨을 위하여」

윤수림이 선창을 했고 나머지 사람들이 '위하여'를 따라 외쳤다. 이때까지만 해도 나는 일이 잘못되리라고는 상상하지 못했다.

식사가 끝나고 후식을 기다리고 있을 때였다.

「오늘 이렇게 귀중한 자리를 만들었는데 좀더 깊은 이야기를 나누시는 것은 어떨까요? 사업이라는 것이 물이 흐르듯 자연스럽게 흘러가야 하지만 때로는 깊은 협곡을 타고 내릴 때처럼 서두를 필요도 있거든요. 박 지배인님과 직접 얼굴을 마주하고 보니 그런 생각이 들었습니다. 시간을 낭비해서 좋을 건 없지 않습니까?」

박금산은 윤수림의 말에 잠시 생각에 잠긴 표정을 지었다. 윤수림의 의도를 파악하려고 애쓰는 모습을 숨기지 않았다. 침묵이 길어져 어색해지려는 순간에 입을 열었다.

「허, 윤 사장님도 사업을 하시는 분이라 성격이 불같이 급하시군요. 오늘은 그저 얼굴을 익히는 자리로만 생각했는데…… 까짓것 좋습니다. 못할 것도 없죠. 어디 한번 이야기를 들어 볼까요.」

「제가 두 분께 양해의 말씀을 드려야겠습니다.」

윤수림은 박금산을 사이에 두고 앉은 김필령과 리준혁을 번갈아 바라보며 말했다.

「자리를 잠깐 옮겨서 저희 두 사람이 먼저 이야기를 했으면 합니다. 우선 큰 그림부터 그려 놓고 실무자들이 이야기를 나누는 것이 훨씬 효율적이지 않겠습니까? 옆에 빈방이 있는 것 같으니 박 지배인님과 제가 그곳으로 옮겨서 이야기를 했으면 하는데…….」

리준혁과 김필령은 대답하지 않고 박금산의 결정을 기다리고 있었다.

「그래요? 허허, 뭐 나쁘지 않습니다. 윤 사장님이 제게 긴히 하실 말씀이 있으신 것 같은데 제가 너무 빼도 실례겠죠?」

그렇게 해서 두 사람이 먼저 자리에서 일어났다. 나머지 사람들도 보스에 대한 예의를 차리기 위해서 일어났다.

「아아, 괜찮아요. 편히 앉아서 말씀들 나누고 있어요. 그리 오래 걸리지는 않을 겁니다. 제이슨이 두 분 선생님을 재미있게 해드리세요.」

방을 나가면서 윤수림이 내게 말했지만 나는 시원한 웃음을 짓지 못했다. 미리 귀띔을 해주었으면 좋았을 거라고 생각했다. 처음부터 그런 의도를 알았더라면 조치를 취했을 것이다. 김필령은 아무런 표정 변화 없이 이 사태를 받아들이는 것 같았지만 리준혁은 윤수림과 내 얼굴을 번갈아 바라보며 사정을 살폈다.

두 사람이 자리를 비우자 막상 남은 사람들은 어떤 이야기를 해야 되는지 막막해졌다. 그동안 김필령과 리준혁과의 만남에서 쌓았던 친밀감은 앞을 가로막은 테이블이 자연스럽게 선을 그으면서 순식간에 무너졌다. 김필령은 앞에 놓인 술잔을 매만지며 마른침을 삼켰고 윤은미는 바른 자세로 앉아 눈을 아래로 내리깔고 있었다. 긴장과 나른함이 뒤섞인 복잡한 침묵이 네 사람이 앉은 공간을 점유하고 있었다. 나는 윤수림이 박금산에게 어떤 이야기를 할지 예상해 보았지만 제대로 집중하지 못했다.

불편한 침묵을 깨트린 것은 리준혁이었다. 그는 마치 유체이탈이라도 한 듯 앉아 있는 윤은미에게 말을 걸었다. 그녀는 고개를 들고 멍한 표정으로 리준혁을 바라보았다.

「죄송한데 제가 잘 듣지 못했습니다. 뭐라고 하셨죠?」

리준혁의 질문을 놓치기는 나도 마찬가지였다. 그는 헛기침을 한 다음 말을 이었다.

「운동하신 적이 있으시죠?」

「……..」

「제가 실례를 했나요? 윤 비서님 손을 얼핏 봤는데 그런 느낌이 들더군요.」

리준혁의 목소리는 차분했고 낮았다. 윤은미는 긴장했는지 여전히 입을 다물고 있었고 결국 내가 끼어들어야만 했다.

「리 부장님은 역시 날카로우시군요. 저도 윤 비서님에게 들은 이야긴데 예전에 배구 선수였다고 합니다.」

「배구라고요? 아주 재미있는 운동을 하셨네요.」

리준혁의 반응이 조금 의외였기 때문에 우리는 아무 말도 하지 않고 그의 다음 말을 기다렸다. 하지만 그는 빙그레 웃기만 할 뿐 왜 그런 생각을 한 것인지 설명해 주지 않았다. 답은 옆에 앉은 김필령에게서 나왔다.

「허허, 사람도 참, 말을 붙였으면 끝장을 봐야지. 내가 알려 주겠소, 제이슨. 뭐 대단한 이야기는 아니지만 우리 공화국에서는 배구단이라는 말이 조금 특별한 의미를 갖고 있소. 호위 사령부 직속 1국 훈련소를 다른 말로 '배구단'이라고 부르오. 경호 위주의 격술과 돌발 상황에 대처하는 요령들을 익히는 훈련을 기본으로 하고 있는데 우리 공화국의 자랑거리지. 프놈펜에 많은 요원들이 나가 있소. 배구단이라는 말은 배구 선수들이 스파이크를 때릴 때처럼 사람들의 머리통을 쳐 갈긴다는 말에서 나왔소. 그래서 우리는 배구를 보면 우선 호위 사령부를 먼저 떠올린다오.」

「재미있는 이야기군요. 제가 지난번에 윤 비서님께 농담을 했더니 대뜸 과거에 배구 선수였다는 점을 강조하신 적이 있었는데, 그 이야기와 일맥상통한 점이 있군요.」

내 말에 두 남자는 웃었지만 윤은미는 조금 상기된 얼굴을 하고 나를 바라보았다.

갑작스럽게 미닫이문이 열렸다. 리준혁의 운전기사였다. 그는 구두를 벗지 않은 채 방으로 들어서더니 맞은편에 앉은 리준혁에게로 재빠르게 다가가 무릎을 꿇고 귓속말을 했다. 리준혁이 곧 나를 뚫어지게 쳐다봤다. 팔뚝에는 소름이 돋았고 머리카락도 쭈뼛쭈뼛 서기 시작했다. 본능이 뒤늦게 반응했다. 온 신경을 그의 입술에다 집중시키고 그가 무슨 말을 할 것인지를 기다렸다.

「반동 새끼.」

그를 바라보는 사람은 모두 세 사람이었다.

「동무는 나가 있어.」

운전기사는 절도 있게 고개를 끄덕이고는 성큼성큼 방을 빠져나갔다. 김필령이 큼직한 손바닥으로 상을 강하게 내리쳤다. 그도 나처럼 상황을 이해하지 못하고 있었지만 그는 저편의 세계에 속한 사람이었다.

「이게 무슨 일이오, 제이슨!」

김필령의 목소리가 고막을 때렸지만 내가 말을 하기 전에 열린 문으로 소음이 쏟아져 들어와 모두의 주의는 외부로 향했다. 홀의 탁자가 넘어지는 소리와 남자의 비명 소리가 들렸다. 신음을 쏟아 내는 자가 리준혁의 운전기사임은 굳이 확인할 필요가 없었다. 김필령이 자리에서 일어나려는 것을 리준혁이 손을 뻗어 제지했다. 나와 윤은미는 돌부처처럼 굳어 있었다.

홀에서 나던 소리가 잠잠해진 후에는 여러 명의 사내들의 목소리가 발소리와 뒤섞여 좁은 복도를 메웠다. 곧 그들이 정체를 드러냈다. 낯선 사내들은 미닫이문 밖에 서 있었다. 모두 네 명으로 중앙의 두 사내가 얼굴이 피투성이가 된 운전기사를 부축하고 서 있었다. 오른쪽에 선 사십대로 보이는 작은 키의 사내가 보스인 것 같았고 나머지 사내들은 모두 짧은 머리에 덩치가 큰 이십대 청년들이었다. 이전에 김태우의 뒤를 쫓을 때 보았던 그 패거리들이 분명했다. 사내들은 뭔가 짧은 말을 했지만 나는 그들의 말을 듣지 못했다. 사내들은 다음 명령을 기다리는 자세를 취하고 서 있었다.

「설명을 해보지.」

리준혁이 나를 향해 날카로운 시선을 던졌지만 그의 어조에는 흥분한 김필령을 달래는 듯한 부드러움이 묻어 있었다.

「답은 제가 하겠습니다.」

윤은미가 말했다.

나는 리준혁이 내게 '반동 새끼'라고 했을 때보다 더 큰 충격
을 받았다.

「박금산 씨는 남한으로 귀순하셨습니다.」

「이 간나 새끼들!」

김필령의 움켜쥔 주먹이 부들부들 떨리고 있었다. 그의 눈은
나와 윤은미 그리고 미닫이문 밖의 사내들을 향해 차례로 움직
였다.

「무슨 말입니까? 윤은미 씨.」

「제이슨은 빠지세요. 제가 두 분께 말씀드리겠습니다.」

윤은미가 나를 제지했다.

「두 분 모두 당황하고 계시겠지만 지금 보고 있는 모습 그대
로입니다. 여러분의 상관이신 박금산 씨는 자유 대한민국으
로의 망명을 요청하셨습니다. 현재 저희 직원의 안내를 받아
홍콩 주재 한국 총영사관으로 출발하셨습니다.」

리준혁은 일어서려는 김필령의 팔을 쥐고 눌렀다. 윤은미도
그들의 인내력이 한계에 달했음을 알아차렸는지 빠르게 말을
이었다.

「지금 이 자리에서 결정을 내려 주세요. 대한민국 정부는 두
분의 귀순을 적극 환영합니다.」

「미쳤군.」

리준혁의 목소리는 미세하게 떨렸다. 김필령은 당장이라도
우리를 삼켜 버릴 기세로 노려봤다.

「시간이 많지 않습니다. 리준혁 씨, 당신은 상황 판단이 빠르

신 분이라고 알고 있습니다. 지금은 절대적으로 당신들이 불리합니다.」

김필령의 입에서 사나운 개가 으르렁거리는 듯한 역겨운 말이 터져 나왔다.

「답은 리준혁 씨 당신이 해야 합니다.」

리준혁은 무표정한 얼굴로 윤은미를 바라보기만 했다. 마치 자신과는 상관없는 일을 관망하는 듯한 시선이었다. 그는 갑자기 생각이 났다는 듯 나를 바라봤다. 그러고는 내 앞에 놓인 담배를 잡기 위해 허리를 숙였다. 담배를 꺼내 입에 물고 라이터로 불을 붙였다. 낮은 한숨과 짙은 담배 연기가 그의 입에서 나왔다. 순간이었지만 나는 그가 웃는 것을 보았다.

「아직 마지막 카드를 보지 않은 것 같은데…….」

그렇게 말을 하고 리준혁은 담배를 비벼 껐다.

「일어나세요.」

윤은미가 내 팔을 잡아끌었다. 그런 나를 바라보며 리준혁은 활짝 웃었다.

김필령이 나를 향해 소리를 질렀다. 두 사내가 부축하고 있던 운전기사는 버려진 신발처럼 한쪽 구석에 방치되어 있었다. 네 명의 사내들은 우리가 나올 공간을 확보해 주었고 약속이라도 한 듯 고개와 어깨를 돌리면서 몸을 풀었다. 복도 맨 끝에 거대한 그림자가 보였다. 윤은미와 내가 통로를 빠져나오는 모습을 김태우는 팔짱을 끼고서 바라봤다. 얼굴에 긴장한 흔적이 역력했다.

김태우가 이 자리에 나타나리라는 추론은 그리 어렵지 않았지만 윤수림이 그 뒤에 버티고 서 있으리라고는 생각하지 못했다. 윤수림은 텅 빈 홀에 혼자 앉아 있었다. 윤수림과 윤은미는 아무런 말을 나누지 않았고 윤수림은 내게 눈길 한 번 주지 않았다.

덩치 큰 세 명의 사내가 차례로 방 안으로 들어갔고 마지막으로 보스로 보이는 사내가 우리 쪽을 흘낏 보고는 들어갔다. 곧 둔탁하고 날카로운 소리와 사내들의 거친 숨소리가 뒤섞여 터져 나왔다. 미닫이문이 부서지면서 한 사내가 바닥으로 나뒹굴었고 피가 뿜어져 나오는 머리를 움켜쥔 사내가 비명을 내지르며 튕겨졌다. 벽이 울렸고 유리병 깨지는 소리가 들렸다. 관절이 꺾이고 뼈가 부러지는 장면이 그려졌다. 김필령의 기합 소리는 초원에서 길을 잃은 늑대가 내지르는 울음처럼 기묘하게 들렸다. 얼마 있지 않아 두 사람은 태연히 방에서 나와 구두를 찾아 신었다. 두 사람의 옷매무새는 피와 땀으로 범벅이 되어 완전히 구겨져 있었지만 표정만큼은 평화로워 보였다. 윤수림과 윤은미는 이런 결과를 알고 있었다는 듯 아무렇지 않게 그들을 바라봤다. 통로 입구에 버티고 서 있던 김태우가 웃옷을 벗었다. 리준혁이 나서려는 것을 김필령이 팔로 제지하고 앞장섰다. 김필령은 김태우를 보고는 잠시 주춤했다.

김태우는 양손을 내밀며 방어를 위해 몸을 옆으로 비틀었다. 김필령이 순간이지만 자세를 취한 김태우를 향해 쓴웃음을 지었다. 반면 처음의 기세와 달리 김태우는 머뭇거리고 있었다.

선제공격은 김필령이 시작했다. 김필령은 가볍게 점프를 해 벽을 타고서 공중으로 날아올라 김태우의 머리를 향해 킥을 날렸다. 김태우는 왼팔로 머리를 보호하며 김필령의 킥을 막아 냈다. 비록 공격을 막아 내긴 했지만 발차기의 충격을 견디느라 주춤거렸고, 그 틈을 이용해 땅에 착지한 김필령은 반대쪽 발로 무방비 상태인 김태우의 옆구리를 강타했다. 동작은 간결했다. 김태우의 상체가 앞으로 쏠렸고 틈을 놓치지 않고 김필령은 강한 회전력을 이용한 뒤돌아 찍기를 시도했다. 그는 발로 김태우의 목과 어깨가 만나는 지점을 후려 찼다. 세 번의 발차기 기술 중 두 개가 적중했다. 김태우도 만만치는 않았다. 그는 앞으로 쓰러지면서도 손을 뻗어 김필령의 바짓가랑이를 우악스럽게 움켜쥐었고 필사의 힘을 다해 끌어당겨 김필령이 바닥에 엉덩방아를 찧게끔 만들었다. 기회를 놓치지 않고 달려들어 육중한 몸을 김필령의 몸에다 올려놓았다. 순식간에 상황은 역전되었다. 두세 번 몸을 요동친 후 그는 김필령의 목을 휘감는 데 성공했고 곧 조르기에 들어갔다. 김필령의 왼쪽 팔은 김태우의 어깨와 가슴에 눌려 움직일 수 없었고 오른팔은 겨우 김태우의 얼굴에 닿을 정도만 여유가 있었다. 양손을 써서 목 조르기를 시도했기 때문에 김태우는 무방비 상태로 김필령의 주먹 세례를 받았다. 김필령의 주먹은 귀와 눈 사이의 맥박이 뛰는 관자놀이를 노렸지만 약간 짧았고 대신 김태우의 광대뼈와 턱을 향해 날아갔다. 두어 번의 타격으로 김태우의 입에서 붉은 피가 터져 나왔다. 목 조르기를 당한 김필령의 두 발은 발작을 일으킨 환자처럼 경련을 일으켰다.

나를 비롯해 윤수림과 윤은미 그리고 건너편의 리준혁은 아무런 행동을 취하지 않고 두 짐승 간의 사투를 지켜봤다. 어금니가 부서지고 피를 흘리는 쪽은 김태우였지만 숨이 얼마 남지 않은 불리한 상황에 처한 쪽은 김필령이었다. 유도 유단자를 상대로 바닥에 깔리는 무모한 행동의 대가였다. 하지만 김필령은 거기서 물러서지 않았다. 이마에 흐르는 땀을 이용해 미끄러지면서 고개를 조금 옆으로 움직였고 김태우의 오른쪽 어깨를 깨물었다. 살점이 떨어지기라도 하듯 김태우가 비명을 내질렀고 그 순간 김필령의 목을 조르던 양손의 결박이 조금 느슨해졌다. 김필령은 마지막 힘을 다해 주먹을 날렸고 마침내 그의 주먹이 관자놀이를 강타했다. 묵직한 소리와 함께 김태우의 몸이 힘을 잃고 바닥에 쓰러졌다. 김태우는 정신을 잃었고 그를 밀치고 숨을 쉬기 시작한 김필령은 바닥에 고개를 숙이고 침과 피를 쏟아 냈다. 리준혁은 김필령이 제정신을 차릴 때까지 기다려 보겠다는 듯 그를 물끄러미 바라보았다. 마침내 김필령이 비틀거리며 자리에서 일어났고 엎드려 있던 김태우가 무의식 상태에서 고개를 쳐들자 축구공을 차듯 머리통을 내갈겼다. 김필령은 숨을 고르게 쉬게 되자 우리를 향해 사납고 맹렬한 눈빛을 보냈다.

「독한 새끼.」

그 말은 윤수림의 입에서 나왔다. 자리에서 일어난 윤수림은 천천히 재킷을 벗었다. 그러고는 끼고 있던 안경을 바닥에 버리면서 구둣발로 짓이겨 버렸다. 그는 머리를 좌우로 흔들며 김필령에게 다가섰다. 김필령은 허리를 세우며 공격 자세를 취했다. 하지만 윤수림을 향해 날아온 것은 뒤에서 관망만 하던 리준혁이었다. 두 사람은 잽을 날리는 전초전 없이 곧장 스트레이트 주먹을 뻗었다. 윤수림은 실수로 날아온 주먹에 얼굴을 내주었지만 그 틈을 이용해 유효타를 꽂았다. 턱과 복부를 맞은 리준혁은 비틀거렸고 윤수림의 킥이 얼굴을 강타하자 바닥에 나뒹굴었다.

쓰러진 리준혁을 내버려 두고 윤수림은 천천히 김필령에게 걸어갔다. 윤수림은 뒷주머니에서 날카로운 나이프를 꺼내었다. 순간 쓰러져 있던 리준혁이 혼신의 힘을 다해 윤수림을 향해 달려들었다. 하지만 주먹이 윤수림의 뒤통수에 채 닿기도 전에 그는 윤은미의 발차기를 맞고 비틀거렸다. 윤은미의 늘씬한 허벅다리를 감상할 수 있는 시간은 찰나에 불과했다. 그녀는 기우뚱거리는 리준혁의 머리통을 향해 강한 스파이크를 날렸고 리준혁은 벽까지 밀려 나가며 고꾸라졌다.

김필령은 입고 있던 와이셔츠를 찢어 두 손으로 말아서 수비 자세를 취했고 윤수림은 손목을 이용해 잭나이프를 흔들며 거리를 좁혔다. 김필령이 어떤 대응을 하리라는 것을 알면서도 그는 주저하지 않고 다가가 나이프를 든 손을 길게 내밀었다. 김필령은 윤수림의 손목을 노리면서 와이셔츠 천을 팽팽하게 쥔 양손을 내밀었지만 제대로 칼을 감싸지는 못했다. 윤수림은 반대쪽 손을 이용해 김필령의 얼굴을 내리쳤다. 그리고 김필령

의 아랫도리 급소를 무릎으로 찍어 올렸다. '윽' 하는 비명소리
와 함께 김필령이 고개를 숙이며 고꾸라졌고 윤수림은 그의 등
에 나이프를 꽂았다. 꽂았던 나이프를 빼내자 김필령의 허리가
활을 반대쪽으로 억지로 휠 때처럼 휘어졌고 검붉은 피가 뿜어
져 나왔다.
　「더러운 빨갱이 새끼.」
　윤수림은 김필령의 머리채를 휘어잡고 칼 손잡이 부분으로
그의 얼굴을 서너 번 내리쳤다. 마지막으로 피투성이가 된 김
필령의 얼굴 위에 '퉤' 하고 침을 뱉었다. 윤수림이 잡았던 머리
채를 놓자 김필령은 허수아비처럼 바닥으로 쓰러졌다.
　사내들이 널브러진 식당 고향집의 모습은 아수라장이었다.
　「시간이 없습니다. 어서…….」
　복도 입구에 쓰러진 김태우가 피 묻은 얼굴을 손등으로 닦으
며 나를 쳐다봤다.
　「멍하니 서 있지 말고 김태우를 부축해!」
　윤수림이 나를 향해 소리 질렀다. 그는 아직도 잭나이프를
쥐고 있었다. 그의 머리는 사자 갈기처럼 제멋대로 헝클어져
있었고 눈에는 붉은 핏발이 서 있었다.
　「전 여기에 남겠습니다. 이 사람들을 병원에 데려갈 사람이
　필요합니다.」
　말을 마치자 곧바로 윤은미가 긴 손바닥으로 내 뺨을 후려쳤
다. 윤은미의 행동에 윤수림은 가까이 다가오다 멈추어 섰다.
　「저 새끼 정신이 나간 거 아냐!」

윤수림은 나와 윤은미를 번갈아 가며 바라봤다.

「시간이 없습니다.」

멀리서 사이렌 소리가 들리는 듯했다.

「이러다 모두 잡히겠어요.」

윤은미가 윤수림에게 호소하듯 말했다.

「당신! 당신은 어떻게 할 거예요?」

윤은미가 나를 향해 다그쳤다.

「난 여기 남겠소.」

「미친 새끼.」

윤수림이 욕설을 내뱉고 다가왔지만 나는 뒷걸음치지 않았다. 이유야 어찌되었든 칼을 맞은 쪽은 김필령이었다. 윤은미가 중간에 끼어들어서 윤수림을 막아섰다.

「시간이 없어요. 제이슨은 남겨 두고 빨리 빠져나가죠.」

그사이에 김태우는 한 발을 질질 끌며 우리가 있는 쪽으로 다가섰다.

「가시죠.」

윤수림은 오물 더미를 뒤집어쓴 노예를 바라보듯 나를 향해 경멸의 눈빛을 던졌다. 그런 다음 땅바닥에 침을 뱉고는 뒤돌아섰다. 나는 바닥에 쓰러진 김필령과 벽을 등지고 신음하고 있는 리준혁을 돌아보았다. 경찰이 도착하기 전 그들을 데리고 고향집을 빠져나갈 생각이었다.

칼을 맞은 김필령이 더 위험하다고 생각했기 때문에 가까이에 있는 리준혁을 남겨 두고 김필령에게 향했다. 김필령은 바닥에 얼굴을 대고 피와 침을 쏟고 있었다. 김필령을 일으켜 세우기 위해 그의 겨드랑이에 손을 집어넣으려고 했을 때 리준혁이 바짓단을 올린 다음 숨겨 둔 비수를 꺼내는 것을 보았다. 리준혁은 호흡을 가다듬으며 손에 쥔 칼을 윤수림을 향해 던졌다. 칼은 엉뚱한 방향으로 날아갔다. 윤은미의 심장에 날이 선 칼이 박혔다. 그녀의 가슴은 붉은 피로 뒤덮였고 윤은미는 칼 손잡이를 한 손으로 붙잡으며 쓰러졌다.

칠흑 같은 어둠이 온몸을 뒤덮으며 옥죄여 왔다. 실제로 내 몸을 죄고 있는 것은 가느다란 철사줄이었지만, 최면 상태의 육체는 현실과 꿈을 구분하지 못했다. 나는 잠에 빠져들었다 깨어나기를 반복했다. 어둠 속에서 누군가 나타나 팔뚝에 주사를 놓았다. 얼마의 시간이 경과했는지 짐작할 수 없었다. 어둠이 가려 버리는 것은 단순히 물리적인 빛만이 아니라 시간의 지배를 받는 모든 현상들을 포함하고 있었다.

한국 식당 고향집에서 나는 김필령을 들쳐 업고 리준혁을 부축해서 빠져나왔다. 앞서 윤수림이 윤은미를 감싸 안고 김태우를 끌며 나간 후였다. 마카오 경찰이 도착하기 전이었고 간발의 차이로 그들을 따돌릴 수 있었다. 이후 상황이 어떻게 전개되었는지는 알 수 없었다. 리준혁의 운전기사가 체포되었는지, 김태우가 동원한 낯선 사내들은 또 어떻게 되었는지, 윤수림

일행은 어디로 사라졌는지, 그리고 칼에 맞은 윤은미 생사는 어떻게 됐는지. 뒷좌석에 김필령을 태우고 기억을 더듬어 태평무역이 있는 아파트까지 운전했다. 사무실에 들어온 후에는 뒤통수를 가격 당했고 정신을 잃었다.

'시간이 얼마나 지났을까?'

한 가지 생각에 온 신경을 집중했다. 예상치 못한 많은 일들이 일어났지만, 그 모든 것을 정리하는 것은 불가능했다. 오직 시간의 흐름을 더듬는 것만이 내가 살아날 마지막 희망처럼 여겨졌다.

꿈을 꾸면서 여러 명의 사내들을 만났고 그들에게 수다스러울 정도로 많은 말을 했다. 일생 동안 한 말보다 더 많은 단어와 문장이 쏟아져 나왔는데 이상한 건 그 모든 것이 나와는 상관없는 일들이라는 느낌을 받았다는 것이다. 알지도 못하고 경험하지도 못한 일들을 사실인 양 꾸며서 그들에게 이야기했고 이야기하는 동안 그 모든 일들이 실제로 일어난 것처럼 스스로 믿게 되었다. 목이 말랐지만 그들은 내게 물을 주지 않았다. 갈증을 이기지 못할 거라는 생각이 들면 잠에 빠져들었고 깨어나면 언제 그랬냐는 듯 다시 이야기를 중얼거리기 시작했다.

「우울한 이야기로군.」

맞은편 어둠에서 속삭이는 듯한 목소리가 흘러나왔다.

「이제 그런 이야기는 그만두고 자네 이야기를 해봐. 다른 사람들이 어떻게 살고 있는지는 우리 대화의 본질이 아니잖아? ……그러니까 내 말은 자네가 자네이길 포기해서는 안 된다는 거야.」

나는 눈을 감거나 뜨거나를 반복하며 그의 말을 들었다.

「너무 더워. 그리고…… 목이 말라.」

어둠 속에 숨어 있는 상대에게 말하는 것은 생각보다 어려운 일이다.

「자네는 오랫동안 꿈을 꿨어. 나도 당한 적이 있기 때문에 지금의 자네 처지를 잘 알고 있네. 받아들이기 힘들겠지만 자네는 더운 것이 아니라 사실은 추위에 떨고 있는 거라네. 얼음을 녹인 차가운 물을 자네에게 끼얹었기 때문이지. 이가 부딪히는 소리가 귀에 거슬릴 정도야. 미안하지만 담요나 뜨거운 차 같은 호의는 기대하지 않았으면 좋겠어. 당분간 자네는 이 상태로 버텨 내야만 할 거야. 제정신이 돌아올 때까지는 어쩔 수 없어.」

그 말을 듣자 실제로 몸이 떨리는 것이 분명하게 느껴졌다.

「여기가 어디야?」

내 목소리는 떨리고 있었다.

「이런, 벌써 정신이 돌아온 거야? 자네는 이상한 사람이야. 그동안 내가 봐 왔던 어떤 사람들과도 달라. ……그래서 자네를 좋아하는 것이긴 하지만.」

「……」

「여긴 평양이네.」

「……」

「무슨 생각을 하고 있는지 짐작이 가. 말했지만 나도 똑같은

일을 당했거든. 한 가지 덧붙이자면 나는 평양에 온 것을 다행
으로 생각했다는 거야. 지옥에 갈 나이는 아직 아니었거든.」
이가 부딪치는 소리가 내 귀에도 들리기 시작했다.

「이렇게 평양에 오게 되었는데 보여 주지 못해서 미안하게
생각하네. 하지만 원한다면 설명을 해줄 수는 있지. 언어는
필연적으로 왜곡을 가져오지만 말이야. ……이 도시는 자네
가 생각하는 것만큼 흉측하거나 기묘하지 않아. 물론 베이징
이나 워싱턴과는 상당히 다른 모습을 하고 있지만 이곳에서
도 사람들은 밥을 짓고 침대에서 잠을 잔다네.」

한기가 느껴지면서 극심한 두통이 밀려왔다. 거대한 종의 파
동이 고막을 터트려 버린 것처럼 균형을 잃고 비틀거렸다. 다
행히 몸은 아직 의자에 묶여 있었다.

「이 도시의 가장자리에는 들판이 펼쳐져 있고 그 너머에는 산
들이 있다네. 수령이 사백 년 이상 된 나무들이 도열한 동산
이 있고 그 앞으로 긴 강이 흐르고 있어. 맑고 투명한 강이었
는데 요즘은 좀 흐릿해져서 보고 있으면 짜증이 나기도 해.
아마 자네는 이런 이야기는 별로일 거야. 자네는 커다란 광장
과 인민 학습당과 같은 인공 구조물들에 더 관심이 있겠지.
마카오에서 바다와 협곡이 무시되는 것과 같은 효과지. 언젠
가 백칠십 미터의 주체사상탑에 올라 평양을 조망하는 기회
를 가진 적이 있었네. 이 도시는 정보를 원하는 사람들에게
관대한 편은 아니지만 나는 나름의 선물을 받은 거지. 그때
인민 보안성에서 나온 검사원이 내게 이 도시를 세 부분의 요

새로 나누어 설명해 주었어. 내부 요새, 중간 요새…… 외부
요새.」

「…….」

「전쟁의 공포에 시달리는 인민들이 사는 도시라고 생각하면
그들이 이 도시를 요새라 부르는 것 정도는 눈감아 줘도 좋
지 않겠어?」

발끝과 손끝의 감각이 되살아나면서 심장이 뜨거운 피를 펌
프질하고 있음이 느껴졌다.

「당신은…… 리준혁이 아니군.」

나는 어둠 속의 상대를 노려보며 말했다.

「자네의 농담은 여전히 썰렁하군.」

그제야 나는 어둠 속에 숨어 있는 사내가 그토록 찾아 헤매
던 인간이라는 것을 알아차릴 수 있었다.

강지수.

내 몸은 내장의 위치가 뒤바뀔 정도로 본격적으로 떨리기 시
작했다. 하지만 그와 정반대의 감각이 내 몸을 뒤흔들었고 나
를 지배했다. 그것은 졸음이었다.

「아직 약 기운이 남아 있을 거야. 푹 자두라고. 깨어나면 좀
더 깊은 이야기를 해보지.」

그를 불러 세우고 싶었지만 고개를 숙이고 잠에 빠져들었다.
더 이상 낯선 인간들에게 내 이야기를 들려주고 싶지 않았지만
그들은 탐욕스러운 개처럼 지치지 않고 내 뒤를 쫓았다.

　다시 깨어났을 때 주변은 좀더 밝게 변해 있었다. 어디서 들어온 빛인지 분간되지는 않았지만 어둠은 한층 가벼워졌고 상대편의 흐릿한 형체를 볼 수 있을 정도였다. 남자는 내게 다가와 의자 뒤로 묶여 있던 손의 결박을 풀어 주었고 두꺼운 담요를 덮어 주었다. 양손을 입에 가까이 대고서 입김을 불었다. 추운 것은 아니었지만 입에서는 한기가 쏟아져 나왔다.

　「뜨거운 걸 줘.」

　남자를 향해 힘겹게 말했고 그는 대답 없이 나를 바라보기만 했다.

　「기왕이면 따뜻한 커피였으면 좋겠는데.」

　한쪽 구석에서 풍선에 든 바람이 빠지는 듯한 웃음소리가 들렸다. 언제부터 그곳에 앉아 있었는지 모르겠지만, 상대는 나를 잘 알고 있는 듯한 분위기를 풍겼다. 그를 꿈에서 본 것이 아니라는 사실을 확인하자 안심이 되었다.

「이야기를 하게 자리 좀 피해 주시오.」

그의 말에 막대기처럼 서 있던 사내가 돌아섰다. 철문을 열자 강한 빛이 눈을 파고들었기 때문에 나는 눈을 감아야만 했다. 철컥하고 쇠문이 닫혔고 나는 고개를 흔들며 눈을 떴다. 강지수는 맞은편에 의자를 놓고 나를 정면으로 바라봤다. 그는 어둠 속에서도 자연스럽게 움직였다.

「자네가 무슨 생각을 하는지 잘 알고 있네. 누군가 대신해서 이야기해 주길 바라겠지만 그럴 가능성은 거의 제로야.」

나는 양손을 볼에다 대고 고개를 숙여 턱을 괴었다.

「카지노에서 자네는 이런 이야기를 했었지. 한쪽만을 선택하는 것이 자신의 운명이라고. 자네는 지금껏 잘해 왔고 자네가 공언했던 이야기를 실천했어. 한편으론 자네의 그 우직한 성품을 부러워했었지. 하지만, ……지금의 선택은 조금 이해가 되지 않아. 지금 꼴을 봐. 발가벗겨진 채로 딱딱한 의자에 철사로 묶여 있지 않나? 어리석은 선택을 한 거야.」

「미안하지만…… 이제 네 이야기를 해줬으면 해. 난 많이 지쳤어.」

그는 낮게 소리 내어 웃었다. 웃음소리는 태양이 내리쬐는 광장에서 여자들과 함께 앉아서 시시한 농담을 하며 보냈던 어떤 날을 떠올리게 했다. 남쪽에서 불어오는 시원한 바람이 여자들의 종아리에 부딪쳤고 우리는 가끔씩 먼 하늘을 올려다보았다.

「난 네가 죽은 모습을 보았어. 복부에 칼을 맞고 쓰러져 있더군.」

「사진을 찍어 준 친구는 중국인이었는데 꽤 만족스러워하더군. 그 사진을 자신의 전시회에 내걸고 싶어 하는 눈치였어. 별수 없이 그런 일이 벌어지면 죽게 되는 사람은 내가 아니라 ‘너’라고 협박해야 했지. 호주머니에서 권총을 꺼내어 보여 주자 질겁하더군. 그걸로 된 거지.」

「카지노에서…… 의도적으로 내게 접근한 거야?」

갑자기 심한 두통이 밀려와 제대로 말을 할 수가 없었다. 약기운이 떨어지고 있었지만 그렇다고 몸이 정상의 상태로 변해 가고 있는 것도 아니었다. 오히려 약에 취해 있을 때가 현실적인 고통에서 벗어나 있었기 때문에 더 좋았던 것처럼 여겨졌다.

「어리석긴 하지만 멍청한 쪽은 아니잖아? 그런 질문을 할 필요가 있을까?」

「…….」

「자네를 속였다는 것은 인정하지. 미안하지만 어쩔 수 없었네. 이번 일을 겪어서 잘 알게 됐겠지만 때로는 의지와 상관없이 상대방을 속여야 하는 일이 벌어지지. 나 때문에 자네가 이번 사건에 연루되리라고는 솔직히 예상하지 못했어.」

「……넌 누구를 위해서 일한 거야?」

그는 내 말에 아무런 대답 없이 그대로 앉아 있기만 했다. 얼마의 시간이 지난 후 그는 불을 켰다. 라이터 불이었는데 담배에 불이 붙는 동안 그의 얼굴을 비교적 선명하게 볼 수 있었다.

그는 자리에서 일어나 내게 다가와 담배를 물려 주었다. 정확히 내 입술을 찾아 내었고 자리로 돌아가 앉았다.

「난 담배를 끊었어. 이건 순전히 자네를 위한 의식이지.」

떨리는 손을 진정시키며 담배를 손가락으로 쥐었다. 담배를 빨아들이자 훅 하고 기침이 쏟아져 나왔고 담배 연기 대신 마른침을 바닥에다 뱉어 냈다.

「나는 더 이상 다른 누군가를 위해서 일하지 않아. 예전의 나는 분명히…… 그런 적이 있었지. 이 점이 나를 괴롭히고 있어. 자네를 다시 만나게 된 것도 그 탓이지만 할 수만 있다면 부정하고 싶어.」

「그 전에…… 내게는 솔직해져야 할 거야.」

나는 힘을 내어 말했다.

「아아, 미안. 자넬 자극하려고 했던 건 아냐. 우린 아직 친구 사이지 않은가? 난 자네가 나 때문에 이번 사건에 끼어든 것에 대해 많은 생각을 했었네. 이 도시의 사람들은 영웅을 상당히 좋아하는데, 자네가 벌인 일은 적어도 내게는 영웅적인 행동이었어.」

「…… 좋을 대로 생각해.」

「비꼬는 것은 아니니까 기분 상하지 않았으면 좋겠어. 아무튼 지금 나는 자네에게 감사할 따름이야. 누군가 내 죽음을 애도해 줬다는 사실을 알고 나니 한결 마음이 가벼워졌어. ……자네의 생각과는 달리 다른 쪽에서 일을 했네. 왜 그런 선택을 했는지 지금은 후회하고 있지만 당시에는 만족했었어. 자네도 알고 있겠지? 내가 국정원의 직원이었다는 것을. 그때 나는 사춘기 소년처럼 정체성의 혼란을 겪고 있었어. 이런 이야기를 하기는 쑥스럽지만…… 나는 내가 어떤 사람인가 의심하고 있었어.」

「이야기를 돌리지 않았으면 좋겠는데.」

「미안. 자꾸 자네에게 사과만 하게 되는군. 이해해 줬으면 하네. 아무튼 당시의 나는 오염된 시궁창 꼴이었어. 신념이 무너진 사람들에게서 흔히 발견되는 증세를 겪고 있었지. 세상을 증오하고 나도 모르게 화를 내고 있었지. 사람들은 나를 쓰레기 취급했네. 그런데…… 그 철사줄 불편하지 않은가?」

비록 손에 묶여 있던 결박은 풀린 상태였지만 나는 여전히 의자에 묶여 있는 상태였다. 하지만 감각이 무뎌져 있었기 때문에 큰 고통은 없었다. 어쩌면 내가 잠든 사이에 누군가가 철사를 느슨하게 해놓았는지도 모르겠다.

「괜찮아. 이야기 계속해.」

「그래, 그 심정 이해가 가. ……난 미국을 위해서 일했어. 미국의 재무부 소속 요원에게 포섭되었어. 낯간지럽지만 난 비교적 유능한 요원이었거든. 비밀을 지키고 하달된 명령을 정확히 수행했지. 국정원의 인사 보고서를 뒤져 보면 그 사실을 알 수 있을 거야. 인사고과에서 높은 점수를 받으려면 정치적 능력이 필요하긴 하지만 아무튼 비밀 요원으로서의 나는 꽤 괜찮은 인물이었지.」

「인정해. 마카오에서 난 자네를 의심하지 않았으니까.」

「그건 아니지.」

그는 소리를 내어 웃었다.

「그건 아냐. 자네는 다른 사람에게 전혀 관심이 없어. 그러니까 내 말은 자네를 속이는 일은 누구나 할 수 있다는 이야기야. 자네는 자신의 일이 아닌 것에는 전혀 관심을 두지 않았어. 조금만 신경을 썼더라면 내가 누구인지, 어떤 일을 하는지는 쉽게 알아낼 수 있었을 거야.」

「……..」

「지금 여기서 내가 한 공작을 모두 이야기할 수는 없어. 말했지만 여기는 평양이거든. 우리가 하는 대화는 모두 누군가가 엿듣고 있네. 물론 그들은 이미 다 들은 이야기라 별로 관심이 없긴 하지만 내가 다시 이 말을 해서 밖에 있는 사람들을 자극하고 싶지는 않아.」

「……..」

「미국은 북핵과 관련해서 많은 공작을 펼쳤네. 미국의 재무부를 포함한 정보기관들이 총동원된 작전이었어.」

「그 이야기라면 하지 않아도 돼. 질릴 만큼 들었어.」

「그런가? 자네도 이제 전문가가 다 되었군. 하긴 자네는 지금 여기서 남한 정부의 공작원으로 의심받고 있지?」

그는 기분이 좋아졌는지 한참을 소리 내어 웃었다. 그의 넘치는 여유를 어떻게 해석해야 될지 몰라 나는 우울했다.

「국정원도 이 사실을 알고 있었나?」

「너무 앞서 가지 않았으면 좋겠어. 내가 지금 이야기를 해도 자네는 받아들이지 못할 거야. 그때와 지금의 국정원은 달라도 많이 다르지. 변화는 혁명과 달라서 서서히 이루어지기 때문에 변화의 과정 속에 있을 때는 도대체 뭐가 뭔지 구분하는 것이 힘들어지기도 해. 나는 그 변화를 받아들이지 못했기 때문에 자멸한 꼴이지. 하지만 이제는 모든 것이 지난 일이 되었고. ……차라리 잘 되었다고 생각해. 아무튼, 나는 당시에 나를 키워 준 주인을 문 개가 되어 버렸지. 정상 회담 이후로 남북은 상호간에 악질적인 공작을 하지 않기로 약속했었거든. 내가 미국 편에 끼어들어 작전을 하면서부터 나는 많은 사람들의 믿음을 배신하게 된 거야. 좀 골치 아픈 이야기이긴 하지? 하지만 당시의 상황은 그랬어.」

「국정원을 배신하고 미국을 도왔다는 이야기야?」

「여전히 직설적이군. 기왕이면 나를 생각해서라도 그런 자극적인 이야기는 좀 자제해 줬으면 해. 여기는 평양이라고 말했잖아.」

「자네가 박춘우의 사위라는 점도 상당한 역할을 했겠지.」

그는 내 질문에 말을 멈추었다. 침을 삼키는 소리가 분명하게 들렸다.

「불을 켜면 안 될까? 얼굴을 보고 싶어.」

「아니, 아직 멀었어. 이건 순전히 자네를 위한 조치야. 자네는 오랫동안 어둠에 방치되어 있었네. 지금은 이렇게 어둠 속에 있는 쪽이 더 편할 거야. 그리고 꼴사나운 자네의 모습을 보면 자신이 싫어질지도 몰라.」

「좋아. 네 장인에 대해서 좀더 이야기 해줘.」

그는 이번에도 입을 닫고서 시간을 보냈다.

「어려운 이야기는 아니야. 하지만 이런 이야기를 하면, 마치 변명을 하려는 것 같은 기분이 들어서……. 그분이 장인이라는 것은 틀림없는 사실이네. 부끄럽지만 당시에 그 사실을 숨기려고 했지. 대표적인 빨갱이 인사로 낙인 찍힌 사람의 사위가 되었다는 사실이 힘들었어. 국정원에서 출세하기란 힘들어지게 된 거지. 정권이 바뀌어서 다른 세상이 되었다는 말은 별로 위로가 되지 않았어. 그들은 내 뒤에서 수군거리며 비웃었지. 결혼과 동시에 나는 의심의 대상이 되어 버린 거야. 나는 공개적인 인물이 되었고, 비밀 요원으로서의 자격을 상실했어. 내가 얼마나 상심했는지 자네는 이해하지 못할 거야.」

「그래서 미국 편이 되어 버렸나?」

그는 자조적인 웃음소리를 흘려보냈다.

「난 얼마 버티지 못했어. 결국 이혼했고 자유의 몸이 되었지. 그때는 이미 많은 사람들에게 상처를 주고 난 다음이었어.」

「…….」

「사사건건 장인과 부딪쳤네. 한 가족이 다른 이념적 신념을 갖게 되면 불행은 피할 수 없지. 그런 면에서 자네는 행복한 쪽에 속해. 물론 자네 가족의 불행을 희석하려는 의도는 아니네.」

「내가 우리 가족 이야기를…… 너에게 했었나?」

「……미안하지만 자네는 약에 취해 있었고, 의도와는 달리 많은 말을 했어. 이해해 주길 바라네. 나도 겪은 일이라고 말했었지?」

「…….」

「당시 부시 행정부와 한국의 정부는 엇박자를 내며 서로 불쾌해했었네. 부시 대통령이 한국의 대통령을 깔보는 듯한 언사를 공개적으로 한 것도 그때쯤이지. '제네바 합의'라는 말은 들어 봤나?」

「국정원에서 준 파일에서 본 적이 있어.」

「미국은 '고농축 우라늄 계획'이라는 카드를 들고 나오면서, 북한에 약속했던 중유 공급을 일방적으로 중단시키고 경수로 건설 공사도 멈추게 만들었어. 제네바 합의는 무산되었고 북핵 위기를 일으키는 단초가 되었지. 그렇게 해놓고서 미국은 6개국이 참여하는 다자간 협상이라는 다소 애매모호한 대안을 들고 나왔네. 겉으로는 북한의 핵무기 사태의 해결을 여러 국가가 참여해서 풀자는 주장을 했지만 실은 북한을 제외한 5개국의 반북 연합 전선을 형성해서 압박과 제재, 봉쇄와 고립화를 통해 북한의 붕괴를 이끌겠다는 구상이었어.」

「…….」

「부통령 체니, 국방장관 럼스펠드, 볼턴 유엔 대사 등이 주축이었지. 이들을 뭐라 부르는지 아나?」

「네오콘.」

강지수는 웃었다.

「하지만 미국의 의도대로 정세가 흘러가지는 않았어. 이라크 전쟁이 장기화되고 현실적으로 북한을 붕괴시키는 것이 어렵다는 것을 깨닫게 되자 그들은 비군사적 방법에 의한 북한 정권 교체 전략으로 돌아서게 돼. 마카오의 방코델타아시아은행의 북한 계좌를 동결시키면서 금융 제재 조치를 취한 사실은 자네도 잘 알고 있을 거야.」

내가 듣고 싶은 이야기는 그런 거창한 이야기가 아니었다.

「미국을 도와 어떤 일을 했는지 자네는 짐작할 수 있을 거야.」

「넌 왜 죽음을 가장해야 했는지 그리고 왜 지금 이 자리에 있는 것인지 아무런 설명도 하지 않았어.」

「그런 뻔한 이야기를 왜 듣고 싶은 거지?」

「…….」

「내가 들은 바로는 자네도 나와 거의 같은 길을 걸었어. 국정원은 순진하고 아마추어처럼 행동했지만 미국이 예전에 시도했던 작전을 그대로 차용했어. 내가 했던 작전과 자네의 작전은 본질적으로 큰 차이가 없어. 고급 정보를 가진 북한의 고위 인사를 귀순시키겠다는 작전은 실은 네오콘 수뇌부에서 나온 거야. 하지만 내부적인 반대와 비판에 밀려 실현되지 않았지. 이번에 자네 팀은 미국이 하려던 작전을 그대로 흉내 냈고 자네가 확인했듯 일정한 목표를 달성했어. 박금산이 그렇게 쉽게 넘어가리라고는 이쪽에서 생각하지 못했을 거야.」

「…….」

「내가 왜 여기에 있냐고? 나는 그 이유를 자네에게 묻고 싶
어. 자네는 빠져나갈 충분한 시간과 이유가 있었어. 하지만
자네는 리준혁과 김필령을 보호하며 남았어. 도대체 왜 그런
거야?」
「……그렇게 해야 내가 살 수 있다고 생각했어.」
강지수는 킥킥거리며 웃었다. 그다운 모습은 아니었다.
「나도 살기 위해 죽은 척했지. 곰을 만났을 때처럼 말이야.
그런 점에서 우린 서로 닮지 않았나?」
「…….」
「난 작전을 하면서 어떤 답도 얻지 못했어. 자네가 아무것도
얻어 내지 못한 것과 마찬가지지.」
「이번 일을 그렇게 중요하게 생각하지 않았어. 다만…… 해
결해야 될 몇 가지 문제를 청산하고 싶었던 거야.」
「도박 이야긴가 본데, 그건 어느 정도 목표를 이루지 않았
나?」
나는 대답하지 않았다.
「사람들은 저마다 사적인 욕심을 가지고 있기 마련이야. 자
네를 비난하려는 건 아니니 안심해도 좋아. 나만 해도 사실
은 다른 생각을 가지고 있었어. 미국이라는 거대한 조직에
편입되어 내 능력을 확인하려 했던 거지. 그리고 장인이 가
진 세계관이 얼마나 잘못되었는지 증명해 보이고 싶었어. 그
런데 결국 이 지경이 되고 말았지. 어쩌면 장인이 없었더라
면 내가 살아 있는 것 자체가 불가능했겠지.」

「네 생각을 내게 강요하려는 거야?」

「그게 가능하리라고 생각해? 자네가 어떤 식으로 세상을 바라보는가는 전적으로 자네에게 달려 있어.」

「내가 알고 싶은 것은 그런 모호한 이야기가 아냐. 네가 미국의 정보 요원이었다면 한국의 국정원이 그것을 인지하지 못했다는 것은 앞뒤가 맞지 않는 이야기야.」

「아직 환상을 갖고 있군. 미국은 한국 정부가 어떤 정책을 정하느냐 따위에는 별 관심이 없어. 한국을 통해서 얻어 낼 정보가 있을 때에만 공조의 형식을 취할 뿐이지. 말했지만 미국은 한국의 정보기관을 불신하고 있었어. 오히려 정보가 샐까 두려워하는 쪽이었어. 이해가 돼?」

「……」

「자네는 조직 내에서도 철저히 따돌림을 당했어. 기무사 요원이 공작에 참여했다는 것조차 모르지 않았나? 정보기관의 생리라는 것이 원래 그런 법이야.」

「…… 윤수림을 말하는 거야?」

「그자의 이름이 윤수림이었나? 아무튼 이쪽에서 조사한 바로는 그는 기무사 소속 장교야. 그의 비서 역할을 했던 여자도 군인 신분이고. 이 점이 상당히 의아스럽긴 해. 보통의 경우 국정원과 기무사는 공동 작전을 기피하는 경향이 있거든. 그래서 이쪽에서도 결론을 내리는 데 상당히 곤혹스러워하고 있어. 그러니까 공식 루트를 밟은 공작이 아닐 수도 있다는 가능성이지. 이번 작전을 진두지휘한 인물이 국정원에서 이미 은퇴했다는 분석이 나오고 있어.」

채병호가 떠올랐지만 이상하게 얼굴 윤곽이 제대로 그려지지 않았다.

「아마 윤수림이라는 가명을 쓰는 작자도 기무사에서 퇴출된 인물일 가능성이 있어. 보수 정권이 들어서면서 의기투합해 화려한 복귀를 꿈꾸었는지도 모르지. 작전이 조급하게 이루어진 걸 보면 그럴 확률이 상당히 높아.」

「방만수 기자에 대한 이야기도 했나?」

「물론이지. 자네는 모든 걸 털어놨어. 만약 자네가 그들을 따라나섰더라면 이번 공작을 분석하는 데 꽤 오랜 시간이 걸렸을 거야. 아무튼 방 기자는 신경 쓰지 않아도 좋아. 그는 그저 다리 역할을 했을 뿐이야. 시나리오를 재구성해 보면…… 진보 정권 하에서 퇴출당했던 극우 인사들이 방 기자를 중심으로 모였고 방 기자는 예전에 자신에게 정보를 제공해 주던 인물들을 부활시키기 위해 공작을 꾸미게 된 거야. 이 공작은 틀림없이 보수 정권에게 큰 선물이 될 거니까 그들에게 미리 언질을 해놓고 따로 공작 비용을 제공받았을 수도 있어.」

「그중 한 명은 현직 요원이었어.」

나는 김태우를 염두에 두고 말했다.

「그건 자네 생각일 뿐이야. 무엇이든 쉽게 단정 지어서는 안 돼. 이번 일로 충분한 교훈을 얻었을 텐데. 자네가 쓰러지고 더 끔찍한 일이 일어났어. 윤수림 일행이 태평무역의 사무실이 있는 아파트로 쳐들어와서 총질을 했네. 치명상은 아니지만 리준혁 부장이 부상을 입었지. 허벅다리와 팔에 총을 맞았어. 생각해 봐, 제3국에서 그런 대담한 행위를 했다는 것이 무엇을 의미하는지.」

「…… 윤은미가 죽었나?」

「왜 그런 생각을 한 거지?」

「심장에…… 칼이 박힌 모습을 마지막으로 보았어.」

「어이가 없군. 그 정도로 정신이 없었단 말이야?」

「…….」

「난 자네가 대단히 냉정한 사람이라고 생각했어.」

「…….」

「리준혁의 칼은 그녀의 오른쪽에 박혔어. 심장이 아니었어. 오른쪽, 왼쪽 이 정도를 구분하지 못해서야 도박사라고 할 수 있나?」

「…….」

「언젠가 이런 말을 했었지? 결과를 확인하기 전까지는 어떤 것도 단언해서는 안 된다고. 자네도 이제 이 세계를 떠나야 할 때가 온 것 같지 않아?」

나는 머리를 감싸 안고 길게 한숨을 내뱉었다.

「얼마간 병원 신세를 지겠지…… 하지만 그 여자도 운이 좋았어. 자네 말대로 칼이 왼쪽 가슴에 박혔다면 이야기는 많이 달라졌겠지.」

「…….」

「마카오 경찰은 이번 사건을 단순 폭력 사건으로 결정지었

네. 한국 정부의 입김이 들어갔는지는 모르지만 이미 마카오
신문에 발표가 나버렸어.」

「어떻게 그런 일이 가능하지?」

「그들은 마카오의 현지 한국 조폭들을 동원했어. 예전에도
이와 유사한 사건이 있었기 때문에 마카오 경찰은 별 의심
없이 수사를 종결했어. 한국 조폭들이 카지노 롤링 조직을
가지고 있는 걸 자네도 잘 알고 있지?」

롤링 조직이란 카지노에 손님을 대주고 수수료를 받는 일종
의 도박 알선 조직이다. VIP 손님을 모아서 카지노에 데려가면
카지노 업체가 얼마의 커미션을 준다. 한국 현지에서 직접 손
님을 끌어 모으기도 한다는 소문을 들은 적도 있었고 그들의
꾐에 당해 거액을 날린 남자를 직접 만난 적도 있었다. 세력 간
의 경쟁이 심해져 살인 사건이 일어나기도 했었다.

「마카오 경찰이 고향집에 도착했을 때 그들은 태연히 바닥에
누워 있었어. 조사해 보니 롤링 조직의 조직원이라는 사실이
밝혀졌지. 아마 소동을 일으킨 죄로 가벼운 형량을 받게 될
거야. 그걸로 끝이지. 그 자리에서 시체가 나오지는 않았으
니까.」

「……」

「심양에서는 더 엉뚱한 일이 벌어졌어. 박금산의 아내와 자
식들이 한국으로 망명을 요청했어. 기가 막힌 타이밍이지.
결과만 놓고 보면 꽤 높은 점수를 줄 수 있는 공작이었어. 공
금 횡령을 한 박금산에게는 더할 나위 없이 좋은 기회였지.

그가 북에 소환되었다면 그의 운명이 어떻게 될지는 말하지 않아도 알 수 있잖아?」

「……」

「하지만 그들이 간과한 사실이 있어. 박금산은 그들이 희생을 치르더라도 데려갈 만한 거물급 인사가 아니라는 점이야.」

「……」

「자네도 확인했겠지만 마카오를 비롯해 해외에 둥지를 튼 북한 업체들은 현재 대남 공작을 펼칠 여력이 없어. 당장 필요한 외화벌이에 급급한 실정이지. 달러가 훈장을 대신한 것은 오래된 일이야.」

「위험한 발언 아냐?」

그는 손바닥을 가볍게 치며 웃었다.

「내 생각은 하지 않아도 좋아. 자네가 어떻게 생각할지는 모르지만 난 자유의 몸이야. 일종의 프리랜서라고 보면 돼. 사실 나는 계약을 통해서 이들에게서 완전한 자유를 획득했어. 이번 일은 아주 특별한 경우에 해당하는 거야. 나는 남과 북에 관련된 어떤 일에도 참여하지 않겠다고 다짐했고 북으로부터 면죄부를 받았지. 나는 이게 평화라고 생각해.」

「채병호와 방만수는 다르게 생각했어. 적어도 너의 의문사를 자연스럽게 받아들이지 않았어. 그들은 피의 복수를 다짐했어.」

「피의 복수라고 했나? 하하하.」

그의 웃음은 그치지 않았고 나의 어지럼증은 더 심해졌다.

「난 자네가 똑똑한 축에 속한다고 생각했는데 실망이야. 내가 누구인지는 자네도 잘 알고 있지 않아? 나는 박춘우의 사위였던 사람이야. 그들이 뭘 노렸는지 정도는 단숨에 알아차렸어야지.」

「……..」

「언제까지 그들 놀이의 장난감 행세를 할 거야?」

거기까지가 한계였다. 마지막 힘까지 소진하고 난 다음 나는 그대로 의식을 잃기 시작했다. 잠에 빠져들기 전 강지수의 걱정스러운 목소리를 들었다.

「다음에 일어날 때는 침대에 누워 있도록 조치해 둘게. 푹 자. 그리고 내가 준 선물은 자네 것이니까 신경 쓰지 않아도 돼. 혹시 숨바꼭질에 소질이 있다면 다음에 나를 찾아보는 것도 괜찮겠지.」

어둠 속에서 그가 일어나 철문을 열고 나가는 소리가 들렸다.

눈을 떴을 때 나는 삐거덕거리는 소리가 나는 간이용 철제 침대에 누워 있었다. 파자마 차림이었고 흰색 담요가 가슴 주변까지 덮여 있었다. 팔에는 링거 주사 바늘이 꽂혀 있었다. 천장의 백열등을 바라보았다. 입은 상처라고는 의자에 묶여 있을 때의 철사 자국과 누군가의 구둣발이 가슴을 내리쳤을 때 난 가벼운 타박상 정도였다.

강지수와 대화를 나눈 장면이 마치 꿈을 꾸었을 때처럼 희미하게 사라지고 있었다. 꽤 긴 시간 대화를 나누었는데도 내가 기억할 수 있는 것은 아주 적었다. 그와 나 사이를 막아선 어둠 탓일 수도 있었다.

침대 옆 탁자에는 물 한 잔과 쌀죽이 놓여 있었다. 엉거주춤 일어나 죽을 먹었다. 흰 쌀죽은 식어 있었지만 위장을 자극할 만큼 차갑지는 않았다. 오이 피클은 손대지 않았다. 이런 장면을 누군가 밖에서 모니터로 관찰하고 있을 것이었다. 반쯤 먹은 다음 접시를 내려놓고 물을 마셨다. 그리고 팔에 꽂혀 있는 링거 주사 바늘을 뽑아냈다. 내가 평양으로 끌려올 이유가 어디에 있는지 묻고 싶었다. 발로 탁자를 밀치자 위에 놓여 있던 접시와 컵이 바닥에 떨어지면서 날카로운 소리를 내며 깨졌다.

리준혁은 왼쪽 팔에 흰 붕대를 감고 휠체어를 탄 채 나타났다. 윤수림의 주먹에 의해 생긴 생채기가 입술 주변에 남아 있었지만 얼굴은 부어 있지 않았고 그동안 치료를 제대로 한 탓인지 혈색이 좋았다. 총에 맞은 사람이라고는 생각할 수 없을 만큼 멀쩡한 눈빛으로 나를 바라봤다. 침대 가까이로 다가선 그는 담배와 라이터를 툭 던졌다.

「평양은 의외로 관대한 곳인가 보군.」

리준혁은 미소를 지었다.

「오해는 풀렸어. 강 동지가 나타나지 않았으면 넌 심각한 위기에 처할 뻔했어. 우린 네가 생각하는 만큼 악인도 아니지만 그렇다고 무턱대고 용서를 하는 천사도 아니야. 선의에는 선의로, 강경에는 강경으로 맞서는 것이 우리의 원칙이지.」

「내 이야기가 아니라, 네가 이렇게 활보하고 있는 것에 대해 말하고 있는 거야.」

「걱정해 줘서 고맙긴 하지만 사양하겠어. 내게 책임이 있다면 기꺼이 받을 거야. 나는 공화국의 영광을 위해 충성을 다했고 목숨을 내놓았어. 후회는 없어.」

나는 담배를 꺼내어 물었다.

「김필령은 어떻게 되었지?」

「김 동지는 걱정하지 마. 안면이 함몰되었지만 곧 회복될 거야. 앞으로 김 동지는 피하는 게 좋을 거야. 그 사람은 비교적 단순한 편이라 이 상황을 이해하려 들지 않을 거라는 말이지.」

「……」

「네 진술과 강 동지의 의견은 상당 부분 일치하는 점이 많았어. 때문에 우린 이를 받아들이기로 했어. 그런 친구를 뒀으니 넌 운이 좋은 편이야.」

「나는 항상 운이 좋았어.」

「마지막 게임은 꼭 그렇지도 않았지.」

그의 입가에 웃음이 번졌다.

「이제 날 어떻게 할 거야? 평양에 캐나다 대사관은 있는 거야? 아니면 토론토로 가는 직항 비행기는?」

「생존을 위한 몸부림을 비난할 생각은 없지만 넌 너무 자신만 생각하는 이기주의자이군.」

「……」

「넌 이전의 동료를 먼저 챙기는 척이라도 하는 쪽이 좋았어. 그렇게 생각하지 않나?」

「그들은 날 속였고 이용했어. 그리고 칼을 던진 사람은 내가 아닌 바로 너야.」

「그것 때문에 화를 내고 있는 거군.」

「……..」

나는 그의 눈을 바라봤다. 처음 만났을 때와 마찬가지로 맑고 투명한 눈이었다.

「날 살려 준 진짜 이유를 듣고 싶어.」

「네가 어떻게 도박사가 되었는지 이해가 되지 않아.」

「……..」

「공화국과 미국은 상당히 중요한 결정을 앞두고 있어. 소동을 일으킬 때가 아니라는 거지. 남조선의 괴뢰 정부가 끼어들어 우리를 중상모략하려는 것쯤은 모른 척할 수밖에 없는 시점에 이르렀다는 거야. 사소한 일로 대의를 망칠 수는 없잖아? 박금산은 언제든지 처치할 수 있기 때문에 그 문제는 잠시 미루기로 했어.」

「미국의 눈치를 본다는 거야?」

「말조심해. 우린 제국주의자들의 눈치나 보는 비겁쟁이들이 아니야. 다만 인민의 안전과 생존을 보장하기 위한 조치일 뿐이지. 평화가 뭐라고 생각하나?」

「……..」

「미국의 선제공격 위협과 핵무기 공세에서 벗어나기만 하면 공화국은 더욱 발전하게 될 거야.」

그와 이런 무의미한 논쟁을 벌일 필요가 있는지 의심이 되었다.

「이제 날 어떻게 할 작정이지? 평양까지 날 끌고 온 이유가 뭐야?」

그는 미소를 띠고 휠체어의 한쪽 바퀴를 돌려서 방향을 틀었다.

「그건 내 문제가 아니니까 알아서 처신해. 우리 인연은 여기서 끝이야. 다시 만나지 않도록 조심하자고.」

그는 두 팔로 휠체어를 끌었고 순식간에 쇠문에 이르렀다. 이상하지만 그를 이대로 돌려보내기 싫었다. 그가 떠나 버리고 나면 철저히 혼자 남게 될 것 같은 예감이 들었기 때문이다. 강지수가 다시 내 앞에 모습을 보이리라고는 생각할 수 없었다. 혼자라는 느낌은 익숙했지만 시간이 지난다고 느낌의 강도가 약해지는 것은 아니었다. 감정이란 근육처럼 훈련을 한다고 단련되는 것이 아니었다. 문은 닫혔고 리준혁은 사라졌다.

그들은 내 눈을 가린 다음 팔짱을 꼈고, 부축해서 대기해 있던 차의 뒷좌석에 태웠다. 그들이 나를 어디로 데려가는지 짐작할 수 없었다. 평양이라곤 거대한 광장 앞을 행진하는 인민군의 모습을 TV로 보았을 뿐 나에게는 외계와 다를 바 없었다. 정치범들을 대상으로 한 수용소로 곧바로 끌고 갈 가능성도 있었고 그렇지 않으면 대동강에 돌무더기와 함께 내던져지는 운명이 될 수도 있었다.

차가 움직이는 동안 아무 말도 하지 않았다. 입과 손은 그대로 풀려 있어 자유로웠고 오직 검은 안대만이 나를 구속하고 있었다. 어둠 속에 오랫동안 방치되었던 탓인지 안대가 불편하지는 않았다. 얼마 후 차가 시내의 도로로 들어섰고 여러 가지 소음이 차창을 뚫고 들려왔다. 그 소리를 파악하기 위해 귀를 기울이려고 할 때 실내에 음악이 흘러나왔다. 비틀즈의 노래를 피아노로 편곡한 곡이었다. 오래전에 들었던 곡이라 곡명은 잊어버렸지만 분명히 비틀즈였다. 왜 이런 상황에서 비틀즈가 나와야 하는 걸까? 어쩌면 자본주의에 오염된 나를 위한 마지막 배려일지도 모르겠다는 생각이 들었다.

다음 곡은 조지 윈스턴, 그다음은 빌리 조엘이었다. 이 곡들을 선택한 사람은 어떤 장르의 음악이냐보다는 피아노라는 악기 자체에 집착하는 것 같았다. 빌리 조엘의 〈피아노 맨〉이 나올 때에는 손가락으로 무릎을 툭툭 치며 리듬을 맞추는 여유를 부리기도 했다. 이제 될 대로 되라. 본격적으로 시내에 들어선 것인지 차의 속도가 느려졌고 신호 대기를 하기 위해 몇 번인가 멈추어 섰다. 평양도 여느 도시와 마찬가지로 도로 정체가 있다고 생각하자 마음이 편해졌다.

차의 속도가 오르는가 싶더니 정체불명의 피아노 재즈곡이 흐를 때쯤 차가 급정거했다. 옆에 앉은 사내가 빠른 동작으로 차에서 내려 내가 앉은 자리의 차 문을 열었다. 나는 그의 손에 이끌려 차 밖으로 나왔다. 그런 다음에는 다시 차 문이 닫히는 소리가 들렸고 곧 차가 요란한 소리를 내며 앞으로 달려갔다. 안대를 쓰고 있었기 때문에 상황을 제대로 알아차리지 못했다. 내가 서 있는 곳은 딱딱한 시멘트 바닥이었고 주변에는 아무런 소리도 들리지 않았다. 몸에 손을 대는 사람도 내게 명령을 내리는 사람도 없었다. 오직 뜨거운 바람이 코로 밀려들어 왔다.

익숙한 열기에 나는 몸을 부르르 떨었다. 평양이 이렇게 더우리라고는 생각하지 못했기 때문에 당황스러웠다.

천천히 안대를 풀었다. 눈앞에는 검은 바다가 펼쳐져 있었고 멀리 공중으로 치솟은 다리 위로 차들이 지나는 것이 보였다. 주변에는 아무도 없었다. 그들은 나를 버리고 가버렸다. 등을 돌리자 거대한 건물과 오색 창연한 네온사인이 보였다. 카지노(CASINO)를 알리는 글귀가 눈을 부시게 만들었다. 긴장이 풀렸는지 제대로 서 있기 불편했다. 마카오였다.

강지수가 왜 그런 쓸데없는 거짓말을 한 것인지는 모르겠지만 이내 생각하기를 포기하고 그동안 베이스캠프로 사용한 윈 카지노를 향해 터벅터벅 걸어갔다. 어쩌면 그들은 나를 막다른 골목에 밀어 넣고 시험하려 했는지도 모른다. 내가 갇힌 곳이 평양이라는 점을 강조해서 혹시나 하는 희망을 애초에 잘라 버리려고 했을 것이다. 그렇다고 해도 그들의 거짓말은 지나쳤고 유치했다.

프런트 데스크로 가기 전에 화장실에 들러 거울로 내 모습을 살폈다. 꾀죄죄하고 우울해 보이는 사내가 나를 바라보고 있었다. 눈가에는 검은 그림자가 져 있었고 볼은 움푹 패어져 있었다. 공을 들여 세수를 하고 난 후 다시 거울을 보았다. 밤을 새워 도박하는 인간들은 주변에 흔했고 더러운 몰골이 나만의 전유물은 아니었다. 카지노의 우수한 점은 누군가가 타락하고 무너져도 아무도 관심을 갖지 않는다는 것이었다. 절망의 끝자락에 매달린 인간들이 길게 줄을 지어 다니는 곳이 카지노였다. 그들이 권총을 당기거나 높은 곳에서 뛰어내려도 잠깐 소동이 일어날 뿐 잠시 후면 모든 것이 제자리로 돌아와 천연덕스럽고 평화스러운 장면이 반복되었다. 탄환으로 깨어진 유리창은 교체되고, 피로 흥건했던 바닥은 강력한 소독제로 깔끔하게 정리가 되어 반짝반짝 빛을 내고, 비명과 울음을 터트리던 사람들은 보이지 않게 된다. 그걸로 끝이다.

호텔의 여자 직원은 내게 안부를 물었다.

「오랫동안 방을 비우셔서 걱정했었는데 다행입니다. 게임은 이기셨나요?」

그녀는 비교적 센스가 있는 쪽이었다. 일상으로 돌아온 후 처음으로 만난 사람이 무뚝뚝하고 사무적인 인사를 했다면 이 세계의 냉정함에 실망했을지도 모른다.

「게임은 졌지만 돈은 가지게 되었어.」

내 말에 그녀는 알 듯 모를 듯한 미소를 지었다. 호텔에 입사한 이후로 헛소리를 하는 인간들을 수없이 봐왔을 것이다. 그녀는 어깨를 으쓱하고는 새 열쇠를 내밀었다.

「굿 포 유. Good for you!」

내가 완벽한 어둠에 갇혀서 시간을 흘려 보내는 동안 이 세계는 조용히 움직이고 있었다. 미국의 다우 지수가 소폭 하락했고 일본의 엔화가 올랐다. 호주 서부의 어느 한 해변에서 서핑을 즐기던 남자가 상어에 물려 죽었고 프랑스의 유명한 배우가 애완견이 죽자 스스로 목숨을 끊었다.

마카오 신문에도 한국 신문에도 고향집에서 일어난 사건의 기록은 찾아볼 수 없었다. 5일 동안의 신문을 꼼꼼히 검색했지만 어디에서도 남과 북의 비밀 요원들이 대치했다는 기사는 보이지 않았다. 다만 강지수의 말대로 한국의 카지노 롤링 조직들이 충돌해 어느 한국 식당에서 패싸움을 했다는 짤막한 기사를 겨우 찾아낼 수 있었다. 사건이 터지고 3일 뒤의 기사였다. 해석을 도와준 호텔 직원은 별일 아니라는 듯 기사를 읽었다.

한국 신문에도 박금산에 관한 기사는 등장하지 않았다. 국정원의 직원들이 마카오와 중국에서 각각 박금산과 그의 가족을 한국으로 귀순시킨 활약상은 아직 검은 장막에 가려져 있었다. 그들이 박금산의 귀순을 언제, 어떻게 발표할지는 짐작할 수 없었다. 혹시나 하는 마음으로 워싱턴 포스트까지 검색했지만 북한과 관련된 기사는 모두 6자 회담이나 핵 관련 기사였다.

노트북의 전원을 내리고 침대 위에 드러누웠다. 식사는 모두 룸서비스로 해결했다. 호텔 직원 이외에는 아무도 나를 방문하지 않았고 전화벨도 울리지 않았다. 어디에도 힌트나 암시는 없었다. 그저 정적이 흐르고 있을 뿐이었다.

누군가가 방에 들어와 내 물건을 이리저리 뒤적였을 가능성은 충분했지만 사라진 물건은 없었다. 여권과 옷가지들뿐이어서 살피고 말고 할 것도 없었다. 침대에 누워서 나는 강지수가 했던 마지막 말을 기억해 내었다. 그가 내게 준 선물이란 필시 미화 1백만 달러를 지칭하는 것이었다. 강지수는 일이 이렇게 되리라는 것을 예측하고 있었던 것일까?

　눈을 감으며 알래스카로 향하는 크루저에 몸을 싣는 상상을 했다. 그곳엔 선상 카지노가 있고 은퇴한 중년의 부부들이 심심풀이로 카드 게임을 한다. 유람선이 거대한 빙산을 피하며 우회할 때는 가슴을 졸이며 룰렛 게임을 한다. 나쁘지 않은 상상이다.

마카오국제공항은 텅 비어 있었다. 카운터 조명은 꺼져 있었고 편의 시설들도 문을 닫았다. 공항 직원들도 최소 인원만 보였고 서울로 향하는 마카오항공 비행기만이 새벽 비행을 준비하고 있었다.

체크인 수속을 끝내고 공항 밖으로 나와 담배를 피웠다. 여자 한 명이 긴 사십대 세 명이 재떨이 주변에서 서성이고 있었다. 그들 중 한 명이 나를 흘낏 쳐다보았지만 곧 자신들의 대화에 몰두했다.

큰 키에 면도를 하지 않은 남자가 담배 연기를 내뱉으며 말했다.

「여기 오려면 넉 장 정도는 준비해야겠다.」

「그렇지. 더 많으면 꼴 위험이 크고 그보다 적으면 금세 바닥이 나니까 사천이면 딱이다.」

평범한 베이지색 티셔츠를 입은 키 작은 사내가 대꾸했다. 둘 다 땀을 씻어 내지 않은 피로에 젖은 얼굴이었다.

「돈도 돈이지만 여서는 자리 걱정이 없어 좋아. 마 천국이라.」

운동화 차림에 껌을 씹고 있는 여자가 끼어들었다. 담배를 쥔 여자의 손은 투박했고 손마디는 굵었다. 겨드랑이에는 빛바랜 핸드백이 햄버거 속의 고깃덩이처럼 달라붙어 있었다. 그녀가 두 남자들 중 어느 한 명의 여자인지 아니면 그저 서로 아는 사이인지 겉으로 봐서는 추측하기 힘들었다.

그들에게서 관심을 돌리고 먼 하늘을 올려다본 후 터미널 내부로 들어왔다. 그사이 인천공항으로 향하는 비행기를 타기 위해 한국인들이 몰려들었다. 탑승 수속을 밟기 위해 길게 줄을 늘어선 것을 보니 한국에서 올 때와 마찬가지로 빈자리는 없을 것 같았다. 정적에 쌓였던 공항 내부는 소란스러워졌지만 그렇다고 활기에 찬 역동적인 소음은 아니었다. 그들 모두 여행을 마치고 집으로 돌아가려는 사람들이었고 한결같이 피로에 지친 얼굴이었다. 시간이 지나면 그들 중 대다수는 다시 마카오를 찾을 것이다. 비즈니스 클래스의 널찍한 좌석은 채병호가 준 마지막 선물이었다. 비행기가 이륙하자 나는 곧 잠에 떨어졌다. 4천만 원이면 내게는 좀 적은 돈이라는 생각을 마지막으로 했던 것 같다.

인천공항 입국 심사대에서 나는 긴급 체포되었다. 제복을 입은 남자들이 다가와 팔짱을 꼈고 아무런 명판이 붙어 있지 않은 사무실로 나를 데려갔다. 어느 정도 예상을 하고 있던 터라 긴장감은 없었고 대신 긴 하품이 나왔다. 자동 소총으로 무장한 젊은 경찰 특공대원이 그런 모습을 한심하다는 듯 내려다보았다. 그렇게 의자에 앉아 나를 인도해 갈 남자를 기다렸다.

채 10분이 되지 않아 검은 양복을 입은 사내가 문을 열고 나타났다. 그가 경찰인지 국정원 직원인지 아니면 기무사 군인인지는 알 수 없었다. 사내는 서류를 대충 훑어보고 서명을 한 다음 나를 일으켰다. 사내는 내 이름을 확인한 다음 손목에 수갑을 채웠다.

비상구를 통해 터미널을 빠져나왔다. 이른 여름 해가 떠올라 있었지만 대기는 차갑게 느껴졌다. 마카오의 찜통 더위 속에서 나온 탓인지 서늘한 느낌이 나쁘지 않았다. 서울로 향하는 고속도로는 시원하게 뚫려 있었다. 출국을 서두르는 차들이 반대편 차선에서 맹렬한 기세로 달려가는 것이 보였다. 마카오에서는 빠른 속도로 달리는 차들을 거의 찾아볼 수 없다. 옆으로 보이는 바다는 아침 햇빛을 받아 반짝였다. 운전하는 사내는 내게 말을 붙이지 않았다. 그는 무뚝뚝했고 자신의 일만 수행하면 끝이라는 태도였다. 왜 이른 아침에 공항에서 체포되는지 최소한의 질문조차 던지지 않았다. 그는 자신의 상사에게 전화를 건 이후 입을 굳게 다물고 있었다. 수다스러운 남자를 만나지 않은 것은 나로서도 다행이었다. 사실 왜 이 지경에 처해야 하는지 나도 몰랐기 때문이다.

「혹시 김태우라는 사람을 알고 있소?」

내 질문에 흘낏 바라보고는 대답 대신 콘솔 박스에서 담배를 꺼내어 내밀었다. 우리는 창문을 내리고 담배를 피웠다. 전방에 서울로 들어가는 차들이 꼬리에 꼬리를 물고 있는 것이 보였다. 그는 경광등을 켜고 갓길로 차를 밀어붙였다.

「간첩을 직접 본 건 이번이 처음이오.」

그는 갓길로 끼어들려는 앞차에게 클랙슨을 울리며 말했다.

차는 오래된 담벼락이 둘린 건물을 향해 나아갔다. 정문을 지키던 남자가 차를 향해 거수경례를 붙였다. 평범한 수위 복장이었다. 비교적 넓은 잔디 마당을 지나 언덕을 올라갔다. 잎사귀가 무성한 나무들에 가려 제대로 보이지 않았지만 언덕을 통과해 내리막길을 타고 내려오자 3층 건물이 나타났다. 회색 벽의 밋밋한 건물로, 지은 지 30년은 족히 넘어 보이는 건물이었다. 건물 입구 중앙에 위치한 분수대에는 물 대신 바람에 날려 온 나뭇잎과 비닐봉지 등으로 채워져 있었다. 그동안 나는 아무런 표지판을 발견하지 못했고 이 건물의 사용처를 알아내지도 못했다.

건물 내부는 동굴처럼 차가웠다. 태엽이 멈춘 커다란 괘종시계가 왼쪽 벽에 걸려 있을 뿐 장식품은 없었다. 사내가 앞장서서 계단을 올라갔고 나는 그의 뒤를 따랐다. 발소리가 실내에 울려 퍼졌다. 2층에는 햇빛 대신 형광등이 켜져 있었다. 그는 207이라는 푯말이 달린 문에 멈추어 섰고 나를 위해 문을 열어 주었다. 방 안 정중앙에 나무로 된 탁자가 놓여 있었고 접이식간이 의자 세 개가 놓여 있었다. 그 외에는 일체의 물건이 없었다. 흔히 취조실하면 떠오르는 분위기를 풍기고 있었지만 햇볕을 차단하고 있는 두꺼운 커튼에 커다란 장미꽃이 수놓아져 있는 것이 조금 특이했다. 자리에 앉자 사내는 문을 닫았고 나는 혼자가 되었다.

나는 의자에 앉아 꾸벅꾸벅 졸고 있었다. 수갑을 찬 양손을 무릎에 올린 채.

「간이 부은 놈이군.」

고개를 들자 흰 와이셔츠에 꽃무늬 타이를 맨 젊은 남자가 나를 바라보고 있었다. 그의 옆에는 김태우만큼이나 덩치가 큰 사내가 서 있었다. 그는 검은 양복바지에 검은 라운드 티셔츠 차림이었다. 뒷골목에서 건들거리는 무리와 비슷한 차림이었지만 긴장을 바짝 하고 있는 모습이 건달과는 확연한 차이가 있었다. 꽃무늬는 나를 향해 비웃음을 흘렸고 티셔츠는 사납게 나를 노려보았다. 꽃무늬가 의자에 앉으며 말했다.

「제 발로 서울로 들어오다니 정신이 어떻게 된 거 아냐?」

그는 서류철을 탁자에 탁 내리쳤다. 정성스레 넘긴 머리카락 한 뭉치가 이마로 흘러내렸다. 나는 그의 비위를 건드리지 않도록 조심하며 말했다.

「죄명부터 알려 주시오. 그리고 이 수갑은 이제 풀어 줘도 되지 않겠소? 반항을 하거나 도망칠 의향은 없소.」

꽃무늬는 자리에서 일어나 서류철을 다시 손에 쥐고서 내게 다가왔다. 그리고 서류철로 내 머리를 내리치며 말했다.

「이 새끼야! 여기가 네 안방인 줄 알아.」

비록 종이가 든 서류철이었지만 그가 힘을 줘서 반복해서 내리쳤기 때문에 내 오른쪽 귀는 곧 발갛게 달아올랐다.

「변호사를 불러 주거나 캐나다 대사관에 연락할 수 있게 해 주시오.」

그들이 원하는 답은 아닌 것 같았다. 검은 티셔츠가 다가와 구둣발로 가슴을 찼고 나는 뒤로 자빠지며 나뒹굴었다. 윈카지노의 명품 가게에서 산 비싼 셔츠와 바지가 바닥의 먼지로 더럽혀졌다. 검은 티셔츠는 내가 입에 거품을 물 때까지 발길질을 멈추지 않았다. 나는 필사적으로 얼굴을 가렸다. 서울에서 일을 끝내면 하와이로 서핑을 하러 떠날 작정이었다.

「소설을 써라. 이 새끼야.」

이야기를 모두 듣고 난 다음 꽃무늬의 반응이었다. 그는 내가 진술하는 동안 어떤 기록도 하지 않고, 단지 의자에 비스듬히 앉아 손가락을 흰 종이에 튕기며 듣기만 했다. 내가 어느 순간 기억을 떠올리기 위해 멈추거나 앞뒤 정황이 맞지 않는 이야기를 해도 제지하지 않았기 때문에 나는 그가 내 이야기를 귀 기울여 듣고 있다고 생각했다. 때문에 그의 대답은 의외였다. 나는 없는 사실을 지어내지는 않았다. 채병호와 방만수를 만난 일과 일본과 마카오로 떠난 일은 모두 진실이었다. 다만 마지막에 강지수와 만난 이야기를 생략했을 뿐이었다.

「네가 지금 빠져나가려고 용을 쓰나 본데 여긴 니 놀이터가 아냐. 정신 똑바로 차려!」

어이가 없는 쪽은 나였다.

「박금산이 이미 다 불었어. 내가 들고 있는 게 뭔지 알아? 니가 태평무역의 빨갱이 새끼들을 돕기 위해서 어떤 짓을 했는지 모두 적혀 있어. 어디서 개수작이야!」

나는 멍한 눈으로 그를 바라봤다.

「박금산이 무슨 이야기를 했는지는 모르겠지만 나와는 상관없소. 오히려 박금산이 귀순하는 데 도움을 줬으면 줬지 방해를 하지는 않았소.」

꽃무늬는 양손을 탁자에 짚고 허리를 숙여 나를 향해 얼굴을 내밀었다.

「그러니까 지금 니가 빨갱이를 도운 게 잘했다는 소리야?」

말이 통하지 않는 사내였다.

「채병호 소장을 불러 주시오.」

그는 대답 대신 내 뺨을 강하게 후려쳤다.

「미친 새끼.」

그다음은 검은 티셔츠가 다가와 나의 멱살을 움켜쥐었다. 그의 주먹을 맞고 쓰러지면서 천장 한구석에 설치된 카메라를 보았다. 화면을 응시하고 있는 자가 채병호일런지도 모른다는 생각이 들어 나는 쓴웃음을 지었고 그런 내 행동이 검은 티셔츠를 더 화나게 만들었다. 하와이 여행은 완전히 물 건너갔다.

「너 때문에 우리 요원 한 명이 심하게 다쳤어. 여기서 살아나갈 생각은 하지 않는 게 좋을 거야.」

꽃무늬는 셔츠 소매를 걷어 올리며 내게 다가왔고 나는 어금니를 깨물었다.

바닥에 뺨을 대고서 침을 질질 흘렸다. 볼썽사나운 꼴이었지만 숨쉬기조차 어려워 차라리 이렇게 영원히 누워 있으면 좋겠다는 생각이 들었다. 하지만 그들은 내가 이런 식으로 휴식을 취한다는 사실을 누구보다 잘 알고 있었다.

「일어나, 꾀병 부리지 말고. 그렇게 약해 빠져서 어디다 써먹을 거야. 빨갱이 새끼들 앞잡이 노릇 하려면 체력도 길러야 할 것 아냐?」

검은 티셔츠가 나를 일으켜 다시 의자에 앉혔다.

「리준혁이 어떤 지시를 내렸어? 그것만 들으면 내 소임은 끝나는 거야. 빨리빨리 끝내자. 시간 끌어 봐야 좋을 거 없잖아?」

꽃무늬의 말에 나는 힘이 쭉 빠졌다. 겨우 그걸 알아내려고 이 짓을 당하고 있다고 생각하니 화가 나기도 했다.

「지시 따위는…… 없었소.」

나는 숨을 몰아쉬며 말했다. 그가 다시 눈을 부라렸기 때문에 서둘러 말을 이었다.

「방금 했던 이야기를 똑같이 했을 뿐이오.」

「그래? 그런데 북한 놈들이 널 순순히 풀어 줬단 말이지? 그걸 나보고 믿으라고? 이 새끼가 누굴 바보로 아나? 너 정말 죽어 볼래!」

「나는 정말 아무것도 모릅니다. 그냥 그들이 나를 풀어 줬습니다.」

나는 애처로운 눈빛으로 그를 바라봤지만 별 효과는 없었다.

「이 새끼가 어디서 연기를 하고 지랄이야!」

똑같은 테이프가 반복해서 돌아갔다. 나는 시멘트 바닥 구석에서 벌레처럼 몸을 구부리고 발길질 세례를 받았다. 내 온몸은 먼지와 땀투성이였다. 오한이 밀려와 다리가 심하게 떨렸다.

「이제 시작인데 벌써부터 이러면 안 되지. 자 이리 와서 앉아. 어이, 가서 따뜻한 물 한 잔 가져와.」

검은 티셔츠가 목례를 하고 방을 빠져나갔다.

「뭘 착각하고 있는 거 같은데 우린 그렇게 만만한 사람들이 아니야. 하지만 솔직하게 나오면 우리도 받아 줄 수 있어. 무슨 말인지 알지?」

「…….」

「옛날에 간첩들이 여기 오면 거의 죽어 나갔어, 세상이 좋아져서 그렇지. 넌 운이 억세게 좋은 편이야. 그러니까 신사적으로 해결하자고.」

나는 기침을 하며 바닥에다 침을 뱉었다. 검은 피가 배인 침이었다.

「국가보안법이라고 들어봤지? 여길 보자고. ……'반국가 단체의 구성 등 목적 수행, 자진 지원·금품 수수, 잠입·탈출, 찬양·고무, 회합·통신, 편의 제공, 불고지, 특수 직무 유기, 무고·날조 등의 죄와 그에 대한 형이 규정된다'라고 쓰여 있지. 니가 한 짓이 모두 여기에 해당되잖아? 빠져나갈 구멍이 없단 말이야.」

「…….」

「재판을 받으면 최소한 무기형이야.」

「내가 원해서 그랬던 게 아니오. 말했지만 나는 임무 수행 중이었소.」

나는 마지막 힘을 내어 말했다.

「아, 이 새끼 말이 안 통하네. 지랄 떨지 말고 내 말 잘 들어. 좋아, 백번 양보해서 니 말이 맞다고 치자. 그래도 그 이후로의 행적이 문제되는 거야. 넌 제 발로 북한 놈들에게 갔어. 그리고 멀쩡히 살아 돌아왔단 말이야. 어떤 놈이 니 말을 믿겠어? 그 개새끼들이 어떤 놈들인데 널 순순히 풀어 줬겠냐고?」

「…….」

「뭔가 오고간 이야기가 있을 거 아냐? 내가 듣고 싶은 이야기는 그거야.」

그때 검은 티셔츠가 뜨거운 김이 나는 컵을 들고 들어왔다.

「일단 마셔. 그리고 정신 차려서 이야기를 하자고.」

「채 소장을 불러 주시오. 아니면 김태우도 좋소.」

그는 내 말을 듣고 고개를 숙이더니 천천히 들어올렸다. 뭔가 심경의 변화가 있는 눈빛이었다.

「……그 사람들은 유령이야. 이 세상에 존재하지 않는다고. 유령을 무슨 수로 불러내? 뭔 말인지 알아?」

잠깐이지만 강지수에 대한 이야기를 할까 하고 흔들렸다. 하지만 꽃무늬의 찢어진 눈을 보자 그런 마음이 달아났다. 그는 내가 무슨 말을 하든 듣지 않을 것이다. 차라리 정신을 잃을 때까지 쥐어 터지는 편이 나을 것 같았다.

「편의점에 강도가 들어 아버지가 살해당하고 그 충격으로 누나마저 자살, 혼자가 되다……. 캐나다에서의 행적을 요약하면 이 정도지? 그때 미국에서 다니던 대학원을 때려치우고 방황하다 도박사의 길로 들어서게 된다. 흠…… 뭐 상식적인 스토리군.」

꽃무늬는 마치 혼잣말을 하듯 중얼거렸다. 나는 수갑을 찬 손으로 플라스틱 컵의 식어 버린 물을 마셨다.

「이 부분은 말이야. 인간 이치훈이 자본주의에 염증을 느끼고 반사회적 인간이 되어 가는 과정으로 묘사되기에 아주 적절해. 어떻게 생각해?」

그는 검은 티셔츠를 올려다보며 말했다. 하지만 검은 티셔츠는 묵묵부답으로 서 있었다.

「원래 빨갱이들은 문제가 많은 인간들이거든. 소작농인 아비가 지주의 횡포를 못 이겨 자살한다거나 아니면 누가 굶어 죽거나 맞아 죽거나 하는 식이지. 자네도 책에서 그런 이야기는 들어 봤지?」

「전 잘 모르겠습니다.」

검은 티셔츠가 마지못해 응답을 했다.

「그러니까 내가 공부 좀 하라고 했지? 이런 새끼들을 상대하려면 무엇보다 논리적인 근거로 몰아붙이는 게 중요해. 왜 이놈들이 이런 식으로 악질이 되었는가를 밝혀내야 한단 말이야. 놈들의 증오는 사실 개인적인 문제에서 비롯되거든. 입으로는 정의니 평화니 자유니 떠들어 대도 놈들이 원하는 것은 딱 하나야. 자신의 불행을 보상받고 싶은 거지. 돈 있는 놈, 권력을 잡은 놈들에게 복수하려는 거란 말이야. 내 말이 틀렸어?」

갑자기 그가 나를 향해 질문을 던졌다. 나는 멍하니 그를 바라보기만 했다. 왼쪽 눈두덩이 심하게 부어올라 제대로 뜰 수가 없었다.

「그런데…… 넌 좀 특이한 경력을 가졌어. 다 좋은데 넌 노름에 빠졌단 말이야. 그리고 조사에 의하면 꽤 성공을 거두었어. 도박으로 돈도 많이 벌었고.」

「…….」

「꽤 유명하다며, 이 바닥에서?」

나는 대꾸할 힘도 남아 있지 않았다.

「아무튼 빨갱이에다 노름꾼이면 최상의 조합이네. 너 약은

안 했냐?」

그는 나를 보며 실실 웃었다.

「우리를 얕잡아 보는 것 같은데 우린 무서운 사람들이야. 니가 모르는 사실까지도 알아낼 수 있단 말이야. 그러니까 까불지 말고 좋게 말할 때 협조해.」

「…….」

「유정민이 알지? 니 깔치. 걔가 널 뭐라고 했는지 알려 줄까?」

「…….」

「토씨 하나 안 바꾸고 그대로 말해 줄게. 잘 들어.」

그는 서류철을 펼치고 빠른 속도로 페이지를 넘겼다.

「어디 보자, 여기 있네. '비밀도 많고 숨기는 것도 많아서 알 수 없는 사람이었다. 자기 일에만 관심을 뒀고 다른 사람은 나 몰라라 했다.' 흐흐흐, 골 때리는군.」

내 뺨은 구타로 인해 발갛게 달아오를 대로 달아올라 있어 더 이상 붉어지지도 않았다.

「이놈들은 알고 보면 모두 이래. 아주 저질이지. 자기만 아는 이기주의자들이거든.」

꽃무늬는 만족스러운 듯 환한 미소를 지었다.

「김정일은 그중에서도 최악이지. 기집이나 밝히고 돈에 환장한 놈이지. 네놈도 마찬가지야. 내 말이 틀려?」

나와 김정일을 연결하는 것은 심한 비약이었지만 본질은 그다지 빗나가지 않았다.

「그래서 하는 말인데, 장태규라고 기억나지?」

처음 들어보는 이름이었다. 나는 고개를 저었다.

「왜 이래. 잘 생각해 봐. 분명히 어디서 본 적이 있을 거야.」

「……..」

「마카오로 가기 전에 한 번 만난 적 있잖아?」

「……그 사람이 대체 누구요?」

나는 힘을 짜내어 말했다.

「뭘 모른 척하고 그래. 장태규. '평화 통일을 위한 민중의 소리' 위원장. 이름도 참 엿 같네. 암튼 이 새끼 알지?」

「처음 들어 본 사람이오.」

그의 눈이 처음에 봤을 때와 마찬가지로 옆으로 가늘게 찢어졌다.

「그럼 문민기는? 이놈도 알고 있지? 마카오로 가기 전에 만났잖아. 장소가 남산 밑의 어느 레스토랑이었나?」

「모르는 사람이오. 그 사람은 또 누구요?」

「이 새끼, 쌩 깔려고 하지 말고 생각해 봐. '북한 제대로 알기 국민 운동 본부' 사무처장을 맡고 있는 놈이잖아. 너한테 공작금도 좀 줬을 텐데.」

「말했지만 마카오로 가기 전에 만난 사람은 방만수 기자와 채병호 소장뿐이오.」

그가 무슨 생각을 하는지는 모르겠지만 원하는 대답이 아닌 것만큼은 확실했다.

「너 그딴 헛소리를 또 한 번 하면 완전히 죽여 버린다.」

그는 호흡을 가다듬고 말을 이었다.

「장태규, 문민기 알잖아! 박춘우의 똘마니들. 기억 안 나?」

꽃무늬는 눈을 부릅뜨고서 나를 노려봤다. 강지수의 장인이 었다는 남자의 이름이 나오자 머리가 지끈거렸다.

「거짓말하면 죽어. 네 아파트에서 박춘우를 만나기 위해 출판사로 전화를 건 기록이 정확히 남아 있어. 설마 박춘우도 모른다고 오리발을 내밀지는 않겠지?」

나는 그제야 꽃무늬가 나와 무슨 장난을 치려고 하는지 이해하기 시작했다. 길게 한숨을 내쉬었다.

그들의 폭력은 멈추었다. 이제 꽃무늬는 두꺼운 파일을 앞에다 쌓아 놓고 얼토당토않은 이야기를 하며 나를 궁지로 몰아넣었다. 그의 추궁을 받아들이는 순간 함정에 빠져드는 것임을 잘 알고 있었기 때문에 나는 끝까지 부인했다. 그동안 우리는 두 끼의 식사를 했다. 미지근한 대구탕 국물과 싱거운 깍두기 김치를 먹으면서도 그는 말을 멈추지 않았다.

검은 티셔츠는 한구석에 의자를 놓고 꾸벅꾸벅 졸았다. 졸리기는 나 역시 마찬가지였다. 하지만 꽃무늬는 이런 일은 아무것도 아니라는 듯 지치지도 않고 말을 쏟아 내었다.

「이봐, 넌 노름에 빠져 있으니까 세상일이 우연이나 행운으로 이루어져 있다고 생각하나 본데, 그건 완전히 잘못된 생각이야. 이 세상은 원인과 결과가 아주 분명해. 특히 인간의 일이란 말이지…… 무시무시한 인과 관계로 얽혀 있단 말이야. 조금만 파헤쳐 보면 왜 그런 일이 벌어졌는지 알 수 있지.」

「…….」

「네가 카지노에서 북한 놈들과 노름을 했을 때 넌 이미 그놈들에게 매수된 거야. 그리고 네가 지려고 했는데 게임에서 이겼다는 건 말이 되지 않아. 도박에서 이기는 것보다 지는 것이 쉽다는 것은 어린아이들도 아는 사실이야. 그런 헛소리를 늘어놓으면 재미없을 줄 알아!」

나는 그동안 고개를 푹 숙이고 이야기를 들었다.

「리준혁이 어떤 명령을 내렸는지는 보지 않고도 알 수 있어. 박춘우의 똘마니들인 장태규와 문민기에게 접근하라고 말했지? 너 그게 무슨 말인지 알아? 놈들은 북한의 고정간첩에게 포섭된 첩자란 말이야. 그러니까 너는 간첩과 접선을 하려고 한 거야.」

나는 졸음을 참고 여기서 빠져나갈 궁리를 하기 시작했다.

「…… 혹시 최진영 교수라고 알고 있소?」

꽃무늬는 대답하지 않고 나를 빤히 쳐다보았다. 개수작 부리지 말라는 웃음을 흘리며.

「대북 관계와 외교 안보 분야에서 꽤 유명한 학자요. 마카오로 가기 전에 내가 그분을 만났소. 박춘우에 대해서 알고 싶어서 그를 직접 찾아간 거요.」

「그래서?」

「아마 그 사람이라면 내가 어떤 처지였는지 증명해 줄 수 있을 겁니다. 난 정말 박춘우가 어떤 사람인지 몰랐소.」

「무덤을 파고 있네. 니가 박춘우를 몰랐다면 왜 그 양반을 찾아가서 박춘우에 대해서 물어본 거야?」
「강지수의 장인이 박춘우라는 것은 국정원 직원들이 알려 준
거요. 그래서 그게 무슨 의미일까 궁금했던 거요.」
「헛소리 하지 마.」
그는 탁자를 내리치며 내 말을 잘랐다.
「우리가 이미 최진영 교수를 만났어. 네놈이 한국에 있을 때
무슨 짓을 했는지 철저히 조사했단 말이야. 원한다면 그분이
무슨 말씀을 했는지 알려 줄까?」
그가 최진영에게 존칭을 사용하자 나는 불안했다.
「이번에도 그대로 불러 주지.」
그는 맨 밑바닥에 깔려 있던 파일 뭉치를 꺼내었다.
「뭐라고 했냐면……. 잘 들어, '제이슨이라는 남자가 나를 찾
아온 적이 있었다. 그 사람은 내 책을 재미있게 읽었다고 말
하면서 저자 서명을 부탁했다. 그리고 갑자기 박춘우에 대해
물었다. 나는 박춘우가 한국의 대표적인 좌익 인물이라는 점
과 그의 대북관에 심각한 문제가 있음을 지적해 주었다. 그
남자는 아무런 대답도 하지 않았으나 내가 박춘우에 대해 부
정적인 이야기를 하자 인상을 쓰며 기분 나빠 했다. 그래서
이 사람이 좌파 계열이라고 짐작할 수 있었다. 특히 박춘우
의 연방제 통일안을 비판했을 때 그 사람은 고개를 저으며
자신의 속마음을 드러냈다. 이런 사람과 토론하는 것은 시간
낭비라고 생각해서 그를 돌려보냈다. 그것뿐이다. 문제될 것
이 있는가?'」

나는 멍하니 꽃무늬를 바라보았고 꽃무늬는 눈웃음을 흘렸다.
「그럴 리 없소. 만나서 이야기하면 사실이 밝혀질 것이오.」
꽃무늬의 입가에 비웃음이 가득했다.
「미친 새끼. 너 이분이 어떤 분인지 알아? 이번에 내각에 참
여하시게 된 분이야. 그런데 너 같은 간첩 놈과 대질 심문을
한다고? 정신이 어떻게 된 거 아냐?」
「……」

그의 말을 제대로 이해하지는 못했지만 최진영이 나를 변호
해 줄 수도 있지 않느냐는 희망은 접었다. 만약 그가 꽃무늬의
말대로 정부의 관료가 되었다면 이번 일이 아니라도 나와의 친
분을 부인할 것이었다.
「그러지 말고, 어서 장태규와 문민기에 대한 이야기나 하자
고. 내가 비밀 하나 알려 줄까?」
「……」

「사실 놈들은 너보다 일찍 여기로 잡혀 왔어. 이미 많은 것을
불었거든. 그러니까 너도 버티지 말고 사실을 털어놔. 원하
면 놈들과는 대질 심문을 할 수도 있어. 어때?」
「……개새끼.」

나는 고개를 숙이고 혼잣말을 중얼거렸는데 그 말이 꽃무늬
의 귀까지 들렸나 보다.
「야! 너 일어나. 이 새끼 아직 정신을 못 차렸나. 알아서 처
리해.」
구석에서 졸고 있던 검은 티셔츠가 놀라 일어났다. 그 와중

에서도 상관의 명령은 제대로 알아들었는지 주저하지 않고 내게로 다가와 우악스러운 발길질로 나를 밀어냈다. 나는 또 벽한구석에 처박혀 공벌레처럼 몸을 웅크렸다.

　취조실과 카지노의 VIP룸은 하늘과 땅 차이였지만 몇 가지 공통점도 있었다. 둘 다 밀폐된 공간이고 비밀스런 장소이며 시간의 흐름을 제대로 쫓을 수 없었다. 나는 물을 마시며 추위와 졸음을 쫓았다. 시간을 벌어야 한다는 것이 내 유일한 작전이었다. 꽃무늬는 쉬운 상대가 아니었다. 이런 생각을 읽고 있다는 듯 나를 천천히 요리했다. 여유가 넘쳐 났다. 하지만 내가 걸려들지 않고 시간을 보내게 되면 그 역시 초조해질 것이다. 졸음을 억누르며 고개를 가로저었다.
　「이봐, 난 네가 뭘 망설이는지 모르겠어. 너도 눈치가 있다면 대충 알아들었을 거 아냐. 우리가 너 같은 노름꾼 하나를 잡으려고 이 짓을 하는 거 같아?」
　「……」
　「그냥 몇 가지만 인정하면 돼. 마카오로 가기 전에 장태규와 문민기를 만난 사실과 태평무역의 리준혁이 널 풀어 주면서 이들과 다시 접선할 것을 요구한 사실을 증언하면 끝이야. 뭔 말인지 알아? 사실 난 도박꾼 따위에는 관심 없거든.」
　「모르는 사람들이오.」
　「아, 이 새끼 대가리가 썩었나?」
　「……」

  그때 취조실 문이 열리고 처음 본 사내가 들어왔다. 그는 꽃무늬 앞에다 서류 한 장을 내밀었다. 꽃무늬는 그 서류를 공들여 읽었다. 잠시 후 그가 입을 열었다.

「사실이야?」

  꽃무늬의 말에 사내는 고개를 끄덕였다. 사내가 나가자 꽃무늬는 나를 향해 특유의 웃음을 지었다.

「이봐, 지금 내가 들고 있는 게 뭔지 알아?」

  눈을 가늘게 뜨고 종이에 적힌 글자를 읽으려고 노력해 봤지만 거리가 멀었다.

「네 이름으로 된 개인 계좌를 다 조사한 거야. 스파이 행위에 연루되었기 때문에 해외의 은행 계좌까지 모두 조사할 수 있었지. 그런데 아주 재미있는 사실이 나왔어.」

  그는 실실 웃으며 내게 몸을 기울였다.

「넌 아주 돈이 많아. 부자야. 그런데 요놈의 계좌는 돈만 넣어 놓고 손도 안 댔단 말이지. 노후 대비로 넣어 둔 돈인가?」

「……」

「그런데 돈이 들어간 시기가 아주 절묘해. 박금산이 공금을 횡령해서 여기저기에다 차명 계좌를 만든 시기와 일치한단 말이지. 이걸 어떻게 설명할 거야?」

「모르는 일이오. 당시에 나는 박금산이 누구인지도 몰랐소.」

「지랄 옆차기를 해라. 그럼 왜 돈은 손도 대지 않고 놔뒀지? 넌 그때 도박에 빠져서 흥청망청 돈을 쓸 때였잖아?」

「……」

「답 나왔네. 결론은 이 돈이 네 돈이 아니었기 때문이지. 맞지?」

「……」

「호호호. 너 완전히 좆 됐다. 빨갱이한테서 그런 거금을 받았으니 빼도 박도 못하게 됐어.」

「……그렇게 하려면 그 돈이 박금산에게서 나왔다는 것을 증명해야 할 거요.」

「그래? 어디 수표 추적을 해볼까? 차명 계좌를 만들어 줄 때 수표로 입금했지? 박금산이 수표를 돌렸다고 진술했거든.」

그의 말 어디까지가 사실인지 알 수 없었다. 한편으론 맞는 말 같기도 했고 다른 한편으론 단순한 공갈 협박으로 들리기도 했다.

「자, 다시 이야기 해보자. 장태규와 문민기를 만난 적 있지? 대답하기 어려우면 그냥 '그렇다'라고 짧게 답하면 돼. 그다음은 우리가 알아서 처리할게.」

나는 고개를 숙이고 긴 한숨을 내쉬었다.

깜박 졸았다는 생각이 들자 나는 재빠르게 자세를 바로잡았다. 꽃무늬는 내가 흐트러지는 모습을 견디지 못하고 호통을 쳤다. 하지만 눈앞에는 처음 보는 사내가 퀭한 눈으로 나를 바라보고 있었다. 탁자에 있던 파일 더미들은 깨끗이 사라졌고 꽃무늬는 팔짱을 끼고서 탁자 옆에 서 있었다.

「서로 아는 사이끼리 왜들 이래? 정답게 안부나 물어야지.」

내가 수갑을 차고 있는 반면 정면의 사내는 포승줄에 묶여 있었다.

「내가 있어서 그래? 그럼 내가 자리를 피해 주지. 둘이서 회포나 풀어 봐. 이제 감옥에 가면 서로 볼 시간도 없을 테니까.」

그렇게 말하고 꽃무늬는 자리를 떴다. 나는 상황을 제대로 이해하지 못했다. 천장의 카메라를 올려다보며 내가 뭘 해야 하는지 꽃무늬에게 묻고 싶은 심정이었다.

침묵은 꽤 오랫동안 유지되었다. 낯선 이를 만났을 때의 거북한 심정이 그대로 드러났다. 나는 용기를 내어 그를 천천히 바라보았다. 검은 뿔테 안경에는 청색 테이프가 둘둘 말려져 있었고 이마에서 흐른 땟물이 볼과 턱 주변에 선명한 검은 자국을 만들어 놓았다. 입술은 거칠거칠했고 가뭄에 갈라진 논바닥처럼 여기저기 생채기가 나 있었다. 겨우 포승줄이 느슨하게 매어져 있을 뿐이었는데도 그의 몸은 손만 대면 쓰러질 것처럼 보였다. 키가 커서인지 허수아비와 대면하고 있는 느낌도 들었다. 하지만 나와 달리 구타의 흔적은 보이지 않았다. 눈도 코도 입술도 부어오르지는 않았고 심하게 물리적인 고통을 당한 사람처럼 보이지도 않았다. 그렇게 생각하자 상대가 나를 어떻게 보고 있을까 궁금해졌다. 내 얼굴은 찐빵처럼 부어올라 있을 것이다.

「당신이…… 제이슨이요?」

사내의 목소리는 깊은 우물 속에서 울리는 소리처럼 들렸다.

나는 대답하지 않고 고개를 끄덕였다.

「얼굴이…….」

나는 그가 말을 마치기를 기다렸다.

「사진에서 본 것과는 많이 다르군요.」

「…… 포커페이스의 일종이요.」

내 농담에 그는 웃지 않았다.

「장태규입니다. ……내 이야기는 이미 들었겠지요.」

「…….」

「……이렇게 합시다.」

그의 목소리에는 깊은 체념이 묻어 있었다.

「당장은…… 우리가 서로 아는 사이라고 해두죠. 그럼 여길
나갈 수 있을 겁니다.」

「우린 오늘 처음 만났소.」

그의 얼굴에는 아무런 표정 변화가 없었다.

「간단한 증언만 하면 됩니다. 나머지는…… 우리가 알아서
하겠습니다. ……아무도 당신을 비난하지 않을 겁니다.」

「……날 위해서 그렇게 하겠다는 말이오?」

「여기서 나가세요. ……관계없는 선량한 사람을 다치게 할
수는 없어요.」

「난 선량한 사람이 아니오.」

「……지금의 당신 모습을 보면 그런 말을 하지는 못할 겁니
다. ……서명을 하고 집으로 돌아가세요.」

「……당신이 장태규가 틀림없소?」

그는 대꾸하지 않고 나를 바라봤다.

「밥을 먹고…… 충분히 자면 예전의 나로 돌아오겠죠.」

그가 자리에서 일어났다. 서 있는 모습을 보니 막대기 같은 느낌이 한층 더 잘 전달되었다.

「나가면…… 선생님을 만나 보세요. 도움이 될지도 모릅니다.」

「…….」

문이 열리고 꽃무늬와 검은 티셔츠가 차례로 들어왔다. 꽃무늬의 얼굴에는 만족스러운 미소가 흐르고 있었다.

「자자, 좋았어. 타협이란 이런 식으로 하는 거지. 니들은 역시 통하는 데가 있었어. 내가 잘못 본 게 아냐. 이제 연기들 그만하고 여기서 끝내자고.」

장태규는 그대로 몸을 돌려 방을 빠져나갔다. 그의 헐렁한 바짓가랑이가 이리저리 흔들렸다.

이틀 동안 내리 잠만 잤다. 나무로 된 침상에 매트리스를 깔고 홑이불을 덮는 게 전부였지만 오랜만에 긴 숙면을 취할 수 있었다. 잠들기 전 검은 티셔츠가 내 얼굴에 정체가 불분명한 크림을 잔뜩 발라 주었다. 부은 얼굴에 효과가 있다고 했다. 그전에 꽃무늬가 내민 서류에 서명을 했던 터라 검은 티셔츠의 험악한 얼굴은 훨씬 부드럽게 변해 있었다.

「어이, 이제 그만 일어나지.」

꽃무늬가 나무 침상을 발로 툭툭 차면서 나를 깨웠다. 방금 사우나를 하고 나온 사람처럼 환한 얼굴을 하고 있었다. 깔끔한 타이에 다림질 날이 선 바지를 입고 있었다.

「알고 봤더니 빽이 좋아. 미녀가 직접 데리러 왔어.」

「……날 풀어 주는 거야?」

「글쎄? 이걸 어떻게 설명해야 하나? 아무튼 대가리들이 결

364

정을 내렸어. 우리 같은 놈들은 명령만 따르면 그만이니까.」

「샤워를 했으면 하는데.」

「미친 놈. 여긴 호텔이 아냐.」

그렇게 말하긴 했지만 그는 안주머니에서 껌을 꺼내 건네주었다. 침대 옆에는 세탁한 내 옷들이 가지런히 놓여 있었다. 호텔은 아니지만 세탁 서비스는 가능한가 보다. 나는 껌을 씹으면서 주섬주섬 옷을 입기 시작했다.

소낙비가 내렸는지 건물 앞 시멘트 바닥에 물이 흥건했다. 하지만 여름의 태양이 강하게 내리쬐고 있어 물은 빠르게 증발했다. 검은 소나타가 분수대에서 조금 떨어진 나무 그늘에 숨어서 태양을 피하고 있었다. 현관 입구에서 꽃무늬는 멈추어 섰다.

「지난 일은 잊어버려. 우리도 좋아서 이 짓을 하는 건 아니니까.」

「……서로 보지 않는 게 좋겠지. 그때는 나도 가만있지 않을 테니까.」

내 말에 꽃무늬는 피식 웃음을 지었다. 사람을 얕잡아 보는 데에는 그만한 웃음이 없게 여겨질 만큼 완벽한 비웃음이었다. 그는 비밀 요원이 되기 위한 통상적인 훈련과 함께 '조롱과 경멸하기'라는 특별 훈련을 받았을 것이다. 그가 악수를 하기 위해 내민 손을 못 본 체하고 자동차를 향해 터벅터벅 걸어갔다. 검은 선팅 처리가 되어 있어 차의 실내는 볼 수 없었다. 잠깐 고민을 하다 조수석의 문을 열었다. 조수석은 비어 있었다.

운전석에는 흰 블라우스와 검은 스커트를 입은 여자가 앉아
있었다. 그녀는 쓰고 있던 선글라스를 벗으며 나를 바라봤다.
「먼 길을 돌아온 기분이 어때요?」
신지혜는 웃었지만 나는 그럴 기분이 아니었다.

언덕길을 내려오자 차는 어느새 서울의 일상적인 거리 풍경
속에 합류했다. 차창 문을 내리고 담배 연기를 내뱉었다. 눈이
부셨기 때문에 그녀의 선글라스를 빌려 썼다.
「마치 삐친 사람 같아요.」
나는 고개를 돌리지 않았다.
「그 사람들에게 만만하게 보였나 보죠?」
「…….」
「하지만 보기에 나쁘지는 않네요.」
「맞아도 싸다는 이야기요?」
그녀는 대답하지 않고 미소를 지었다.
「그 정도면 다행이에요. 얼굴이 조금 붓긴 했지만 그것뿐이
잖아요. 당신은 어쨌든 풀려났어요.」
「……그런데 저 사람들은 누구요?」
「그게 정말 궁금한가요? 당신이 알고 싶은 게 그건가요?」
「…….」
차창 밖으로 담배꽁초를 버렸다.
「카드 게임은 세상일에 비하면 터무니없이 단순하겠죠?」
「요점이 뭐요?」

「……박금산이 죽었어요. 국정원 소유 안전 가옥의 화장실에서 목을 맸어요. 침실에서 유서가 나왔는데 당과 조국을 배신한 벌을 받겠다고 적혀 있었어요. 그의 아내와 자식들이 서울의 한 호텔에서 식사를 하고 있을 때였죠.」

「…….」

「이번 작전은 실패로 끝났어요. 그가 자살했기 때문에 당신은 자유를 얻었고. 이제 이해가 가나요?」

「그 사람이 죽으면 끝인가?」

「박금산은 잘못된 선택을 했어요. 문제는 그가 서울에 오고서야 그 사실을 알았다는 거죠.」

「…….」

「당신은 이런 경우를 많이 당하지 않았나요?」

그럴지도 모른다. 머리가 어지러웠다. 뭐가 뭔지 모를 이상한 일들이 연속해서 일어나고 있었다. 담배를 찾았지만 방금 피운 담배가 마지막이었다. 나는 담뱃갑을 구깃구깃 구겨서 바닥에다 버렸다.

「신지혜 씨는 어느 쪽 사람이오?」

그녀는 앞만 바라보며 운전에 집중하고 있었다.

「당신도 결국 같은 사람이었군요. 우린 처음 보는 사람에게도 그런 질문을 하죠.」

「…….」

「지겨워.」

나는 에어컨을 끄고 차창을 내렸다. 한강에서 서늘한 바람이

불어왔다. 큰 날개를 가진 새가 미끄러지듯 강물 위를 선회하며 날고 있었다.

「당신을 빼내는 조건으로 당신이 방 기자와 채 소장을 만나지 않는다는 약속을 대신했어요. 무슨 말인지 알죠?」

「……」

「…… 문제는 방 기자인데, 약속해 줬으면 해요.」

「그 사람은 대체 뭘 하고 있소?」

「기자가 무슨 일을 하는지 몰라서 묻는 거예요? 아마 지금쯤 동해에 있을 거예요.」

「동해?」

「반북 단체들이 모여서 풍선에 전단지를 넣어서 북한으로 날려 보내는 행사를 하는 중이에요.」

「풍선에 달러도 들었소?」

그녀는 웃지 않았다.

「그보다는 박금산의 기사가 더 특종이 아닐까?」

「……당신이 이해하기 힘들겠지만 이 사건은 이대로 묻힐 거예요. 미국은 이 사건이 공식화되길 원하지 않고 있어요. 남과 북 모두 미국의 눈치만 보고 있고요. 북한으로서는 이번 기회에 남한 정부의 정책을 비난할 건수를 잡았지만 미국과의 관계 개선이 우선이거든요. 우리 정부는 잘 알고 있겠지만 미국과 계속 엇박자를 내고 있어요. 내가 해줄 수 있는 말은 이 정도예요. 나머지는 당신이 알아서 해결해 보도록 하세요. 누구나 그렇게 하고 있으니까.」

「……강지수의 죽음에 대한 결론은 났소?」

「그건 나보다 당신이 더 잘 알고 있지 않나요?」

「…….」

그녀의 목소리는 낮았지만 결연했다.

「회사에서 쫓겨났다고 들었는데…….」

「그럴 뻔했죠. 하지만 이 세상에는 다른 생각을 하는 사람들도 많이 있다는 걸 알았으면 하네요.」

나는 그녀가 무슨 말을 하는지 몰랐다. 그녀가 나와 이 문제를 공유하고 싶어 하지 않는다는 기운이 느껴졌다.

「박금산의 가족은 어떻게 되는 거요?」

「그들의 선택에 달렸죠. 아마 대부분의 탈북자들과 같은 선택을 할 거예요.」

「…….」

다리 위로 차가 오르자 정체로 인해 속도가 떨어졌다. 몸이 약해진 탓인지 가벼운 현기증이 일었다. 멀리 보이는 고층 빌딩들을 바라보며 한숨을 내쉬었다. 사람들이 그 속에 숨어서 무엇을 하는지 도무지 짐작할 수 없었다.

「거기에 아직 두 남자가 남아 있소. 그 사람들을 잘 모르지만 억울한 일을 당하고 있는 것처럼 보였소.」

「언제부터 휴머니스트가 되었죠?」

「…….」

「미안해요. 비꼬려고 한 말은 아니었어요. 하지만 그 사람들 일은 잊어버려요. 당신 생각처럼 쉽게 당하고 있을 사람들도 아니니까.」

「…….」

「이제 어디로 갈까요? 갈 곳은 정해져 있어요?」

그건 내가 묻고 싶은 말이었다. 길을 잃은 사람은 나였다.

「카지노로 갑시다.」

때마침 그곳에 카지노가 있었다.

「당신은…… 정말 어쩔 수 없는 사람이군요.」

「거기에 호텔도 있소. 괜찮으면 쉬었다 가도 좋고.」

어이가 없다는 웃음이었지만 어쨌든 그녀가 처음으로 웃었
기 때문에 내 기분도 한결 나아졌다.

「농담 아니오. 이상하게 들리겠지만 당신이 나를 구해 주기
위해서 나타날 것만 같았소.」

「…….」

「요 며칠 동안 어둠에 갇혀 있으면서 많은 생각을 했소…….
날 취조했던 남자가 내게 가족이 있냐고 물었소. 답을 하고
나서야 새삼스럽게 내가 혼자라는 사실을 알 수 있었지. 당
신은 그런 느낌을 이해하지 못할 거요.」

「…….」

「내게도 가족이 있었으면 좋겠다고 생각했소. 진심으로.」

「지금 내게 프러포즈하는 건가요?」

「글쎄, 당신같이 위험한 사람을 아내로 맞는 것이 합당한 일
인지는 좀더 생각해 봐야겠지.」

「도박사답지 않은 말이군요.」

「나는 도박사가 아니오.」

「…….」

다리 끝에 이르자 차가 완전히 서 버렸다. 휴대폰이 울리기 시작했지만 그녀는 받지 않았다. 귀에 익은 멜로디로 어린 시절 들었던 노래였다. 나는 등받이에 깊숙이 몸을 기대고 눈을 감았다.

베란다 화단의 꽃들은 모두 말라 비틀어져 있었다. 어떤 것은 손을 대자 바스락거리는 소리를 내면서 부서졌다. 하지만 몇몇 줄기 밑동에는 아직 푸르스름한 빛이 남아 있었다. 물뿌리개에 물을 받아 화단 전체에 골고루 뿌렸다. 꽃들이 살아날 거라는 희망 따위는 없었지만 생명에 대한 최소한의 예의라는 생각이 들었다. 거실과 안방 바닥에는 침입자들의 발자국이 선명하게 남아 있었다. 그들은 태연하고 노골적으로 자신의 존재를 드러냈다. 붙박이장의 문과 서랍장은 열려 있었고 내용물들은 아무렇게나 내팽개쳐져 있었다. 그 난장판 속에서 메모지 한 장을 발견했다. 아마도 그들의 관심을 끌지 못했기 때문에 살아남은 것 같았다.

'민들레노인병원.'

일주일 동안 나는 규칙적인 생활을 했다. 아침 6시에 기상해서 한 시간 정도 산책을 했고 아침밥을 먹은 다음에는 책을 읽거나 텔레비전을 보면서 시간을 보냈다. 청소와 설거지를 빼먹지 않았고 식당에 가는 대신 대형 할인점에서 장을 보고 직접 요리를 했다. 저녁에는 피트니스 센터에서 웨이트 트레이닝을 했다. 그동안 내 얼굴은 제자리로 돌아왔다.

전화기를 켜놓았지만 나를 찾는 사람은 아무도 없었다. 서점에 들러 책을 고르고 커피숍에서 시간을 보내고 그래도 시간이 남으면 영화를 봤다. 신문과 인터넷을 보면서 뉴스를 검색하는 일은 의도적으로 피했다. 돈도 시간도 충분했기 때문에 서둘 이유가 없었다. 이런 걸 평화라고 불러야 하는지 의심하며 잠을 청했다. 가끔 새벽에 눈이 떠지긴 했지만 냉장고에서 물을 한 잔 마신 다음 다시 침대 속으로 들어갔다. 술은 마시지 않았다.

민들레노인병원은 산 중턱에 위치해 있었다. 주차장에 차를 세우고 하늘과 산이 맞닿은 경계선을 바라보며 숨을 깊게 들이마셨다. 아직 여름의 열기가 가시지 않았기 때문에 공기는 텁텁한 느낌이 났다. 흰색 2층 병원 건물은 무성한 잎들을 가진 키 큰 나무에 둘러싸여 있어 포근한 느낌이 들었다. 방문객이 많지 않은 듯 주차장에는 차들이 듬성듬성 주차되어 있었다. 멀리서 여름이 가는 것을 아쉬워하는 매미 소리가 들렸다. 선글라스를 낀 채로 차에 비스듬히 기대어 마지막 담배를 피웠다. 병원에 들어가면 한동안 담배는 피우지 못할 것이었다.

안내 데스크에는 젊은 간호사와 환자로 보이는 노인이 앉아서 장기를 두고 있었다. 일흔이 넘어 보이는 노인은 겉으로는 아무런 문제가 없어 보였다. 간호사의 초나라가 우세인지 노인의 양미간에 깊은 주름이 져 있었다. 나는 방해하고 싶지 않아서서 그들의 경기를 지켜봤다. 캐나다에서 아버지와 함께 장기를 둔 적이 있었기 때문에 대강의 룰은 알고 있었다. 24시간 영업하는 편의점에서 밤을 새울 때에는 장기 게임이 잠을 쫓는 데 효과가 있었다. 노인은 위기를 벗어나려고 했지만 역부족이었다. 한 번의 위기를 벗어나면 또 다른 위기가 찾아왔다. 간호사는 한 칸씩 한 칸씩 졸을 올리며 한나라의 궁을 궁지로 몰아넣었다. 그리고 끝내 간호사는 외통수를 두었다. 승패가 갈리는 게임의 본질은 모두 같다. 잔인하다.

「어, 죄송합니다. 어떻게 오셨나요?」

그제야 내가 곁에 서 있음을 알아봤다. 그녀는 마치 큰 잘못이라도 저지른 아이처럼 당황하며 얼굴을 붉혔다.

「……유정민 씨가 보호자로 되어 있는 할머니를 찾아왔습니다. 확인해 주실 수 있나요?」

간호사는 컴퓨터 모니터로 시선을 돌리고 자판을 두드렸다.

「네. 108호실 할머니시네요. 저기, 관계가 어떻게 되시나요?」

「그냥 좀 아는 사이인데, …… 관계를 꼭 밝혀야 하나요?」

「아뇨. 그렇지는 않지만 저희가 기록을 남겨야 해서.」

뭘 어떻게 하라는 건지 헷갈리게 만드는 어법이었다.

「그럼…… 손자라고 해둘까요?」

「네, 그게 좋겠네요.」

그녀는 환하게 웃었다. 이상하다면 이상한 일 처리 방식이었다.
「그럼 제가 안내해 드릴게요.」
그때까지도 노인은 장기판을 들여다보며 골똘히 생각에 잠겨 있었다. 쉽게 패배를 인정하는 성격이 아닌 듯했다.

정민의 할머니는 몸을 잔뜩 구부린 채 침대 위에 앉아 있었다. 창으로 환한 빛이 쏟아져 들어와 처음 할머니를 만났을 때의 우중충한 느낌은 거의 들지 않았다. 환자복은 깨끗해 보였고 백발의 짧은 머리도 정리되어 있었다.
「할머니, 손님이 오셨어요.」
간호사는 쾌활함을 가장하듯 큰 소리로 말했다. 2인 1실로 할머니 맞은편에 침대가 하나 더 놓여 있었다. 하지만 사람이 들어오지 않은 듯 침대보도 깔려 있지 않았고 사물함도 비어 있었다. 손자라고 기록을 해서인지 어색함은 없었다. 나는 맞은편 침대가 아닌 할머니가 앉아 있는 침대에 걸터앉았다.
「그럼, 전 나가 볼게요. 도움이 필요하시면 전화 주세요.」
젊고 건강하고 친절한, 게다가 승부욕도 강한 간호사였다. 그녀가 문을 닫고 돌아가고서 할머니의 얼굴을 좀더 가까이에서 살펴보았다. 기미와 마른버짐이 군데군데 흉하게 보였지만 혈색은 좋아 보였다. 그제야 할머니에게 줄 선물을 아무것도 준비하지 못했다는 것을 알았다.
「누고?」
할머니는 실눈을 뜨고서 나를 바라봤다.

「저기 지난번에 뵌 적이 있죠? 정민이와 함께 갔었는데…….」

「……영식이 친구가?」

그만하면 할머니가 많이 좋아지신 편이다. 첫 방문에서 할머니는 나를 죽은 영식이와 혼동했었다. 도대체 영식이는 누구일까?

「할머니, 건강은 어떠세요?」

나는 말을 돌리며 그녀의 관심을 다른 곳으로 돌렸다. 영식이는 물론이려니와 정민이 이야기도 이로울 것이 없었다. 병실 내부는 극히 단출했다. 옷장과 사물함 겸용으로 쓰이는 가구를 제외하고는 아무것도 없었다. 벽 천장에 오래된 모델의 텔레비전이 놓여 있었지만 사용하지 않는 듯 전선이 둘둘 말려져 있었다. 나는 할머니의 눈길을 피해 벽과 천장을 스윽 훑어보았다. 아흔 살이 아니라도 언젠가는 나도 이런 병실에서 노후의 시간을 보내며 최후를 맞을지 모를 일이었다. 그때에도 나는 혼자일 것이다.

「오만 데가 다 아프다. 늙으면 죽어 삐야 하는데 지랄같이 죽지도 않고 와 이리 오래 사는지 모르겠다.」

할머니는 손톱으로 머리를 북북 긁었다.

「니는 젊으니까 아픈 데는 없재?」

나는 고개를 끄덕이며 할머니를 바라보았다. 할머니를 방문하려고 했을 때 이런 위로를 듣고 싶었는지도 모르겠다. 마침 점심시간이 되어서 어색해할 시간은 없었다. 식사를 가져다준 아주머니는 나를 보고서는 공깃밥 하나를 더 올려 주었다.

「손자가 와서 할머니는 좋겠네.」

후덕한 미소를 짓는 아주머니에게 할머니는 고맙다는 뜻으로 고개를 주억거렸다. 할머니는 침대에서 내려와 커튼 밑의 서랍장에서 수저 한 벌을 꺼내어 내게 내밀었다.

「전 식사하고 왔는데요.」

「마, 무라.」

무릎 정도의 높이여서 할머니가 침대를 오르내리는 거동을 하는 데에는 불편함이 없었다. 할머니는 공기에서 밥을 들어서 미역국에다 말고는 국그릇을 내게 내밀었다. 할머니가 정확히 사물을 확인할 수 있는 거리는 한 뼘 정도인지 모든 사물이 할머니 얼굴 바로 앞에서 움직였다.

「나는 만이 무우면 똥이 안 나와서 생고생을 한다. 니나 만이 무라.」

나는 빈 그릇에 미역국을 반반으로 나누어 덜어서 할머니에게 내밀었다. 할머니는 아무 말도 없이 숟가락을 들었다. 이가 대부분 빠진 상태라 할머니는 쌀알을 대충 오물거리고는 국물과 함께 삼켰다. 입 주변으로 미역 국물이 흘러내렸다. 총각김치는 모두 내 차지였다. 이가 없는 노인들이 병원에 꽤 있을 텐데도 씹으면 바사삭 소리가 나는 김치가 찬으로 나왔다. 한 번 정해진 식단을 환자 개인의 사정에 따라 바꾸는 것은 불가능한가 보았다. 나는 할머니의 귀에 거슬리지 않도록 조심하며 김치를 씹었다.

「젊어서 때는 나도 짐치를 참 맛나게 무쳤는데 이제 힘이 없어서…….」

할머니의 입에서 튀어나온 밥알이 계란찜 위로 떨어졌다.

「나이보다 훨씬 젊어 보이세요.」

할머니는 내 말을 못 들은 척 옆의 물컵을 들고 마셨다.

「언제 갈 끼고?」

나는 잠깐 생각을 한 다음 말했다.

「밥 먹고 좀더 놀다가 갈게요.」

눈 주위로 깊은 주름이 잔뜩 잡혀 있어서 정확한 표정을 읽어내는 것이 어려웠지만 할머니는 내 말을 만족스러워하는 것 같았다.

「젊어서 놀아라. 일만 만이 하면 뭐 하노.」

병원에서 내가 할 일은 아무것도 없었다. 식사 후에 간호사들이 대기해 있는 데스크로 가서 할머니의 병세에 대해서 물어봤지만 소득은 없었다.

「담당 선생님이 오늘 마침 휴가이시네요. 하지만 걱정하시지 않으셔도 돼요. 할머니는 그냥 노환이신 걸요.」

이곳의 간호사들은 모두 긍정적인 사고를 갖도록 훈련받은 사람들 같았다. 그들의 쾌활한 미소와 목소리를 들으니 나이를 먹는 것도 그렇게 나쁜 일이 아니라는 생각이 들었다. 매점에서 음료수와 과자를 잔뜩 사서 장기를 잘 두는 간호사에게 주었다.

「TV는 나오나요?」

「전원만 꼽으시면 돼요. 할머니가 테레비를 싫어하시더라고요.」

방으로 돌아온 나는 텔레비전의 전원을 켰고 할머니는 내가 사온 주스와 빵을 먹었다. 뉴스 채널 케이블 방송에 맞춘 다음 침대로 돌아와 할머니 옆에 앉았다. 30분 정도 텔레비전을 보면서 할머니의 이야기를 들었다. 전후 상황이 이해되지 않아 대부분의 이야기를 그대로 흘려보냈고 가끔 고개를 끄덕이거나 짧게 대답하며 장단을 맞추었다. 정민과 죽었다는 영식이 이야기는 나오지 않았다. 아흔 살이었지만 할머니는 여전히 여자였고 눈치가 빨랐다.

똑똑 노크 소리가 나고 환자복을 입은 아주머니 한 분이 들어왔다. 머리가 허옇게 세기 시작했지만 상대적으로 탱탱한 피부로 보아 아직 할머니라고 불리기에는 젊은 어정쩡한 나이였다.

「아이고, 할머니 손자분이 오셨다고 해서 인사드리려고 왔습니다.」

여자는 넉살 좋게 웃으며 맞은편 침대에 걸터앉았다. 나는 주스와 과자를 내밀었다. 할머니는 여자의 등장에 시큰둥한 반응을 보였다. 사정은 여자 쪽에서도 마찬가지였다.

「고마워라. 잘 먹을게요.」

여자는 시선을 내게 고정시키고 말했다.

「사실 내가…… 얼마 전까지 할머니하고 같은 방에 있었던 사람이라 의논을 좀 하려고 왔는데…… 내가 바로 이 침대에서 잤지.」

「……」

「할머니가 다 좋은데 밤에 잠꼬대가 심해서…… 가족이라 잘 알고 있죠? 그놈의 '도둑놈 잡아라!' 하는 소리에 눈이 자동으로 뜨이더라고. 하루 이틀은 참을 만했는데 시간이 지날수록 심해져서 아침에 일어나면 잔 것 같지도 않고 멍멍해지더라고. 사실 여기 있는 사람들 모두 병 하나쯤은 다 가지고 있는데 잠이라도 편히 자야 되지 않아요? 그래서 내가 병원에 말해서 병실을 바꿨지. 그런데 나 말고 뒤에 들어온 사람들도 마찬가지로 할머니 잠꼬대를 못 이기고 병실을 나왔지.」
「……」
「그래서 지금 할머니 혼자 병실을 쓰는 거야. 누가 들어오려고 하나.」
「……」
「내가 할 말은 아니긴 한데…… 할머니 같은 사람은 독방을 써야 돼. 병원도 자선 사업하는 것도 아니고 할머니 혼자 이 인실을 차지하고 있으니 곤란하지 않겠어?」
그제야 나는 여자가 무슨 이야기를 하는지 이해했다.
「여기 병원 사람들이 참 좋아. 내가 많은 병원을 다녀봤는데 여기만큼 좋은 데는 없더라고.」
「알겠습니다.」
「젊은 사람한테 내가 부담 가는 소리를 해서 참 미안한데……한 십만 원만 더 쓰면 할머니도 좋고 병원도 좋고…….」
옆에서 듣고 있던 할머니가 빵 비닐봉지를 신경질적으로 쥐어뜯었다.

「아이고, 귀도 안 좋은 노인네가 이런 이야기는 어찌나 잘도
듣는지…… 그럼 나는 그만 가볼라요. 이야기들 나눠요.」
　나는 사양하는 여자에게 주스와 과자가 든 봉지를 들려주었
다. 여자가 나가자 할머니는 나를 가까이로 불렀다.
「마, 듣지 마라. 저놈의 여편네 참 못됐다. 얼매나 지랄이라고.」
　나는 웃었다. 여자가 별로 틀린 소리를 한 것은 아니었다.
「할머니, 요즘도 눈에 도둑이 보이세요?」
　할머니는 내 말에 손과 고개를 동시에 휘저었다.
「말도 마라. 그놈의 손들이 맨날 안 쳐들어오나. 저기 벽장을
타고 들어와서 묵을 거 없나 하고 빙빙 안 싸돌아다니나.」
「모두 몇 명이에요?」
「몰라. 저어 한번 바라. 저도 아직 한 놈 있네.」
　나는 할머니가 손짓으로 가리키는 옷장 위를 보았다. 물론
그곳엔 아무도 없었다.
「니 눈엔 안 보이재. 나는 다 보인다. 저놈의 손들이 얼매나
나쁜 놈들인데. 니가 가면 여 있는 거 다 훔쳐 갈끼다.」
　빨대를 꽂아서 두 번째 주스를 할머니에게 내밀었다. 텔레비
전으로 시선을 옮겼다. 소리를 작게 틀어 놓아서 무슨 일이 벌어
지는지 알 수 없었지만 유난히 낯익은 한 사내를 보았고 곧 신경
을 텔레비전에 집중시켰다. 여러 명의 사내들에 둘러싸여 있었
지만 그 중앙에 서 있는 남자가 박춘우라는 것을 알아차렸다.
　강지수의 장인 박춘우.
　취조실에서 만난 장태규는 박춘우를 만나 볼 것을 권했었다.

박춘우는 검찰 관계자로 보이는 사내들에게 이끌려 어떤 건물로 들어가고 있었고 그 주변에서 피켓을 들고 여러 사람들이 항의 시위를 하고 있었다. 카메라가 빠르게 돌아갔기 때문에 모두를 읽지는 못했지만 '간첩단 사건 조작, 공안 정국 박살내자'라는 문구는 읽을 수 있었다. 박춘우를 만나는 계획은 미루어야겠다는 생각이 들었다. 지금 박춘우는 논란의 한가운데 있었다. 그들이 죽은 박금산과 살아 있는 박춘우를 어떻게 연결시킬지는 오리무중이었지만 어떤 식으로든 연결이 될 것이었다. 강지수가 내게 하고자 했던 말이었다. 나는 멍하니 텔레비전을 보았다. 벌레들이 윙윙거리는 듯한 소리가 귀에 전달되어 올 뿐 어느 것도 분명한 메시지를 들려주지는 못했다. 박춘우가 사라진 다음에는 검은 양복을 입은 중년의 남자들이 등장했다. 그들은 기자들에게 쫓기며 질문 공세를 받고 있었지만 웃음을 잃지는 않았다. 그들이 가진 힘을 카메라를 통해서 정확히 짚어 내기란 불가능했다.

「할머니.」

나는 어렸을 때 아버지가 갑자기 이민을 통보했을 때처럼 화가 나서 말했다. 할머니는 영문을 모르고 나를 바라봤다.

「영식이는 왜 죽었어요?」

살아 있는 모든 것은 죽어 버린 것들에 대해 미묘한 질투를 느낀다.

「영식이 그눔아는…….」

할머니는 말을 하기도 전에 침대 한편에 놓인 가제 수건을 집어 들고 눈물을 찍어 냈다. 나는 말을 꺼내 놓고는 짐짓 모른 척하며 시선을 다시 텔레비전으로 돌렸다. 할머니의 이야기를 듣고 싶어서 여기에 있는 것이 아니었다. 죽은 사람들에 관한 이야기라면 누구든지 한마디 정도는 할 수 있을 것이다. 나는 귀를 닫고 눈을 감으며 이 세상과의 단절을 시도해 보았다. 하지만 여름이 가고 있음을 아쉬워하는 매미들의 울음소리가 귀를 간질였고 눈앞에는 아흔이 넘은 노인이 굵은 눈물방울을 흘리고 있었다. 피로가 밀려와 침대 위로 몸을 눕혔다. 놀란 할머니는 엉덩이를 들어서 내게 자리를 내주었다. 그러고는 베개를 내 목 밑으로 넣어 주었다. 그사이 할머니의 눈물은 멈추었다.

「잘 끼가?」

할머니의 목소리가 점점 잦아들었다. 나는 대답하지 않고 눈을 감았다. 아주 오래된 기억의 한 장면에서처럼 투정을 부리며 잠들었다. 하지만 꿈속에서 그들이 나를 만나러 올 것인지 궁금해 눈이 떠졌다.

「할머니, 내 이야기는…….」

「마, 됐다. 한잠 자라.」

할머니의 거칠한 손이 내 이마 위로 올라왔다. 여기서 나가면 나는 모든 기억을 지울 수 있을 것이다. 어쩌면 추운 나라를 찾아갈지도 모르겠다. 할머니는 그런 나를 이해할 수 있을까? 나는 다시 눈을 감았다.

테이블 위의 고양이

초판 1쇄 발행일 · 2009년 4월 20일
초판 2쇄 발행일 · 2009년 4월 20일
지은이 · 신경진
펴낸이 · 임성규
펴낸곳 · 문이당

등록 · 1988. 11. 5. 제 1-832호
주소 · 서울시 성북구 동소문동 4가 83 청구빌딩 3층
전화 · 928-8741~3(영) 927-4990~2(편)
팩스 · 925-5406
ⓒ 신경진, 2009

홈페이지 http://www.munidang.com
전자우편 webmaster@munidang.com

ISBN 978-89-7456-422-3 03810